慧海拾珠

西方文学千问

Classic Reading And Collection

探寻世界文明发展之路·解读西方千年璀璨历史

王永鸿　周成华◎主编

陕西新华出版传媒集团

三秦出版社

图书在版编目（CIP）数据

西方文学千问 / 王永鸿，周成华主编. —西安：三秦出版社，2012.1
（2022.6 重印）

（慧海拾珠）

ISBN 978-7-5518-0079-2

Ⅰ . ①西… Ⅱ . ①王… ②周… Ⅲ . ①外国文学—文学史—问题解答
Ⅳ . ① I109-44

中国版本图书馆 CIP 数据核字（2012）第 021743 号

慧 海 拾 珠
西方文学千问

王永鸿　周成华　主编

出版发行	陕西新华出版传媒集团　三秦出版社
社　　址	西安市雁塔区曲江新区登高路 1388 号
电　　话	（029）81205236
邮政编码	710061
印　　刷	永清县晔盛亚胶印有限公司
开　　本	787mm×1092mm　1/16
印　　张	15
字　　数	400 千字
版　　次	2012 年 1 月第 1 版
	2022 年 6 月第 3 次印刷
标准书号	ISBN 978-7-5518-0079-2
定　　价	46.00 元
网　　址	http://www.sqcbs.com

前 言
qian yan

　　这是一本介绍西方文学常识、展现西方人文传统的书，一本为关注未来、视野开阔的青少年读者所准备的普及性读物。在这里，您可以了解早期西方文学中崇尚人类智慧、提倡人文主义的高贵精神，了解人性的渴望、对自由的追求，使它复兴而回归的过程。在这个过程中，有很多人用智慧的石子激起阵阵涟漪，完成了一部部传世经典。本书浓缩精华，引领广大青少年读者走进绚丽缤纷的西方文学圣殿。

　　西方文学从古希腊罗马文学发端，发展至今已有两千多年的历史。古希腊罗马（公元前12世纪至公元5世纪）文学是西方最早的文学，《荷马史诗》则是西方文学的伊始，是西方文学史上第一部以文字记载的文学作品，是欧洲文明社会初始时代的伟大文学作品。古希腊罗马文学是欧洲文学发展的基础，是欧洲的奠基文学。

　　西方文学从古希腊罗马开始，经历了数以千年的历史演变与发展，创造无数的经典和传奇，即便在思想遭到严重禁锢的中世纪，也能够诞生一些不朽的文学艺术之果。尤其在文艺复兴时期以后，西方的文学艺术得到极大的发展，并在整个近现代时期，创造出无与伦比的文学艺术成就，塑造了无数艺术经典。

　　本书言简意赅，用尽量比较短小的篇幅，向读者展示了西方文学发展过程中的主要成就，无任西方的还是东方的，都是全人类的宝贵精神财富。

目 录
mu lu

第三章 资产阶级文化的萌芽——文艺复兴时期文学 33

第一章　欧洲文学的渊源——古代文学

西方文学的开端是什么？

　　灿烂辉煌的西方文学已有了三千余年的历史，它的文化源头就是古罗马文学。在西方文化史上，古希腊罗马时代被并称作"古典时代"，但是从文化的传承关系上看，罗马人在诸多方面均受惠于希腊人，在文学领域就更是如此。因此，古希腊文学是西方文学真正的开端。

　　古希腊文学对人类文学史的发展影响深远，是欧洲文学的源头和原型，所以说古希腊文学是欧洲文学的初始。

　　首先古希腊文学是社会生活的真实反映，从此奠定了文学反映生活的基础，是现实主义的渊源。由神话与史诗垫的文学基石，后世文学从中充分汲取了现实主义的养分，写出了无数现实主义的巨著。

　　其次，多神教孕育下的丰富的幻想、象征、隐喻等表现手法，对自由和情感的追求以及不写人而写神的神化倾向在古希腊罗马文学中的充分运用，为浪漫主义开辟了道路。后世欧洲文学从古希腊神话中看到了不描写人而表现神的神化倾向，为很多作品蒙上了神幻浪漫的面纱。没有人能不承认浪漫主义创作手法源于此。

　　再次，古希腊罗马人从文学作品中提炼出来了最初的文学观念，对于文学的本质、分类有了积极的认识，影响了欧洲后世文学思潮、观念。古希腊罗马文学的繁荣也带来了最初的文学观念的形成。

　　最后，古希腊罗马文学作品中体现出来的人本观念以及其中一系列二元对立的精神贯穿了欧洲文学发展的过程。由此可见历史悠久、博大精深的欧洲文学的源头就是古希腊文学，正是源头资源丰富，西方文学才能够源远流长。

古希腊文学是怎样发展起来的？

　　古代文明的发端，均与江河湖泊有关。爱琴海与希腊半岛在历史传统上关系密切，是一个统一的文化区域。希腊本土则分为北、中、南三部分。其中，位于中希腊的雅典在克里特迈锡尼文化衰落后成为希腊世界最重要的政治、经济和文化中心。希腊人将自己所居住的地区统称为希腊，但希腊并不是一个国家的名称。在希腊半岛和爱琴海诸岛屿上，存在着数以百计的城邦国家，是相同的语言、文化和风俗以及接近的民族血缘关系将它们联系到了一起。这种状况与希腊世界岛屿众多、海岸曲折、多

山少地的自然环境有密切关系。

古希腊位于欧洲南部、地中海的东北部，包括巴尔干半岛南部、小亚细亚西岸和爱琴海中的许多小岛。多山、多海湾、多岛屿的地理条件，使他们不适于农耕文明，而转向航海业和商业贸易，甚至海盗和海外殖民地开拓。这种生存环境和生存方式，造就了古希腊人自由奔放、富于想象力、充满原始情欲、崇尚智慧和力量的民族性格；培育了古希腊人追求现世生命价值、注重个人地位和个人尊严的文化价值观念。古希腊民族在此度过了自己美丽而健康的童年。也正是在此，生长出了丰富多彩、雄大而活泼的古希腊文学艺术，记录了他们如诗如梦的美好年华。希腊思想，归结为三点：美之宗教；现世思想；中和之性。

古希腊文化之所以发达的原因是：

首先，古希腊实行奴隶主民主制度，具有相对的高度民主，在思想上允许百家争鸣，在社会风气上重视人的个性，也重视对人的创造力的发掘；同时，希腊航海业发达，商品经济繁荣，从而在思想和经济两方面为文化的繁荣创造了条件

其次，希腊有得天独厚的自然条件，三面环海，人杰地灵，浩瀚的海洋、冒险的生涯，丰富了希腊人的想象力和创造力，培养了一种开拓进取的精神。

第三，希腊人奉行的是泛神论观念，即认为一切事物后面都有神灵存在，如果

说一神教强制人们的思维向一个模式发展，而这种泛神论则给了希腊人一个无拘无束的空间。

最后，希腊很早就与东方有文化交流，古埃及、古巴比伦、波斯的文化都对希腊文化有重要影响。希腊人逐渐形成了兼容并蓄的开阔的胸襟，而一个善于吸收外来事物的民族，其文化必然有一种博大的气象。

古希腊文学分为几个发展阶段？

古希腊文学博大精深，源远流长，可以按照不同的标准可以划分不同的发展阶段，一般来说按时代的划分的方法较多，可分为四个阶段：荷马时代、古风时代、古典时代和希腊化时代。

荷马时代：又被称为英雄时代，（公元前11世纪—前9世纪），是古希腊初步发展的阶段。主要文学成就是神话和史诗。荷马时代因著名的"荷马史诗"的产生于该时期而得名，这是古代希腊社会由氏族公社制向奴隶制社会过渡的时期。

古风时代：这是希腊奴隶制城邦国家形成和初步繁荣时期。文学上的主要成就是抒情诗和寓言。和其他文明古国或地区一样，希腊有着悠久的诗歌传统，诗歌的类型多种多样，并涌现出许多青史流名的著名诗人。这个时期又叫"大移民时期"，抒情诗的繁荣和史诗的衰落，与部落向城邦集结，小家庭形成，个体意识强

化，集体意识削弱，人的情感世界日益丰富有关。抒情诗源于民歌，是伴着音乐歌唱的。体裁多样，主要有哀歌（双管歌）、琴歌、牧歌、讽刺诗等，以琴歌成就最大。

古典时代：是希腊奴隶制全盛时期，史称"古典时期"。当时的雅典是全希腊的政治、经济和文化中心，故又称"雅典时代"。其中伯里克里执政时期（前443—前429）是雅典民主政治高度发展的阶段，被称为"黄金时代"。古典时期文学的主要成就是戏剧、散文和文艺理论。

希腊化时代：指公元前4世纪末到公元前2世纪。这一时期马其顿征服了整个希腊，希腊文化在东方广泛传播，并和东方文化互相交流，希腊文化中心逐渐由雅典移至埃及的亚历山大里亚城，其科学、艺术、哲学相当发达，学术界注重书籍整理，建成了规模空前的大图书馆和博物馆，希腊语变成这些地方的通用语言，因此这一时期被称为"希腊化时期"。

古希腊文学是欧洲文学乃至整个西方文学的开端。它在众多领域里都取得了惊人的成就。后世西方乃至整个世界文学都不同程度地沾溉于它。

《伊索寓言》主要内容是什么？

《伊索寓言》相传为公元前6世纪上半叶时的伊索所作，这些以动物生活为主要内容的小寓言，在当时的希腊民间广泛流传。传说中的伊索曾做过奴隶，他虽然相貌丑陋，却聪明绝顶。希罗多德、亚里士多得、阿里士托芬、普鲁塔克等人的著作中都提到他。现在的伊索寓言大多是公元前4世纪到前2世纪间的一些古代作家收集整理的，其中较有名的，是前2世纪的作家巴布里乌斯由格律诗改写的120余则寓言，其风行于世。伊索寓言中的一些故事很可能来源于亚洲和非洲；有学者认为伊索寓言只是后人的托名之作，真伪如何，无从考证。伊索寓言通过一些动物的言行来寄寓道德教谕和生活教训，和抒情诗表达贵族化情感不同，伊索寓言来自社会下层，主要表现了平民和奴隶的思想，高度体现了人民的智慧。艺术上，伊索寓言动物拟人化，具有浓郁的民间文学色彩，其形式短小精悍，形象生动，对后来的欧洲作家，比如法国的拉封丹、德国的莱辛、俄国的克雷洛夫等影响很大，它常被后人模仿和引用。比较著名的有"狼和小羊"、"狐狸和葡萄"、"农夫和蛇"、"乌鸦和狐狸"、"龟兔赛跑"、"披着羊皮的狼"等，均脍炙人口。

什么是"两希文明"？

"两希文明"是指希腊文学和希伯来文学，是西方文学的源头。希腊与希伯来两大文化体系至今对西方文化仍产生着十分深刻的影响。希腊文化中的自然与理性，希伯来文化中的宗教意识，几千年来

渗透到西方社会的各个领域中，为西方文明的不断进步提供了源源不竭的动力。西方文明的源头可以用两个"希"概括，现代西方文明有两个源头：一个是古典文明，一个是基督教文明，习惯将源头最小化为两个"希"，就是希腊文明与希伯来文明。

古典文明首先是指古希腊文明，其次也包括之后的古罗马文明。其中，古希腊文明是西方文明的开端与核心组成部分；希伯来文明系指统治西方精神世界千年之久的基督教文明，基督教是从希伯来文明或小一点说希伯来人的宗教犹太教脱胎而来，基督教的创始人耶稣被钉上十字架的时候，其实还是犹太教的一小支派别的精神与组织领袖。历史非常有意思，常常是当事人想进这个房间，结果却进了另一个房间。耶稣本来是要进犹太教房间，而他的门徒却与时俱进，创造性地把他送到了另一个房间。

基督教的胚胎虽来自希伯来文明，但却是在古罗马的母体内孕育成熟并成长壮大的。因为基督教虽是在公元1世纪巴勒斯坦的犹太人中产生，但它真正成为独立的宗教并广泛传播却有赖于罗马帝国对地中海周边世界的统治，特别是最终从被压迫者的宗教变为统治者的宗教，有赖于罗马皇帝在公元4世纪接受基督教，并在帝国范围内对它的大力扶持、推广，甚至对其宗教教义、组织进

行全面整合的结果。

"两希"文化在西方文学的发展史上有什么样的关系?

现代西方文明之所以建筑在古典文明的基础之上，完全是欧洲文艺复兴运动以来，西方人在文化上主动认亲的结果。

在西方历史上，有一段所谓的"中世纪"时期，人们因为受基督教和世俗封建统治者的思想控制，对古希腊罗马文明几乎一无所知。后来资本主义兴起，西欧首先开始了社会转型的进程。这一转就是几百年。新兴的资产者为了寻找批判现实的思想武器，从尘封的故纸堆中首先找出了古罗马文明，再顺藤摸瓜找出了古希腊文明，这就是历史上有名的文艺复兴运动。所谓文艺复兴，就是复兴希腊罗马文化。

每一种原有的欧洲民族文化都不同程度地吸收了古典文明的成分，到了启蒙时代，古典价值观念成为西欧人价值观的基本源泉，古希腊人和罗马人的著作被他们奉为学习和模仿的经典。近代西方文明把古典文明作为自己的基础，完全是古典文明适应近代西方人需要，从而导致他们主动选择的结果。换句话说，现代西方文明的根源——古典文明或再加上希伯来文明是，对于今天西方文明的主体民族来说，都是外来的文明。西方文明对古典文明的继承今天的西方文明尽管随着岁月迁流，遗传变

异，面貌发生了很大的改变，但古典文明的因子仍然可以清晰地辨识出来。

赫西奥德的文学成就是什么？

赫西奥德是一位古希腊诗人，他可能生活在前8世纪。从前5世纪开始文学史家就开始争论赫西奥德和荷马谁生活得更早，今天大多数史学家认为荷马更早。

赫西奥德生活在波俄提亚，他经常去海利肯山，按希腊神话海利肯山是缪斯的住地。在他的诗《工作与时日》中他说他和他的兄弟为了遗产打官司，结果他输了。不过一些学者认为这个故事是赫西奥德编出来的，是他的长诗中对道德描述的一个引喻。此外他说他在卡尔息斯参加过一次诗人比赛，获得了一个三脚的鼎。

普鲁塔克认识到在这里赫西奥德将他的实际生活与他的创作连到了一起：约公元前705年卡尔息斯与埃雷特里亚之间爆发了一场战争，赫西奥德在这次比赛中扮演了一位卡尔息斯的英雄。后来得诗人在这个故事上又编造了赫西奥德与荷马比赛的故事。

只有一首被公认是赫西奥德写的长诗——《工作与时日》。《神谱》即使不是赫西奥德写的，从风格上与他的作品非常相似。《工作与时日》包括许多忠告和理智的东西，它鼓励人们忠实地工作生活，反对休闲和不公正。《神谱》描写的是宇宙和神的诞生，对家谱学来说它是一部很有意思的作品。

一些古典作家认为《女人目录》也是赫西奥德的晚期作品。这部长诗大多数已经失传，只有少数章节留存。其内容是传说时代国王和英雄的家谱。一般学者将它规入赫西奥德时代诗歌作品晚期的作品。另一个被规为赫西奥德的作品的长诗是《赫拉克勒斯的盾》，它显然是上述作品的续集。

荷马时代有哪些突出的文学成就？

荷马时期文学（约公元前12世纪—约公元前9世纪），即原始社会向奴隶社会过渡时期文学。它主要的文学成就是希腊神话和荷马史诗。

希腊神话

希腊神话通过奇特、美丽的幻想，艺术地反映古希腊人对自然、对社会、对生活天真幼稚的看法，表达了先民解释自然、征服自然、减轻劳动强度、战胜毒蛇猛兽的思想愿望和斗争精神。它由神的故事和英雄传说两大部分组成。

神的故事包括天地的开辟、神和人的起源、四季的成因、动植物的出现，以及以宙斯为首的俄林波斯神族成员的活动。古希腊人按照人的形象创造了神，并认为天上也和人间一样有一个神的大家庭，因其居住在希腊北部的俄林波斯山上而称为俄林波斯神系。主要的神有神王宙斯，神后赫拉，宙斯的哥哥冥王哈得斯，海神波

塞冬，还有宙斯的儿子太阳神阿波罗、战神阿瑞斯、工匠之神赫淮斯托斯、智慧女神雅典娜、爱神和美神阿佛洛狄忒。此外，还有9个缪斯是文艺女神，3个摩伊勒是命运女神。

希腊神话想象丰富，形象优美，情节曲折，富含哲理，有很高的审美价值和艺术魅力。它对古代希腊的史诗、悲剧、喜剧、绘画、雕刻等各种文艺样式，对后代的罗马文学以及文艺复兴时期以后各个历史时期的欧美文学，都产生了难以估量的影响。

荷马史诗

荷马史诗包括《伊利亚特》（又译《伊利昂纪》）和《奥德修纪》（又译《奥德赛》）两部史诗，取材于公元前12世纪发生的有关希腊联军攻打小亚细亚特洛亚城的特洛亚战争的历史事件。在民间传唱、吟诵过程中加进了许多神话故事，到了公元前9世纪左右，相传由行吟诗人荷马编订成具有完整情节和统一风格的两大口头史诗，故名荷马史诗。后来在公元前6世纪由学者用文字写定下来，成为欧洲英雄史诗的典范作品。

荷马史诗具有相当高的认识价值。它真实地反映了古代希腊从原始公社制向奴隶制过渡时期的社会风貌，对当时的政治制度、部落战争、生产劳动、航海冒险、体育竞赛、宗教仪式、殡葬习俗、家庭生活，都有生动的描写，是认识希腊史前社会的重要前提。

《奥德修纪》的主要内容是什么？

《奥德修纪》记叙特洛亚战争结束后希腊将领奥德修返乡途中在海上的漂流冒险故事。奥德修所乘的海船，多次被大风吹到荒凉的小岛，妖怪、魔女居住的山洞，几经磨难，漂泊10年，奥德修才脱险回到故乡。他又运用巧计乔装乞丐，用比箭的方式射死了挥霍其财产并向他妻子求婚的贵族公子，终于全家团圆。

史诗通过对奥德修海上历险的描写，讴歌了古代英雄在同自然力的抗争中所体现出来的机智勇敢和战胜一切困难的坚强意志，表达了主人公对部落集体和乡土的眷恋之情。在人物塑造上，史诗做到形象鲜明、个性突出。作者在赞美奥德修的机智善谋、勇敢坚强、热爱乡土的主导性格的同时，又写出他性格中狡猾多疑、贪财自私的一面，使人物形象丰满多样。《奥德修纪》的艺术成就还在于首创倒叙手法，做到布局巧妙，节奏明快，充满浪漫主义幻想色彩，是欧洲第一部以个人的漂泊遭遇为主要内容的文学作品。

"第十位缪斯"指的是谁？

萨福是上古时代的一位伟大的诗人，得到古希腊人万分称赞。说男诗人有荷马，女诗人有萨福。柏拉图曾誉之为"第十位缪斯"。她的诗对古罗马抒情诗人卡

图卢斯、贺拉斯的创作产生过不小影响，后来在欧洲一直受到推崇

萨福出生于贵族世家。无忧无虑的孩提时代是在莱斯沃斯岛上度过的。莱斯沃斯公元前7世纪曾是一个文化中心，该岛现名米蒂利尼。青年时期因卷入了一起推翻执政王事件而被放逐到意大利北部的西西里岛。在忧郁、流亡的生涯中，她嫁给了一位富有的名叫瑟塞勒斯的富商西西里男子，育有一女，名叫克雷斯。不久，她丈夫去世，留下大笔财产。她在西西里岛上过着平静优渥的生活。这个时期，她开始创作诗歌，诗篇从西西里岛传出使她名声远播，等她回到莱斯沃斯岛已是一位无可匹敌的诗人了。

诗人曾造访意大利锡拉库扎市时，该市曾树起一座雕像以示敬意。诗人还因担任一所希腊女子精修学校的校长而闻名遐迩。诗人诗作的对象很可能就是诗人的弟子。萨福是一位创造出了自己特有诗体的抒情诗人，这种诗体被称作"萨福体"。

萨福被冠以"抒情诗人"之名，是因为在那个时代，诗歌是由七弦琴伴唱的。萨福在技术和体裁上改进了抒情诗，成就了希腊抒情诗的转向：从以诸神和缪斯的名义写诗转向以个人的声音吟唱。

萨福留有诗歌9卷之多，但目前仅存一首完整的诗章，其余均为残篇断简。从公元前3世纪起，萨福的名字就开始出现在诗歌、戏剧和各种著述中，她逐渐被神化或丑化，按时代的需求——或被喻为第十位缪斯；或被描绘为皮肤黝黑、长相丑陋的女人。

中世纪时，因她诗篇歌咏同性之爱而被教会视为异端，将她的诗歌全部焚毁。若不是在19世纪末一位埃及农民在尼罗河水域偶然发现纸莎草本上记载萨福的诗歌，被淹没的诗歌会更多。但萨福的传奇始终流传着，尤其是在各代诗人们心中成为一座灯塔。

"阿那克里翁体"是什么样的诗体风格？

阿那克里翁（约公元前570年——约公元前480年），也是希腊一位伟大的诗人。

阿那克里翁是希腊最后一个伟大的抒情诗人。他的诗作现仅存片断。虽然他很可能写过严肃的诗篇，后来的作家主要还是引用他歌颂爱情、美酒和狂欢的诗句。他的观感和风格广被模仿，诗体中的"阿那克里翁风格"即以其名命名。

阿那克里翁是一位在良好的社会环境中活到高寿的希腊宫廷诗人。在亚历山大时代，他留下了5卷诗——哀歌、讽刺诗、短长格诗和歌曲等，现在我们见到的，只有一首讽刺诗的残篇和其他若干写给扈从巴提路斯的饮酒歌和爱情歌。这些歌曲十分通俗，因此在各个不同的历史时期都出现了摹仿他的诗作，像《阿那克里翁蒂埃》就形成于公元前3世纪和文艺复

兴之间的历史时期之内。

阿那克里翁诗中的节奏、措词和思想清新流畅，在希腊作家中独具一格，不同凡响。一个儿童也能理解他的诗，并且把诗随口吟唱，抑扬动听。但那些摹仿诗人的诗歌，可说是比阿那克里翁更阿那克里翁化。

阿那克里翁的诗篇，也像其他的希腊诗人一样，留存下来的并不多，从残存的片段中可以了解一点。他的诗歌的主题是关于爱情和饮酒，较之萨福，他的诗歌似乎更平实，轻柔，更舒缓。他那细腻的描写，朴素的语句，使得希腊人和近代诗人对他相当喜爱，纷纷模仿他的风格，最终，他的模仿者写出了一部《阿那克里翁集》。但是他的风格属于"一直被模仿从未被超越"的位置。

合唱琴歌代表诗人是谁？

合唱琴歌的最著名的作者是职业诗人品达（公元前522年—442年）。当时，希腊盛行体育竞技，竞技活动又和敬神的节日结合在一起，品达在诗中歌颂奥林匹克运动会及其他泛希腊运动会上的竞技胜利者和他们的城邦。他写过17卷诗，只传下4卷。他的诗里有泛希腊爱国热情和道德教诲；他歌颂希腊人在萨拉米之役（公元前480年）中获得胜利；他认为人死后的归宿取决于他们在世时的行为。他的诗风格庄重，词藻华丽，形式完美。

品达的合唱歌对后世有"抒情诗人之魁"之称，是希腊作家中第一位有史可查的人物。他生于古城忒拜附近的库诺斯凯法勒的贵族家庭，受过良好的教育，会吹笛和弹竖琴，精通诗歌格律，曾遍游希腊各大城市。品达是位职业诗人，以合唱歌著称。他的诗气势宏伟，措辞严谨有力，诗中充满生动的比喻，诗品意境都比较高，思想深邃。与他笃信宗教有关，他的诗具有某种扑朔迷离的神秘色彩，有些诗，尤其是中后期的诗作，晦涩难懂。品达在青年时代就显露出卓越的才华，代表作之一《皮托竞技胜利者颂》第10首就是在20岁时写成的。关于他有许多美妙的传说，其中之一讲，他的诗之所以那么动听，是因为蜜蜂在他熟睡时往他嘴上吐了蜜。品达写过各种题材的诗，尤以合唱颂歌著称。他的诗以整个希腊民族为歌颂的主体，被誉为"国民诗人"。相对于其他抒情诗人，品达的诗传世较多，共45首3428行，主要是赞美奥林匹亚等竞技胜利者的颂歌。对欧洲文学有很大影响，在17世纪古典主义时期被认为是"崇高的颂歌"的典范。

"历史之父"指的是哪位文学家？

在古罗马时代，希罗多德就被誉为"历史之父"。所著《历史》一书,叙述西亚、北非及希腊诸地区之历史、地理及民族习俗、风土人情。书名和分卷方法均出自希腊化时代的学者之手。该书也是一部文学作品，书中众多人物性格鲜明，语言生动，亦作《希腊波斯战争史》。希罗多德的《历史》在希腊史学史上是第一部堪称为历史的著作。

希罗多德从30岁开始进行了一次范围广泛的旅游，向北走到黑海北岸，向南到达埃及最南端，向东至两河流域下游一带，向西抵达意大利半岛和西西里岛维持生活。每到一地，希罗多德就到历史古迹名胜处浏览凭吊，考察地理环境，了解风土人情。他还喜爱听当地人讲述民间传说和历史故事，他把这一切都记下来，并一直随身带着。

公元前445年，希罗多德来到了希腊的政治、经济和文化中心雅典。当时的雅典，经历了希腊和波斯之间的战争，政治经济都获得了高度发展，一派欣欣向荣的景象，学术文化更是称雄于世界。希罗多德感到异常兴奋，他积极参加各种集会和政治文化活动，并很快同政治家伯里克利、悲剧家索福克勒斯等人结下了深厚的情谊。希罗多德崇拜雅典的民主政治，对于不久前结束的以雅典为首的希腊城邦，在希腊波斯战争中打败奴隶制大国波斯的侵略，十分钦佩，他不停地向有关的人打听战争的各方面情况，收集了很多的历史资料。公元前443年春季，雅典人在意大利南部的塔林敦湾沿岸，建

立了图里翁城邦，希罗多德跟随雅典移民到了那里，成了这个城邦的公民。他开始将主要精力用来写作《历史》。可惜的是《历史》并没有最终完稿，希罗多德于公元前425年去世。

古希腊"三贤"分别指的是谁？

在希腊的历史上，苏格拉底、柏拉图和亚里士多德并称为"希腊三贤"。

苏格拉底是著名的古希腊的思想家、哲学家、教育家，也是柏拉图的老师。对西方的文艺理论作出了相当大的贡献。

苏格拉底出生于希腊雅典一个普通公民的家庭，他容貌平凡，语言朴实，却具有神圣的思想。他出生在希波战争取得完全胜利的时刻，成长在伯里克利的盛世，当时正值智者从全希腊各地云集雅典，给民主制度雅典带来了许多新知和自由论辩的新风尚。苏格拉底终生从事教育工作，具有丰富的教育实践经验，并有自己的教育理论。

柏拉图是古希腊伟大的哲学家，也是全部西方哲学乃至整个西方文化最伟大的哲学家和思想家之一。他一生著述颇丰，其教学思想主要集中在《理想国》和《法律篇》中。

亚里士多德集上古知识于一身，在他死后几百年中，没有一个人像他那样对知识有过系统考察和全面掌握，他的著作是

古代的百科全书。所以恩格斯称他是"最博学的人"。

柏拉图一生有哪些著作？

柏拉图才思敏捷，研究广泛，著述颇丰。以他的名义流传下来的著作有四十多篇，另有13封书信。柏拉图的主要哲学思想都是通过对话的形式记载下来的。在柏拉图的对话中，有很多是以苏格拉底之名进行的谈话，因此人们很难区分哪些是苏格拉底的思想，哪些是柏拉图的思想。经过后世一代代学者艰苦细致的考证，其中有24篇和4封书信被确定为真品，主要有：

《伊壁鸠鲁篇》《苏格拉底的申辩》《克力同篇》《斐多篇》《克堤拉斯篇》《泰阿泰德篇》《智士篇》《政治家篇》《巴曼尼得斯篇》《菲力帕斯篇》《飨宴篇》《斐德罗篇》《阿奇拜得篇之一》《阿奇拜得篇之二》《高尔吉亚篇》

柏拉图与他的学生亚里士多德比起来，在西方得到更多的尊重和注意。因为他的作品是西方文化的奠基文献。在西方哲学的各个学派中，很难找到没有吸收过他的著作的学派。在后世哲学家和基督教神学中，柏拉图的思想保持着巨大的辐射力，被称为是西方哲学的奠基人。有的哲学史家认为，直到近代，西方哲学才逐渐摆脱了柏拉图思想的控制。

"世态喜剧"最著名的代表作家是谁？

米南德是希腊新喜剧诗人，新喜剧又叫"世态喜剧"。米南德是当时最著名的"世态喜剧"的作家。米南德生于雅典，贵族出身，中期喜剧诗人阿勒克西斯是他的叔父，教过他写戏。米南德是亚里士多德的吕刻昂学院的继承人泰奥弗拉斯托斯的弟子，他知道亚里士多德的戏剧理论，读过泰奥弗拉斯托斯的《性格种种》。米南德同哲学家伊壁鸠鲁有交往，在哲学思想方面受过他的影响。雅典总督得墨特里奥斯是米南德的朋友，总督被推翻后，米南德受到审判，他的喜剧一度被拒绝上演。米南德写了105部剧本，得过8次奖。古希腊新喜剧只传下米南德的两部完整的剧本《恨世者》、《萨摩斯女子》和残剧《公断》、《割发》、《赫罗斯》、《农夫》等，前两部剧本是20世纪60年代以后发现的，残剧主要是1905年发现的。

在米南德生活的时代，雅典处在马其顿的高压之下，没有言论自由，不能谈论政治。米南德的作品通过爱情故事和家庭关系，反映当时的社会风尚，表现青年男女要求自由自主的愿望。米南德企图调和阶级矛盾，他提倡平等、宽大、仁慈。他的喜剧以性格描写取胜。他认为人们的幸运与不幸取决于本人的性格，这是伊壁鸠鲁的思想。米南德的语言优美，他的诗体明白如话，接近散文，剧中没有插科打诨，没有粗鲁的词句。

古希腊神话是如何产生的？

神话是人类最早的幻想性口头散文作品。人类童年时期的产物，文学的先河。神话产生的基础是远古时代生产力水平低下和人们为争取生存、提高生产能力而产生的认识自然、支配自然的积极要求。

古希腊神话是原始氏族社会的精神产物，是欧洲最早的文学样式，大约产生在公元前8世纪以前。古希腊神话的产生于他的地理位置有很大关系，古希腊位于欧洲南部、地中海的东北部，包括今巴尔干半岛、小亚细亚半岛西岸和爱琴海中的许多小岛。特定的地理条件是古希腊人难以在田地里依靠农耕方式谋生，而是在海上靠经商、做海盗或到海外开辟殖民地来生存。这种环境造就了古希腊人自由奔放、富于想象力、充满原始情充满智慧和力量的民族性格，也培育了古希腊人追求现世生命价值、注重个人地位和个人尊严的文化价值观念。正是在这块独特的物质与精神文化的土地上，古希腊民族渡过了自己魅力而健康的童年；在这块土壤上生长出了古希腊丰富多彩、雄大而活泼的文学艺术，它记录了古希腊民族那如梦年华的童话。

希腊神话是古希腊民族集体口头创作的产物，它是以口头文学的形式，在各部落长期流传中逐渐形成规模的，其在荷马、赫西俄德、（俄耳甫斯）等人的作品中得到充分的反映，后人根据这些零散的材料，整理出目前通行的希腊神话故事。希腊神话的内容是一个广阔浩繁的系统，其支脉庞杂，故事众多，内部并不完全一致，但它具有明显的家族色彩，存在一个基本的血缘脉络。其主要包括神的故事和英雄传说两部分。

希腊神话的主要特点是什么？

希腊神话是世界上保存得最完整、最系统、内容最丰富的神话，对西方文学艺术的发展产生了深远的影响。希腊神话主要特点如下：

1. "神人同形同性"被公认为是希腊神话最基本的特点。在世界神话中，希腊神话的"人话"色彩最为浓郁。

2.希腊神话"神人合一"，具有浓厚的人本主义色彩。神所经历的生活，实际上就是人的社会化生活，对神的肯定与赞扬，实际上就是对人的肯定和赞扬。因此，希腊神话的文化心理背景是乐观主义的，充满了追求光明、热爱现实生活、以人为本、肯定人的力量的思想。神力即人力越强，享受的就更多，生活的幸福就越大。希腊神话中的冥界也充满了明朗与人间的气息，不存在"末日审判"的恐惧与

11

神秘。

3.希腊神话形象生动、意境优美，在艺术手法上，既有浪漫夸张、又有现实描写，表现了古希腊人丰富的想象力和极大的创造力。中国人把神话历史化，神话故事当史实看待；希腊人把历史神话化，史实变为神话故事。希腊神话体现了人类童年时代的天真纯朴、活泼浪漫以及古希腊人渴望征服自然的顽强意志和美好理想。

4."宿命论"是中国神话与希腊神话的共同特点。希腊神话与中国神话一样相信命运，认为人不能战胜命运。如俄狄浦斯杀父娶母的故事。

希腊神话当中人性至上。以人为本是它最突出最与众不同的部分，在希腊神话中每个神都有自己的私心，它和一般神话和宗教的不同，使它在人类历史上产生了深远的影响。神是人最完美的体现，神与人同一形象，同一性格，是人的最高典型和个性最大的张扬放大。

希腊神话对西方文学的发展有什么影响？

希腊神话是古典文学的主要组成部分，而古典文学是西方文学的渊源，所以希腊神话对西方文学的发展有着至关重要的作用。对文学发展的影响如下：

1.文艺创作的源泉。希腊神话故事经历了丰富的时代变迁和历史风云，几乎成为希腊乃至欧洲一切文学和艺术活动

的基本素材。它从传说进入歌咏，从歌咏进入故事，从故事进入戏剧，最后进入通行全希腊的史诗，而且还在罗马文化中生根落户。从此以后，它为自身寻得了进入拉丁文和古德语的渠道，成为全欧洲的文化宝藏。今天欧美的戏剧、诗歌和其他的文化活动都在滔滔不绝流经于世的希腊神话中汲取新的营养，成为文艺再创造的重要源泉。

2.现代奥林匹克运动会的形成奠定了基础。古希腊是一个神话王国，优美动人的神话故事和曲折离奇的民间传说，为古奥运会的起源蒙上一层神秘的色彩。有关古代奥运会起源的传说有很多，最主要的有以下两种：一是古代奥林匹克运动会是为祭祀宙斯而定期举行的体育竞技活动。另一种传说与宙斯的儿子赫拉克勒斯有关。

3.建筑风格的影响。古希腊人的生活受控于宗教，所以理所当然的，古希腊的建筑最大的最漂亮的都非希腊神殿莫属。古希腊人认为，神也是人，只是神比普通人更加完美。呈现出希腊神殿建筑总的风格是庄重典雅，具有和谐、壮丽、崇高的美。这些风格特点在各个方面都有鲜明的表现。雕刻艺术、建筑风格在神话的背景下极度发达。

英雄传说当中主要人物的特征是什么？

在古希腊神话中，英雄特指神与人

结合所生的后代，是半人半神，实际上是原始部落集体的力量与指挥的代表。英雄传说起源于对祖先的崇拜，反映缘故的历史、社会生活以及人与自然的斗争等时间，具有超自然因素和神奇的色彩。

英雄传说以不同的英雄为中心形成了许多系统。著名的有珀耳修斯杀蛇怪美杜萨，伊阿宋寻找金羊毛，七雄攻忒拜，俄狄浦斯王，特洛伊战争和忒修斯为民除害的故事等。

珀耳修斯：希腊神话的英雄，宙斯化做金雨使达妮受孕所生。他和母亲受到外祖父的迫害，在众神的帮助下，他戴隐身帽，穿飞行鞋，用神剑砍下怪物美杜萨的头。美杜萨原是美女，因触犯女神雅典娜，头发变为毒蛇，面貌奇丑，任何人看她一眼就会变成石头。这则神话也是一个很美丽的童话，隐身帽、飞行鞋、魔术、妖怪都是童话的元素。

赫拉克勒斯：希腊神话最著名的英雄传说是赫拉克勒斯的12件大功。赫拉克勒斯是希腊神话中的第一个大英雄，由宙斯和凡人少女所生。宙斯把他带到俄林波斯山，让他喝了天后赫拉的神奶。婴儿咬伤了女神，赫拉的奶流出来形成了银河。

赫拉克勒斯长大后，立志为民除害，为人民建立了12件功勋。第一件就是杀死尼米亚狮，他将狮皮剥下穿在身上。战胜九头蛇是他的任务之一。九头蛇割头是杀不死的，割掉头又会重新长出。赫拉克勒斯一箭刺破蛇胆，才把九头蛇杀死。其他有扼死作恶多端的怪狮，驯服吃人的牝马，捕获发疯的公牛。赫拉克勒斯不但力大无穷，而且充满智慧。赫拉克勒斯的故事充满了英雄气概，反映了古代人民在战胜自然力量和猛兽、怪鸟的过程中所表现出来的勤劳勇敢、机智刚强的优秀品质。

古希腊神话是怎么样来反映现实生活的？

在老辈神谱里，女神居于支配地位，为女系社会的表现；旧神话还反映了蒙昧时代的情况，比如血亲杂交、吃人等。在新辈神谱的奥林帕斯神统中，反映了父权社会的等级关系，男神宙斯为首的十二主神，很像一个古希腊人的大家庭。神话和宗教的关系极为密切，希腊的奥林帕斯教即发源于希腊神话。但希腊神话中的神和其他比较发达的宗教中的神不同，奥林匹斯山上的神祇按人的心理动机思考和行动，亦有人的七情六欲，具备人的社群特点，沿用人的交际模式。从这个意义上说，神是不死的"凡人"。神的行为不受道德规范的约束，他们很任性，爱享乐，虚荣心、嫉妒心、复仇心都很强，好争权夺利，还不时溜下山来和人间的美貌男女偷情。亦即，他们和世俗生活很接近，像人一样，有情欲，有善恶，有计谋，互有血缘关系，是人格化了的形象，此即"神人同形同性说"。以宙斯为代表的大多数

神都喜欢作弄人类，甚至几次三番打算毁掉人类。古希腊人常常在神话中嘲笑神的邪恶，指责神的不公正。

英雄传说中的英雄都是神和人所生的后代，是半神半人式的英雄，具有过人的才能和非凡的毅力，都在某一神祇的保护下完成一番惊人的业绩。他们实际是集体力量和智慧的代表，展示了希腊人民对勤劳勇敢和英雄主义的赞美和向往。英雄传说常以某一英雄为中心，形成了许多系统，主要有赫拉克勒斯的使二件大功，忒修斯为民除害，伊阿宋取金羊毛，俄狄浦斯的故事，奥德修斯的故事，特洛亚战争的故事等等。

希腊神话是古希腊人最初的意识活动成果，它艺术地概括了他们对自然和社会的认识，表达了他们对社会不平现象的义愤，集中了他们的经验和理想，充满乐观精神，具有天真美丽的幻想和清新质朴的风格。其艺术特征主要有三点：1. 想象力极强。把自然界、人类社会、精神领域的一切现象都拟人化、神话化，入情入理，创造出令人难忘的意境和鲜明的形象。2. 故事性极强。情节曲折，起伏跌宕，有头有尾，娓娓道来，动听感人。3. 哲理性强。希腊神话既富情趣，又极深刻，是早期人类经验和智慧的结晶，许多故事寓意丰富，发人深思。如：西西弗斯的故事、代达罗斯的故事、安泰俄斯的故事等。

荷马史诗的主要内容是什么？

荷马史诗包括《伊利亚特》和《奥德赛》两部分。由这两部史诗组成的荷马史诗，语言简练，情节生动，形象鲜明，结构严密，是古代世界一部著名的杰作。

《伊利亚特》产生的时间早于《奥德赛》。《伊利亚特》题名原意是"伊利昂之歌"，写希腊人围攻特洛伊城的故事。当时的希腊人称特洛伊为伊利昂。《伊利亚特》即以此为楔子，描写"阿喀琉斯的愤怒"及此后51天内发生的事情，波澜迭起，险象环生。面对特洛伊军的凌厉攻势，阿伽门农王被迫向阿喀琉斯道歉，然而阿喀琉斯余怒未消，仍拒不出战。危急关头，阿喀琉斯的好友帕忒洛克罗斯披挂上阿喀琉斯的盔甲杀入敌阵，却不幸被赫克托尔刺死。阿喀琉斯痛不欲生，决意为亡友报仇，愤而再上疆场。特洛伊人望风披靡，阿喀琉斯最后与赫克托尔对阵，赫克托尔不敌，绕城三匝，终为所杀，尸体亦被阿喀琉斯拖回阵地。特洛伊老王普里阿摩斯冒险入阵，向阿喀琉斯跪求归还儿子的尸体，终获同意，特洛伊人为之隆重举哀，史诗在葬礼处结束。

《奥德赛》题名原意是"奥德修斯的故事"，写希腊英雄奥德修斯在特洛伊战争结束后还乡的故事。特洛伊战争后，希腊英雄们都凯旋回国了，但伊大卡国王奥德修斯却遇到了大难。第10年上，他漂流到了斯克里亚岛，岛上国王款待了他，并请求他讲述自己离开特洛伊之后的遭遇。原来他们一路经历过独眼巨人、塞壬女妖、神女卡吕浦索等，真是千辛万苦，大难不死。国王为奥德修斯的故事所打动，送了许多礼物，并用船将他们送回故乡。与此同时，一群求婚者正赖在奥德修斯家中，向他的妻子佩涅洛碧求婚，并大肆挥霍他的家产。奥德修斯不露声色，化装成乞丐，试探他的妻子，同他的儿子一起，在一次比武中杀死了全部求婚人，惩办了不忠的奴隶，最后与分离多年忠贞不二的妻子幸福团圆。

荷马史诗规模宏伟，内容丰富，极为广阔地反映了当时的希腊社会生活和人们的精神面貌，体现了古希腊人关于天文、地理、历史、宗教、社会、哲学、艺术、神话和民俗等的一切知识。荷马史诗是古希腊人的百科全书，他们从中吸取知识，接受教育，是整个古典时期希腊教育和文化的基础。荷马史诗用神话的方式，表现了特定的社会历史内容，这两部史诗记载的是古希腊长期流传的关于特洛伊战争的英雄传说的总汇。

荷马史诗具有什么样的主题思想？

荷马史诗的基本主题是歌颂希腊全民族的光荣史迹，赞美勇敢、正义、无私、勤劳等善良品德，讴歌克服一切困难的乐观主义精神，肯定人与生活的价值。史诗的思想价值可归纳如下几点：

1.英雄主义的理想观。荷马史诗又称"英雄史诗"，它塑造了众多的英雄形象，通过这些形象表现了那个英雄时代的英雄主义理想。这首先表现在对战争的正面描写上，这一点尤其表现在《伊利亚特》中。作者以恢弘的彩笔气势磅礴地描绘了古战场的人喊马嘶、群雄争斗、刀光剑影、血雨腥风。在这期间，一个个英雄各展雄姿，坦率、真诚、雄辩的阿喀琉斯，在战场上骁勇善战、奋不顾身而又暴烈鲁莽、性如烈火。奥德修斯则是一个智勇双全的英雄，他英勇顽强、战斗不息，且又智慧过人。

2.个人主义的价值观。史诗通过英雄形象的描写，表现了古希腊个体本位的文化价值观念。史诗中的英雄们的行为动机都与个人的荣誉、爱情、财产、王位等分不开（《伊利亚特》）；他们的冒险，也往往出于显示自己的勇敢、技艺、智慧和健美，得到或维护个人权力、利益、爱情和荣誉，实现个体价值（《奥德赛》）。

3.通过对神的世界的描写，表现了古希腊人朴素的宗教观和人文意识。荷马史诗讲述的故事所发生的时代，是一个神人共处的时代，神与人的关系远比后世密切。按照荷马的观点，众神力大无比，知晓一切，因而理所当然地拥有凡人想要而往往不那么容易获得的东西，并把它们恩赐给可怜的、在心力和智力方面都受到极大局限的凡人。神明主导凡人的生活，在

很大程度上决定人的祸福。总之，史诗中的神的世界其实是诗化了的人文世界。还有，荷马史诗对战争本身很少作正义与否价值判断。诗人对战争双方的英雄都不遗余力地加以热情洋溢的赞美和歌颂。这是一种对人本身的歌颂，它超越了狭隘的恩怨是非关系和狭隘的民族主义。这也是人文意识的表现。

4.通过对人与命运的冲突，表现了古希腊文学和文化中的悲剧意识。在荷马笔下，人除了神以外，还受到另一种力量的制约，这就是命运或命限。对于人的命运，神也不能有所改变的，尽管他们能改变。和幸福的或快乐的神明相比，凡人是可怜的或可悲的。凡人从出生的那一刻开始便已受到命运的摆布，带上了死亡的阴影。即便是王者的生活，也不可避免地包孕着悲愁的种子。总之，用有限的生命抗拒无限的困苦和磨难，在短促的一生中使生命最大限度地展现自身的价值，使它在抗争的最炽烈的热点上闪耀出勇力、智慧和进取精神的光华。把对生命的热爱之情上升为对人生价值的追寻，这是古希腊人的人生观，也是西方"悲剧意识"的源头。

古希腊戏剧源于哪里？

公元前569年，雅典的僭主庇士特拉妥为了争取农民的支持，把酒神祭典由农村引入城市，成为一个全民性的节庆。因为举办的规模越来越大，与此相适应的剧场便出现了。"剧场"这个词，按希腊语的意译就是"供人观赏的地方"。在伯里克利执政时期，雅典的戏剧活动极为鼎盛，政府在雅典卫城上修建了一个圆形露天剧场，可容纳三万观众。每年春季，政府组织盛大的戏剧竞赛。为了鼓励公民看戏，政府还发放观剧津贴。政府支持戏剧的实质是借演出来宣传奴隶主的民主政治思想，实现政治教育、道德教育的任务：诸如，为保卫祖国抵抗外来入侵的问题，提倡发扬民主、反对暴政的问题，不敬天神的问题，反对同室操戈、互相仇杀的问题，由法制观念取代因果报应的问题，不一而足。因此，当时演出的戏剧具有重要的社会现实意义。

在乡村的酒神祭典中，能歌善舞的民间歌手组成一个约50人的合唱队，并选出一个歌队长充当领唱。合唱队员们扮作半羊半人的森林之神，以山羊皮做装束，胸前佩带山羊角，脸上贴着用槲树叶做的胡须，头上戴着常春藤编制的花冠，他们总是走在整个队伍的前列，载歌载舞。游行队伍每停留在一个广场或者宽阔的高地上，就由歌队长指挥合唱队演唱。演唱的歌曲主要是讲述酒神在尘世经受的苦难和考验，又叫"酒神颂歌"。歌队长不仅是指挥，同时又是主要的演员，他往往一个人站在较高的地方，讲一段，唱一段，有时还要和合唱队进行对答。后来，表演中增加了一个"应和人"与歌队长的对答，也就增加了对话的成分。除此以外，酒神祭典中大都以游行和无拘无束的狂欢为起点，在放纵和欢乐的气氛中也不乏狂欢歌舞和滑稽戏。

古希腊的戏剧就这样在酒神祭典中发展起来。悲剧起源于"酒神颂歌"，"应和人"是第一个演员，"悲剧"一词的希腊文原意就是"山羊之歌"。喜剧也由歌舞和滑稽戏中脱胎而出，"喜剧"一词的希腊文原意是"狂欢之歌"。

古希腊悲剧有什么样的特征？

古希腊悲剧大都取材于神话、英雄传说和史诗，其反映的事件和情调都很严肃。古希腊悲剧一般具有深远的历史、宗教和人文背景，探讨形而上学的和伦理学的问题，考查生活的意义，把人的生存看成是对智能和意志的挑战。悲剧中描写的冲突往往是难以调和的。悲剧主人公多半具有坚强不屈的性格，虽然在与命运或逆境的抗争中失败了，但其精神是不可战胜的，其形象高大雄伟，气势壮烈磅礴。这一切赋予悲剧一种崇高悲壮的风格。即，希腊悲剧的戏剧效果并不是悲（悲哀、悲观），而是一种具有人生哲理意义（命运）的困惑与恐惧之情，一种对剧中人物遭受苦难（生存）的深刻的同情。

古希腊悲剧形式上由唱段和话语两种要素组成。合唱歌队演出唱段部分。这是最早的因素，它渲染舞台气氛，活跃戏剧场面，充当戏剧角色，同时还是戏剧作者、观众甚至城邦利益的代言人，代替作者交代剧情或对剧中人物、事件进行评论。换幕时，歌队还具有幕布的作用，使演员从容换去面具，变成另一个角色。演出者承担话语部分。最初的酒神颂是由歌队提出问题，由作者临时口占作答，所以诗作者实际已经成了演员，后来的许多剧作者都参加自己作品的演出。

古希腊悲剧在公元前5世纪达到登峰造极的地步，当时的悲剧诗人可谓群星璀璨，创作作品之多，令人瞠目结舌。但其中绝大多数都在中世纪结束前佚失了，现在谈论古希腊戏剧，实际是指埃斯库罗斯、索福克勒斯、欧里庇得斯三诗人的得以幸存的32部作品。

"古希腊悲剧之父"指的是谁？

"古希腊悲剧之父"指的是埃斯库罗斯，他古希腊最伟大的悲剧作家，出身贵族，生活在雅典历史的上升时期，曾亲自参加过希波战争，是一个坚定的爱国者，亦是一个有保留的民主派。在悲剧上，他的最大贡献是引进第二个演员，这为剧情的发展和戏剧道白的丰富多彩提供了可能和便利的条件，使严格意义上的戏剧对话成为可能，从而为戏剧繁荣打开了形式上的局面。他还第一个采用故事连贯的三联剧（三部曲）形式，使戏剧容量大幅度扩充。此外，他还首先采用了画景、高底靴、定型面具和鲜明艳丽的服装，多具异

域风格和令人恐怖的效果，因而营造出非同寻常的舞台气氛。按当时习惯，埃斯库罗斯亦亲自参加自己大多数作品的演出。正是由于埃斯库罗斯，古希腊悲剧才具有了较为完备的形式。因此，在他死后，希腊人授予他"悲剧之父"的称号。

《俄瑞斯忒亚》三联剧标志着埃斯库罗斯在戏剧创作上取得的最伟大的成就，也可以说是古希腊戏剧中一部最成功的代表作。它是流传至今的唯一一部完整的古希腊三联剧。故事以阿耳戈斯国王阿特柔斯家族世仇为背景。《阿伽门农》中，一开场，歌队讲述了阿特柔斯之子阿伽门农献祭女儿的经过，然后是阿伽门农在荡平特洛伊后返回家乡，被王后克吕泰墨斯特拉所杀。《奠酒人》描写阿伽门农之子俄瑞斯忒斯回国，遵照阿波罗之命，先杀埃吉斯托斯，经犹豫复杀母亲，在复仇女神追踪下逃走。《复仇女神》描写俄瑞斯忒斯根据太阳神指令前往雅典求助雅典娜，俄瑞斯忒斯被复仇女神指控后，陪审团以6票对6票而无法定案，雅典娜作为庭长投下赦罪一票，最终赦免了俄瑞斯忒斯。

这个三部曲反映了父权制对于母权制的斗争和胜利，也表现了血族复仇这一古老的氏族习俗必须代之以法律文明。埃斯库罗斯在这部三联剧中，深化了荷马以来的命运主题，表述了人的生存始终与痛苦和灾难相伴，生活的险恶或许超过人们的想象，血污带来的报复令他们毛骨悚然。

《普罗米修斯》三联剧是埃斯库罗斯最著名也是影响最大的作品。包括《被缚的普罗米修斯》、《被释放的普罗米修斯》、《带火的普罗米修斯》。《被缚的普罗米修斯》是希腊悲剧中主题最崇高、风格最雄伟庄严的作品之一。

谁被称为"戏剧艺术的荷马"？

索福克勒斯是"雅典三大悲剧家"作家之一，同时也被后人称为"戏剧艺术的荷马"。生活在雅典奴隶主民主制全盛时期，早年受过良好的教育，貌美而擅长音乐，他与民主派领袖伯利克里交往很深，是一个温和的民主派，一生两次担任将军之职，他的一生大抵平静而成功，人们认为他是个宁静、幸福的人。但却没有人如他一样深刻而真实地抒写了人生的痛苦与冲突。他首次在悲剧中将演员增至三人。他一生剧作120多部，获奖24次，惜只有7部流传下来。

现存完整的剧本7部：《埃阿斯》、《安提戈涅》、《俄狄浦斯王》、《埃勒克特拉》、《特拉基斯少女》、《菲罗克忒忒斯》、《奥狄浦斯在科洛诺斯》。索福克勒斯生活时期适值雅典民主制全盛时期，因此他的剧本反映的也是雅典民主制繁荣时期的思想意识。他拥护民主制度，主张公民平等，法律治邦。他赞扬人的自由意志，赞扬人在同恶运斗争中的坚韧精神。他的宗教观念偏于保守，主张维护传统的宗教观念。他善于刻画人物，人物个性鲜明，语言简明有力。他使剧中演员增加到3个，从而增加了对话的作用，但歌队仍然是剧情发展的有机组成部分。索福克勒斯早年就盛名远扬，在戏剧竞赛中总能获得胜利，自从公元前468年在戏剧比赛中赢了埃斯库罗斯，到72岁后败给欧里庇得斯，其间罕有人能与之匹敌。据说，在索福克勒斯的坟头上，立了一个善于唱歌的人头鸟雕像，这是人们对他在戏剧方面伟大成就的肯定。

《俄狄浦斯王》的主要内容是什么？

《俄狄浦斯王》是索福克勒斯的代表作，取材于忒拜系统的英雄传说。太阳神谕示忒拜国王拉伊俄斯必死于儿子之手，儿子一出生，他便命令牧羊人将其抛弃荒山，但牧羊人却将婴儿送给了科林索斯国王的仆人。孩子遂由国王收养，取名俄狄浦斯。太阳神谕示俄狄浦斯成年后要杀父娶母，为逃避这一可怕命运，他长大后逃开了科林索斯。在路上，他因争吵偶杀一名老人，不料正是自己的生父拉伊俄斯。在忒拜城郊，他猜破司芬克斯之谜，解除了忒拜城的灾难，而被拥立为王。他娶了王后为妻，殊不知这正是自己的生母伊俄卡斯忒。多年以后，忒拜城瘟疫流行，太阳神谕示必须严惩杀死前王的凶手才可消除瘟疫。俄狄浦斯认真查处，结果发现追查的对象正是他自己，杀父娶母的预言应验了。伊俄卡斯忒自杀，俄狄浦斯悲愤欲狂，刺瞎双眼，请求自我流放。

这部悲剧，从忒拜城父老请求俄狄浦斯设法消除瘟疫开始，描写了人的意志与命运的矛盾冲突，表现了善良刚毅的英雄俄狄浦斯在和邪恶的命运的搏斗中遭到的不可避免的毁灭，歌颂了具有独立意志的人的勇敢坚强的斗争精神。在这部悲剧中，"命运"被描写成一种巨大力量，他像一个魔影，总在主人公行动之前设下陷阱，使其步入罪恶的深渊。在作者眼里，命运的性质是邪恶的和不可顺从的，而它的力量又是巨大和不可抗拒的，根源是神秘和不可解的。剧作正好表现了人的自由意志与命运的冲突，所以被称为"命运悲剧"。中心人物俄狄浦斯是个英雄而不是弱者，他不仅勇于和邪恶的命运抗争，也敢于直面现实承担责任。作品充分表现了他诚实、正直、善良、坚强的优秀品质，和自我负责的刚毅精神。

该剧的艺术成就主要表现在精妙的结构上。这一点可与《伊利亚特》相比，因此诗人被称为"戏剧艺术的荷马"。

"舞台上的哲学家"指的是哪位作家？

欧里庇得斯（公元前485年—前406年）是雅典奴隶主民主制国家危机时期的悲剧作家，出身贵族，他深受智者学派影

响，在悲剧里他提出了许多问题，诸如神性与人性、战争与和平、民主、妇女、家庭、奴隶等，因而被称为"舞台上的哲学家"。他一生虽未参与过政治生活，但一直细心观察思考当时的现实，对许多问题都有自己的独到见解，在三大悲剧作家中，他是反映现实生活最具体、最真实的一位。据说欧里庇得斯一生写有92部剧作，流传下来的有18部。妇女问题一直是欧里庇得斯所关注的，18部里有12部以妇女为主要人物，其中《美狄亚》、《特洛伊妇女》、《希波吕托斯》等的妇女形象最成功。

《美狄亚》一剧集中体现了作者对受压迫妇女的同情，作者借主人公在剧中表达说："在一切有理智、有灵性的生物当中，我们女子算是最不幸的。"《美狄亚》取材于希腊神话，描写王子伊阿宋在美狄亚的帮助下，盗取金羊毛，并与她结为夫妻。夫妇后来来到科林索斯，伊阿宋变了心，他要做科林索斯国王的女婿，娶公主格劳刻为妻。国王克瑞翁还要将美狄亚驱逐出境，她苦苦哀求也无济于事。这激起美狄亚的愤怒，她设计毒死了公主和国王，又忍痛杀死两个儿子，绝了丈夫的后嗣，如此惩罚伊阿宋后，她乘飞龙车逃往雅典。在这出悲剧中，美狄亚的性格鲜明、生动、复杂，她能刚能柔，既富于理智又富于感情，既热情又残忍，既可爱又可怕的矛盾统一体。她是一个热烈追求爱情平等、带有原始特点的泼辣女性。

古希腊喜剧有哪些特征？

古希腊喜剧的形成在悲剧之后，直至雅典城邦进入危机时代它的繁荣期才到来。讽刺丑恶人物和针砭时弊是喜剧的特色。古希腊喜剧取材于现实，揭示尖锐的社会矛盾和问题，较多地反映出下层平民和普通百姓的思想意识。

古希腊喜剧起源于祭祀酒神的狂欢歌舞和民间滑稽戏。可分为西西里喜剧和阿提卡喜剧，其中后者影响最大。公元前486年，雅典正式确定在春季酒神节庆典中，阿提卡喜剧成为比赛项目。它分为旧喜剧（政治讽刺）、中喜剧（社会讽刺）、新喜剧三个不同的发展时期。古希腊喜剧大半是政治讽刺剧和社会讽刺剧，它产生于言论比较自由的民主制繁荣时期，讽刺的对象是社会的著名人物，特别是当权人物。到了内战期间，虽然战乱频仍，贫富分化严重，但言论自由还是有的，喜剧加强了社会批判性，也还是产生了大量优秀之作。一般来说，喜剧中的人物大半是普通人，角色比悲剧的多一些。由于其起源，喜剧从故事情节、人物形象到台词、动作，都非常夸张、滑稽，甚至有些荒诞、粗俗。形式虽然轻松，但表达的主题却是严肃的，它通过嘲笑而起教育作用。

"喜剧之父"的写作风格是什么？

阿里斯托芬是一位非常伟大的喜剧作家，被尊为"喜剧之父"。他的作品具有强烈的现实感，他的创作态度十分严肃，始终站在人民的立场上。战时他反对内战，反对政治煽动家；战后他反对贫富不均，竭力维护雅典民主盛世的传统。但他采用的手法则极其夸张，他在创作中驰骋想象，虚构出种种离奇的戏剧情节，塑造出种种特殊的人物性格。他的语言来自民间，朴实、自然、诙谐、生动，既有粗俗的插科打诨，也有优美的抒情诗歌，他的风格粗犷奔放，同时又自然纯朴，因而广受群众欢迎。阿里斯托芬成功运用喜剧这一滑稽荒诞的形式表现了重大严肃的主题，成为世界文学史上一位不朽的喜剧作家。

阿里斯托芬主要属于旧喜剧诗人。他早年大概在农村度过，其作品表现出对劳动的热爱，对大自然的敏感，对民间语言的偏好。但他一生的大部分时间在雅典度过，雅典人的日常生活细节，在他的喜剧中有最充分的表现。阿里斯托芬受过良好的教育，通晓古典文学和艺术，他始终是苏格拉底和柏拉图的朋友。他一生写有44出喜剧，流传至今的有12出，主要有《阿卡奈人》（公元前425年）、《云》（公元前423年）、《鸟》（公元前414年）、《蛙》（公元前421年）、《公民大会妇女》（约公元前392年）等。

《阿卡奈人》在公元前425年上演，曾获头奖。该剧主张和平，矛头直指雅典主战派。这出戏写于雅典和斯巴达战争开始的第6年。它通过将雅典的公民大会这样庄严隆重的场面写成夸张的漫画式的滑稽闹剧，展现了非常严肃的反战主题，主张各城邦团结友好，发扬马拉松精神。《鸟》亦是阿里斯托芬的杰作之一，是古希腊现存结构最完整的寓言喜剧，是乌托邦喜剧最壮丽的典范。《鸟》的主人公珀斯忒泰洛斯（意为可信仰的）和他的同伴欧厄尔庇得斯（意为有希望的）躲避喧闹而奔忙的雅典生活中的焦虑和不安，和一群鸟在天和地之间建立了一个"云中鹧鸪国"。这是一个理想社会，没有贫富差别，没有剥削。《鸟》的艺术性较高，情节丰富，色彩绚丽，抒情气氛浓厚。这出戏是欧洲文学史上第一部描写理想社会的作品。

古罗马文学的发展渊源是什么？

罗马城建立于公元前8世纪。在古罗马人生活的伊特鲁利亚以南、台伯河以西地区，包含文艺活动的拉丁朱庇特庆祭节的设立应该不迟于公元前7世纪。受伊特鲁利亚文明的影响，包括罗马人在内的拉丁人逐渐形成了自己的乡土文化。

古罗马的文化主要是继承希腊文化而逐渐发展起来的。在希腊化时期，罗马就输入了许多希腊作品，加以翻译和摹仿。

在公元前146年罗马灭亡希腊之后，更是将全部希腊神话、诗歌和戏剧据为己有，找了许多从希腊俘虏来的奴隶来做家庭教师，让他们编剧作诗，并研究各种科学，这使得古罗马文学染上了浓厚的希腊色彩。以神话为例，同希腊文化接触后，许多罗马的神祇便同希腊的神祇结合起来。

当然，古罗马文学也并非全是古希腊文学的仿造品，因为它毕竟是罗马社会的产物，其采用的语言是拉丁语。在西方学术界，古罗马文学被认为是广义的拉丁文学的一部分。与古希腊海洋民族不同，古罗马属于内陆民族，主要以耕牧方式生存，具有上古农民和牧民粗鄙、蒙昧、淳朴的特点。建国之后的古罗马崇尚武力，追求社会与国家、法律与集权的强盛与完美，其文学具有更强的理性精神和集体意识，具有庄严崇高的气质，却也缺少希腊文学生动活泼的灵气和无拘无束的儿童式的天真烂漫。古罗马文学在艺术上强调均衡、严整、和谐，重视修辞与句法，技巧上偏于雕琢与矫饰。

古罗马文学经历了什么样的发展过程？

罗马文学中首先发展的是诗歌。它以口头创作为主，形式多样，包括每年3月祭祀战神的踊者之歌及其他宗教颂歌、咒文，纺织、划桨、摘葡萄等各种劳动的伴唱歌曲，殡葬时的挽歌，取材于罗马历史传说的宴会歌，各种嘲讽短诗等。它们在发展过程中逐渐形成了同民间诗歌内容相适应的诗体，常用诗体为用罗马最古老的神的名字命名的萨图尔努斯诗体。

古罗马戏剧萌芽于农村丰收节庆。每年12月举行的萨图尔努斯节是罗马人的传统节日，在葡萄栽植或收获季节，罗马人也举行庆祝。节庆期间流行的菲斯刻尼调的即兴诗歌对唱包含有戏剧的萌芽成分。据说公元前4世纪中叶，伊特鲁里亚人的歌舞传入罗马，产生一种同菲斯刻尼表演类似但更为复杂的杂戏。这是一种包括对话、唱歌、音乐、舞蹈的滑稽表演。公元前300年左右出现的阿特拉笑剧，标志着罗马民间戏剧发展的新阶段。古罗马的民间戏剧表演为后来罗马戏剧、特别是喜剧的发展奠定了基础。

罗马散文也在这一时期萌芽，起初主要是政府文告，如史官每年关于战争、凯旋、瘟疫、日月蚀等重大事件的记载，以及后来失传的十二铜表法等。共和制为演说术的发展提供了条件，据西塞罗称，克劳狄乌斯·克库斯于公元前280年在元老院发表的演说辞曾经以书面形式流传。这标志着口头文学向书面文学的过渡。此外，克劳狄乌斯还曾编过诗体的道德箴言集。

古罗马文学的发展经历了哪几个阶段？

古罗马文学的发展大致经历了三个

阶段：即共和时代、黄金时代、白银时代。这里的共和时期是文学概念而非政治概念。

1.共和时代：始于前3世纪，至公元前1世纪早期（公元前240年—公元前30年）。古罗马有文人作家的历史始于前3世纪从希腊俘虏来的奴隶安德罗尼库斯（约公元前280年—公元前240年），他是古罗马文学的奠基人，主要功绩是介绍希腊文学精华给缺少书面文学传统的罗马人，移栽古希腊文学形式到缺少骨干文学类型的古罗马。古罗马共和时期的文学成绩主要在喜剧，因为随着罗马国势扩张，贵族和富商积聚了大量财富，生活日趋奢侈，需要娱乐享受，但他们又不能欣赏希腊悲剧，也不允许阿里斯托芬式的政治讽刺喜剧上演，这样便只有米南德式的引人发笑的讽刺世俗的轻松喜剧发达起来。代表作家是普劳图斯（约公元前254年—公元前184年）。另有诗人兼剧作家埃纽斯（公元前239年—公元前169年），代表作有史诗《编年史》，风格沉稳、凝重、宽宏，立意深远，文风洒脱、绮丽，可惜已基本佚失。他被同胞尊为"罗马文学之父"。

2.黄金时代：罗马共和国末期和屋大维统治时期合称罗马文学史上的"黄金时代"（公元前100年—公元17年），这一时期的文学创作，无论诗歌、散文还是文艺理论，都取得了较大成就。这是拉丁文学史上的古典或曰辉煌时期，涵盖两为著名人物的活动年代，即"西塞罗时期"

（公元前70年—公元前30年）和"奥古斯都时期"（公元前31年—公元前14年）。

3.白银时代：屋大维死后的200年间，史称罗马文学的"白银时代"（公元17年—公元30年）文学中的宫廷趣味日趋浓重，到2世纪前半叶达到高潮。文学更加成为少数人的消遣，颓废倾向愈发明显。在专制淫威箝制言论自由的情况下，他们的思想多于斯多葛派的内心宁静和忍耐，有时悲观绝望，沉于宗教迷信，有时则又阿谀奉承。

黄金时代文学主要成就是什么？

黄金时代文学的发展主要分为两个时期：前一时期有当时首屈一指的修辞学家和哲学家西塞罗（公元前106—公元前43年），他把古代雄辩术推到了高峰。此外有诗人卢克莱修（公元前99—公元前55年），传世之作《物性论》，是一部规模宏大，风格崇高的哲理诗，可算作一部史诗，着重阐述伊壁鸠鲁的哲学思想，间接介绍了德谟克里特的原子论。

后一时期在古罗马文学中成就最高，出现了：维吉尔、奥维德、荷拉斯等大诗人。维吉尔（公元前70年—公元前19年）古罗马最伟大的诗人。他生长在农村，对自然之美有独特而深刻的感受，这对他的创作产生了直接影响。他的重要作品有《牧歌》10首，《农事诗》4卷，史诗《埃涅阿斯纪》。维吉尔十分谦虚，对自

已要求严格，三十岁才发表第一部诗集《牧歌》（公元前42年—公元前37年），一举成名。诗作采用牧羊人对歌和独歌的形式，抒发牧人的爱情，描绘田园风光，表现乡村的乐趣，有的也直抒胸臆发表对时政的感受。全诗散发出故乡草场的气息，一种田园的芬芳。《牧歌》构思精巧，立意新颖，想象丰富，语言优美，发表后广为传诵，后世亦多摹仿。《农事诗》（公元前37年—公元前30年），谈到种庄稼、种葡萄、种橄榄树和牧羊、养蜜蜂等，体裁和题材上属于农事教谕诗，它摹仿赫西俄德的《农作与时日》而来。诗人对自然现象很敏感，赋予生产劳动以诗意。相传屋大维对《农事诗》甚为欣赏，曾连续四日亲自聆听朗诵。

白银时代具有哪些代表性作家？

白银时代古罗马文学已经处于颓废的时期，但是仍然有几个对文学发展影响巨大的作家，他们分别是：小说家阿普列尤斯（124年—175年）的《金驴记》（又称《变形记》），作者出身北非，有广泛漫游经历。小说以自叙形式写成，叙述一个青年因巫术而变成一头驴子后的苦难经历，通过他的见闻，忠实而广泛地描写了罗马帝国外省的生活。作为驴子，人们对他没有戒心，使他耳闻目睹了人们最卑鄙的思想和行为。小说也写了不少巫术、怪异，贯穿着埃及宗教的神秘精神。《金驴记》对后世的薄伽丘、塞万提斯等有较深影响。

普鲁塔克（46年—120年）生于希腊，著述甚丰，保存至今者100余种。最著名的是传记文学《希腊罗马名人传》50篇，记载从半神话人物一直到一世纪的罗马皇帝的水平。作品择希腊与罗马品行和事业相似者并列记述，这些成对的人物大多数附有"合论"，加以对比和折衷，宣扬节制、人道以及对神的恐惧来反对罪恶和暴政。整部作品按希腊传记程式从传主的身世、出身、青少年时期、性格、事迹一直写到去世，但着重细节与轶事，说教明显。另外，作者拉丁文水平不高，因而罗马部分逊色于希腊部分；史实也有不少失真之处，年代时亦混乱。该书对后世影响很大。

第二章　教会主义的盛行——中世纪文学

中世纪文学有哪些突出的特征？

基督教思想制约着中世纪文化。虽然当时的作家所受的影响有深浅的不同，但是，在基督教思想逐渐深入到各个文化领域，并成为中世纪精神支柱的过程中，各类文学无不打上了它的印迹。有些文学作品公开宣扬禁欲主义和来世思想，表现了封建领主和地主阶级及其精神上的代表僧侣阶级的意识形态特征。同样，也有些作品，仅仅带有崇奉基督教思想的特点。这反映了基督教对文学影响的复杂性。

在各种文化的交融中，特别是在中世纪封建制度和封建国家形成与确立的历史条件的作用下，中世纪文学突出了各民族文学遗产中的一个基本思想——爱国主义和英雄主义。很多作品描写和反映了欧洲封建国家形成和确立时期的社会现实，歌颂了为保卫国家和民族而献身的英雄人物，赞美了在确保王权中起过重大作用的英明帝王。但有些作品又将歌颂英雄和爱国思想与忠君思想、宗教思想结合起来，这实际上是爱国思想和英雄主义的中世纪化，也是东方古代文化中特有因素对中世纪欧洲文学的影响的反映。

中世纪作为等级森严的社会结构形态，还出现了特定阶层的文学作品和文学现象。例如骑士阶层、市民阶层的出现，就使得在正统的基督教文学占统治地位的同时，世俗文化的传统也以新的形态发展着，他们的思想感情和生活理想在文学作品中得到了反映。骑士文学将爱情作为描写的主要对象，肯定现世生活，在一定的程度上承继了古代文化精神，背离了禁欲主义。市民文学将笔触指向城市市井生活和世态人情，具有较强的反封建意义。

教会文学的主要作用是什么？

教会文学又称僧侣文学，在中世纪欧洲文学史上长期占据统治地位。这种主要是指当时的教士和修士写出的文学作品，基本体裁有基督故事、圣徒传、祷告文、赞美诗、宗教叙事诗、宗教戏剧等。这种大多取材于《圣经》的文学样式，描写上帝万能、圣母奇迹、圣徒布道和信徒苦修，创作目的主要是宣传宗教教义，鼓吹禁欲主义和来世思想。它用根本不存在的天堂幸福诱惑欺骗被压迫、受剥削的人民，使其俯首帖耳，

忍受社会的苦难，以维护封建地主阶级和教会势力的血腥统治。

教会文学在艺术上，多采用梦幻故事的形式和寓意性、象征性的表现手法，并将这些艺术形式和手法发展到了成熟阶段。这是对古希腊古罗马以来艺术形式的巨大发展。

教会文学是指被天主教会用来宣传教义、进行宗教统治的文学。教会文学的主要题材取自《圣经》，形式主要有圣经故事、圣徒传、祈祷文、赞美诗等。其主要内容是宣扬神的权威和禁欲主义、出世思想。教会文学借圣经故事宣传所谓"原罪"说：人类的祖先亚当违背上帝的禁令，偷吃了伊甸乐园的禁果，因而犯下了大罪，人类生活在这个世界上就要赎免这"原始的罪恶"，终身受苦，禁止一切欲望，以求来世升入天堂。教会文学还宣扬所谓圣母的奇迹、上帝的全能，赞颂那些抛弃尘世而进行苦修的圣徒。教会把世俗生活和人的一切生理要求都说成是一种罪恶，要求人们把得救的希望寄托于上帝的恩赐和渺茫的来世。

教会文学有着巨大的影响，在整个欧洲的中世纪，一切文化艺术都被染上了宗教色彩，尤其是《圣经》，对欧洲文学的发展极为深远。

骑士文学的主要特征是什么？

骑士文学历来便是一种制度（骑士制度）与一种文化（基督文化）相结合的产物，骑士制度的兴亡直接决定了骑士文学的兴亡。骑士文学产生、发展、衰亡的历史就是中世纪骑士制度的产生、发展、衰亡的历史

欧洲骑士文学繁盛于12、13世纪的法国，主要形式有三种：骑士抒情诗、英雄史诗、骑士传奇。其中骑士抒情诗以《破晓歌》为代表，英雄史诗以《罗兰之歌》为代表，骑士传奇则完全出于文学的浪漫想象而由文人或宫廷诗人创作，数量众多，系统繁复，可以说是骑士文学的主要形式。

骑士的精神是被基督教义所武装的，骑士的忠君、护教、行侠乃是以政治和宗教利益为准则的，实际上他们不但是封建领主所豢养的武力阶层，而且其自身也属于封建统治者。他们忠君、护教、行侠是建立在一整套封建伦理道德和基督精神之下的，以维护封建伦理道德和基督精神为最终归宿。他们符合特定社会政治与历史形态下的"正义"，却在永恒的人间善恶中表现出了邪恶反动的本质。他们充当的是基督教会清除"异教徒"的杀伐工具，充当的是封建领主互相杀戮和掠夺的中坚力量，充当的是对外扩张侵略的"十字军"，充当的是封建统治者对下层民众镇压与剥削的武力。

从某种意义上讲，英雄的最高荣誉

就是被授予骑士的头衔，而骑士也就象征着英勇与忠诚。骑士的荣誉来自封建领主的授予，换言之，以全身之英勇与忠诚换取统治阶层的认可与表彰是作为英雄的最高价值或终极目的。骑士（英雄）已经被国家意识形态化，所以，国家意识形态化是骑士文学最大的审美特征。英雄美人是骑士文学惯用的题材。英勇的骑士爱上贵妇人，而与之幽会，其中也不乏哀婉的爱情故事。

骑士文学包括哪些体裁?

骑士文学就是一切关于骑士的文学作品，大致包括骑士抒情诗、骑士传奇、骑士小说及后来的反骑士小说。

骑士抒情诗的中心是法国南部的普罗旺斯。普罗旺斯民族从法兰克王国瓦解以后，政治独立，商业发达，贵族文化也趋于繁荣。"它在近代的一切民族中第一个创造了标准语言。它的诗当时对拉丁语系各民族甚至对德国人和英国人都是望尘莫及的范例。"普罗旺斯诗人被称为"特鲁巴杜尔"，多数是封建主和骑士，也有少数手工艺人和农民。他们的名字流传下来的有数百之多，但作品留存的很少。他们的诗歌一般咏唱对贵妇人的爱慕和崇拜，其中以"破晓歌"最为著名。

骑士传奇可以按题材分为三个系统。第一个系统是古代系统一般是模仿古希腊、罗马文学的作品，像《亚历山大传奇》、《特洛伊传奇》、《埃涅阿斯传奇》等。这些传奇写古希腊、罗马故事，但它们的英雄则具有中古骑士的爱情观点和荣誉观点。第二个系统是不列颠系统是围绕古克尔特王亚瑟的传说发展起来的，其中主要写亚瑟王和他的圆桌骑士的故事。这些故事在西欧各国流传很久。法国诗人克雷缔安·德·特洛亚（12世纪）是这个系统的代表作家。他的主要作品有《朗斯洛或小车骑士》、《伊凡或狮骑士》、《培斯华勒或圣杯传奇》。第三个系统是拜占庭用拜占庭古希腊晚期故事写成的作品。骑士传奇反映的生活面狭窄，虚构成分较多。它往往以一两个骑士为中心人物，把他们的冒险经历组织成一个长篇故事，在人物外形、内心活动、生活细节等方面都有细致的描写，对话生动活泼。这些艺术特点使骑士传奇初步具备了近代长篇小说的规模。

哪部作品是流传至今最完整的一部早期史诗?

《贝奥武甫》是流传至今最完整的一部早期英雄史诗。全诗长3000余行，于7、8世纪之间以古英语写成，但其中所记的历史事件属于6世纪，反映盎格鲁·撒克逊人在欧洲大陆的生活。它是英格兰民族的第一部史诗，现存唯一手

抄本属于10世纪。

全诗共分两部分：上篇《鹿厅》，下篇《屠龙》。《鹿厅》写瑞典南部耶阿特族贵族青年贝奥武甫渡海到丹麦，替丹麦人消灭为害的巨妖格伦德尔和巨妖的母亲。诗中特别强调主人公的见义勇为、徒手搏斗的英雄气概。《屠龙》写50年后贝奥武甫作为国王为本族杀死焚烧人民房屋的火龙并因而牺牲的事迹，歌颂了主人公忘我无私、具有高度责任感的道德品质。他虽然是部落贵族，但不脱离人民，体现了氏族社会瓦解时期部落人民的理想。

诗中写火龙发怒是因为一名犯罪的奴隶逃避法律，恰巧躲进龙窟，偷了一个金杯而引起的。奴隶把金杯献给主人（贝奥武甫的臣属），赎了罪。奴隶主又将金杯献给贝奥武甫。从这幻想和现实交织而成的情节中，可以看出奴隶同氏族贵族的关系，以及当时法律的一斑。

诗中对英雄人物的性格刻画比较鲜明，史诗的结构比较严整，层次分明，也有一定的变化，语言富于形象的比喻。但史诗在传抄过程中曾受到基督教思想的影响，带有宿命论的色彩。

早期的英雄史诗有哪些代表作品?

早期的英雄史诗是中世纪文学的重要组成部分，以内容丰富、形象生动，形式多样著称，具有很高的思想意义、认识价值和艺术成就。代表作品如下：

《希尔德布兰特之歌》：日耳曼人的史诗《希尔德布兰特之歌》残存68行，流传于8世纪，手抄本属于9世纪，叙述民族大迁移末期随东哥特国王狄特里希出征的希尔德布兰特在30年后返回故乡、在边境上和他的儿子战斗的故事。诗中对话富有戏剧性。这是仅有的一首用古德语写成的日耳曼英雄诗歌。

《佛卢斯泡》：神话诗的代表作为《佛卢斯泡》，又名《女法师的预言》，纪录了有关世界的创造、毁灭和再生的传说，也描绘了氏族制末期的社会矛盾。

《洛卡森那》：又名《洛奇的吵骂》，写被压迫的神洛奇嘲骂主神奥丁，反映出氏族社会的信仰随着氏族社会的衰落而消失；同时奥丁是氏族贵族所信奉的神，对他的批评也反映了贵族和平民的矛盾。这首诗富有戏剧性，它的佚名作者被称为北欧的阿里斯托芬。

教谕诗的内容和观点驳杂。在代表作《豪玛冒尔》（《天帝之歌》）中，有的段落体现农民追求小康生活的愿望；有的表达氏族领袖的理想；有的反映氏族的集体观念；另外一些是具有警告或诫谕性质的诗。

《尼奥尔萨迦》：是另一巨著。主人公尼奥尔是一个平民"执法人"，他是个贤德老人，希望氏族之间和平相处，但由于儿子杀了人引起血仇，结果老人一家被仇人烧死在家里，若干年后女婿卡利为他报了仇。作品描叙了复仇观念与要求和平法治的思想之间的矛盾，带有基督教色彩。

《卡勒瓦拉》：芬兰人民史诗又名《英雄国》也是中古欧洲著名的史诗之一，它既不同于日耳曼人和北欧的史诗，也不同于法国和西班牙的史诗，它具有芬兰民族的特点。这部巨著是芬兰人民在长期历史过程中所创造的。

《罗兰之歌》的主要内容是什么？

《罗兰之歌》是欧洲各民族高度封建化的产物的英雄史诗中最重要的作品之一。它在11世纪以咏唱方式在民间流传，最古的本子是19世纪发现的12世纪手抄本。最后一行诗提到杜罗勒都斯这个名字，他可能是民间艺人或这个本子的抄写人，也可能是在民间创作基础上加工的诗人。史诗用诺曼语写成，共291节，4002行，每行10音，尾音是谐音，不是押韵。这个形式是由诗的咏唱性质决定的。　这部英雄史诗的主人公罗兰是法兰克国王查理大帝的十二重臣之一。查理大帝在西班牙对阿拉伯人作战，萨拉哥萨山国国王马尔西勒遣使求降。查理大帝指派加纳隆作使臣，去和马尔西勒议定投降条件。叛徒加纳隆却向马尔西勒献策，在查理大帝班师回国时，袭击他的后卫部队。罗兰是后卫部队的主将，他和他的战友们以及2万精兵在英勇战斗并击毙了无数敌人后，全都壮烈牺牲。最后，查理大帝为法兰克军队

报仇，消灭全部敌人，并将加纳隆处死。

《熙德》主要写的是一个怎样的英雄人物？

《熙德》也是一部西班牙英雄史诗。西班牙从8世纪初被阿拉伯人占领以后，人民长期反抗外族侵略，到11、12世纪进入高潮。熙德就是这一斗争中产生的英雄。熙德死后出现了一系列关于他的传说和谣曲，史诗《熙德》就是其中一部杰出的作品。全诗长3700行，分为三章。第一章写卡斯提尔王阿尔芳索听信谗言放逐熙德，熙德和摩尔人（阿拉伯人的一支）作战，屡屡获胜。第二章写国王给熙德的两个女儿说亲，熙德根据封建义务勉强答应。第三章写两个女婿对妻子的暴行，熙德和两个女婿比武并战胜了他们。熙德在诗里首先是一个战胜侵略者的英雄，他向摩尔人讨索贡赋，夺取他们的城池、财货，连同俘虏献给国王，强迫各摩尔国王臣服于西班牙国王，这样来体现他的爱国思想。在熙德身上，封主封臣的观念很强。同时，他也是信奉基督教而反对异教的一个英雄。

《尼伯龙根之歌》的故事梗概是什么？

德国的英雄史诗《尼伯龙根之歌》（约1200年）共9516行，分为上下两部，上部名《西格夫里特之死》，下部

名《克里姆希尔特的复仇》。尼德兰王子西格夫里特是一个有名的勇士，他早年曾杀死怪龙，并占有尼伯龙根族的宝物。他爱慕布尔艮特国王巩特尔的妹妹克里姆希尔特的美貌，想和她结婚。他帮助巩特尔打败敌人，又帮助巩特尔娶得冰岛女王布仑希尔特，巩特尔才允许他和克里姆希尔特成婚。10年后，布仑希尔特和克里姆希尔特发生纠纷，她发现巩特尔是依靠西格夫里特的力量才娶得她的，感到自己受了侮辱，便唆使巩特尔的侍臣哈根在打猎时杀害了西格夫里特。西格夫里特死后，哈根把尼伯龙根宝物沉入莱茵河。克里姆希尔特为了复仇，在寡居13年之后，同意嫁给势力强大的匈奴王埃采尔。又过了13年，她借故约请巩特尔等亲戚来匈奴国相聚，在一次骑士竞技大会上，对布尔艮特人大肆杀戮。最后哈根被俘，她要求他说出尼伯龙根宝物的所在地，遭到拒绝，于是把哈根杀死。她的部下希尔德布兰特不能容忍她的残暴，也杀死了她。

什么是城市文学？

城市文学是指以城市生活和城市居民为主要表现对象的文学，其内容围绕凸现城市特点这一中心向不同层面展开，具体包括勾勒城市风貌，书写城市印象，表现异于乡村的都市生活形态，彰显物质欲望，描写个体都市体验以及刻画各类市民形象等。城市文学的本质与特色归根结底决定于城市的本质与特色。城市生活浓厚的政治色彩、商业色彩以及大众化色彩，经由创作主体心灵的感受与投射，赋予城市文学文本相应的文化风貌，功利性（包括政治功利和物质功利）、世俗性、娱乐性构成了古代城市文学最核心的意义要素。

城市文学是在民间文学的基础上发展起来，出现于10—11世纪的欧洲。它与教会文学不同，在内容上现实性极强，在风格上也生动活泼，主要使用讽刺手法。城市文学的出现，对于中世纪文化的发展有重大意义。在文学样式上，城市文学也有新的创造，产生了韵文故事、讽刺故事诗等新型体裁。作者主要是城市里的街头说唱者。作品取材于现实生活，表现市民阶级的机智和狡猾，讽刺专横的贵族、贪婪的教士和凶暴的骑士。代表作品有《列那狐传奇》等。主要特征：适应市民的政治要求和生活愿望。取材于现实生活，揭露封建主和僧侣的暴虐、愚昧、赞扬市民的才智，具有较强的现实性。主要创作手法：讽刺。主要体裁：韵文故事、讽刺故事诗、抒情诗、市民戏剧等。

城市文学的典范之作是什么？

德华多·门多萨，在西班牙绝对属于国宝级小说家。其处女作《萨沃达兵工厂一案的真相》，被誉为见证西班牙民主变革的力作。长篇小说代表作《奇迹之城》更是一举奠定了他作为西班牙顶尖小说家的文学地位。

《奇迹之城》以巴塞罗那城1888年度和1929年度两届世界博览会为背景，描述德华多·门多萨说："这个人物精力充沛，性情暴烈，果敢刚毅，充满奇思妙想，奇异古怪，流氓成性，我正是利用这么个人物的阴暗和冷酷无情的方方面面比任何人都更好的体现了我想表现的巴塞罗那精神。"你会发现，巴塞罗那城和奥诺夫雷·波乌维拉简直一个德性，穷出身，满城的失业者和流浪者；在金钱势力支配下，不忌道德沦丧和人与人之间的冷酷无情；聪明绝顶，整人伎俩烂熟于胸，从这个角度上说，他就是巴塞罗那人的化身，代表了巴塞罗那的城市精神。主人公奥诺夫雷·波乌维拉，处心积虑，竭力钻营，摆脱穷困潦倒的境地，成为权倾全城的最富有的资本家，全景式地展现了巴塞罗那城市近40年的发展历程，作品对城市与人间的关系作出了深刻的思考。

《列那狐的故事》当中人物的特征是什么？

《列那狐的故事》是一部杰出的民间故事诗，是中世纪市民文学中最重要的反封建讽刺作品。

列那狐的形象是复杂的。尽管故事里说他是贵族男爵，但他在与狼、熊、狮子和神父等的斗争中是一个反封建的人物。他捉弄国王，杀害大臣，嘲笑教会，几乎无法无天。他的胜利标志着市民以智慧战胜了封建暴力。另一方面，列那狐又肆意欺凌和虐杀代表下层劳动人民的很多没有防卫能力的弱小动物，许多鸡、兔、鸟类几乎成了他的腹中之物。从这方面看，他又是城市上层分子的形象。故事通过列那狐的经历，形象地反映出封建社会是一个黑暗的、充满欺诈、掠夺和弱肉强食的野蛮世界，作者为中世纪法国惨受剥削和压迫的广大劳动人民发出愤怒的抗议。

《列那狐的故事》对法国和欧洲文学都发生过影响。法国著名诗人拉封丹的许多作品就是在它的直接或间接启发下产生的。

《玫瑰传奇》具有哪些特征？

《玫瑰传奇》是13世纪法国寓言长诗，分上下两卷。上卷有4000多行，作者基洛姆·德·洛利思以玫瑰象征贵族妇女，写一个诗人怎样爱上玫瑰而受到环境阻碍的故事，洛利思死后，民间诗人让·德·梅恩续成下卷，约18000千行。叙述诗人在理性和自然的帮助下，终于获得玫瑰，并以理性和自然的名义批判了当时社会的不平等和天主教会的伪善，表达了下层市民的社会政治观念。

《玫瑰传奇》将主题中的强烈感官色彩与优雅爱情的精致理想结合起来，满足了整个时代表达性爱情感的需求。在这个名副其实的性爱学说的宝库中，其性爱是仪式性的和传奇性的，是系统的和完整的。最大的肉欲主义与纯净的神秘主义融合在一起。性的主题被象征物和神秘的气氛所掩蔽，穿着神圣的外衣。

第三章　资产阶级文化的萌芽——文艺复兴时期文学

文艺复兴是什么？

文艺复兴是指13世纪末在意大利各城市兴起，以后扩展到西欧各国，于16世纪在欧洲盛行的一场思想文化运动，带来一段科学与艺术革命时期，揭开了近代欧洲历史的序幕，被认为是中古时代和近代的分界。马克思主义史学家认为是封建主义时代和资本主义时代的分界。13世纪末期，在意大利商业发达的城市，新兴资产阶级中的一些先进的知识分子借助研究古希腊、古罗马艺术文化，通过文艺创作，宣传人文精神。

"文艺复兴"一词的原意是指"希腊、罗马古典文化的再生"。但是，当时西欧各国新兴资产阶级的文化革命运动包括一系列重大的历史事件，其中主要的是："人文主义"的兴起，艺术风格的更新，空想社会主义的出现，近代自然科学的开始发展，印刷术的应用和科学文化知识的传播等等。这一系列的重大事件，与其说是"古典文化的再生"，不如说是"近代文化的开端"；与其说是"复兴"，不如说是"创新"。"文艺复兴"在人类文明发展史上标志着一个伟大的转折。它是新文化，是当时社会的新政治、新经济要求的反映，是新兴的资产阶级在思想和文化领域里的反封建斗争。简单来说，文艺复兴的实质就是资产阶级的思想解放运动。

文艺复兴时期西方文学都有哪些发展？

文艺复兴时期各地的作家都开始使用自己的方言而非拉丁语进行文学创作，带动了大众文学，替各种语言注入大量文学作品，包括小说、诗、散文、民谣和戏剧等。

在意大利，文艺复兴前期出现了"文学三杰"。但丁一生写下了许多学术著作和诗歌，其中著名的是《新生》和《神曲》。彼特拉克是人文主义的鼻祖，被誉为"人文主义之父"。他第一个发出复兴古典文化的号召，提出以"人学"反对"神学"。彼特拉克主要创作了许多优美的诗篇，代表作是抒情十四行诗诗集《歌集》。薄伽丘是意大利民族文学的奠基者，短篇小说集《十

日谈》是他的代表作。

在法国，文艺复兴运动明显地形成两派，一是以"七星诗社"为代表的贵族派，二是以拉伯雷为代表的民主派。"七星诗社"以龙沙和杜贝莱为代表，在语言和诗歌理论方面做出了突出的贡献。他们最早提出统一民族语言的主张，促进了法国民族语言和民族文学的发展。然而，他们排斥民间诗歌，只为少数贵族服务。拉伯雷是继薄伽丘之后杰出的人文主义作家，是法国文艺复兴民主派的代表。他用20年时间创作的《巨人传》是一部现实与幻想交织的现实主义作品，在欧洲文学史和教育史上占有重要地位。

在英国，代表人物有托马斯·莫尔和莎士比亚。托马斯·莫尔是著名的人文主义思想家，也是空想社会主义的奠基人。1516年他用拉丁文写成的《乌托邦》是空想社会主义的第一部作品。莎士比亚是天才的戏剧家和诗人，他同荷马、但丁、歌德一起，被誉为欧洲划时代的四大作家。他的作品结构完整，情节生动，语言丰富精炼，人物个性突出，集中地代表欧洲文艺复兴文学的最高成就，对欧洲现实主义文学的发展有深远的影响。

在西班牙，最杰出的代表人物是塞万提斯和维加。塞万提斯是现实主义作家、戏剧家和诗人。他创作了大量的诗歌、戏剧和小说，其中以长篇讽刺小说《堂吉诃德》最著名，它对欧洲文学的发展产生了重大影响。维加是戏剧家、小说家和诗人，西班牙民族戏剧的奠基人，被誉为"西班牙戏剧之父"。他是世界上罕见的多产作家，一生共创作了2000多个剧本，留传至今的有600多个，有宗教剧、历史剧、神话剧、袍剑剧、牧歌剧等多种形式，深刻反映了西班牙的社会现实，深受广大群众的喜爱。最杰出的代表作是《羊泉村》。

意大利文艺复兴的背景和实质

资本主义萌芽最早出现在意大利，这是意大利成为文艺复兴发源地的前提条件。14世纪，意大利境内出现手工工场，产生了资本主义生产关系的萌芽，新兴资产阶级为维护和发展其政治、经济利益，首先在意识形态领域展开了反封建斗争。意大利丰厚的文化遗产和众多人才，也是文艺复兴产生的重要条件。14、15世纪的意大利处在西方贸易的中心地位，经济上呈现出繁荣景象，这为文化的发展提供了有利的物质环境。许多统治者和富商巨贾竞相延揽才智之士，使意大利汇集了众多的博学才子。意大利境内保留许多古代罗马的建筑遗址和古代典籍。拜占廷帝国灭亡后，深通古希腊文化的学者和大量典籍流入意大利，研究和鉴赏古代希腊、罗马文化，在意大利蔚然成风。人文主义者从古代典籍中发现了肯定现世生活和肯定人的思想，在此基础上，他们建立了新的思想体系，即人文主义思想。人文主义是资产阶级的世界观，成为文艺复兴的指导思想，支配了文艺复兴时期的文学、艺术、哲学和科学的发展。文艺复兴是新兴资产阶级在意识形态领域里的革命，是一次思想解放运动。

文艺复兴在意大利有哪些文学成就？

14世纪文艺复兴发源于意大利，14、15世纪是早期文艺复兴时期，16世纪进入它的全盛时期。早期人文主义者利用古代文学艺术中的现实主义成分与中世纪的来世观念作斗争。但丁是意大利文艺复兴的先驱，《神曲》中虽然还保留着灵魂不灭和来世的观念，但是作品通过对地狱、炼狱、天堂中人物的描写，展示了当时社会、政治生活的广阔画面，它对教会和封建贵族的谴责，对自由、理性和求知精神的歌颂，带有鲜明的人文主义色彩，恩格斯称他为"新时代的最初一位诗人"。但丁的知交乔托在绘画领域占有重要的地位。乔托第一个改变中世纪绘画简单和呆板的传统，初步运用透视、素描写实技巧，创造出具有现实感的人物形象和生动活泼的生活画面，使绘画向现实主义迈进一步。乔托成为近代绘画的奠基者。彼特拉克、薄伽丘是意大利早期文艺复兴的杰出代表。彼特拉克孜孜不倦地搜集古代抄本和文献，最早用人文主义的观点诠释和阐述古典著作，被称为"人文主义之父"。16世纪，意大利文艺复兴进入全盛时期，艺术创作空前繁荣，造型艺术方面的成就尤为突出。达·芬奇、米开朗琪罗和拉斐尔并称为文艺复兴的"美术三杰"。尽管他们的作品风格各异，但都将生活里的现实人物和情景摄入画面；完善了素描、透视解剖的基础理论和技法。

什么是人文主义？

人文主义并没有统一的定义，因为许多不同的人称自己或被称为人文主义者，而他们的世界观以及他们对人的观念可能很不相同。有些人文主义观念互相之间非常矛盾。在自由民主的、马克思列宁主义的和新教或天主教的思想学派中都有人文主义的派别。甚至古罗马的时候就已经有今天可以被称为人文主义的思想流式。

在西文中，人文精神，通常译为人文主义、人本主义、人道主义，是一种思想态度，认为人本身和人的价值具有首要意义。它以人为衡量一切事物的标准，重视人的自由意志和利益，强调个人的价值和人对自然界的优越性。

人文主义在狭义上，是指欧洲文艺

复兴时期的一种思潮，其核心思想为：一、关心人，以人为本，重视人的价，反对神学对人性的压抑；二、张扬人的理性，反对神学对理性的贬低；三、主张灵肉和谐，立足于尘民生活的超越性精神追求，反对神学的灵肉对立的天国来否定尘世生活。

人文主义在广义上，是指欧洲开始于古希腊的一种文化传统：就是关心人，尤其是关心人的精神生活；尊重人的价值，尤其是尊重人作为精神存在的价值。

西方人文主义的发展经历了三个历史阶段：公元前5世纪中叶产生于古希腊的智者运动，是人文精神的发生期；公元14世纪至16世纪的欧洲文艺复兴，是复兴发展期；17世纪至18世纪的启蒙运动，是人文主义思想的成熟期。

人文主义的主要特征表现在哪里？

第一个特征是神学观点把人看成是神的秩序的一部分，科学观点把人看成是自然秩序的一部分，两者都不是以人为中心的，而与此相反，人文主义集中焦点在人的身上，从人经验开始。它的确认为，这是所有男女可以依据的唯一东西，这是对蒙田的"我是谁"问题的唯一答复。但是，这并不排除对神的秩序的宗教信仰，也不排除把人作为自然秩序的一部分而作科学研究。

人文主义信念的第二个特征是，每个人在他或她自己的身上都是有价值的——我们仍用文艺复兴时期的话，叫做人的尊严——其他一切价值的根源和人权的根源就是对此的尊重。这一尊重的基础是人的潜在能力，而且只有人才有这种潜在能力：那就是创造和交往的能力（语言、艺术、科学、制度），观察自己，进行推测、想象和辩理的能力。这些能力一旦释放出来，就能使人有一定程度的选择和意志自由，可以改变方向，进行创新，从而打开改善自己和人类命运的可能性——我强调可能性，不是比这更多的东西，不是肯定性。

人文主义传统的第三个特征是它始终对思想十分重视，它一方面认为，思想不能孤立于它们的社会和历史背景来形成和加以理解，另一方面也不能把它们简单地归结为替个人经济利益或阶级利益或者性的方面或其他方面的本能冲动作辩解。

文艺复兴出现的社会背景是什么？

西欧的中世纪是个特别"黑暗的时代"。基督教教会成了当时封建社会的精神支柱，它建立了一套严格的等级制度，把上帝当做绝对的权威，什么文学、什么艺术、什么哲学，一切都得按照基督教的经典《圣经》的教义，谁都不可违背，否则，宗教法庭就要对他制裁，甚至处以死刑。在教会的管制下，中世纪的文学艺术死气沉沉，文艺复兴科学技术也没有什么进展。

中世纪的后期，资本主义萌芽在多种条件的促生下，于欧洲的意大利首先出现。资本主义萌芽的出现也为这场思想运动的兴起提供了可能。城市经济的繁荣，使事业成功财富巨大的富商、作坊主和银行家等更加相信个人的价值和力量，更加充满创新进取、冒险求胜的精神，多才多艺、高雅博学之士受到人们的普遍尊重。这为文艺复兴的发生提供了深厚的物质基础和适宜的社会环境。在古希腊和古罗马，文学艺术的成就很高，人们也可以自由地发表各种学术思想，和"黑暗的时代"的中世纪是个鲜明的对比。

14世纪末，由于信仰伊斯兰教的奥斯曼帝国的入侵，东罗马的许多学者，带着大批的古希腊和罗马的艺术珍品和文学、历史、哲学等书籍，纷纷逃往西欧避难。后来，一些东罗马的学者在意大利的佛罗伦萨办了一所叫"希腊学院"的学校，讲授希腊辉煌的历史文明和文化等。这种辉煌的成绩与资本主义萌芽产生后，人们追求的精神境界是一致的。于是，许多西欧的学者要求恢复古希腊和罗马的文化和艺术，这种要求就像春风，慢慢吹遍整个西欧，文艺复兴运动由此兴起。

人文主义文学的特征是什么？

人文主义文学是文艺复兴运动的一个重要的组成部分。自从其诞生之日起，就具备了鲜明的新质文化特征和独特的文学品格。

首先，就文学的文化主旨精神而言，人文主义文学与当时的哲学、科学、艺术等领域一样，对人的关注成为这一文学文化精神的核心。它反对中世纪封建教会鼓吹的以"神"为本，主张以"人"为本，肯定人的价值与尊严。

其次着力描写现世生活，肯定人的权力，用个性解放反对禁欲主义，用理性反对蒙昧主义，这是人文主义文学的基本题材与主题。人文主义者则针锋相对，他们赞美理性，认为理性是人和谐发展、追求进步与幸福的重要条件。人之所以高贵就在于理性的力量。他们还认为，人的个性欲望是人的本质所在，是人的天性。人文主义者在文学创作中便把描写现世生活作为首选题材，让现世生活场景中上演的一部部现实人生的悲喜剧进入文学创作。

最后，由于文学精神的根本性变更和题材与主题的根本性转换，使得人文主义文学的艺术风貌也发生了极其深刻的变化。人文主义展示人的精神世界、情感特征、欲望要求等成为人文主义文学的基本艺术追求。人文主义还展示人的精神风貌相适应，中世纪宗教文学中

以"寓意"和"象征"为特点的基本创作方法，已被一种关注现实、关注人生的新方法所取代。

人文主义文学所采取的创作方法基本上是写实主义的，是把文学作为社会的镜子和"时代的缩影"来加以认同的。它继承了欧洲古代优秀的文学传统，广泛地描写了欧洲历史大变动时期的社会生活，展示了社会转型时期人性觉醒的现实。同时，这一文学也十分注重对古希腊罗马乃至中世纪民间文学、骑士文学中浪漫的、幻想的艺术手法的继承，但在具体创作中又进一步剔除了中世纪文学中的"玄学"和"神秘"的成分。

谁是"人文主义之父"？

彼特拉克是意大利诗人，被人们称为"人文主义之父"。1304年7月20日生于阿雷佐城，1374年7月19日卒于阿尔夸。

彼特拉克是文艺复兴时期用人文主义观点研究古典文化的最早代表。他广泛搜集希腊、罗马的古籍抄本，并且敢于突破中世纪的神学观念，用新时代的眼光，把人和现实生活放在中心位置，诠释古典著作。他对古典文化的研究，对欧洲文艺复兴运动和本人的创作，都发生了影响。

彼特拉克用拉丁语写了许多诗歌、散文。这些作品歌颂人的高贵和智慧，宣传人可以追求尘世幸福，享受荣誉的权利，并向中世纪宣扬的神权说和禁欲主义提出挑战。他还认为，人的高贵并不决定于出身，而是决定于人的行为。著名的叙事诗《阿非利加》描写古罗马统帅西皮奥战胜汉尼拔的英雄事迹，歌颂罗马的伟大，体现了爱国主义精神。这部作品使他在1341年4月8日获得桂冠诗人的称号。

代表作《歌集》相传为诗人于1327年见到美丽少女萝拉后陆续写下300多首十四行诗和1347年萝拉死后为表达哀思的一些抒情诗的结集，用意大利语写成，主要是爱情诗。彼特拉克跳出旧抒情诗的框框，以丰富多彩的色调，细致入微的笔触，描绘萝拉的形体之美，刻画自己复杂的思想感情和内心活动。这些诗篇大胆歌颂爱情，表达对幸福的渴望，反映出人文主义者蔑视中世纪道德，热爱生活的世界观。彼特拉克的诗音韵优美，结构周密，常常借助自然景物来歌颂萝拉，传达细微的感情。他使十四行诗这一新诗体艺术上臻于完美。他的抒情诗，特别是十四行诗，为欧洲抒情诗的发展开辟了道路。后人为此把他尊称为诗圣。

《神曲》有哪些文学特征？

《神曲》是二希文化合流的明证。从表层看，有许多《圣经》和古希腊罗马的人物。地狱一层：亚当、夏娃、摩西等耶稣出现以前的异教徒。说明但丁认为他们是人类的始祖，把二希放在一起。从深层看，是人洗涤罪过的过程，是对希伯莱－基督教的生动演绎，最终归结到依信得救。同时，理性是希腊传统。把理性和宗教矛盾地放在一起。

《神曲》的结构巧妙严整。借用基督教"三位一体"的观念来结构神曲，分三部，每部又分为9个部分，即地狱九层、净界内外合为九级、天堂九重，且三行分节，奇偶连韵，每部33篇，加上序诗共100篇，各部的诗行大致相等。用神话模式容纳社会现实内容，把杂乱无章的事情纳入井然有序的框架中，具有瞬间接通现实和历史的作用，幻想和真实的奇妙结合。

《神曲》的语言全部用意大利语，对民族语言的统一和民族文学的形成作出贡献。神曲应用了梦幻、寓意和象征的手法：但丁采取幻梦旅行的形式、宗教箴言式的构造、神秘主义的描写、众多的过于隐晦的象征手法，这一切都是中世纪诗歌艺术特征的表现，特别是象征的手法运用得更为突出，是座象征的森林。

欧洲第一部长篇小说是什么？

《巨人传》是欧洲第一部长篇小说，本书是法国文艺复兴时期人文主义作家拉伯雷的杰作，由19世纪最著名的天才画家多雷插图。

拉伯雷认为"笑是人的本质"。因此，本书中笑料俯拾皆是，拉伯雷把对封建神权的严厉批判和对人文主义理想的追求，用大量"笑话"和"笑料"包装起来，巧妙地寓讽刺于幽默之中，将自己深刻的思想用幽默的语言表现出来，令读者在捧腹大笑之余，回味冷嘲热讽中饱含的斗争意义。

这是一部百科全书式的作品，在小说中拉伯雷融入了天文、地理、气象、航海、生物、人体生理、医药、法律、哲学、语言等大量自然科学和社会科学知识，其语言也是五花八门，无所不包，从而拥有"最奇特的语言交响乐"之美誉。

《巨人传》共分五部分，第一、二部通过叙述卡冈都亚和庞大固埃的出生、所受的教育及其丰功传绩阐明人文主义学说的种种主张；后三部以庞大固埃与巴奇等伙伴为研究婚姻难题寻访神瓶而周游列国作线索，展示中世纪广阔的社会画面，揭露和抨击种种社会弊端。

《巨人传》是法国文学史上第一部长篇小说，虽然结构还比较松散，但毕竟突破了民间故事和史诗的格局，为长篇小说这一新的艺术形式奠定了基础，且率先为塑造近代小说中的"个性化"人物作出了贡献。在《巨人传》中，几乎所有的主要人物都带有理想色彩，唯

独巴汝奇是个现实的人，具有从现实生活中概括出来的真实个性，具有真实的长处和弱点。这是个行将在资本主义竞争中大显身手的角色，是费加罗、弗隆坦等典型的前身。尽管这个人物还不够完整，前后性格还不够统一，但毕竟是法国文学中出现的第一个现实主义典型。单单这一贡献，就足以使拉伯雷在文学史上获得不朽的声名了，何况还有他那无与伦比的讽刺艺术和富有魅力的语言风格。

欧洲第一部短篇小说集是什么？

《十日谈》是世界文学史上一部具有巨大价值的文学作品。薄伽丘以丰富的生活知识和出色的艺术概括力，通过叙述故事，概括生活现象，描摹自然，叙写细节，刻画心理，塑造了国王、贵族、骑士、僧侣、商人、学者、艺术家、农民、手工业者等不同阶层，展示出意大利广阔的社会生活画面，抒发了文艺复兴初期的人文主义和自由思想。意大利评论界把薄伽丘的《十日谈》和但丁的《神曲》相媲美，称之为《人曲》。

《十日谈》是一部故事集，但不是普通的汇集故事的作品。薄伽丘采用故事会的形式，别出心裁地以框架结构把这些故事有机地组成一个严谨、和谐的叙述系统。大瘟疫作为一个引子，借以引出10名男女青年，并点明自然祸害导致社会秩序、人际关系的堕落，为整部作品涂抹出时代底色。这段引子，作者的开场白、跋，和10名男女在别墅的活动，是一个大框架，巧妙地包容和串连了主人公们讲述的100个故事。这100个故事，除了第一天和第9天没有命题外，8天的故事各在一个共同的主题下展开，使这框架结构浑然一体。而故事中的人物也常常讲述故事。这样，大框架中套小框架，故事中套故事，既可鲜明地表达作者的情感、观念，又具有引人入胜的艺术魅力，庞大而活跃，复杂而有序。

《十日谈》就是他反封建反教会的有力武器。《十日谈》写完后，薄伽丘受到封建势力的迫害和打击，时常被教会派来的人咒骂和威胁。他有一次愤怒之至，甚至想把所有的著作、包括《十日谈》全部烧毁，幸好他的好朋友——意大利著名的民主诗人彼特拉克苦苦相劝，《十日谈》才得以留存至今。

什么是"七星诗社"？

七星诗社是16世纪法国诗人团体。七星诗社这个名称是在1556年以后不久出现的。诗人龙沙是这个诗社的中心人物。围绕着他的诗人有杜贝莱、巴伊夫、德·蒂亚尔、佩勒蒂耶、若代尔等。后来由于出现缺额，陆续补入贝洛、多拉等人。

七星诗社的宗旨在于研究古代的希

腊罗马文学，并以此为借鉴，对法国诗歌进行革新。1549年，杜倍雷发表了有名的宣言《保卫与发扬法兰西语言》，代表七星诗社的主张。这篇宣言是由诗社的诗人共同商议推杜倍雷执笔撰写的。宣言的要旨如下：认为法兰西民族语言完全可以与希腊、拉丁语言媲美，完全可以用法语写出文学杰作，不过需要设法使法语更加丰富多彩；提倡摹仿希腊拉丁作家，至少在诗歌方面，但不主张单纯地翻译古代作品；在法国流行的各种诗歌体裁不值得保留，应当代之以古代诗歌格律；一个诗人不但要掌握写诗的技巧，而且必须具有受之于天的灵感。七星诗社是受文艺复兴时期人文主义影响的一种文学革新运动的产物，它在当时的法国具有一定的进步意义

从杜贝莱执笔的《保卫和发扬法兰西语》（1549）做为七星诗社的宣言书开始，随后龙沙又陆续发表一些文章和著作，进一步阐述他们的理论。他们主张统一法兰西民族语言，反对用拉丁语和外国语进行创作，但可以用布腊和拉丁语词汇改造旧字、创造新词等方法来丰富和发展法兰西民族语言。

七星诗社的诗人们主张：用法语进行文学创作，创作出可与古代诗歌媲美的作品，为法语增辉生色；向希腊语和拉丁语假借词语，创造新词，丰富法语词汇宝库；细心培植，推进法兰西语言

的统一和发展。

蒙田对法国文学产生了哪些影响?

蒙田生于1533年。在16世纪的作家中，很少有人像蒙田那样受到现代人的崇敬和接受。他是启蒙运动以前法国的一位知识权威和批评家，是一位人类感情的冷峻的观察家，亦是对各民族文化，特别是西方文化进行冷静研究的学者。从他的思想和感情来看，人们似乎可以把他看成是在他那个时代出现的一位现代人。他的散文主要是哲学随笔，因其丰富的思想内涵而闻名于世，被誉为"思想的宝库"。

后来，由于各种原因，蒙田开始了隐退的生活。蒙田把自己的退隐看作是暮年的开始，是从所谓"死得其所之艺术"的哲理中得到启示的。其实他退隐的真正原因是逃避社会，他赞美自由、静谧与闲暇，向往优游恬适的生活，不过他的隐居生活不是消极的，而是积极的.他除了埋头做学问而外，还积极从事写作，自1572年开始一直到1592年逝世，在长达20年的岁月中，他以对人生的特殊敏锐力，记录了自己在智力和精神上的发展历程，陆续写出了这部宏篇巨著，为后代留下了极其宝贵的精神财富。

蒙田的名声在17世纪已远播海外，在英国，培根的《散文集》就深受蒙田

的影响。在17世纪上半叶那个古典主义时代，有人认为他那结构松散的散文不合人们的口味，然而到了18世纪，他又声名鹊起，著名作家、哲学家狄德罗欣赏蒙田的散文恰恰在于所谓的"无条理"，认为"这是自然的表现"。有些作家、思想家和艺术家的思想似乎特别复杂，具有许多不同的层面，因此对于后代的各式各样的人都具有无穷无尽的引力，大概这就是包括蒙田在内的古代大师的秘密。经过400余年的考验，历史证明了蒙田与莎士比亚、苏格拉底、米开朗琪罗一样是一位不朽的人物，他的随笔如他自己所说的那样，是"世上同类体裁中绝无仅有的"。

什么是流浪汉小说？

流浪汉小说产生于16世纪中叶的一种新文学体裁，它是以描写城市下层的生活为中心，从城市下层人物的角度去观察、分析社会上的种种丑恶现象，用人物流浪史的形式，幽默俏皮的风格，简洁流畅的语言，广泛地反映当时的社会生活，具有一定的思想意义和艺术价值的小说。

流浪汉小说又称"饥饿史诗"或"消极抗议文学"，是16世纪中叶，西班牙文坛上流行着一种独特的小说。这种小说的产生与中世纪的市民文学有关，它以描写城市下层人民的生活为主，从城市下层人物的角度去观察、分析社会上的种种丑恶现象，用人物流浪史的形式、幽默俏皮的风格、简洁流畅的语言，广泛地反映了当时的社会生活，具有一定的思想和艺术价值。它的主人公大多是出身贫寒，有的是孤儿、私生子，童年、少年生活往往不幸，早年一般保持了天真可爱、富于同情心等品格。但当他们一旦脱离家庭、投入社会的怀抱，就感到无法适应，于是为了活命、求得生存，不得不学着去阿谀、钻营、撒谎、诈骗，他们中的不少人终于被社会同化，成为堕落者或狡诈无耻之徒。作品通常在描写他们不幸命运的同时，也写他们为生活所迫而进行的欺骗、偷窃和各种恶作剧，表现了他们的消极反抗情绪。

流浪汉小说是什么样的文学体裁？

十六七世纪在西班牙所流行的流浪文学是有其深刻创作背景的。16世纪中叶，西班牙经济开始衰落，人民群众日益贫困，大批农民和手工业者破产，沦为无业游民，商业经济上升到比较重要的地位，社会上冒险的风气盛行。流浪汉小说就是在这样的一种社会状况下应运而生，借流浪汉之口，反映和揭露当时严峻的社会现实，抨击没落贵族和教士的堕落生活方式。

流浪汉小说的作品主要反映一些社

会的现实，作品借主人公之口，抨击时政，指陈流弊，言语竭尽嘲讽夸张之能事，使读者在忍俊不禁之余，慨叹世道的不平和人生的艰辛。小说中的流浪汉都是动乱社会的特殊产物，他们是在不断解决与周围环境所产生的矛盾中观察社会，认识社会，从而适应社会，求得个人的发展的；他们没有什么明确的道德标准来指导自己的行动，常常表现出玩世不恭的态度；在紧要关头，他们往往见机行事，依靠自己的智谋求生存；他们总是以欺骗、偷窃等手段混日子或干些恶作剧，以发泄私愤。所以，这种文学体裁也称为"消极抗议文学"。

在题材上，它与中世纪的民间文学有相似之处，以描写城市下层人民生活为中心，并且从城市下层人民的视角观察与分析社会。它往往采取第一人称，以自传的形式描写主人公的所见所闻，以人物流浪史的方式构建小说，用幽默的风格、简洁流畅的语言广泛反映当时人的生活风貌。它较为重视人物性格的刻画，但主人公属于性格通常没有发展。比较典型的流浪汉小说——尤其是长篇一般都写出主人公在社会上如何适应、也即由清变浊的过程。

哪一部作品称得上是西班牙最早的流浪汉小说？

《小癞子》原名《托美思河的小拉

撒路》，作者不详，是西班牙文学史上最早的一部流浪汉小说，16世纪中期于西班牙出版。《小癞子》描述一个卑贱穷苦孩子痛苦遭遇的故事。小癞子伺候一个又一个主人，亲身领略人世间种种艰苦，在不容他生存的社会里到处流浪，挣扎着生存下去，让人体会出在穷乏低微的生活历程中，癞子为求苟延残喘所散发出不为势屈的生命情调。《小癞子》，文字质朴简洁，故事精采生动，真实反映中世纪西班牙的社会状况，开启流浪汉小说先例，并成为同类作品的鼻祖。

玩世不恭从来都是流浪汉的典型特征。他们从人世染缸的底层而来，历尽了世间的坎坷，阅尽了世间的丑恶，他们的阅历和经验足以看透一切世情，而他们来自社会底层的身份又使他们保持着常人接近自然的朴实与良知，对恶劣的人世感到愤慨，但又无能为力，继而甚至违背了自己精神上固有的朴实与良知，甚至产生了消极的否定，直至发展到玩世不恭、厚颜无耻的人生态度。而在行为上，也就随波逐流，沾染流氓、无赖的习气，这就是一般流浪汉共有的精神历程，如小癞子靠他老婆与大神父的暧昧关系混日子。

西班牙在文艺复兴时期的顶峰之作是什么？

《堂·吉诃德》是欧洲最早的长篇现

实主义小说之一,享有世界声誉,使西班牙文学在文艺复兴时期达到了巅峰。

堂·吉诃德的游侠冒险,描绘了16世纪末、17世纪初西班牙社会广阔的生活画面,展示了封建统治的黑暗和腐朽,具有鲜明的人文主义倾向,表现了强烈的人道主义精神。

堂·吉诃德是一位五十多岁的穷乡绅。他闲来无事,就埋头读骑士小说,直读得满脑子尽是游侠冒险的荒唐念头,终于忍不住要学做骑士,到各处去行侠仗义,救苦济贫。他翻箱倒柜,找出祖上留下的一副盔甲,牵出家里的一匹瘦马,并自命为鼎鼎有名的骑士。又选定了一个农村姑娘做意中的公主,一个叫桑丘·潘莎的农夫做随从,从此就开始去各地游荡。在一片平原上,远远看见耸立着几架风车。堂·吉诃德认定它们是凶恶的巨人,便挺着长矛冲上前去。转动的风车把堂·吉诃德连人带马抛到空中。又一天,主仆二人路见两队羊群,堂·吉诃德认为那是两支交战的大军,便冲上去攻打邪恶的一方;桑丘想拦也拦不住,眼睁睁地看着主人挨牧羊人的石子儿。接着,他们救了一队犯人,但犯人恩将仇报,夺走了主仆二人的衣物,还打了他们。在做出了一系列"游侠"事迹之后,主仆二人在巴塞罗那遇到了旁人装扮的"白月骑士"。堂·吉诃德被白月骑士打败后,只得服

从命令,从此停止游侠活动。堂·吉诃德回家后一病不起。临终时,他回光返照,承认自己不是骑士堂·吉诃德,而是善人吉哈诺。

戏拟骑士小说构成了《堂·吉诃德》的基调。堂·吉诃德的悲剧恰恰在于目的与方法、主观与客观、愿望与效果的矛盾对立。塞万提斯十分清楚这些矛盾的悲剧因素。塞万提斯用骑士小说那一套讽刺骑士小说,并"借题发挥,放笔写去,海阔天空,一无拘束",自然而然地批判了没落的骑士道及其赖以生存的社会环境。作者将堂·吉诃德性格中内在的矛盾和悲剧因素用喜剧的形式表现出来,使情理之中的悲剧结果在意料之外的喜剧状态中逐步完成,这种悲剧的喜剧效应是塞万提斯小说艺术的一个重要特征。

"西班牙民族戏剧之父"做出了哪些贡献?

洛卜·德·维伽(1562—1635年)是西班牙民族戏剧的代表,被称为"西班牙戏剧之父"。据载他创作的剧本多达1800部,流传下来的有462种,分为25卷,按内容可分为袍剑剧、宗教剧、牧歌剧、历史剧等。

维伽是1562年11月25日出生的,1576年的时候他父亲就去世了,家庭贫寒的厉害,维伽靠着亲友的帮助得以进

入阿尔卡拉大学读书。后来他当上了阿维拉主教的随从，那会儿写过喜剧《哈辛托的收歌》，在上演的时候很受观众欢迎。

西班牙对英作战的时候，1588年维伽参加了西班牙的"无敌舰队"。战后维伽即离开了军队，定居于马德里，算是专职，或者说主要从事的就是戏剧的创作。1609年的时候他完成了论文《当代写作喜剧的新艺术》，总结了西班牙民族戏剧的基本原则。又过了几年，无奈为了生计，维伽去了教会供职，同时也继续从事写作，完成了剧本《贝利法涅斯》，再之后3年里，又完成了喜剧《干草上的狗》。　　1619年，维伽终于完成了后来的名作《羊泉村》，这部作品是取材于真实的历史事件的，绝对是一部优秀的剧本。目前有英译本，剧本《最好的法官是国王》完成时间是1622年，紧接着1623年完成了直接描写西班牙农民反抗主题的剧本《赛维勒之星》，1627年剧本《带罐的姑娘》诞生，1634年创作了悲剧《不算报复的惩罚》。1635年的时候，维伽在遭遇了晚年的诸多不幸之后，病逝于马德里。

哪个人是英国诗歌之父？

乔叟率先采用伦敦方言写作，并创作"英雄双行体"，对英国民族语言和文学的发展影响极大，故被誉为"英国诗歌之父"。

杰弗里·乔叟是英国中世纪著名作家，生出于一个酒商家庭。1359年随爱德华三世的部队远征法国，被法军俘房，不久以黄金赎回。乔叟当过国王侍从，出使许多欧洲国家，两度访问意大利，发现了但丁、薄伽丘和彼特拉克的作品，对他的文学创作起了极大的作用。代表作为《坎特伯雷故事集》；其他作品有《公爵夫人之书》、《声誉之宫》、《百鸟会议》、《贤妇传说》以及《特洛伊罗斯与克丽西达》。乔叟于1400年10月25日在伦敦逝世，葬于威斯敏斯特教堂里的"诗人之角"。乔叟的死因不明，可能是被谋杀，英国的中世纪研究专家特里·琼斯曾出了一本书《谁谋杀了乔叟？》。

乔叟早期的创作受意大利和法国文学的影响。他把法国文学中的骑士传奇、抒情诗和动物寓言故事等引入英国文学。其早期作品《特罗勒斯和克莱西德》（1385），人物性格塑造生动细腻，语言机智幽默。从1377年开始，乔叟多次出使欧洲大陆，接触了但丁、彼特拉克和薄伽丘等人的作品。这些作家反封建反宗教的精神和人文主义思想，使乔叟的创作思想发生了深刻的变化，开始转向现实主义。根据薄伽丘的一部长诗改写的叙事诗《特罗勒斯和克面西德》摈弃了梦幻和寓言的传统，代之以

对现实社会中的人物和生活细节的描写，这是乔叟的第一部现实主义作品。

什么是"大学才子派"？

大学才子派是指16世纪80年代英国出现的一批受过大学教育的剧作家。

他们多数确实是大学毕业生，至少是在伦敦最优秀的学校接受过人文主义教育的青年知识分子。这一批作家致力于英国戏剧改革，把戏剧艺术提升到了一个新高度。这些剧作家大都在牛津或剑桥受过教育，然后从事在当时被视为并不十分光彩的戏剧行业。他们将各种影响融为一体，其中包括古罗马戏剧以及模仿古罗马戏剧的学院剧、中世纪的道德剧、当代的意大利与法国戏剧，从而创作出结构严谨、情节生动、诗意盎然的剧作。他们对于戏剧形式的发展也作出了很大贡献，创造出复仇悲剧、浪漫喜剧和历史剧等多种戏剧形式。这些剧作家包括托马斯·洛奇、约翰·黎里、乔治·皮尔、克利斯托弗·马洛、托马斯·基德等。

"大学才子派"的作品可分为几类？

大学才子派创作悲剧蔚为大观，按题材可分为几类：一类是复仇悲剧，以复仇为主线，如基德的《西班牙的悲剧》、莎士比亚的《哈姆雷特》、C.图尔纳（1575？—1626年）的《复仇者的悲剧》（1607年）、J.韦伯斯特（1580—1625年）的《马尔菲的公爵夫人》（1613年？）等。这类悲剧的出现反映了塞内加复仇剧的影响，也反映了社会的动荡和人们渴求正义的普遍心理。《哈姆雷特》大大突破了复仇悲剧的局限，表达了人文主义的理想和时代的精神。

另一类是所谓情欲悲剧，如马洛的《浮士德博士的悲剧》（1588年）、《帖木儿大帝》，莎士比亚的《安东尼和克利奥佩特拉》（1606年）、《科利奥兰纳斯》（1601年），琼森的《西亚努斯的覆灭》（1603年），查普曼的《布西·德·昂布瓦的复仇》（1610年）等。情欲悲剧反映了当时流行的认为人的气质欲望决定命运的观点。同情欲悲剧常常结合着的是所谓恶行悲剧，莎士比亚的《奥赛罗》（1604年）、《李尔王》（1606年）、《麦克白》（1606年）是两者结合的范例。它们深刻地揭露了野心家的罪恶，也揭露了嫉妒、自负、邪恶所带来的灾难。值得注意的是，除上述传统地表现贵族生活的悲剧外，还出现了一些反映中产阶级生活的悲剧，如无名氏的《费弗夏姆的阿登》（1592年）和《约克郡悲剧》（1605年）以及T.黑伍德的家庭爱情悲剧《死于仁慈的女人》（1603年）。

大学才子派这一时期历史剧最早出现优秀作品不是偶然的。中世纪奇迹剧的题材是宗教传说中的人类历史。文艺复兴时期，民族意识加强，爱国主义精神高涨，女王继承人问题又引起普遍关注，这就使一些剧作家以浓厚的兴趣探讨历史，作为现实的借鉴。

莎士比亚创作分为几个时期？

莎士比亚在约1590—1612年的20余年内共写了37部戏剧，还写有二首叙事长诗《维纳斯与阿多尼斯》、《鲁克丽丝受辱记》和154首十四行诗。他的戏剧多取材于历史记载、小说、民间传说和老戏等已有的材料，反映了封建社会向资本主义社会过渡的历史现实，宣扬了新兴资产阶级的人道主义思想和人性论观点。由于一方面广泛借鉴古代戏剧、英国中世纪戏剧以及欧洲新兴的文化艺术，一方面深刻观察人生，了解社会，掌握时代的脉搏，故使莎士比亚得以塑造出众多栩栩如生的人物形象，描绘广阔的、五光十色的社会生活图景，并使之以悲喜交融、富于诗意和想象、寓统一于矛盾变化之中以及富有人生哲理和批判精神等特点著称。

一般来说，莎士比亚的戏剧创作可分以下三个时期：第一时期（1590—1600年）以写作历史剧、喜剧为主，有9部历史剧、10部喜剧和2部悲剧。第二时期（1601—1607年）以悲剧为主，写了3部罗马剧、5部悲剧和3部"阴暗的喜剧"或"问题剧"。第三时期（1608—1613

年），这个时期倾向于妥协和幻想的悲喜剧或传奇剧。主要作品是4部悲喜剧或传奇剧《泰尔亲王里克里斯》、《辛白林》、《冬天的故事》、《暴风雨》。这些作品多写失散、团聚、诬陷、昭雪。尽管仍然坚持人文主义理想，对黑暗现实有所揭露，但矛盾的解决主要靠魔法、幻想、机缘巧合和偶然事件，并以宣扬宽恕、容忍、妥协、和解告终。莎士比亚还与弗莱彻合作写了历史剧《亨利八世》和传奇剧《两位贵亲》，后者近年来被有的莎士比亚戏剧集收入。

莎士比亚创作第一个时期的主要作品有哪些？

莎士比亚创作的第一个时期以写历史剧、喜剧为主，创作了大量的优秀作品。9部历史剧中除《约翰王》是写13世纪初英国历史外，其他8部是内容相衔接的两个4部曲：《亨利六世》上、中、下篇与《理查三世》；《理查二世》、《亨利四世》（被称为最成功的历史剧）上、下篇与《亨利五世》。事实上，《亨利六世》是莎士比亚的第一部戏剧作品，起初上篇是由另一位戏剧作家创作，于1590年由莎士比亚接手继续完成中下篇，并于1591年修改完成上篇。这些历史剧概括了英国历史上百余年间的动乱，塑造了一系列正、反面君主形象，反映了莎士比亚反对封建割据，拥护中央集权，谴责暴君暴政，要求开明君主进行自上而下改

革，建立和谐社会关系的人文主义政治与道德理想。

10部喜剧《错误的喜剧》、《驯悍记》、《维洛那二绅士》、《爱的徒劳》、《仲夏夜之梦》、《威尼斯商人》、《温莎的风流娘儿们》、《无事生非》、《皆大欢喜》和《第十二夜》大都以爱情、友谊、婚姻为主题，主人公多是一些具有人文主义智慧与美德的青年男女，通过他们争取自由、幸福的斗争，歌颂进步、美好的新人新风，同时也温和地揭露和嘲讽旧事物的衰朽和丑恶，如禁欲主义的虚矫、清教徒的伪善和高利贷者的贪鄙等。莎士比亚这一时期戏剧创作的基本情调是乐观、明朗的，充满着以人文主义理想解决社会矛盾的信心，以致写在这一时期的悲喜剧《罗密欧和朱丽叶》中，也洋溢着喜剧气氛。尽管主人公殉情而死，但爱的理想战胜死亡，换来了封建世仇的和解。然而，这一时期较后的成熟喜剧《威尼斯商人》中，又带有忧郁色彩和悲剧因素，在鼓吹仁爱、友谊和真诚爱情的同时，反映了基督教社会中弱肉强食的阶级压迫、种族歧视问题，说明作者已逐渐意识到理想与现实之间存在着难以解决的矛盾。

莎士比亚创作第二时期的主要作品是什么？

莎士比亚创作第二时期以悲剧和罗马剧为主，罗马剧《尤利乌斯·凯撒》、《安东尼和克莉奥佩特拉》和《科里奥拉努斯》是取材于普卢塔克《希腊罗马英雄传》的历史剧。

四大悲剧《哈姆雷特》、《奥赛罗》、《李尔王》、《麦克白》和悲剧《雅典的泰门》标志着作者对时代、人生的深入思考，着力塑造了这样一些新时代的悲剧主人公：他们从中世纪的禁锢和蒙昧中醒来，在近代黎明照耀下，雄心勃勃地想要发展或完善自己，但又不能克服时代和自身的局限，终于在同环境和内心敌对势力的力量悬殊斗争中，遭到不可避免的失败和牺牲。由于这一时期剧作思想深度和现实主义深度的增强，使《特洛伊罗斯与克瑞西达》、《终成眷属》和《一报还一报》等"喜剧"也显露出阴暗的一面，笼罩着背信弃义、尔虞我诈的罪恶阴影，因而被称为"问题剧"或"阴暗的喜剧"。

第四章 处于历史转折点上的文学——17世纪文学

17世纪文学发展的历史背景是什么?

17世纪是一个处于变化中的世纪。革命刚刚露出曙光,而顽固势力的阴影依然遮天蔽日。历史站在转折点上,各种思潮泥沙俱下。

1640年开始的英国资产阶级革命标志着中世纪的终结和近代史的开始。资产阶级处死国王,推翻了斯图亚特王朝,1649年宣布成立共和国。然而后来王政复辟,几经周折,资产阶级发动政变,最终建立了君主立宪制国家。在这次并不彻底的革命后,资本主义迅速发展,英国成为当时欧洲最先进的国家。

然而,在欧洲大陆,封建统治达到了最高峰。法国结束了胡格诺战争(1562—1598年),建立起中央集权的强大的君主专制国家,到路易十四时期最为鼎盛,这位在位72年的"太阳王",将自己视为上帝在尘世的代理人,公开宣布"朕即国家"。当时,资本主义势力逐渐成长壮大,君主实际上充当了封建势力和资本主义势力表面上的调停人。一方面,王权利用资产阶级打击封建割据势力;另一方面,资产阶级则依附王权发展资本主义。于是,法国经济日益繁荣,在欧洲大陆处于领先地位。

其他国家封建势力加强,尤其是天主教会反动势力的猖獗,给欧洲的思想界和文化界带来深重灾难,它利用宗教裁判所、禁书、火刑等来迫害新思想家,阻挠改革。又利用耶稣会这样的机构,以新教会的面目操纵教育系统和文化思想。历史的车轮并不是永远向前的,在西班牙、意大利和德国就出现了政治经济上的大倒退。

与历史情况相一致,各国文学也呈献出复杂的状况。文艺复兴时期的人文主义思想、现实主义创作倾向仍有一定影响,但基本上走向衰落,风行一时的文学是巴洛克风格和古典主义。

什么是古典主义文学?

古典主义是17世纪欧洲的主要文学思潮。它形成和繁荣于法国,随后扩展到欧洲其他国家。古典主义文学思潮是新兴资产阶级与封建贵族在政治上妥协的产物。16世纪,由于这两大阶级的冲突而爆发了长达36年的宗教战争,最后亨利四世成为国王就是这两大阶级妥

协的结果。亨利四世为了安定局面，改奉天主教，1598年颁布的南特敕令规定天主教是国教。同时，新建立的波旁王朝在17世纪上半叶一直奉行重商主义政策，促进了工商业发展。

君主专制是作为文明中心、社会统一的基础出现的。社会安定和统一是人心所向，大势所趋，因为人民已经厌倦了战乱。与此相应，17世纪30年代，流行一时的巴罗克文学迅速向古典主义文学过渡。波旁王朝为了加强对文学艺术的控制，建立了发放奖金、津贴和检查的制度。1634至1635年建立的法兰西学士院，目的是要在语言文学方面设立适应君主专制政治需要的统一规范。当高乃依的剧作《熙德》违反了三一律时，官方理论家夏普兰就撰文加以干预。古典主义文学便是在这样的政治气候和文艺政策的条件下产生的。

古典主义的繁荣同路易十四的爱好和政策也存在密切关系。他爱好宫廷喜庆和热闹场面，鼓励戏剧创作。虽然他喜欢崇高壮丽的风格，但他同样欣赏莫里哀的滑稽讽刺，莫里哀由于得到他的保护而坚持自己的创作方向，取得《伪君子》上演的胜利。他使拉辛、布瓦洛等在文坛获得声誉。

古典主义的艺术特征是什么？

古典主义文学的艺术特征一是：从古希腊古罗马文学中汲取艺术形式和题材。这一点似乎同文艺复兴时期的作家一样，实际上存在不同之处。古典主义的悲剧和喜剧与古希腊古罗马的悲剧和喜剧已有很大的不同，它们已具备现代戏剧的基本形式，有一定的幕数，适宜于在一定的时间内演出。戏剧冲突十分尖锐，心理刻画非常细腻，达到了悲剧和喜剧的新高峰。从世界范围来看，也处于一个发展的重要阶段。

古典主义文学的艺术特征二是：有一套严格的艺术规范和标准。例如戏剧创作要遵守"三一律"，即情节、时间、地点必须保持"整一"。这个主张在16世纪已有人提出。古典主义的理论家发展得更为明确：须围绕单一的剧情进行，排除一切次要的插曲；在一天中进行；在一个地点进行。古典主义者"正是依照他们自己艺术的需要来理解希腊人的，因而在达西埃和其他人向他们正确解释了亚理斯多德以后，他们还是长时期地坚持这种所谓'古典'戏剧"。"三一律"虽有使剧情集中，冲突尖锐的作用，但更多的是束缚。此外，古典主义对文学体裁作出高低之分，推崇悲剧，贬低喜剧、寓言和民间文学，反映了一种贵族观念。

古典主义文学的文艺特征三是：主张语言准确、精练、华丽、典雅，表现出较多的宫廷趣味。高乃依和拉辛的悲剧最有代表性，它们都具有庄重、典雅的风格，高乃依的悲剧多一点雄健，拉辛的悲剧多一点柔情，但同样都有雅致的特点。诗体同典雅有密切关系，因为诗歌语言精练，而且出于押韵的需要，表达较之散文要委婉曲折；诗体悲剧比起散文悲剧，情调自然高雅一些。古典主义诗剧往往是完美的艺术品，它们不仅达到2000行左右这一精练的标准，而且诗句优美。古典主义文学对民族语言的规范化起到良好的作用。

第四、人物塑造类型化。布瓦洛要求"凡是英雄都应该保持其本性"。古典主义作家只追求"普遍人性"，性格单一。他们把人的本质看作是每个人生来就有的抽象的属性，而不是一切社会关系的总和，将人物的性格塑造成凝固不变的嗜癖，忽略环境对人物产生的影响。

古典主义文学主要作家分别是谁？

古典主义文学以法国成就最大。弗朗索瓦·德·马莱布是古典主义文学的开创者，他要求语言准确、明晰、和谐、庄重。他反对七星诗社丰富语言的方法，不主张运用古字、复合字、技术用语等等，要让语言"纯洁"化。其次，在诗歌创作上，他也反对七星诗社所主张的跨行、元音重复。他用韵严格，规定了诗节的长短，表达倾向于冷漠，认为诗歌要说理。他的创作少而精，《劝慰杜佩里埃先生》以劝告失去女儿的友人要节哀为内容，说理透彻而委婉，富有理性精神，格律严整，体现了他的诗歌主张。

古典主义悲剧的创始人是谁？

皮埃尔·高乃依，法国古典主义悲剧的创始人。他出生于诺曼底省鲁昂城的一个长袍贵族家庭，父亲是法官，任鲁昂森林水泽特别管理。高乃依在耶稣会主办的中学度过了6年时光，深受天主教的影响，为他后来的作品涂上了一层宗教的底色。中学毕业后，他攻读法律，获得了学士学位，又在各法院见习了4年。当时的鲁昂是法国戏剧出版和演出的中心，高乃依在环境熏陶下，对戏剧产生了浓厚的兴趣，在见习的第二年，他的第一个喜剧《梅丽特》问世，这是根据作者本人中学时代初恋失意的切身经验改编的。此剧被搬上巴黎的舞台，获得了成功。外省青年在巴黎崭露头角，使高乃依坚定了献身戏剧事业的信心。

此后，他的父亲为他买下了鲁昂王家水泽森林事务律师和法国海军部驻鲁昂律师这两个职位，使他过上了悠闲舒适的生活，也为他的文学创作提供了条件。他接连写出了7部作品，但视野都局限在巴黎上流社会的日常生活，喜剧题材仅仅囿于爱情的范围，人物则带

有纯理性的特征，成就不高。可是这些作品已经引起了当权的红衣主教黎塞留的注意，被吸收进他的五人创作班子写喜剧。黎塞留提供给高乃依的是多少人求而不得的职位——1500里弗尔的优厚年金，涉足上流社会的机会，王家的扶植，近在咫尺的舞台。高乃依怀着庆幸的心情，参加了按黎塞留的意图所进行的两个剧本的写作。然而由于他那不羁的性格，不久就与黎塞留发生龃龉，退出了写作班子，开始了他真正的戏剧创作生涯。他在悲剧方面的首次尝试，是运用神话题材写成的《美狄亚》，失败后，他转向历史题材。1636年，他的悲剧《熙德》上演，轰动了巴黎，被认为是法国古典主义的奠基之作。

高乃依借鉴了西班牙剧作家卡斯特罗的《熙德的青年时代》，但他大大简化了原作的情节，把重心由外部世界转向人物的内心体验，将悲剧主题集中到责任与爱情之间的矛盾冲突。此剧的内容耐人寻味，主要的戏剧冲突是罗狄克与施曼娜的冲突，而冲突的核心是情与理、即爱情与责任的矛盾。冲突的结果表达了高乃依、或曰整个古典主义戏剧所要表达的主题——爱情服从于责任。罗狄克为了维护家庭荣誉不得不去杀死爱人的父亲，在两难选择中，理智战胜了感情。封建道德观念和个人幸福之间的矛盾同样也存在于施曼娜心中，一方面她出于义务不得不向国王控告自己的恋人，另一方面又越来越深地陷入爱情之中。而所有的矛盾都在国家利益高于一切、国王的权力高于一切的原则下得以解决：国王是理性原则的体现，他明辨是非、体贴下属，在他的调解下，已经成为民族英雄的罗狄克与施曼娜终成眷属，这一结局既肯定了理性的胜利，也满足了个人的幸福。

1640年，高乃依创作了一部完全遵守古典主义规范的悲剧《贺拉斯》，还违心地写了一篇肉麻的献词呈献给黎塞留，自此以后，古典主义在专制政权的支持下取得了文坛的统治地位。

在《贺拉斯》这部作品中，仍是以忠君爱国的天职与个人感情的矛盾为主题，主张用理性战胜感情，歌颂为民族事业而大义灭亲的高尚精神。悲剧发生在古罗马，罗马与阿尔巴的战争已延续多年，最后双方决定，各派三员大将以定胜负。罗马选出的贺拉斯三兄弟迎战阿尔巴的库里阿斯三兄弟。经过浴血奋战，只有贺拉斯家的一人得以生还，其余5人全部阵亡。胜利归来的贺拉斯受到姐姐的指责，因为她已经与库里阿斯兄弟三人中的一个订了婚，在悲痛中，她不觉诅咒了祖国罗马。贺拉斯出于义愤，当场杀死了姐姐。贺拉斯为此受到审判，父亲为他出庭辩护，因为他的爱国热情，贺拉斯终于被无罪开释。在这部剧中，封建义务高于一切，个人感情丝毫没有容身之处。

哪部作品是法国第一部典范性作品？

高乃依（1606—1684年）所作的《熙德》，是法国第一部古典主义名剧，也是法国主义典范之作。取材于西班牙史，熙德是历史上的英雄，此剧作于1636年公演时轰动了巴黎。从1629年开始，高乃依的一生共写了30多部剧本。晚年，他曾与年轻的拉辛进行过抗衡，终于在悲剧《苏连娜》（1674年）失败后，永远地退出了舞台。

英国资产阶级文学的主要特征是什么？

16、17世纪之交，英国国内政治经济的矛盾加深，人心动荡，反映于文学的，除了上述诗剧的衰败，还有在散文作品中围绕政治与宗教问题的论争文章的急剧增多，在诗歌中出现了以多恩为代表的玄学派诗和一些称为骑士派的贵族青年所写的爱情诗，前者用新奇的形像和节奏写怀疑与信念交替的复杂心情，显示出当时科学大进展冲击传统文化的影响；后者则表达了一种末世情调。

17世纪40年代，革命终于爆发。人民经过公开审判，处决了国王查理一世，并在打了一场激烈的内战之后建立了以克伦威尔为首的资产阶级政权。在文学上，革命主要表现于两个方面：一是有大量的传单和小册子印行，各种集团特别是属于革命阵营左翼的平均派和掘地派通过它们来发表政见，其中李尔本、温斯坦利等人写得犀利有力；二是出现了一个革命的大诗人——弥尔顿。

弥尔顿对于革命的贡献，首先在于他的政论文。从1641年起，他搁下了早以优美著称的诗笔，而用英文和拉丁文写了许多政论小册子，为英国人民处死国王的革命行动辩护，也发表他的进步主张，如《论离婚》（1643年）和《论出版自由》（1644年）。他的文章虽然句式繁复，却有雄奇之美，在英国散文中自成一格。

王政复辟以后，文学风气为之一变，盛行嘲笑清教徒的讽刺诗，法国式的"英雄悲剧"和反映浮华、轻佻的贵族生活的"风尚喜剧"。这类喜剧中也有意存讽刺的，如康格里夫的《如此世道》。这时文坛上的领袖人物是德莱顿，他有多方面的才能，主要成就在政治讽刺诗和文论。也有作家反对当时的社会风尚，如来自下层人民的班扬，他的《天路历程》（1678年）用朴素而生动的文字和寓言的形式叙述了虔诚教徒在一个充满罪恶的世界里的经历，对居住在"名利场"的上层人物作了严峻的谴责。这里有清教主义的回响，而作品卓越的叙事能力又使它成为近代小说的前驱。

还有两类散文作品，带来了新气象。一类是科学文章。1660年成立的皇家学会要求会员用"工匠、乡下人、商人的语言"，尽力把一切事物表达得"像数学那样朴实无华"。另一类是哲学著作，先有霍布斯，后有洛克，都用清楚、有力的文字发表了他们的经验主义哲学和政治思想，特别是洛克的影响深远的社会契约论成了近代资产阶级民主政治的理论基础。求实的文风和民主思想都是资产阶级所欢迎的；国王虽复位，实权还在他们手里。1688年，他们把另一个不得人心的国王赶下了台，从此政权被商人和地主的联盟所牢牢掌握，文学也进入一个新的发展时期。

班扬的文学贡献表现在哪里？

班扬（1628－1688年）是英国小说家，青年时代正值英国资产阶级革命，参加过议会军队，接触了克伦威尔军队中左翼教派的宗教生活和清教徒生活，影响了他以后的创作。因反对王政复辟，宣扬清教徒信仰，曾被囚禁12年，在狱中写作《天路历程》。

《天路历程》（1678年，1684年）是班扬的代表作，梦幻寓言小说。小说主人公的名字叫基督徒，他从故乡"毁灭的城市"逃出，开始了他的天路历程。他弃绝罪过，坚持真理，排除万难，最后达到幸福的天堂。基督徒是个具有寓言性质的通名，是正直人类的代表，象征人类对美好未来的追求。小说结构有流浪汉小说的特点，通过旅途见闻反映英国复辟时期的社会生活，讽刺贵族阶级的腐败现象。班扬在语言和小说技巧方面为18世纪斯威夫特和笛福的小说铺平了道路。

这本书日后成为历世历代读者的祝福，这想必是班扬从来没有预料到的，但神确实这样成就了。班扬在第一次监禁时着手写这本书，大约是在第二次监禁时完成的。因他第二次出狱后，《天路历程》便首次出版。这本书流传之广，翻译的文字之多，仅次于《圣经》。人们读的次数越多，越深入，就越会发现它是如此优美，如此生动地昭示了神圣的真理。书中有许多地方与主耶稣用比喻讲道时的风格很类似。班扬用通俗易懂的方法揭示了深奥的真理。后来，约翰·班扬撰写了《天路历程》第二部分。

17世纪中叶英国最杰出的诗人是谁？

约翰·弥尔顿是17世纪中叶最杰出的诗人。他于1608年12月9日出生于伦敦一个富裕的清教徒家庭。父亲爱好文学，受其影响，弥尔顿从小喜爱读书，尤其喜爱文学。1625年16岁时入剑桥大学，并开始写诗，1632年取得硕士学位。因目睹当时国教日趋反动，他放弃了当教会牧师的念头，闭门攻读文学6年，一心想写出能传世的伟大诗篇。1632年至1638年五年间，弥尔顿辞去了政府部门的工作，住到他父亲郊外的别墅中，整日整夜的阅读，他几乎看全了当时所有英语、希腊语、拉丁语和意大利语作品。在这段时期弥尔顿写作了《酒神之假面舞会》等一些作品。

1641年，弥尔顿站在革命的清教徒一边，开始参加宗教论战，反对封建王朝的支柱国教。他在一年多的时间里发表了5本有关宗教自由的小册子，1644年又为争取言论自由而写了《论出版自由》。

1649年，革命阵营中的独立派将国王推上断头台，成立共和国。弥尔顿为提高革命人民的信心和巩固革命政权，发表《论国王与官吏的职权》等文，并参加了革命政府工作，担任拉丁文秘书职务。1652年因劳累过度，双目失明。

1660年，王朝复辟，弥尔顿被捕入狱，不久又被释放。从此他专心写诗，为实现伟大的文学抱负而艰苦努力，在亲友的协助下，共写出3首长诗：《失乐园》（1667年），《复乐园》（1671年）和《力士参孙》（1671年）。1674年11月8日卒于伦敦。

在《失乐园》里，弥尔顿显示了高超的艺术。诗人的革命热情和高远的想象使他雕塑出十分雄伟的人物形象，如撒旦、罪恶、死亡等，描绘了壮阔的背景，如地狱、混沌、人间等。他的诗歌风格是高昂的。诗中运用了璀璨瑰丽、富有抒情气氛的比喻，独特的拉丁语的句法，和雄浑洪亮的音调等。在结构上，《失乐园》承继着古希腊、罗马史诗的传统，成为英国文学中一部杰出的史诗。

完成《失乐园》后，弥尔顿苦吟不辍，又于1671年发表了最后两部力作：长诗《复乐园》和诗剧《力士参孙》。《复乐园》取材于《圣经新约》中关于耶稣在荒野中受到撒旦诱惑的故事，一般认为是《失乐园》的续篇。

弥尔顿继承了16世纪的人文主义思想，接受了十17世纪新科学的成就，同时对它们采取批判的态度。他肯定人生，但否定无限制的享乐。他肯定人的进取心、自豪感，但否定由此演变出来的野心和骄傲。他肯定科学，但认为科学并不是一切，有科学而没有正义和理想，人类不会得到和平与幸福。弥尔顿的这种思想也就是革命的清教思想的反映。

《失乐园》对文学的发展产生了哪些影响?

《失乐园》是部寓时代精神于宗教题材的宏篇巨制，近一万行，分为12卷，主要情节取自《圣经·旧约》的创世纪故事，但并不拘泥于此，而是从希伯莱、希腊、罗马的传说以及意大利、

荷兰文学中吸取了许多具体细节。

《失乐园》并非一部简单的作品，从故事上看，有两条线索，其一是撒旦反抗上帝未遂，失去天上乐园；其二是亚当、夏娃偷尝禁果，失去地上乐园。关于作品的主题，历来西方学者有许多争论，大致可以分为三大派。一派是"撒旦派"，强调撒旦是作品的主人公，认为他是具有大无畏精神的革命者的象征，由此认为这是一首政治诗歌。还有一派是"正统派"，倾向于从宗教角度来做解释，认为上帝是公正的，撒旦是邪恶的，主要表现的是人类如何失去上帝的恩宠而堕落的，所以作品是一首演绎宗教教义的宗教诗。第三派是"调和派"，调和前两派观点，认为史诗存在着双层人物、双层结构，就是说，撒旦开始时是正义的，后来则是非正义的；上帝恰好相反，开始时是反面形象，逐渐走向正面，整部作品是泛基督教的关于人类出路的诗歌，体现出作者的人道主义思想，指出人类的不幸命运是自身弱点造成的，而人类未来前进的方向是在理性的照耀下，通过自身的改造重建幸福的乐园。

以上这些争论，可谓仁者见仁、智者见智。但是，作品本身的魅力使其代代流传，却是不争的事实。作为一个政治家，弥尔顿或许是不成熟的，但作为一个艺术家，弥尔顿是不朽的。从艺术上说，这部史诗结构宏伟、风格庄严，神话结构和现实结构相依托，涉及重大的人类问题。作品中充满雄浑的气势和激情，如写天上战争，漫天刀光剑影；写横跨混沌的大石桥，几千万里不知其极；写站在高山上远眺未来，沧海桑田，如梦似幻。作者又首创无韵诗体，很多跨行的长句，铿锵有力，奔腾连绵，宛若长江大河巨浪澎湃。崇高的主题与娴熟技巧的完美结合，使《失乐园》成为英国文学史上最伟大的史诗，在世界文学史上堪与荷马、维吉尔的史诗比肩。

什么是"三一律"？

"三一律"是西方戏剧结构理论之一，亦称"三整一律"。是一种关于戏剧结构的规则。先由文艺复兴时期意大利戏剧理论家提出，后由法国古典主义戏剧家确定和推行。要求戏剧创作在时间、地点和情节三者之间保持一致性、即要求一出戏所叙述的故事发生在一天（一昼夜）之内，地点在一个场景，情节服从于一个主题。法国古典主义戏剧理论家布瓦洛把它解释为"要用一地、一天内完成的一个故事从开头直到末尾维持着舞台充实"。

"三一律"是从亚里士多德的《诗学》引申出来的。在《诗学》中，亚里士多德论述了戏剧行动的一致性，认为戏剧"所模仿的就只限于一个完整的行动"，但并不排斥使用次要的情节。他也提到"悲剧力图以太阳的一周为限"，但这只是指演出时间的长度。

16世纪，亚里士多德的观点被阐发、曲解。意大利理论家基拉尔底·钦提奥在1545年首先提出"太阳运行一周"指的是剧情的时间。其后，洛德维加·卡斯特尔维屈罗在注释《诗学》时又进一步阐述了剧情时间与演出时间必须一致的观点，并认为戏剧"必须真正限于一个单一的地点"。此外，戏剧行动的一致性也被加上了排斥次要情节、只能有一条情节线的限制。

在17世纪，法国古典主义戏剧理论家（-D）.N.布瓦洛把"三一律"总括为"要用一地、一天内完成的一个故事从开头直到末尾维持着舞台充实"，并以此作为不能违背的结构法规。把"三一律"作为一种戏剧结构的方式，有助于使剧本的结构集中、严谨，运用这种结构方式也造就了不少成功的剧作。但是，把它作为一种法规，对戏剧创作则是严重的束缚。

18世纪以后，特别是浪漫主义剧作家，一再攻击这一法规，其创作实践也已突破了这一法规。

"三一律"是17世纪古典主义的产物，它是当时法国宫廷中的文人学者根据路易十四的政治意图而制订出来的，最后总结性地反映在古典主义理论家布瓦洛的《诗艺》中。在此书的第三章中写道："不过我们要遵守理性制定的规则，希望开展情节，处处要尊重技巧；在一天、一地完成一件事，一直把饱满的戏维持到底。"这是对"三一律"最简明的概括。

巴洛克文学有哪些特征？

巴洛克文学兴起于17世纪30年代。巴洛克（baroque）一词来自葡萄牙语，原义是珍奇和奇妙，用来形容一种形状不规则的珍珠。这个词最初被用来形容文艺复兴后期意大利出现的一种新的建筑风格，后来又被用于绘画、音乐和文学。巴洛克文学惯用的主题是宗教的狂热、灵与肉的冲突和人类在上帝面前的无能为力；在艺术上刻意雕琢，追求怪异，用支离破碎的形式和夸张繁艳的语言表达悲观颓丧的思想，所以人们又把它称为"夸饰主义"。巴洛克文学从意大利、西班牙传到英、法等国。意大利诗人马里诺（1569-1625年）和西班牙诗人贡戈拉（1561-1627年）代表了巴洛克文学的贵族倾向。在英国，体现了巴洛克风格的是以约翰·多恩为代表的玄学派诗人的作品。巴洛克文学最杰出的代表是西班牙戏剧家卡尔德隆（1600-1681年），他的剧作《人生如梦》体现了典型的巴洛克风格。德国文学中也有巴洛

克的色彩，其中获得了世界声誉的是格里美尔斯豪森（1622-1676年）的自叙体流浪汉小说《痴儿西木传》。从17世纪到19世纪，巴洛克一直是个带有贬义的艺术评语，一直到20世纪初德国文学史家弗尔夫林（1864-1945年）撰写了《文艺复兴与巴洛克》及《艺术史概要》等书后，巴洛克作为一种对照性风格才被人们重新发现。

巴洛克文学的代表作品是哪些？

在西欧文学发展史中，17世纪是法国的世纪，在这100年间古典主义和巴洛克的对立构成了法国文化的基本格局。从文学史的角度说，古典主义文学与唯理论思潮相呼应，而巴洛克文学则与以伽桑狄为代表的感觉论思潮声息相通。它偏重于诉诸感官，拒绝严格的理性原则和古典主义规则，风格夸张，语言雕琢。在叙事手法上，巴洛克文学多依靠意外事件的插入改变叙事的方向和线索，以造成复杂感和丰富感，为此，生活的偶然性被作为主要的推动力量。巴洛克文学自16世纪后期兴起，17世纪初进入活跃期，到三四十年代产生了许多有一定艺术价值的作品。古典主义占据主流地位后，巴洛克文学仍然具有不可忽视的力量，既作为古典主义文学的对照，又作为古典主义的补充而继续在文坛占有一席之地。

16世纪末新教诗人多比涅（1552-1630年）和杜巴尔塔斯（1554-1590年）的作品被看作是最早的巴洛克文学作品。他们所开创的巴洛克风格在17世纪初一批诗人的作品里得到了发展，其中影响较大的诗人有戴奥菲尔·德·维奥（1590-1626年）、圣塔芒（1594-1661年）等。维奥坚决反对马来伯的古典主义诗歌理论，主张无拘无束地抒写诗人真实的自然感受和感情，他的诗歌语言受到沙龙典雅风格的影响，表现出与马来伯截然相反的美学价值观。世纪中期，斯卡龙（1610-1660年）的《乔装打扮的维吉尔》特别引人注目，这是一首长篇讽刺模拟诗。这种体裁在当时很流行，作品大多模拟古代的史诗和武功诗，把大众熟悉的悲壮的英雄业绩写成滑稽庸俗的故事。斯卡龙模拟的是《埃涅阿斯记》，他发挥丰富的想象力，以维吉尔原诗情节为线索，用当时市民生活的线条和色彩描绘特洛伊城陷落后埃涅阿斯带着家人逃跑的经过，描写了许多滑稽可笑的场面，写尽了世态的酸甜苦辣，对现实多有讥讽。

巴洛克小说的开山之作是奥诺雷·德·于尔菲（1607-1624年）的《阿斯特蕾》，这部田园牧歌式的小说讲述了中世纪牧羊青年塞拉冬与牧羊女阿斯特蕾的爱情故事。男主人公俨然具有贵族气质和沙龙情趣。小说的整体结构十分松散，但情节一波三折，感情描写极为细腻。这部描写贵族生活又赋予它田园诗意的作品开创了沙龙贵族小说的创作道路，一时成为叙事文学效法的榜样。在它的直接影响下，女作家玛德莱娜·德·斯居德里（1607-1701年）也创作了几部有名的沙龙历史小说。体现巴洛克风格的戏剧有拉康（1589-1670年）的牧歌剧《牧歌》、维奥的悲剧《比拉莫和蒂斯贝》、麦雷（1604-1686年）的悲喜剧《克里赛伊德和阿利芒》等。另一位剧作家阿尔迪（1570年或1572-1632年）是30年代以前剧坛的代表，其剧作以情节繁复著称。

巴洛克风格还表现在一些被认为是古典主义代表作家的作品里，最明显的例证是高乃依。他开始戏剧生涯时正值巴洛克戏剧的盛期，他的创作受到了阿尔迪等人的影响，追求戏剧性效果。他的悲喜剧《熙德》经常被看作古典主义戏剧的开山之作，但这出戏的形式更多地体现了巴洛克的风格。此外，在古典主义喜剧作家莫里哀的作品中也能看到巴洛克的影响。巴洛克文化的再发现具有重要的意义，因为从巴洛克与古典主义的对照中，人们对古典主义获得了更丰富的认识。

古典主义戏剧有哪些特征？

从1660年到1688年，是路易十四君主集权统治的黄金时代，也是法国古典主义的全盛时期。这期间，作家辈出，创作繁荣，尤其是悲剧取得了极高的成就。

在古代希腊，由于受舞台条件的限制，戏剧必须在白天演出，基本表现不出白天和黑夜的更迭，也没有地点的变化，所以多为独幕剧。同时，参加比赛的每个作家上演一出喜剧三出悲剧，而只能占用一天的时间。而且，三出悲剧的情节要有相关性。在这个意义上，亚里士多德在自己的作品中提到了情节的整一，又用"太阳的一周"对戏剧的长度做了说明。可是后来，往事渐渐湮灭，当16世纪意大利文艺复兴时期的学者将目光重新投向古代，遥远的戏剧模式已经不可考证，他们翻开亚里士多德的不朽著作，在字面意义上对亚里士多德的说法进行理解，只不过这理解是种误解，他们错误地认为古代悲剧是在情节、地点、时间三方面都"整一"的悲剧。

时间又过了100年，1634年，诗人梅莱在他的悲剧中首次贯彻这一思想，从此，奉古代文学为圭臬的法国的古典主义作家们，因袭了意大利文艺理论家的错误，制订了严格的"三一律"，即一个剧本只能有一个情节线索、剧情只能发生在一个地点、时间不能超过24小时。按布瓦洛的说法：一部剧本"要用一地、一天内完成的一个故事，从开头直到末尾维持着舞台的充实"。他们

坚持说，这是亚里士多德的规定。正如马克思所指出的："路易十四时期的法国剧作家们从理论上构想的那种'三一律'，是建立在对希腊戏剧（及其解释者亚里士多德）的曲解上的。但是，另一方面，同样毫无疑问，他们正是依照他们自己艺术的需要来理解希腊人的，因而在达西埃和其他人向他们正确解释了亚里士多德以后，他们还是长期坚持这种所谓的'古典'戏剧。"

"三一律"是古典主义戏剧的金科玉律。可以说，古典主义戏剧家们是自愿戴着镣铐跳舞的，不过，他们的艺术也许正是在限制下方显出曼妙之处。在古典主义戏剧家中，最杰出的是高乃依和拉辛。

谁是"古典主义立法者"？

布瓦洛（1636—1711年）法国著名诗人、美学家、文艺批评家，被称为古典主义的立法者和发言人。最重要的文艺理论专著是1674年的《诗的艺术》。这部作品集中表现了他的哲学及美学思想，被誉为古典主义的法典。

布瓦洛在笛卡儿唯理主义的哲学基础上，继承古希腊罗马尤其是贺拉斯的理论传统，总结法国古典主义文学的创作经验，提出了自己的美学思想。他认为"理性"是一切的准绳，也是文艺创作的根本原则。"请爱慕理性吧；务使你的一切诗文，仅凭着理性获取光辉和价值"。他提出的所谓的"理性"，即常识、天性，它是永恒、普遍、自然的。美源自理性，美必然合符理性，因而具有绝对的价值和普遍永恒的评价标准。他还提出"摹仿自然"的原则。所谓"自然"，即"人的自然"或"自然人性"，即经过理性净化了的自然。具体来说，"摹仿自然"就是要"研究宫廷""认识城市"。

布瓦洛崇尚理性和自然，认为"只有真才美"，追求真善美的统一。

在文艺作品方面，他认为文艺创作要以古人为榜样，因为古希腊罗马的古典作品体现了普遍理性与自然人性，具有高度的真实性。悲剧是"高雅"的体裁，要用崇高，悲壮的诗体来表现宫廷生活；喜剧是"卑俗"的体裁，需用日常的语言来表现下层社会生活。作品要遵守严格的"三一律"。人物性格应定型化和类型化。　布瓦洛的美学理论是一个充满矛盾的体系，对欧洲文坛有深远影响，促进了法国古典主义文艺特别是戏剧的发展。

拉辛主要作品有哪些？

拉辛是法国剧作家、诗人。早期悲剧《忒拜依特》、《亚历山大大帝》已显露个人风格，并使他与反对文艺创作的冉森派关系宣告破裂。1667—1677

年这10年间是他创作的旺盛时期，写有7部悲剧《安德罗玛克》、《布里塔尼居斯》、《贝蕾妮丝》、《巴雅泽》、《米特里达特》、《依菲革涅亚》、《淮德拉》和一出喜剧《讼棍》。《安德罗玛克》和《淮德拉》为拉辛的代表作，都是5幕韵文悲剧，均取材于希腊故事，写的全是宫廷情杀丑闻，揭露了王公贵族及宫廷贵妇所过的淫乱生活，具有反封建的民主思想。但作者所写剧中人物往往受到情欲支配，丧失理性，注定走上自我毁灭之路，遭到天神惩罚，反映了冉森教派的宿命论观点。这些古典主义悲剧利用了"三一律"，剧情紧凑，具有较高的艺术性。由于《安德罗玛克》上演的成功，拉辛于1673年入选为法兰西学士院院士。但《淮德拉》演出后，一小撮反动贵族变本加厉进行攻击，拉辛被迫搁笔达12年之久。停笔后，他同冉森派和解了。路易十四企图控制他，于1677年封他为史官。1678年、1683年和1687年他3次随从路易十四出征，搜集战史资料。但他并未为国王写出战史，相反，他利用曼特侬夫人请他为贵族孤儿学校写剧的机会，写出两个涉及国王宗教政策的悲剧《以斯帖》和《亚他利雅》，宣扬反抗暴政的思想。晚年他同国王越来越疏远，死前路易十四禁止他进入宫廷。

继《安德洛玛刻》之后，拉辛又连续创作出了多部有影响的剧作。由于他的成就，1673年被选为法兰西学士院院士，第二年又当上了路易十四的顾问。虽然如此，因为他进步的立场，他不断遭到以红衣主教的近亲为首的一伙贵族的欺辱。在1677年，他的又一部杰作《费德尔》上演，反动势力定下剧场的全部座位，到时不来看戏，又安排另一位作家写成同名剧《费德尔》，企图以对台戏的形式压制拉辛。拉辛愤而搁笔。

《费德尔》的故事取材于欧里庇德斯的悲剧《希波吕托斯》，但拉辛对传统题材进行了古典主义美学意义上的改造。在这部戏剧中，拉辛从正面抨击情欲的罪恶，在作者看来，之所以酿成悲剧，是因为费德尔的情欲战胜了理性，而所谓理性就是封建的伦理道德。但尽管拉辛揭露了贵族的荒淫无耻，还是对费德尔的爱情寄予了一丝同情。

拉辛的剧作，严格恪守"三一律"，他用很多技巧避开了"三一律"的弊端，而发挥其长处，整部戏冲突激烈、结构紧凑、毫无枝蔓。另外，拉辛的人物塑造既不违反古典主义要求人物以一种性格为主的原则，同时又赋予人物以多重色彩，使人物具有丰满性。再者，拉辛擅长心理刻划，写人物的心理发展过程丝丝入扣、极为细腻，这方面是古典主义戏剧的最高代表。

拉辛后来被封为法兰西史官、

国王侍臣、国王私人秘书等职，只在1689年、1691年应路易十四宠姬曼特侬夫人之请，写了两部以圣经为题材的戏剧——《以斯帖记》和《亚他利雅记》。从这两部剧作可以看出，拉辛虽然韬光养晦，内里依旧充满激情。

1699年，拉辛逝世。与高乃依一样，作为法国古典主义悲剧的代表人物，他永远在文学史上占有一席之地。

莫里哀的创作分为哪几个阶段？

从1659年至1663年，是莫里哀开始创作古典主义戏剧的时期，比较重要的作品是《可笑的女才子》（1659年）、《丈夫学堂》（1661年）和《太太学堂》（1662年）。《可笑的女才子》通过两个贵族青年向一对资产者出身而喜欢模仿巴黎贵族习气的外省女子求婚时的笑话，嘲讽了贵族沙龙文体和资产阶级矫揉造作、附庸风雅的丑态。后两部戏是莫里哀运用古典主义原则写成的，剧中提出了爱情、婚姻、教育等社会问题，《太太学堂》的上演标志着法国古典主义喜剧的诞生。

从1664到1668年，是莫里哀创作的成熟期和"黄金时代"，这个时期他不但掌握了古典主义的创作规则，并且在作品中表现出更加深刻的社会内容和更加强烈的民主倾向，作品的思想性、战斗性和艺术性都达到了他自己的最高

水平。除了著名的《伪君子》（《达尔杜弗》，1664年）之外，他还写了《唐璜》（1665年）、《恨世者》（1666年）、《悭吝人》（1668年）和《乔治·唐丹》（1668年）等名作。

《唐璜》和《恨世者》对日益衰败没落的封建贵族进行了无情的嘲笑和深刻的揭露。前者借西班牙传说反映了17世纪法国贵族的经济衰落和道德沦丧，人物性格复杂，在现实主义描写中添上浓厚的浪漫主义色彩，不受"三一律"的约束，是莫里哀剧作中别具一格的作品。后者讽刺了形形色色的宫廷贵族，在语言艺术方面达到了莫里哀的最高成就，全剧严格恪守古典主义法则，被认为是"高级喜剧"的典范。

《悭吝人》和《乔治·唐丹》是两部讽刺资产阶级的作品。《悭吝人》成功地塑造了吝啬鬼阿巴贡这个不朽的文学典型。在欧洲文学史上，这部喜剧可以说是最早揭露资本原始积累时期金钱如何破坏温情脉脉的家庭关系的作品之一。《乔治·唐丹》辛辣地嘲讽了资产阶级的妥协性。

从1668年到1673年，莫里哀的创作进入另一阶段，表现出反贵族和反教会的强烈战斗性。此前，他的喜剧内容大都与路易十四的政策相吻合，所以得到专制王权的保护；晚期，他加强了对现实的批判，不免有时同专制王权的政

策相抵触，所以遭到冷遇，同国王的关系也出现裂痕。这时期，他写了近10出喜剧，其中有两出舞蹈喜剧《布索那克先生》（1669年）和《醉心贵族的小市民》（1670年）及闹剧风格的作品《司卡班的诡计》（1671年），该剧标志着其戏剧创作的又一个高峰。这部戏可以说是蔑视法国17世纪森严的封建等级制度，抨击腐败的封建司法机关的力作，但莫里哀与王权之间的矛盾也因此而激发。莫里哀的最后一部剧作是《无病呻吟》（1673年），此剧由他亲自主演。1673年2月17日，他不顾重病在身，坚持继续演出，勉强把第四场演完，当夜在家中与世长辞。

《伪君子》的主要内容是什么？

五幕诗体喜剧《伪君子》是莫里哀的代表作，它从法国现实生活中取材，对中心人物进行高度概括，把矛头对准了天主教会的伪善。1664年5月12日，在凡尔赛莫里哀为路易十四演出了《伪君子》的前三幕，这惊动了太后和巴黎的大主教，第二天即遭禁演。此后，虽有国王的支持，但大主教、最高法院院长和太后均起来干涉，所以再三被禁演。直到1669年，宗教迫害有所减轻的时候，莫里哀又对剧本进行了第三次修改，经路易十四批准，重新上演并取得极大的成功。

《伪君子》的主人公达尔杜弗是一个宗教骗子。他以伪装的虔诚骗得富商奥尔恭和他母亲的信任，成为这一家的上宾和精神导师。奥尔恭对他崇拜得五体投地，甚至把女儿改许给他。达尔杜弗并不以此为满足，竟无耻地勾引奥尔恭年轻的妻子。奥尔恭的儿子达米斯向父亲告发了这一丑行，但执迷不悟的奥尔恭却将儿子逐出家门，还把全部财产继承权送给了达尔杜弗。在这种严重的局面下，奥尔恭的妻子欧米尔设下巧计，让丈夫亲眼看到达尔杜弗调情的丑态。达尔杜弗露出狰狞的面目，要将奥尔恭一家赶走，并向国王告密，陷害奥尔恭。但国王英明，洞察一切，下令逮捕了达尔杜弗。

在这部戏的序言中，莫里哀提出喜剧家有干预生活的权力，喜剧是一种社会制裁力，是对时代道德的批判。他说："喜剧是一首精美的诗，通过意味深长的教训，指摘人的过失。"这个定义恰如其分地概括了喜剧的艺术价值、教育意义、干预生活这三大特点。无论从内容上，还是从形式上，《伪君子》一剧都完美地体现了莫里哀关于喜剧的美学观点。

以寓言诗著称的作者是哪一位？

让·德·拉·封丹（1621—1695年）是法国古典文学的代表作家之一，著名的寓言诗人。他的作品经后人整理

为《拉·封丹寓言》，与古希腊著名寓言诗人伊索的《伊索寓言》及俄国著名作家克雷洛夫所著的《克雷洛夫寓言》并称为世界三大寓言。

拉·封丹1621年7月8日出生于香巴涅一个小官员家庭。他从小生长在农村，熟悉大自然和农民的生活。19岁到巴黎学神学，一年半之后又改学法律，毕业后获得巴黎最高法院律师头衔。他了解到法院黑暗腐败的内幕，对这种职业十分厌弃。不久就回乡下去过安闲的乡绅生活。但他不善于管理家业，被迫出卖土地，到巴黎去投靠当时的财政总监富凯。富凯给他年金，让他写诗剧。1661年富凯被捕，拉封丹写诗向国王请愿，得罪了朝廷，不得不逃亡到里摩日，从此他对封建朝廷甚为不满。1663年年末，他返回巴黎，常常出入沙龙（文艺俱乐部），对上流社会和权贵有了更多的接触和观察的机会，同时也使他结识了如莫里哀、拉辛等一些诗人和戏剧家。1668年，他出版了《寓言诗》第一集，引起很大反响，建立了他的文学声誉，到1694年，共出版了12卷。此外还出版了5卷《故事诗》。他常用民间语言，通过动物形象讽刺当时法国上层社会的丑行和罪恶，嘲笑教会的黑暗和经院哲学的腐朽。1695年4月13日拉·封丹去世。他对后来欧洲寓言作家有很大影响。

拉封丹的寓言善于借用现成的民间故事情节，运用诗的语言对之进行再创造。拉封丹创作的寓言故事擅长以动物喻人，讽刺势利小人和达官贵人的丑恶嘴脸。文笔高雅，寓意深刻，讽刺辛辣。他的寓言诗对17世纪法国社会上的丑陋现象进行了大胆的讽刺。

拉·封丹的寓言，与伊索寓言、克雷洛夫寓言诗一起，构成了世界寓言作品中最高的三座丰碑，成为全人类的精神财富。其中的名篇，如狼和小羊、乌鸦和狐狸等在世界许多国家都广为流传。拉·封丹本人也作为17世纪法国古典文学的杰出代表广受赞誉，19世纪法国著名文学评论家泰纳称赞他是"法国的荷马"，雨果的《巴黎圣母院》以及莫泊桑的《一生》都提到他是法国古典文学作家中著名的诗人。

第五章　对封建文学的二次冲击——18世纪文学

18世纪文学处在一个什么样的历史环境？

18世纪是欧洲历史发展的重要时期。随着各国资本主义生产关系的迅速发展和资产阶级力量的不断壮大，资产阶级和广大人民的反封建斗争空前激烈，在整个世纪中，逐渐酝酿和准备着一场深刻的社会变革，其标志就是法国大革命。在大革命到来之前，欧洲发生了一场影响深远的具有全欧性质的反封建思想文化运动——启蒙运动。这是西方资产阶级继文艺复兴之后所进行的第二次反对教会神权和封建专制的文化运动。它是在资本主义经济的发展，广大人民反封建斗争高涨的历史条件下，在自然科学和唯物主义哲学的影响下产生的。启蒙运动家以先进的思想教育民众，追求政治思想上的自由，提倡科学技术昌盛，把理性推崇为思想行为的基础。"启蒙"一词意为启迪，在启蒙运动中引申为用近代哲学、文学艺术和科学精神照亮被教会和贵族专制的迷信和欺骗所造成的愚昧落后的社会，树立理性至高无上的权威，启蒙运动提出自由、人权、平等、博爱、共和国等一套纲领，形成一个完整的思想体系，它打破了长期以来的传统观念，启迪了人们的思想，传播了新的观念，是一场资产阶级推翻封建阶级的政治革命，也是一场为资本主义的全面发展作思想舆论准备的思想运动。

什么是启蒙运动？

启蒙运动以英国资产阶级勇敢地号召政治革命开始，终结于发生在德国的一场思想领域里的革命，其中心是法国。英国自然科学和唯物主义哲学思想的巨大发展为启蒙思想的产生奠定了基础。18世纪资产阶级科学家在数学、物理、化学、植物、动物、天文学等方面做出了卓越的贡献，其中以英国物理学家依萨克·牛顿（1642–1727年）的成就最为突出。他的运动三定律和万有引力定律的提出，不仅奠定了古典物理学的基础，而且提出了在一定时期同样的方法也能揭示迄今尚不为人所知的规律的可能性。从此，大自然不再是人类连续不断地怀着恐惧心理生活于其中的神秘力量的随意汇集，而被显示为是一种可知力量的体系。

如果说牛顿发现了自然世界的科学规律，那么英国唯物主义哲学家约翰·洛克（1632—1704年）则发现了人心的科学规律，从而打开了在比较理性因而也比较愉快的方针上改造人类社会的途径。洛克在政治上以社会契约论反对君权神授说，拥护君主立宪制，标榜自由民主。他认为人类思想来自我们的感官印象，后天获得的经验才是认识的源泉。他第一次制定并论证了唯物主义经验论的知识起源于感觉的学说，推动了这一时期的唯物主义和自由思想的传播。

此外，法国思想家贝勒（1647—1706年）和封特奈勒（1657—1757年）继承笛卡儿哲学中的唯物主义因素，摈弃其中上帝存在和灵魂不死的唯心主义思想，把理性作为反对封建制度和宗教权威的武器，提倡自由检验的科学精神，肯定人类的进步。他们是法国启蒙思想家的先驱。在英法先进思想家的影响下，欧洲许多国家如德、意、俄等国都产生了启蒙运动。

在启蒙运动中产生了许多著名的哲学家，如伏尔泰、孟德斯鸠、狄德罗、卢梭、休谟和亚当·斯密、莱辛和康德、富兰克林和杰斐逊。这些哲学家虽然各自的观点存在着分歧，但是他们随时可以团结起来，支持他们共同赞成的事业，即创建一个主张人道、教育与宗教分离、世界主义和自由纲领，不受国家或教会专断干涉的威胁，并有权对此提出质疑和批评的世界。

启蒙文学的基本特征是什么？

启蒙运动是文艺复兴反封建、反教会斗争的继续和发展，它继承了人文主义者的理想，并且把反封建的范围从道德伦理范畴扩大到整个上层建筑，带有更加鲜明的政治色彩，明确地提出反封建必须挣脱两大枷锁——专制制度和宗教迷信。

在宗教方面，启蒙运动思想家比文艺复兴时期的人文主义者更进一步，他们没有企图把古典主义和哲学同基督教信念、对人的信任和对上帝的信任结合起来，而是强烈地反对天启宗教对人心的控制和操纵，认为进攻正统教会堡垒的时机已经成熟。他们提出以容忍一切宗教为基础的自然神论来与天启宗教相对。

在政治上，启蒙思想家坚持唯物主义的观点，肯定世界是物质的，国家权力属于人民。他们不满意政治上的无权地位，反对贵族阶级的特权，要求人人在法律面前平等，他们提出天赋人权的理论，认为自由平等是人的天性的最高表现，使自由平等的理念成为启蒙运动中最鲜明最有号召力的旗帜。

总之，启蒙思想家用政治自由对抗专制暴政，用信仰自由和宗教容忍对抗宗教压迫，用自然神论和无神论来摧毁天主教权威和宗教偶像，指出旧社会和旧制度的不合理，并提出建设新社会秩序的理想和方案，从而为资产阶级革命开辟了道路。

启蒙运动的伟大发现是把批判理性应用于权威、传统和习俗时的有效性。他们相信，如果人类能从恐惧和迷信中解放出来，他们就会在自己的身上找到改造人类生活条件的力量。

法国启蒙运动的主导思想是什么？

1.反抗权威。法国哲学家受牛顿的宇宙物理学的吸引，受洛克的政治哲学的启发。受笛卡尔的启发，认为每个人都必须自行找寻问题的答案。口号一部分针对当时的教士、国王、贵族。

2.理性主义。1789年法国大革命。新兴自然科学证明自然是受理性所管辖的。大多数启蒙时期的哲学家和苏格拉底及斯多格学派这些古代的人文主义者一样，坚决相信人的理性。所以法国启蒙运动时期被称为"理性时代"。哲学家们认为他们有责任依据人不变的理性为道德、宗教、伦理奠定基础。

3.启蒙运动。"启"发群众的"蒙"昧，以建立更好的社会。人民之所以过着贫穷、备受压迫的生活是因为物质、迷信。学校制度开始于中世纪，而教育学则开始于启蒙时代。

4.文化上的乐观态度。非理性行为与无知的做法迟早都会被"文明"的人性取代。所有的发展并非都是好的。启蒙时期哲学家认为人一旦理性发达、知识普及后，人性就会有很大进步。

5.回归自然有人提出"回归自然"的口号。人的理性乃是自然的赐予，而不是宗教或"文明"的产物。卢梭提出"人类应该回归自然"的口号，相信大人应该让小孩子尽量停留在他们天真无邪的"自然"状态里。

6.自然宗教。人们认为宗教必须自然化，宗教也必须与"自然"的理性和谐共存。当时有许多人为建立所谓的"自然宗教"而奋斗。当时有很多唯物论者不相信上帝，自称为无神论者，但大多数启蒙时期的哲学家认为否认上帝存在是不合乎理性的。同样，这些启蒙时期的哲学家也认为相信灵魂不朽是合理的。他们和笛卡尔一样，认为人是否有一个不朽的灵魂不是信仰问题，而是理性的问题。

7.人权。1789年，法国国民议会通过《人权与公民权宣言》，确立了"个人权利不可侵犯"的原则。1787年，启蒙运动的哲学家龚多塞就发表了一篇有关女权的论文。他主张妇女也和男人一样有"自然权利"。在1789年法国大革命期间，妇女们非常积极地反抗旧日的封建政权。

什么是"百科全书派"？

18世纪法国启蒙思想家在编纂《百

科全书》（全称为《百科全书，或科学、艺术和手工艺分类字典》）的过程中形成的派别。《百科全书》主编是D.狄德罗。百科全书派的核心是以狄德罗为首的唯物论者，他们反对封建特权制度和天主教会，向往合理的社会，认为迷信、成见、愚昧无知是人类的大敌。主张一切制度和观念要在理性的审判庭上受到批判和衡量。他们推崇机械工艺，孕育了资产阶级务实谋利的精神。

百科全书派的核心是以狄德罗为首的唯物论者，他们的基本政治倾向是反对封建特权制度和天主教会，向往合理的社会，认为迷信、成见、愚昧无知是人类的大敌。主张一切制度和观念要在理性的审判庭上受到批判和衡量。他们推崇机械工艺,重视体力劳动，孕育了资产阶级务实谋利的精神。代表人物有：狄德罗、达朗贝尔、伏尔泰、孟德斯鸠、卢梭、孔多塞、霍尔巴赫。

在狄德罗的领导和组织下，《百科全书》成了启蒙思想家们向封建反动势力进行斗争的锐利武器。这部著作，针对封建社会的全部意识形态，从政治制度、法律机构、宗教信仰，到文学艺术等各个方面进行了大规模的批判，宣扬政治平等、思想自由等启蒙思想，提倡科学技术，宣扬人类的物质文明和精神文明的进步与发展，直接为即将到来的资产阶级政治革命制造舆论。百科全书派的形成及其社会实践，充分体现了启蒙运动的精神，标志着法国的启蒙运动已经达到高潮。

"狂飙突进"运动源自哪里？

狂飙突进运动是18世纪德国文学界的运动，是文艺形式从古典主义向浪漫主义过渡时的阶段，也可以说是幼稚时期的浪漫主义。其名称来源于音乐家克林格的歌剧"狂飙突进"，但其中心代表人物是歌德和席勒，歌德的《少年维特的烦恼》是其典型代表作品，表达的是人类内心感情的冲突和奋进精神。这次运动是由一批市民阶级出身的青年德国作家发起的，他们推崇天才，创造性的力量，并把其作为其美学观点的核心。这个运动持续了将近二十多年，从1765年到1795年，然后被成熟的浪漫主义运动所取代。

当时的德国，有一批初登文坛具有反抗封建专制斗争精神的青年知识分子，他们受到启蒙思潮的影响与鼓动，想在落后的德国掀起一场风暴，要求自己像狂飙一样冲破社会的黑暗，因而组织一个同名的社团。他们以"天才、精力、自由、创造"为中心口号，要求摆脱封建传统偏见的束缚，主张个性解放，呼喊着民族意识的觉醒，并与法国启蒙思想家卢梭倡导的"返归自然"的观点相呼应。

狂飙突进的领袖、文艺理论家海尔德尔提出的"天才不须规律"的口号，成了他们共同的信条。这场运动，实质上乃是德国新兴资产阶级对腐朽的封建主义意识形态的一次有力冲击。虽然它来势凶猛，但不深入持久，犹如昙花一现，瞬即消逝。因为狂飙突进运动的参加者没有明确的政治纲领，他们的反抗往往流于无政府的暴乱情绪。由于当时德国资产阶级的软弱性和妥协性，使得这个运动没有能够发展成为政治革命。他们提出的一些改革社会的要求，都未能改变当时的客观现实，而只限于呼唤反抗封建意识的范畴。而且狂飙突进的参加者也含有远离人民群众，好高骛远，宣扬个人英雄主义等不良因素。尽管这样，他们反封建的旗帜是鲜明的，激情是高涨的，在推动德国新文学发展方面的历史功绩也是应该肯定的。

青年时期的歌德和席勒都从参加"狂飙突进"的狂热反抗开始，登上文坛，以自己卓越的艺术创作，把德国文学从狭隘的范围引入欧洲文学的广阔领域。狂飙突进的作家运用得最多的文学体裁是戏剧。歌德的《铁手骑士葛兹·封·柏里欣根》和席勒的《阴谋与爱情》，就是狂飙突进运动的代表作。

18世纪英国文学的成就有哪些？

英国在18世纪经历了巨大而深刻的变革。1688年的"光荣革命"推翻了复辟王朝，确立君主立宪政体，建成资产阶级和新贵族领导的政权。资产阶级在国外大规模进行殖民扩张，在国内发展工商业，大型手工业工场发达，一些生产部门已经开始采用机器。到了18世纪中叶，英国发生了工业革命，工业无产阶级和工业资产阶级诞生了。虽然早在上个世纪英国已经发生了资产阶级革命，但仍然有着启迪民众向封建势力继续斗争的历史任务，由于这个任务是在资产阶级革命之后提出的，所以英国的启蒙活动和法、德等国的启蒙运动并不完全相同。

这一时期英国启蒙思想家和作家以理性为武器反对封建残余，批判资本主义制度，同情受压迫、受剥削的人民。同时，古典主义在这个时期还有很大的影响。保守作家大多遵循古典主义的创作原则，一些进步作家也或多或少带有古典主义倾向。本世纪初期，古典主义在诗歌创作中最有影响，最重要的作家是蒲伯（1688-1744）。他模仿罗马诗人，有的诗对贵族生活进行温和的讽刺，有的宣扬庸俗哲学。他长于说理，诗风精巧，但缺乏深厚的感情，形式多用双韵体。

现实主义小说是18世纪英国文学最主要的贡献，它在唯物主义思想的影响下，继承并发展了流浪汉小说的传统，直接取材于社会生活，以普通人，特别是中下层人物作为主人公，通常含有对社会现实的批判，反映了初期资本主义社会暴露出的种种矛盾。与流浪汉小说相比，其情节趋于集中，时间、地点的安排也较严密，人

物性格的塑造、感情心理的刻划、环境的描写都有了显著的进步。语言一般是日常生活用语。这些特点标志着英国现实主义小说发展的新阶段，为以后英国和欧洲现实主义小说的繁荣提供了条件。

什么是"正剧"？

正剧，正剧是戏剧的主要体裁之一，在悲剧与喜剧之后形成的第三种。正剧是出现较晚的戏剧类型，起初遭到古典主义者的否定。16世纪意大利剧作家巴蒂隆。仙里尼为推动正剧发展，做出了很大努力。正剧不拘泥悲剧和喜剧的划分，灵活利用了两者的有利因素，加强了表现生活的能力，适应了戏剧发展的要求。

18世纪，法国思想家狄德罗和剧作家博马舍称这种戏剧为"严肃剧"，进行大力倡导。戏剧的主要体裁之一，在悲剧与喜剧之后形成的第三种戏剧体裁。从古代希腊到古典主义时期，悲剧与喜剧作为两种戏剧体裁界分严格，不能混淆。但是，在这期间出现的某些戏剧作品，特别是莎士比亚的传奇剧，却很难归属于悲剧或喜剧。18世纪，启蒙运动时期的哲学家、美学家狄德罗写了剧本《私生子》，并阐明建立严肃剧的主张，指出严肃剧界于"两个极端类型的戏剧种类之间"，这类作品"题材必须是重要的；剧情要简单和带有家庭性质，而且一定要和现实生活很接近"。他所说的"严肃剧"，也就是后世

的正剧。黑格尔把这种戏剧体裁界定为"把悲剧的掌握方式和喜剧的掌握方式调解成为一个新的整体的较深刻的方式"。但是，所谓"调解"并非指两者相加。在正剧中，生活的肯定方面和否定方面往往同时作为表现的对象，正剧主人公也像悲剧人物那样把历史的必然要求作为自己的目的，具有明确的自觉意识，但都可以通过自己的行动使这种要求有实现的可能性，喜剧人物把失去合理性和意义的要求作为现实的目的去追求，在正剧中，这种要求则要被否定。正因为如此，人物的命运、事件的结局在正剧中则是有完满性。正剧主人公的自觉意识不仅表现在为实现目的而付出的行动，也表现在对自身的审视和反思，因而往往经历着内在精神世界的斗争。

英国现实主义小说具有什么样的特点？

18世纪英国现实主义小说是在古希腊罗马史诗的土壤里孕育的，史诗在反映现实、描写个人遭遇、集中时间描写某段时间发生的故事、注意人物的感情和心理活动等方面深深地影响了后来的现实主义小说。

诞生于16世纪中叶的西班牙流浪汉小说是西方早期的小说形式之一，它以出身下层的流浪汉为作品的主人公，采用自传体的形式，以主人公自述经历为线索，串

联社会的各种画面和人物素描，以主人公流浪的经历表现人物的命运，并反映当时的社会各种生活状况。受其影响，英国小说的创作倾向由写传奇逐渐走向写现实，流浪汉小说作品的主题和结构、人物类型等方面也深深地影响了18世纪英国现实主义小说。

18世纪英国现实主义小说从笛福的个人传记小说起步，经过斯威夫特的讽刺小说和理查逊的书信体小说的努力探索与实践，文本模式和艺术形式上均取得了长足的发展。但随着英国社会的迅速发展和生活方式的急剧变化，个人传记小说和书信体小说的艺术模式开始沦为俗套。小说艺术的更新不但势在必行，而且迫在眉睫。

英国文坛又出现了一颗耀眼的明星——亨利·菲尔丁。他不但继承前人创作的优点，首先提出了他的人性写作原则，而且还成功地发展了一种新的小说模式：散文体滑稽史诗，从而把18世纪英国现实主义小说的发展推到了顶峰。本文主要是就菲尔丁的代表作《弃儿汤姆·琼斯的历史》在现实主义方面的实践与成就进行论述，以期能更好地把握菲尔丁的小说方法。第一部分回顾了18世纪英国现实主义小说兴起的背景，从经济、政治、思想、文化等方面回顾小说兴起的历史背景。菲尔丁就是在这种背景下进行小说创作的。第二部分阐述了这部小说对现实主义小说理论的实践。

这部作品从史诗性、真实性、批判性和多样性等4个方式对现实进行表现，说明这部小说具有传统现实主义小说的特征。菲尔丁继承了斯威夫特讽刺小说的特点和英国小说幽默的传统，以犀利幽默的讽刺介入社会现实，旗帜鲜明地嘲讽了社会上的各种丑恶和不合理现象，矛头直指英国时任首相华尔普及其上层统治者。作者遵循文艺真实性的原则，运用大量幽默的词汇和句式、对比等手段，而最为引人注目的是他的"外讽"，即在小说夹杂许多旁白和议论的讽刺手段，这种手法丰富了讽刺小说的表现方法。第三部分指出这部小说的现实主义成就。

现实主义小说其实就是一种以散文体写的喜剧史诗；文章分析了小说的宏大的史诗叙事结构，这部小说既继承流浪汉小说结构的特点，又摒弃它的缺点，在结构上向前大大跨进了一大步。结构上体现出以下几个特点："花开两枝，各表两头"的双线结构、横向穿插以丰富主体结构、次要人物的辅助作用和"大团圆"封闭型的结尾，这种小说结构充分展现了18世纪英国乡村和城市的社会生活图景，反映了包罗万象的世相全景。这一点就是《汤姆·琼斯》最受人注目的史诗品格，就是它的现实主义成就。

71

《鲁滨逊漂流记》塑造了一个怎样的文学形象？

鲁滨逊漂流记是一本由丹尼尔·笛福59岁时所著的第一部小说，首次出版于1719年4月25日。这本小说被认为是第一本用英文以日记形式写成的小说，享有英国第一部现实主义长篇小说的头衔。

近三百年来，《鲁滨逊漂流记》一直风靡全球，成为世界文学史上不朽的名著。它的魅力何在呢？应该说，这归功于笛福成功地塑造了鲁滨逊这个极具个性色彩的人物。在鲁滨逊那里，冒险、坚韧、毅力、智慧、勇气、富于进取、开拓创新全都集于一身，为一切不甘平凡，不安于现状的人们提供了心中所寄托的英雄形象。

鲁滨逊是一个充满劳动热情的人，伟大的人，坚毅的人。孤身一人在这荒无人烟的孤岛上生活了28年。面对人生困境，鲁滨逊的所作所为，显示了一个硬汉子的坚毅性格与英雄本色，体现了资产阶级上升时期的创造精神和开拓精神，他敢于同恶劣的环境作斗争。鲁滨逊又是个资产者和殖民者，因此具有剥削掠夺的本性。

首先，鲁滨逊是一个不安分的冒险者。在家中，父辈所有的希望全都放在了鲁滨逊一个人身上。父亲要求儿子老老实实地靠自己的勤勉和努力挣一份家财，过一辈子安适而惬意的生活。但是这个孩子遨游四海的念头从没有改变过。

其次，鲁滨逊是一个勇敢的实践者。《鲁滨逊漂流记》中最精彩的一段莫过于他在岛上生活的日子。他注重的是实际，关注的是自己的生存。于是，在28年的孤岛生活中，生存成了他整日整夜"劳心劳力"的主题。搬运船上用品、营造住处、驯养山羊、种麦植稻、置办桌椅、烤制面包等等，都在他的手脚并用中施展开来。无论是在肉体上还是在精神上，他都在为满足的愉悦而努力、而奋斗。苦变成了乐，艰辛成为了享受，有什么不能克服的，有什么不能做到的呢？

最后，鲁滨逊展现了一个独立人格的大写的人。如果说笛福用第一人称"我"来称谓鲁滨逊是一种写作手段的话，那么在这部小说里要表现的人物形象则是一个艺术和思想合一的。在家里，鲁滨逊置父亲的劝诫于不顾，私自出海，体现的是一个不同于父辈的"叛逆者"的角色。而在孤岛上——一个完全与大自然打交道的地方，仅有的就鲁滨逊一人而已。想要在那里生存下去，需要展现的是乐观进取的个人主义精神。

《鲁滨孙漂流记》主要为个人通过努力，靠自己的智慧和勇敢战胜困难。情节曲折，采用自述方式，可读性较强。并表现了当时追求冒险，倡导他个人奋斗的社会风气。

18世纪欧洲最有成就的现实主义小说家是谁?

亨利·菲尔丁（1707-1754年）是18世纪欧洲最有成就的现实主义小说家，为19世纪长篇小说的繁荣铺下了最后一块坚实的路基。菲尔丁着重批判社会的不平等现象，揭露统治阶级的等级观念、拜金主义、道德败坏，对中、下层人民抱有极大的同情。他最早尝试的文学体裁是戏剧，但成就不大。从1742年起，菲尔丁找到了比戏剧更适合他的才能，更能表达他思想的艺术形式，开始了小说创作。《约瑟·安德鲁传》（1742年）是菲尔丁第一部小说，作家试图通过这部小说与理查生展开一场论战，揭露《帕美拉》的不真实及其所宣扬的道德之廉价。男仆安德鲁因为拒绝女主人的引诱而被解雇，他离开伦敦去找他的情人、女仆芳妮，途中他先后遇到本村牧师亚当斯和芳妮，最后安德鲁和芳妮克服种种阻挠结成婚姻。小说通过这三个穷人在路上的经历，广泛反映了当时英国乡村的社会情况，多方面描绘了地主、贵族的丑恶本质，从中可以看到英国社会贫富之间的悬殊和他们在道德上强烈的对照。小说真正的主人公是亚当斯牧师，他心地善良，爱打抱不平，但不了解人情事态，常常陷于尴尬可笑的境地。作者有意把他刻划成一个堂吉诃德式的人物，来和资本主义社会的恶习相对照。

菲尔丁把《约瑟·安德鲁传》和《汤姆·琼斯》的体裁叫做"散文体的滑稽史诗"。首先，菲尔丁认为小说家应当从叙事诗体中彻底地解放出来，采用散文的形式，在作品中反映广阔的人生和社会生活，以普通人为描写对象，同时在对现实的描写中，充分运用滑稽幽默以及含而不露的讽刺，重视道德宣谕的作用，具有一定的民主性和革命性。其次，在人物形象的塑造上，他认为"作家不应该写个别的人，而应该写人的类型"，要求作家在故事结构上注重选材，使故事服务于人物，为塑造典型环境中的典型人物开了先河。在小说结构上，他继承了文艺复兴以来西欧盛行的流浪汉小说的传统，但又突破了流浪汉小说结构松散的缺点，运用多条线索，从而拓展了反映生活的程度。

菲尔丁最后一部小说《阿米莉亚》（1751年）减少了以往小说的喜剧成分，充满了悲剧气氛，它通过贵族少女阿米莉亚和一个穷上尉夫妻间的不幸遭遇，抨击了英国的法律与司法界，控诉社会的不公，揭露了资产阶级政权的腐败黑暗。全书在内容和形式上都接近19世纪的批判现实主义小说。

伤感主义有什么特点?

感伤主义文学是18世纪60年代至80年代末发生在英国的一股文学潮流。产业革命以后，现实矛盾加剧，人们开始对理性社会产生怀疑，但又无可奈何，只得寄希

望于艺术和情感来表达对现实的不满和逃避。感伤主义这一潮流在文学形式方面将欧洲带入一个新阶段。不仅是19世纪初欧洲声势浩大的浪漫主义文学运动的先驱，而且可以说是现代派文学的源头。传统小说大都以情节为基础，遵循着因果规律重新组织现实生活，而感伤主义则开辟了一种以心理为载体掺和外部现实世界的投影的叙事方式。这种新方式的产生对于文学的发展有着深远的意义。感伤主义是因英国作家斯特恩的小说《在法国和意大利的感伤旅行》而得名。

感伤主义又称主情主义。因排斥理性，崇尚感情，也称前浪漫主义。感伤主义发源于英国，后传入法国、俄国和德国等欧洲国家。代表人物有英国的斯特恩、哥尔斯密斯、葛雷，法国的卢梭、伏尔泰，俄国的卡拉姆津，德国的里希特、海涅等。由于英国资本主义的加速发展，社会矛盾日益加剧，中下层资产阶级文人深感社会贫富不均，自身的社会地位和物质生活得不到保障，感伤情绪日渐浓厚。感伤主义正是这种情绪在文学上的表现。它注意内心的情感，夸大感情的作用，强调感情的自然流露，重视自然景物的描写，特别强调对个性和个人的精神生活的刻画。认为文学的主要任务就是细致刻画人物的心理活动和不幸的生活遭遇，以唤起读者的同情和共鸣。它表现了对矛盾重重的社会现实的不满，也体现了对贵族阶级崇尚的理性主义和古典主义的反抗。有的感伤主义作家脱离现实，放任个人感情，沉迷于多愁善感之中，甚至赞美过去，歌颂黑暗、死亡，带有浓厚的悲观绝望情绪。作品多用第一人称，大多采用日记、旅行记、书信体和回忆录等形式。

感伤主义是个人主义发展的一个阶段，首先是在虔信派的宗教领域，之后发展到生活的各个方面。感伤主义可以被理解为一种世俗化的虔信派，它是通过对内心生活及狂热和感动等主观感情的观察和描述，来表明对于美德和其他道德典范的看法。在感伤主义中，内心的特有感觉被认真对待，甚至是狂热地崇拜这种内心感受，并反对通过宫廷礼仪中的等级观念来规范这种感觉。歌德的《少年维特之烦恼》是感伤主义的顶峰之作。

英国的伤感主义诗歌有什么特征？

感伤主义诗歌犹如一座桥梁横跨于18世纪古典主义诗歌和19世纪浪漫主义诗歌之间，起着呈上启下、继往开来的衔接、过渡作用。这一流派的诗歌尽管在形式上还未完全摆脱古典主义的束缚，但在内容上已打破了古典主义诗歌的某些局限，从而在英国诗歌的发展进程上，不仅为18世纪前期的古典主义诗歌唱出了挽歌，还为另一诗歌高潮——19世纪初浪漫主义诗歌的到来吹响了号角。它"弃旧迎新"的特征可以概括为如下几点：

特征一：走出城市，回归自然。德莱顿和蒲伯等古典主义诗人的创作素材往往局限于城市生活，他们多以伦敦等大城市的咖啡馆、俱乐部、客厅为背景，来描写上层社会的生活。而感伤主义诗人则把视野转向了乡村和大自然，转向了劳苦大众及其朴实的人性，崇尚回归自然。他们以大自然和农民作为描写和歌颂的对象，或将自然景色与人的感受融为一体，或把大自然的"美"与社会上的"丑"相对比，借此来抒发自己的情怀。

特征二：怀疑理性，崇尚感情。产生于启蒙运动内部的感伤主义诗人，一方面呼吁从精神上摆脱封建思想枷锁，同时也意识到资本主义发展过程中存在的种种矛盾。面对残酷的社会现实，他们开始对古典主义诗人推崇备至的理性感到不满与绝望，而将兴趣转向"人的情感"，提倡把人内心深处的情感作为诗歌的"灵魂"。他们要求个性解放，强调感情至上，这既是对古典主义诗人极度崇尚理性的矫枉过正，同时也是对启蒙运动中所宣扬的人道主义的深化。他们崇尚感情，侧重刻化人的内心世界，因而其作品往往带有强烈的主观性和浓厚的抒情色彩。

特征三：面向下层，同情大众。德莱顿和蒲伯等古典主义诗人的创作多为启示中产阶级知识分子，迎合上层社会的精神需求，因而在他们的作品中没有下层劳动人民，特别是贫苦农民。而感伤主义诗人却面向下层社会，歌颂农民的"淳朴"，并同情他们的悲惨命运。他们的诗歌在形式和风格上或许还没完全摆脱古典主义的影响，可是他们的诗作却构成了一部记载劳动人民生活的史册。哥尔斯密司的《荒村》一诗即为很好的例证。

特征四：主题多样，体裁丰富。在读古典主义代表诗人蒲伯的作品时，虽叹服诗人驾驭语言的高超技能，但同时又会觉得他那些洗炼优雅的诗歌风格雷同，如出一辙，因此读多了难免会产生厌倦之感。而读感伤主义诗歌时，我们会惊叹于诗歌内容和形式的多样化，会不时感受到一种古典主义所缺乏的浪漫气息。感伤主义诗人强调在诗歌创作中应体现诗人自己的个性和特点，而不是千篇一律地遵循那些既定的古典主义的模式或规则。他们的作品因诗人的性格、心境的不同而渲染出迥异的氛围，抒发了诗人各自内心世界不尽相同的情感，表现出各种各样的主题思想。自然景色和人类情感，这两个遭到古典主义诗人冷落长达近一个世纪之久的主题，在感伤主义诗人笔下"起死回生"，得到大量的展示和宣扬，再次散发出其特有的魅力。同时，它们又打破了古典主义诗歌陈腐的内容和单调的形式，为浪漫主义诗歌的到来推波助澜。

特征五：韵律活泼，语言清新。有些感伤主义诗人在他们的作品中继续沿用了古典主义"英雄双行体"的模式。而大

多数感伤主义诗人则渐渐感到"英雄双行体"人工雕琢气味太浓，缺乏一定的迂回余地，常常会抑制感情的自然抒发。于是他们开始竭力摆脱蒲伯那"挺胸直背，昂首阔步"的英雄双行体，或在原有的基础上革新"双行体"，或争相效仿先前斯宾塞、莎士比亚、弥尔顿等大师的创作风格，甚至从他们的作品中"寻章摘句"，于是，古民谣体渐占上风，白体无韵诗也开始重领风骚。

斯泰恩的代表作品是什么？

斯泰恩的祖父是约克大主教，父亲是下级军官，斯泰恩幼年随军在爱尔兰等地迁徙，后靠亲眷资助上了剑桥大学，1738年至1759年在约克郡当牧师，1741年结婚，因为用情不专，以致妻子发疯。在1759年，他发表了《特·项狄的生平与见解》，简称《项狄传》的第1、2卷，一举成名，次年前往伦敦，受到上流社会欢迎。随后，他到另一教区当牧师，并陆续发表《项狄传》的其他各卷，到1767年出版第9卷也是最后一卷，共用了8年时光。这是一部奇书，全书既无主人公的生平，也没有他的见解。前两卷写他的出生和命名，第6卷他还只是个幼童，以后就销声匿迹。主要人物是学究父亲、退役军人叔叔、叔叔的随从、医生、牧师、妈妈和一个寡妇。这些人物善良、幽默，各有乖僻。全书没有情节，充满了信笔写来的插

话、插曲，割断或颠倒时序，随时出现博学的考证、论辩和滑稽场面。作者的怪诞还表现在文字编排方面，拉丁文、断句、星号、白页、黑页、虎皮纹页、图解，表现人物的内心活动和情绪，预示了20世纪小说的意识流手法。在1768年，他发表《感伤的旅行》，写他在法国旅途中的见闻，由系列插曲组成。感伤主义，产生在工业革命和法国革命前夕，作家们用感情和仁爱代替理性，歌颂善良、同情、忘我无私，笔下人物迂腐可笑，但又天真可爱，缺点是有些故作多情、流于造作。

18世纪英国戏剧艺术最高成就的代表是谁？

谢立丹（1751-1816）：最为著名的喜剧作家。他代表了18世纪英国戏剧艺术的最高成就。在这个世纪中，英国有三出戏剧长胜不衰，即哥尔德斯密斯的《委屈求全》、谢立丹的《情敌》与《造谣学校》。然而在他在世时，一般认为他的政治能力更为出色，他的演说、他的风度，令后世的拜伦尤赞叹不已。

谢立丹出生于爱尔兰的都柏林，祖父是教师，也是斯威夫特的知心朋友。父亲是著名的演员和剧院经理，后来又把全家迁到英格兰，成为英语演讲艺术的权威。母亲更是多才多艺，既是剧作家，又是小说家，作品受理查逊影响很深。谢立丹幼年在都柏林的文法学校读书，爱尔兰世代

消遣的方法之一就是编写喜剧，有句俗话说：想要当喜剧家，诞生在爱尔兰就足够了。该传统加上家庭熏陶，使谢立丹产生了对喜剧的兴趣。谢立丹7岁时随父母离开都柏林来到伦敦，11岁时进了著名的哈罗公学，18岁毕业时，已经具备深厚的古代文学基础。因为家庭财力不足，他未能继续求学，于是回到改迁于巴思的家中。巴思在英国西南部，风景优美，是当时英国贵族的聚集地，谢立丹迫切希望加入其中成为一名绅士。他爱上了当地一个颇走红的歌星—林利小姐。

本来，妻子是位红极一时的歌星，收入可观，不过谢立丹不希望让妻子继续登台，二人先用某位老绅士送给妻子的3000英磅过了一段田园生活，然后，迫于生计，谢立丹开始写作戏剧。1774年，他用两个月的时间写出了《情敌》，首演不成功，换了主演后，第二次演出掌声雷动。此后在一年里，谢立丹上演了三部戏剧，名声大噪，收入颇丰。谢立丹很会做生意，金融方面玩得转，他仅用了1300磅现钞，在两年内，就成了英国最大剧院的经理和最大股东。1777年《造谣学校》公演，这部世态剧，有对生活的批评，又有喜剧的娱乐性，轰动一时。

谢立丹的戏剧生涯仅仅从1775年持续到1779年，28岁的谢立丹转向政治领域去发挥才干了。他先进了议院，以雄辩著称，有一次演讲长达五个半小时，完毕时赢得了持久而热烈的欢呼声。还有一次演讲的门票是50磅，居然用了三天。同时，他继续经营剧院，每年收入一万磅，但更善于花钱，被称为"英国最豪爽的老板"。谢立丹晚景不佳。一场大火烧了刚修缮完的剧院，他在对面的咖啡馆要了杯葡萄酒："一位绅士难道不能在自家的炉火旁静静地品尝一杯葡萄酒吗？"从此退出经营，竞选中也因财务问题而失败。1813年，又因负债而被拘禁。1816年，谢立丹因脑病去世，终年65岁。拜伦写了著名的《吊谢立丹》，葬礼十分隆重，葬于威斯敏斯特教堂的"诗人之角。"

疯子诗人指的是谁？

威廉·布莱克（1757-1827年），在世时鲜为人知，不少人认为他是个疯子，自19世纪末期却名声大噪，被视作英国文学史上最为重要的诗人之一。布莱克出生于伦敦一个杂货商人家庭，父亲崇信瑞典神秘主义斯维登堡的神学说教，极大影响了布莱克。小布莱克4岁时声称亲眼看到上帝在窗外注视自己，10岁时又说看到树上落满天使。一生不断看到幻象，而且能与神或幽灵交谈。所以，他始终把自己的画说成是"照画"自己所见事物的临摹之作，而诗歌则是聆听上帝旨意的应命之作。布莱克从10岁其开始习画，后来参加了皇家画院。在21岁时，他开始卖画，同时爱上

了一个姑娘，可惜姑娘用情不专，布莱克十分伤心.一次向邻居倾吐忧伤时，一个新搬来的邻居女孩说："我对你很同情。""是真的？""是真的。"布莱克马上说："既然如此，我就爱你。"两人果然结了婚。布莱克教会妻子读书写字雕塑作画，妻子一生中对丈夫唯一的抱怨是："布莱克先生陪我的时间太少太少了，他老是一个人呆在天堂乐园里。"布莱克为别人所画的插图作品都遭到贬低，被称作"疯子"，有9年的时间只能给瓷器制造商画些小碟小碗。1827年临终前，他在病塌上唱起了赞美诗，而后仙逝。

布莱克的最主要艺术成就是他的诗歌。一类是短小的抒情诗，另一类是神话式的、充满象征的长诗，即所谓的《先知书》。其中，第一类的两部诗集《天真之歌》和《经验之歌》，是他最负盛名的作品。《天真之歌》，是些"欢乐的歌"，主题语言和形式韵律都有一种纯真奇异的美感，表达的是"上帝呆在天堂，人间万物安详"的境界，童稚的、无邪的情感。所谓"天真"，就是基督教中"未堕落的世界"，而与此相反的就是"经验"，也就是"堕落了的世界"，充满了贫困、疾病、战争、卖淫，非常丑恶。至于他的长诗，想象力丰富，自己的神话和象征系统，神秘晦涩，他擅长"从一粒沙看世界，从一朵花看天堂，把永恒纳进一个时辰，把无限握在自己手掌"。

18世纪法国文学分为哪些流派？

18世纪的法国在欧洲大陆各国中工商业最为发达，六七十年代，手工业工场开始零星使用机器，规模较大的企业出现了，但它仍是一个封建的农业国家，基本社会结构与17世纪没有什么不同，分为三个等级：教会以操"圣职"的名义列为第一等级，贵族阶级是第二等级，第三等级则包括资产阶级和由手工业者、工资劳动者、农民所构成的城乡劳动人民。前两个等级掌握封建国家的统治权力，享有种种封建特权。专制王权对外不断发动战争，对内则加紧压榨人民，封建阶级和第三等级之间的矛盾尖锐到极点。1789年的法国资产阶级革命是资产阶级反对封建制度的一次最彻底的斗争，它完成了由封建贵族阶级的统治形式到资产阶级统治形式的历史转变。

18世纪的法国文学，按不同的思想倾向和艺术特点，可分为三种流派，一种是贵族阶级的文学；一种是资产阶级的现实主义写实暴露文学；第三种是资产阶级启蒙文学，它是18世纪文学的主流。

在17-18世纪，法国贵族、资产阶级社会谈论文学、艺术及政治问题的社交场合沙龙是实际上的文化、知识中心。在18世纪前期，各种沙龙或俱乐部盛行一时，各种沙龙的形式与内容也多样化，与会的客人除谈论文学艺术外，还热衷于讨论各种社会问题，甚至妇女们也参加社会、哲学、政治、经济等方面的讨论，反映出当时人们对现状不满，对探索社会改革道路的热衷。1760年以后，沙龙数量越来越多，对文学艺术的发展起了重大影响。在沙龙中，思想家、哲学家们阐明各自的观点，争取知识界同行的支持，交流思想，进行辩论，这一切有助于新思想的传播。

18世纪法国现实主义文学对当时的社会是持批判态度的。前期的作品一般是对上流社会腐朽庸俗的作风和丑恶可笑的世态进行讽刺。在阿兰勒内·勒萨日（1668-1747年）的作品里则将讽刺的矛头进一步指向官场的黑暗。他的代表作《吉尔·布拉斯》（1715-1735年）叙述一个本来天真无知的西班牙青年，为了冲破封建社会的种种障碍，不择手段地向上爬，直到当上首相秘书。小说反映了封建制度瓦解，资本主义关系上升时期的法国社会生活的特征。作者通过吉尔·布拉斯的形象说明在封建社会中，一个出身微贱的人即使有很好的德行和很大的才能，也不会受到重视，他只有与坏人同流合污才能有所作为。

1750年以后，法国基础教育发展较快，洛克那种容忍思想自由的经典论述和一切都可以从书本中学到的观点对法国颇有影响。一方面，人们重视知识，追求进步，许多人靠自修学会了阅读和书写，读

者队伍日益扩大；另一方面，政府继续实行书刊、戏剧检查制度，国王可以用各种罪名监禁或放逐有先进思想的作家。

法国启蒙主义文学经历了哪两个时期？

18世纪的法国是欧洲政治最活跃的国家，法国启蒙运动也最典型，它明确地为推翻封建制度，建立资产阶级政治大造舆论。从总体上说，法国启蒙主义文学主要有两大主题：反对封建等级森严的封建专制统治，宣扬自由平等的资产阶级理性王国；抨击教会黑暗，反对宗教迷信，宣传无神论或自然神论。它一般以路易十四的逝世（1725年）为开始的标志，以1751年为界分为前期和后期。

前期（1751-1750年）：

这一时期与文学有密切关系的哲学蓬勃发展，取得了明显成就。哲学家们不再热衷于建立哲学思想体系，而是联系实际，相信科学，实事求是，虚心接受外来的进步思想。他们一方面针砭时弊，猛烈抨击传统的封建专制政体和专横武断的天主教教权主义，一方面寄希望于理智和本性，以启发读者的本性为己任，试图提供解决社会问题的方法。政治上，主张君主立宪制；哲学上，尚未提出无神论；文学上，依然崇尚传统文学形式（戏剧、史诗、抒情诗等），试图摆脱古典主义，但又受其影响。

后期（1751-1800年）：

资产阶级的力量又有了进一步的发展，资产阶级革命的条件日益成熟。法国启蒙运动进入一个新阶段，年轻一代的启蒙思想家倡导在自然神论或无神论的基础上建立新的哲学体系，提出了完整的资产阶级思想体系和政治纲领。在自然科学类书编辑上，具有进步倾向的鸿篇巨制陆续问世，如布封编写的《自然史》，狄德罗主编的《百科全书》。此时法国启蒙主义文学也以其战斗性的增强而呈现出新的面貌，反封建反教会精神更加鲜明，艺术上彻底摒弃了古典主义的陈规陋习。与此同时，古典主义文艺思潮也延续到18世纪后期，直到19世纪浪漫主义的新文艺思潮兴起以后，古典主义的历史时期方告结束。

这一时期的启蒙运动的成就集中表现在《百科全书》的编纂上。《百科全书》全名为《科学、艺术和工艺百科全书》，主编是狄德罗和唯物主义哲学家达朗贝，狄德罗把《百科全书》的编纂工作变成了一场反封建的斗争。另外几个启蒙思想家都是主要合作者：孟德斯鸠和伏尔泰为它撰写过文艺批评和历史的稿件，卢梭则是《百科全书》音乐方面的专题作家。因此，法国的启蒙思想家又被称为"百科全书派"。《百科全书》在当时全欧知识界拥有广泛的读者群，它以挑战的姿态，针对政治、宗教和哲学发表了很多激烈的言辞，全面宣传资产阶级意识形态，推动启蒙运动进入高潮，因而被罗马教廷视为禁书。

为什么说孟德斯鸠是启蒙思想的先行者？

查理·路易·德·瑟贡达·孟德斯鸠（1689-1755年）是最早登上历史舞台的启蒙运动思想家，是资产阶级温和派的代表。他出身于贵族家庭。幼年学习过古希腊语和拉丁语，后专攻法律。1716年，继承叔父的子爵爵位和法院院长职务。1721年出版了书信体讽刺小说《波斯人信札》，引起轰动。小说以在路易十四统治的最后5年和奥尔良公爵摄政头5年旅居巴黎的两个波斯青年与家人通信的形式，对法国的政治、宗教、社会问题进行评述。小说没有具体完整的故事情节，也谈不上人物的性格刻画和形象的细节描述，只是通过零星故事来阐述人物对各种问题的议论和见解。作品全面地触及了封建社会的种种弊端，揭露法国统治阶级庸俗堕落、荒淫无耻，批判上流社会的种种恶习和生活方式。有些信札揭露路易十四统治时期的种种弊端和政策的失误。同时孟德斯鸠也借波斯人之口宣扬自己的反教会观点，对天主教教义进行了尖锐的讽刺，批判神权思想，谴责教皇，指斥宗教裁判所，反对教士的独身主义，主张离婚自由。全书贯穿批判精神，有力地向传统挑战。文笔活泼生动，讽刺深刻辛辣，为18世纪哲理小说开辟了道路。

1726年，孟德斯鸠辞掉法院院长职务。1728年，他被选为法兰西学院院士，获得当时文人的最高"荣誉"。此后，他到欧洲各国旅行，深入考察了英国君主立宪政体，形成了他君主立宪的政治理想。在《罗马盛衰原因论》（1734）发表之后，他发表了数十年研究的成果、重要的理论名著《论法的精神》（1748）。在分析政体特点时他指出，根据政府实施政策的方式，政体可分专制政体、君主政体、共和政体三类，并且为这三种政体规定了所依据的原则和得以存在的基础。此外，他进一步提出三权分立说，即把政权分为立法、行政、司法三权。他认为三权分立说限制个人权力，有效地促进民主和自由，英国即是此类国家的模式。这一学说成为法国资产阶级革命的理论武器和资产阶级政治制度的基本原则，美国《人权宣言》和《宪法》也受到这一理论的启示。

孟德斯鸠最重要的贡献是对资产阶级的国家和法的学说作出了卓越贡献，他在洛克分权思想的基础上明确提出了"三权分立"学说；他特别强调法律的功能，他认为法律是理性的体现，法又分为自然法和人为法两类，自然法是人类社会建立以前就存在的规律，那时候人类处于平等状态；人为法又有政治法和民法等。孟德斯鸠提倡资产阶级的自由和平等，但同时又强调自由的实现要受法律的制约，政治自由并不是愿意做什么就做什么。

1748年，他最重要的也是影响最大的著作《论法的精神》发表。这是一部综合性的政治学著作。这部书受到极大的欢迎，两年中就印行了22版。孟德斯鸠反对神学，提倡科学，但又不是一个无神论者和唯物主义者，他是一名自然神论者。他说自由是做法律所许可的一切事情的权利；如果一个公民能够做法律所禁止的事情，他就不再有自由了。因为其他的人也同样会有这个权利。其中还提出了"地理环境决定论"，认为气候对一个民族的性格、感情、道德、风俗等会产生巨大影响，认为土壤同居民性格之间，尤其同民族的政治制度之间有非常密切的联系，认为国家疆域的大小同国家政治制度有极密切的联系。

1755年1月，孟德斯鸠在旅途中感染热病，同年2月逝世。临终前，他承认上帝伟大，人是渺小的。埋葬时，哲学家中有狄德罗在场，这使他享受了死后的荣光。他宣传了启蒙思想，为激发法国大革命做出了重要贡献。

伏尔泰对文学的发展有哪些贡献？

伏尔泰（1694—1778）：原名弗朗索瓦—马利·阿鲁埃，伏尔泰是他的笔名。法国启蒙思想家、文学家、哲学家。伏尔泰是18世纪法国资产阶级启蒙运动的旗手，被誉为"法兰西思想之王"、"法兰

西最优秀的诗人"、"欧洲的良心"。

伏尔泰不仅在哲学上有卓越成就，也以捍卫公民自由，特别是信仰自由和司法公正而闻名。他曾两次被捕入狱，主张开明的民主制度，强调自由和平等。尽管在他所处的时代审查制度十分严厉，伏尔泰仍然公开支持社会改革。他的论说以讽刺见长，常常抨击基督教会的教条和当时的法国教育制度。雨果曾评价说："伏尔泰所代表的不是一个人，而是一个世纪。"他提倡卢梭所倡导的天赋人权，认为人生来就是自由和平等的，一切人都具有追求生存、追求幸福的权利，这种权利是天赋予的，不能被剥夺，这就是天赋人权思想。

伏尔泰出生在巴黎一个富裕的中产阶级家庭，自小受过良好的教育。他父亲是法律公证人，希望他将来做个法官，但他对文学发生兴趣，后来成了一名文人。伏尔泰才思敏捷，一生多才多艺。他的作品以尖刻的语言和讽刺的笔调而闻名。

伏尔泰的文学观点和趣味，基本上承袭17世纪古典主义的余风，主要表现在诗歌和悲剧创作上。他的史诗《亨利亚德》（1728年）以法国16世纪宗教战争为题材，写波旁王朝亨利四世在内战中取得胜利后登基为王，颁布南特赦令以保障新教徒的信仰自由。史诗中的亨利四世被当做开明君主的榜样来歌颂。伏尔泰的哲理诗说理透彻，讽刺诗机智冷隽，有独到之

处。伏尔泰毕生主要从事戏剧创作，先后写了五十多部剧本，其中大部分是悲剧。伏尔泰的文学作品中最有价值的是哲理小说。这是他开创的一种新体裁，用戏谑的笔调讲述荒诞不经的故事，影射和讽刺现实，阐明深刻的哲理。

伏尔泰的代表作品有哪些？

伏尔泰的全部品种多样，卷帙浩繁，主要是为宣传启蒙思想服务的。除了悲剧、历史著作、史诗、哲理小说、哲学著作之外，还有许多无法归类的作品和一万多书信。

1.悲剧有：《俄狄浦斯》（1718年）、《布鲁图斯》（1730年）、《穆罕默德》（1742年）、《札伊尔》（1732年）、《中国孤儿》（1755），根据元人纪君祥的《赵氏孤儿》改编，挪到成吉思汗年代，"五幕的孔子伦理学"。

2.史诗作品有：《亨利亚特》（1728年），以法国16世纪的宗教战争为题材，写波旁王朝亨利四世在内战胜利后登基为王，颁布南特赦令，保障新教徒的信仰自由，歌颂波旁王朝亨利四世这一开明君主形象。这部作品模仿罗马诗人维吉尔的《埃涅阿斯记》和意大利诗人塔索的《被解放的耶路撒冷》，不过没有取得预期的效果。《奥尔良的少女》（1729年），歌颂英法百年战争中的民族英雄圣女贞德。

3.哲理小说：伏尔泰写小说原只为消

遭，后来发现这种文学形式可以来说明重大问题。他设想了几个天真幼稚、憨态可掬的人物，不仅忠厚老实，还富于正义感，而且他们都有许多不幸的遭遇。这样的人物是为了引起人们的同情。在小说中，有真实的国家和地名，也有虚构的国度。作者热衷于描述在神秘的东方国家发生的许多荒诞不经、稀奇古怪的事情，情节风波叠起，人物悲欢离合，再穿插大灾大难、暴死复活等等故事。一旦他不愿意再写下去，就把人物杀死，或者赐给他们永恒的幸福。

《查第格，又名命运》（1748年），善恶相生的问题，主人公是古巴比伦时代的居民，品德高尚，一心向善，然而每做一件好事，就遭一场灾难，历经千辛万苦，才得到完美的结局，与王后阿斯丹黛结婚，并被臣民拥戴为王。查第格的命运就是人类的命运，人类经历的各种苦难必定会得到报偿。同时又揭露了专制的黑暗、歌颂了开明君主。

《老实人，又名乐观主义》（1759年），批判盲目的乐观主义，老实人贡第德在德国一个男爵家中长大，他的老师邦葛罗斯是德国哲学家华伯尼茨的信徒，认为这个世界上一切都趋于至善，然而老实人及意中人男爵小姐居内贡德和邦葛罗斯本人却遭遇了一系列无妄之灾，颠沛流离，死里逃生。最后，老实人认识到这个世界并不完善，唯有"工作可以使我们免

除烦闷、纵欲和饥寒三大害处"，因此，还是"种自己的园地要紧"。

《天真汉》（1767年），路易十四时代的法国，主人公天真汉从小生活在加拿大的部落中，成人后回到法国，他与虚伪、狡诈的习俗格格不入，被关进巴士底狱，妻子为搭救他屈身于权贵，在悲愤中死去，天真汉却由于贵族的提拔，成为"优秀的军官，得到正人君子的赞许"。伏尔泰赞赏天真汉的纯朴。

狄德罗对法国文学有哪些影响？

狄德罗（1713—1784年），18世纪法国唯物主义哲学家，美学家，文学家，百科全书派代表人物，第一部法国《百科全书》主编。狄德罗是法国18世纪杰出的启蒙思想家、唯物主义哲学家和教育理论家。他的最大成就是主编《百科全书》（1751—1772年）。此书概括了18世纪启蒙运动的精神。其他著作包括《对自然的解释》（1754年）、《生理学基础》（1774—1780年）和一些小说、剧本、评论论文集以及写给很多朋友和同事的才华横溢的书信。

狄德罗生于朗格里。1732年获得巴黎大学文科硕士学位。他精通意、英等几国文字，以译述沙夫茨伯里的《德性研究》而著称。狄德罗在主编《百科全书》的25年中，深受弗朗西斯·培根、霍布斯和洛克等人思想的影响，尤其是培根关于编辑

百科全书的思想，促使他坚定地献身于《百科全书》的事业。狄德罗除主编《百科全书》外，还撰写了大量著作，在他的《哲学思想录》、《对自然的解释》、《怀疑者漫步》、《论盲人书简》、《生理学的基础》、《拉摩的侄儿》、《关于物质和运动的哲学原理》、《达朗贝尔和狄德罗的谈话》、《宿命论者让·雅克和他的主人》、《驳斥爱尔维修〈论人〉的著作》等著作中，表述了他的唯物主义哲学思想；在他的《美之根源及性质的哲学的研究》、《论戏剧艺术》、《谈演员》、《绘画论》、《天才》等著作中，表述了他的"美在关系"的美学思想。他是大资产阶级的代表人物。

狄德罗的哲学思想既反映形而上学的思维方式，又夹杂着一些辩证法的因素。1749年发表的《论盲人书简》充分表述了无神论思想。这种思想没有停留在以触觉为衡量事物存在与否的准则上，深入到了理论思维的领域。

狄德罗依据唯物主义观点，提出了"美在关系"说。认为"美"是一个存在物的名词，它标记着存在物一种共有的性质，这个共有的性质就是"关系"。这就是"美在关系"的含义。"美在关系"就意味着美在事物的客观性质，事物的性质是美的根源。

1759年—1781年他为巴黎每两年举行一次的"沙龙"（绘画雕塑展览）写过十多篇评论文章，攻击以布歇为代表的浮华纤巧投合贵族趣味的洛可可艺术，提倡现实主义画风。他尝试建立一种新的戏剧体裁，冲破古典主义理论在悲剧、喜剧之间划下的界线，用散文表现普通人的日常生活。他称这种新的戏剧为"严肃剧"，即后世的"正剧"。

1784年7月30日，狄德罗在巴黎去世，终年71岁。临终时说："我死后，随便人们把我葬在哪里都行，但是我要宣布我既不相信圣父，也不相信圣灵，也不相信圣族的其他任何人！"他女儿听到他说的最后一句话是："怀疑是向哲学迈出的第一步。"

卢梭一生的主要贡献体现在哪里？

著名的哲学家让·雅克·卢梭于1712年6月28日出生于瑞士日内瓦一个钟表匠的家庭。他出生后不久母亲便离开了人世。卢梭10岁时，父亲被逐放，离开日内瓦，留下了孤苦伶仃的儿子。1728年卢梭16岁时，只身离开日内瓦。卢梭长年做临时工，他默默无闻，到处谋生，漂泊四方。他有过几起罗曼趣事，其中包括与泰雷兹·勒瓦瑟的风流韵事，他俩有5个孩子，他把所有这5个孩子都送进了一家育婴堂（他最终到了56岁时才与勒瓦瑟结婚）。

1750年，卢梭在30岁时一举成名。第戎科学院开展了一次有奖征文活动，题目是《论科学与艺术是否败坏或增进道德》。卢梭的论文论证了科学和艺术进展的最后结果无不益于人类，获得头等奖，使他顿时成为一代名人。随后他又写出了许多其他著作，其中包括《论不平等的起源》（1755年）、《埃罗伊兹的故事》（1761年）、《爱弥尔》（1762年）、《社会契约论》（1762年）和《忏悔录》，所有这些著作都提高了他的声望。此外卢梭对音乐有浓厚的兴趣，写了两部歌剧：《爱情之歌》和《村里的预言家》。

1742年卢梭搬到巴黎。在巴黎期间，卢梭与德尼·狄德罗认识，并从1749年起参与《百科全书》的撰写，最重要的贡献是1755年写的关于政治经济学的文章。但那以后不久，卢梭与狄德罗的关系紧张。1750年卢梭写了《论科学与艺术》，在这篇论文里面卢梭主张，从道德的观点来看，科学与艺术的发展并无益处。卢梭的作品语言风格独特（独白式），具有浪漫激情。1761年《新爱洛琦丝》出版，立刻轰动巴黎。

虽然起初法国启蒙运动的自由主义作家有几位是卢梭的朋友，其中包括德尼·狄德罗和达朗贝尔，但是他的思想不久就开始与其他人发生了严重的分歧。卢梭反对伏尔泰在日内瓦建立一家剧院的计划，指出剧院是所伤风败俗的学校，结果他同伏尔泰反目，成了终生的仇敌。此外

卢梭基本上属于情感主义，与伏尔泰及百科全书派成员的理性主义，形成了鲜明的对照。从1762年起，卢梭由于写政论文章，与当局发生了严重的纠纷。他一生的最后20年基本上是在悲惨痛苦中度过的，1778年他在法国埃及迈农维尔去世。

卢梭生前遭人唾弃，死后却受人膜拜。卢梭被安葬于巴黎先贤祠。1791年12月21日，国民公会投票通过决议，给大革命的象征卢梭树立雕像，以金字题词——"自由的奠基人"。

卢梭的观念渗入社会风气，成为时尚。年轻人模仿《爱弥儿》，要做"居住在城里的野蛮人"。路易王太子也深受《爱弥儿》的影响，按照卢梭的观点从小教育他的儿子，学一门手工匠人的手艺。据说，这就是路易十六那个著名的嗜好——业余锁匠的由来。

德国启蒙运动时期具有哪些突出成就？

德国启蒙文学分前后两期，40年代以前为前期，德国文学界的权威人物是约翰·克里斯托弗·高特舍特（1700–1766年）。他主要的功绩是改革德国戏剧，并对戏剧理论有所建树。他接受布瓦洛《诗的艺术》的文艺理论，提倡戏剧创作应以高乃依和拉辛为榜样，认为"理性是正确的风格的基础和源泉"，因此文学应该合乎理性，而文学创作也应以教育和改善道

德为目的。到了启蒙主义后期，德国民族文学才开始走向一个辉煌的时代，它的奠基人是莱辛。

18世纪70年代，德国发生了一次声势浩大的资产阶级反封建的文学运动，即"狂飙突进"运动，它是德国启蒙运动的继续和发展，因作家克林格尔（1752年—1831年）的同名剧本而得名。"狂飙突进"运动在反封建和强调文学的民族性方面比启蒙时期更向前迈进了一大步，标志德国资产阶级民族意识有了进一步的觉醒。其主要思想倾向是反对封建割据，反抗封建压迫和虚伪的道德风尚，批评死气沉沉的封建文艺，要求创作自由和个性解放。

"狂飙突进"运动的作家们重视民族意识，提倡民族情感，强调从本民族历史中吸取题材，发扬民族风格；他们反对封建束缚，崇尚感情，要求自由和个性解放；他们拥护卢梭"回到自然"的口号，歌颂理想化的自然秩序，赞扬他们心目中的所谓淳朴的儿童和劳动人民。这些作品中充满浪漫主义气息，并掺杂着感伤主义成分。由于当时历史条件的限制，这场运动只局限在文学领域，没有发展到政治性的社会运动。"狂飙突进"运动的中心是斯特拉斯堡。约翰·高特夫利特·赫尔德（1744—1803年）是狂飙突进运动纲领的制订者，他在文学上的主要贡献是文艺理论以及对民间文学的搜集和研究。这一时期德国文学的代表人物是青年时期的歌德和席勒，代表作品是歌德的《少年维特之烦恼》和席勒的《阴谋与爱情》。

歌德不同时期的代表作品是什么？

约翰·沃尔夫冈·歌德（1749—1832年）是18世纪末到19世纪初德国的伟大诗人、剧作家和思想家。他出生在法兰克福的一个富裕市民家庭，1765年—1768年在莱比锡大学学习，开始文学创作，写过一些洛可可风格的抒情诗，并对自然科学和艺术发生兴趣。1770年—1771年在斯特拉斯堡大学学习法律。在这里，他接受斯宾诺莎、狄德罗、卢梭等人的影响，结识了"狂飙突进"运动的领袖赫尔德和一批青年作家。在赫尔德的引导下，歌德阅读了荷马、莎士比亚及18世纪英国现实主义小说，并引起他对于民歌的重视，曾经协助赫尔德搜集民歌。

青年时期，歌德成为狂飙突进运动的主要参加者，著有重要剧本《葛兹·封·伯利欣根》（1773年）。这部作品取材于16世纪宗教改革、农民战争时期的德国史实，主人公葛兹是一个没落骑士，歌德把他写成一个反封建、争自由的英雄，从而为狂飙突进运动的反抗精神服务，表达了德国资产阶级青年一代的革命情绪。该剧受到莎士比亚戏剧的影响，人物众多，场面不断变化，在形式上打破了戏剧的成规。

青年时期歌德最重要的作品是书信体小说《少年维特之烦恼》（1774年）。这一时期，歌德还创作了一些抒情诗，这些诗热情充沛，旋律优美，语言有力，吸取了民歌的精华，对自然界有深切的感受，如《欢会和离别》、《五月歌》、《野玫瑰》等，它们至今仍被认为是德国诗歌史上的名篇。

1775年，歌德应魏玛公国的邀请，担任枢密顾问。他原以为能够实现他的政治抱负，热心地实行社会改良，但封建小朝廷的政治生活使他感到窒息苦闷。1786年—1788年，他游历意大利，对古典艺术发生兴趣，接受了美学史家温克尔曼的观点，放弃了"狂飙"式的幻想而追求宁静、和谐的人道主义理想。这时期，他完成了三个重要剧本。《伊菲格涅亚在陶里斯》（1786年）宣扬古典的人道主义思想，强调人性的感化力量，标志着歌德从"狂飙突进"到"古典"主义的转变。它在德国文学史上和莱辛的《智者纳旦》、席勒的《堂·卡洛斯》被并称为最突出地宣扬人道主义的三部剧作。《艾格蒙特》（1789年）反映了16世纪尼德兰市民对异族统治的憎恨。其主人公总督艾格蒙特为人民所爱戴，但是缺乏革命战士的坚强意志和政治家的气质和见识。剧本《托夸陀·塔索》（1790年）通过文艺复兴时期意大利诗人塔索在费拉拉公爵的宫廷生活，揭示了艺术创作和为宫廷政治服务之间的冲突，实际上反映出歌德自己在魏玛宫廷中所感到的苦闷。

法国资产阶级革命爆发后，歌德认识到它的历史意义，却又否定它的暴力手段。被称为"市民牧歌"的叙事诗《赫尔曼与窦绿苔》（1797年）就通过一个发生在法国大革命时期的爱情故事来赞美封建宗法式的田园生活，反对大革命带来的混乱。

自1794年起，他与席勒结交，奠立了德国资产阶级古典文学的基础。他们合力写了批判当时社会的警句诗《馈赠》，又一起写了《叙事谣曲》，并各自完成了重要作品。歌德除了完成古典牧歌式的叙事诗《赫尔曼与窦绿苔》之外，还写了长篇小说《威廉·迈斯特的学习时代》（1795-1796年）和《浮士德》第一部。

歌德晚年的重要作品有《威廉·迈斯特的漫游时代》（1820-1829年）、《亲和力》、自传《诗与真》（1811-1830年）、《意大利游记》（1816-1829年）、《出征法国记》（1822年）等。教育小说《威廉·迈斯特》（包括《学习时代》和《漫游时代》）通过威廉·迈斯特的学习和漫游经历反映了德国进步人士对社会理想的探索过程。小说的最后结论是：为集体劳动，为人类幸福才是真正的生活理想。当然，贯穿歌德一生的代表作，则是他的诗剧《浮士德》，它直到

1832年，即歌德逝世前一年才最后完成。

《浮士德》具有哪些文学价值？

《浮士德》取材于德国中世纪民间传说，浮士德原名约翰·乔治·浮士德（1480—1540年），是当时一个跑江湖的魔术师，在德国流传着许多他的传说。歌德根据他所处的时代背景，德国的社会状况和他个人长期的生活经验，前后经过六十余年才完成这部巨著。《浮士德》是用多种诗体的韵文写的，共12111行，分两部，在第一部中，浮士德还处在"小世界"中，追求"官能的"或"感性的"个人生活享受，在第二部中，浮士德进入"大世界"，追求"事业的"享受。全剧通过浮士德这个人物的发展表现出资产阶级启蒙运动以来的基本思想和一贯精神。具体说来，浮士德的生活经历共分5个阶段：学者生活、爱情生活、政治生活、追求古典美、改造大自然。这5个阶段也恰恰是他人生的5个悲剧：知识的悲剧、爱情的悲剧、政治的悲剧、美的悲剧、理想的悲剧。

第一部中的"天上序幕"可视作全剧的一个总纲。它采用《旧约》中《约伯记》的形式并注入了资产阶级启蒙思想的新内容，上帝和魔鬼靡非斯特打赌，上帝认为人类不断从低级到高级发展，达到更完美、更和谐的生活，持的是乐观主义的看法。魔鬼靡非斯特则认为人的一切活动毫无意义，人类发展道路的结果是导致虚无，持的是悲观主义的看法。双方把浮士德作为人类的代表提出来，这样就引起了魔鬼和浮士德的打赌，靡非斯特认为人的追求是有限的，容易满足；而浮士德坚信自己不会满足于单纯的物质享受。

《浮士德》涉及的问题非常广泛，它可以被看成一部欧洲文艺复兴以后300年资产阶级精神生活发展的历史。歌德通过浮士德一生的发展，概括了从文艺复兴到19世纪西欧资产阶级上升时期进步人士不断追求知识、探索真理、热爱生活的过程，描述了他们的精神面貌，内心和外界的矛盾，以及他们对于人类远景的向往。作为西方启蒙运动时期人道主义知识分子的典型代表，浮士德体现了资产阶级知识分子的两重性，既有进步的方面，也有局限的方面，而前者是主要的。资产阶级在上升和发展时期，具有不断向外发展，向前进取的积极精神。

此外，诗剧把批判的锋芒直接指向上至宫廷、下至市民社会，包括教会和一切经院哲学在内的德国社会现实，并且通过靡非斯特利用战争、海盗和贸易三位一体的方法开拓事业和不顾普通百姓生活的行动，谴责早期资本主义靠原始积累方法发财致富的残酷性。同时，也通过浮士德的悲剧历程，揭示了资产阶级自身的种种不切实际的幻想。

在艺术结构上，《浮士德》大气磅

礴，为了突破时空的限制，表现丰富的内容，总结历史经验，歌德采用现实主义和浪漫主义相结合的创作方法，不但利用了各种虚构的、幻想的、神话的形象，而且运用了与之相适应的各种不同的诗体，以更好地描写环境，烘托气氛，塑造形象，如自由韵体，民歌、古希腊悲剧诗体。此外，诗剧还善于运用矛盾对比的方法来安排场面，配置人物，不但时常使光明与黑暗、崇高与卑劣、和谐与混乱等对立现象交替出现，而且以浮士德为中心，使其他人物均与之形成对比。

席勒对文学的发展产生了哪些影响？

席勒是德国古典文学中仅次于歌德的第二座丰碑。德国18世纪著名诗人、哲学家、历史学家和剧作家，德国启蒙文学的代表人物之一。席勒是德国文学史上著名的"狂飙突进运动"的代表人物，也被公认为德国文学史上地位仅次于歌德的伟大作家。

《强盗》之所以受到如此热烈的欢迎，是因为作品中蕴涵的反专制思想深切的迎合了彼时德国青年的心理。此时德国的"狂飙突进运动"已经发展至高潮，而《强盗》一剧的主人公卡尔就是一个典型的狂飙突进青年形象。他不满于专制与格局并存的社会现状，却由无力改变。他追求自由，对当时的社会提出挑战，是典型的叛逆者，最后却只能悲剧收场。《强盗》取得成功之后，席勒进入了生命中的第一个旺盛的创作期。从1782年至1787年，席勒相继完成了悲剧《阴谋与爱情》（1784年）、《欢乐颂》（1785年）诗剧《唐·卡洛斯》（1787年）等。《欢乐颂》、《阴谋与爱情》是席勒青年时代创作的高峰，它与歌德的《少年维特之烦恼》同是狂飙突进运动最杰出的成果。此剧揭露上层统治阶级的腐败生活与宫廷中尔虞我诈的行径。《阴谋与爱情》无论在结构上还是题材上都是德国市民悲剧的典范。席勒摒弃了创作《强盗》时惯用的长篇大论，而是改用简洁的语言进行讽刺。来自市民阶层的人物路易丝与宰相的对话："我可以为你奏一曲柔板，但娼妓买卖我是不做的……如果要我递交一份申请，我一定恭恭敬敬；但是对待无礼的客人，我就会把他撵出大门！"直接质问德国社会严格的等级制度，具有乌托邦色彩。

诗剧《唐·卡洛斯》以16世纪西班牙的宫闱故事为背景，以生动的情节表达作者的理想：通过开明君主施行社会改良。这个剧本是席勒创作风格的转折点，表明他已经由狂飙突进时的激进革命精神转化为温和的改良思想。此后，席勒青年时代的创作宣告结束。

1786年，席勒前往魏玛；次年，在歌德的举荐下任耶拿大学历史教授。从1787年到1796年，席勒几乎没有进行文学创作，而是专事历史和美学的研究，并沉醉

于康德哲学之中。法国大革命时期，席勒发表美学论著《论人类的审美教育书简》（1795年），曲折的表达了席勒对暴风骤雨般的资产阶级革命的抵触情绪。他主张只有培养品格完善、境界崇高的人才能够进行彻底的社会变革。这也是在《唐·卡洛斯》中宣扬的开明君主思想的延续。尽管如此，席勒始终没有放弃寻求德国统一和德国人民解放的道路。他的美学研究和社会变革等问题结合得非常密切。

1794年，席勒与歌德结交，并很快成为好友。在歌德的鼓励下，席勒于1796年重新恢复文学创作，进入了一生之中第二个旺盛的创作期，直至去世。这一时期席勒的著名剧作包括《华伦斯坦三部曲》（1799年）、《玛丽亚·斯图亚特》（1801年）、《奥尔良的姑娘》（1802年）、《墨西拿的新娘》（1803年）、《威廉·退尔》、《欢乐颂》等等。这一时期席勒创作的特点是以历史题材为主，善于营造悲壮、雄浑的风格，主题也贴近宏大的社会变革题材。

《威廉·退尔》是这一时期席勒的重要剧作。戏剧取材于14世纪瑞士英雄猎人威廉·退尔的传说。这一题材原本是歌德在瑞士搜集到的，他将其无私赠予席勒。席勒从未去过瑞士，却将这一传说诠释得极为生动。瑞士人为了感激席勒，把退尔传说发生地四林湖沿岸的一块极为壮观的巨岩石命名为"席勒石"。《威廉·退尔》以瑞士独立斗争为背景，在歌颂民族英雄的同时也歌颂努力争取民族解放的壮举，在欧洲范围内引起极大反响。

除戏剧创作外，这一时期席勒还和歌德合作创作了很多诗歌，并创办文学杂志和魏玛歌剧院。歌德的创作风格对席勒产生了很大影响。1796年，两人共写了上千首诗歌，而歌德的名作《威廉·迈斯特》和《浮士德》第一部也是在这一时期成形的。

总体来说，席勒这一时期的创作是古典主义风格的，早年的浪漫激情已经几近消失。席勒和歌德合作的这段时间被称为德国文学史上的"古典主义"时代。

俄国在18世纪有什么文学成就？

俄国长期遭受鞑靼人和其他外族的侵略，地理上又和西欧的发达国家隔离，经济文化处于落后闭塞的状态。这种情况直到18世纪才开始有所改变。

彼得一世时期，俄国文学还处于从古代文学向新的内容和形式过渡的阶段。30至50年代，专制制度日趋巩固，法国古典主义的影响深入俄国。于是形成俄国古典主义流派，出现了第一批俄国作家康捷米尔（1708—1744年）、罗蒙诺索夫、苏马罗科夫（1718—1777年）等。

俄国古典主义反映了先进贵族的世界观和他们对文化生活的要求，它除了遵守古典主义原则形式方面的规定以外，还具有自己的特点。为了建立民族文学，俄国古典主义作家大都向民族历史和民族生活汲取题材，特别注意文学语言和诗体改革，强调爱国思想和科学文化的启迪作用。此外，这一时期社会矛盾加深，法国启蒙思潮开始传入俄国，俄国古典主义作家比较注意文学的社会功能，往往采用讽刺体裁来表示他们的社会见解。

18世纪前半期，俄国最重要的作家是米哈伊尔·瓦西里耶维奇·罗蒙诺索夫（1711—1765年），他又是著名的学者，出生在白海边一个农民家庭，毕业于斯拉夫—希腊—拉丁学院，后来进科学院附设的大学学习，并被派往国外研究自然科学。1741年回国后，他在科学院任职，创办了莫斯科大学（1755年）。他在进行科学活动的同时，又从事语言研究和文学创作，写过颂诗、史诗、悲剧、讽刺诗和散文，翻译过希腊文学作品。

18世纪60年代，俄国社会矛盾激化。在沙皇庇护下，地主享有支配农奴的绝对权利，正如当时民歌《奴仆们的哭诉》中所说："老爷们杀死一个奴仆就像宰一匹马，而且还不准农奴控告他。"农民运动不断高涨，70年代爆发了普加乔夫领导的规模宏大的农民起义，严重打击了地主贵族的统治，是俄国农奴制危机的最初表现。

这一时期在农民运动的影响下，反对农奴制的进步思想有所发展，向封建统治阶级进行了尖锐的斗争。女皇叶卡捷琳娜二世（1762—1796年）即位之初，假意接受启蒙思想，标榜"开明君主"制度，提倡文学创作，出版杂志，并亲自动笔，其目的是要使文学为她的反动统治服务。但是进步作家诺维科夫、冯维辛、拉吉舍夫等在他们的作品里彻底揭穿了这个"穿裙子的达尔杜弗"，传达了农民的某些呼声。

普加乔夫起义前夕，诺维科夫（1744年—1818年创办《雄蜂》（1769年—1770年）和《画家》（1772—1773年）两种杂志，揭露了农民在地主残酷剥削下濒于绝境的悲惨情况。冯维辛的喜剧《纨绔少年》和拉吉舍夫的散文《从彼得堡到莫斯科旅行记》发扬了这种重视社会根本问题的讽刺传统。诗人杰尔查文（1743—1816年）在《费丽察》（1783年）里，又把讽刺手法运用到颂诗体裁中，将歌颂叶卡捷琳娜二世的"美德"和讽刺宠臣们的荒淫无耻融合在一起。

普加乔夫起义后，俄国也产生了感伤主义文学。感伤主义在俄国是贵族地主阶级精神危机的表现。它虽然促进了俄国散文的繁荣，对丰富文学语言和心理描写的技巧有一定贡献，但是这一流派的作品美化贵族地主，企图掩饰地主和农奴之间的对立关系，也有其消极的一面。卡拉姆辛（1766—1826年）被认为是这一派的代表，他的中篇小说《苦命的丽莎》（1792

年）叙述农村少女丽莎被贵族少爷埃拉斯特遗弃以至自杀的故事。作者同情丽莎的不幸，对她的心理活动写得比较生动，文笔流畅。但他站在贵族立场，用"命运"来为埃拉斯特辩护，抹杀了造成丽莎的悲剧的社会原因。

18世纪俄国文学的成就虽不如同时期的西欧国家，但就俄国本身来说，仍是一大进步。它在思想和艺术上都为19世纪俄国文学的大步跃进作了准备。

18世纪俄国文学史上的代表作家分别是谁？

罗蒙诺索夫文学创作的成就主要是诗歌。他的诗颂扬英雄的业绩，充满对祖国的热爱。他认为诗歌最重要的任务不是咏唱醇酒和爱情，而是培养崇高的爱国精神。这种看法鲜明地体现在他写的颂诗里。《伊利莎伯女皇登基日颂》（1747年）实际上是一首对祖国和彼得一世的赞歌。

杰尼斯·伊凡诺维奇·冯维辛（1745—1792年）是十八世纪后半期俄国讽刺文学的代表。在早期诗歌里，他尖锐地指责沙皇的专制暴虐。他写过各种体裁的讽刺作品，其中以喜剧最为成功。《旅长》（1766年）嘲笑了贵族中老一代的愚昧和年轻一代所受外国教育的毒害。冯维辛最著名的喜剧是《纨绔少年》（1782年）。女地主普罗斯塔科娃多方虐待寄养在她家的孤女索菲亚，后来由于索菲亚可以继承叔父斯塔罗东的一宗财产，普罗斯塔科娃便强迫她做自己的儿媳。但是索菲亚在开明贵族普拉夫津和斯塔罗东保护下，终于和贵族军官米朗结婚；普罗斯塔科娃因虐待农民和孤女被法办，财产也交官代管。

亚历山大·尼古拉耶维奇·拉吉舍夫（1749—1802年）出身贵族，青年时代在德国留学，受到法国启蒙学者卢梭、马布里等的影响，成为具有民主思想的唯物主义者。他写过哲学著作、政论和文学作品，其中最重要的是《从彼得堡到莫斯科旅行记》（1790年）。本书出版后，他立即遭到逮捕，被判处死刑，后改为流放西伯利亚服苦役，直到晚年才被召回。1801年，他参加了政府的法律编纂委员会的工作。次年自杀，以抗议沙皇对他的新迫害。《旅行记》出版后不久就传到宫中，叶卡捷琳娜二世在盛怒中往书页上批道：拉吉舍夫"把希望寄托在农民造反上面"，"比普加乔夫更坏"。这部作品在俄国一直被列为禁书，但仍以手抄本形式到处流传，对十二月党人和普希金起过很大的思想影响。

第六章 西方文学发展的里程碑——19世纪前期文学

浪漫主义文学产生的历史背景是什么?

浪漫主义是产生于18世纪末,繁荣于19世纪上半叶欧美文坛的文学运动和流派。

18世纪末19世纪初,西方处于封建制度衰亡、资本主义上升的新旧历史交替的时代,飞速发展的科学技术促进了物质的高度文明。资本主义的出现一方面标志着社会的进步和人类文明的向前发展,它给人带来了一定程度的自由、解放和物质的富裕,而另一方面又使人与人、人与社会、人与物之间的关系恶化,新的文明给人带来了新的束缚,尤其是物对人的束缚,使人的自由得而复失。新建立的资本主义制度,由其私有制本质所决定,无论是生产方式,还是其政治文化活动,都以对物质利益的追求为根本目的。文艺复兴以来,人们反对神学教条时,很重要的一个武器是用人创造的物质产品和所具有的创造丰富多彩的物质世界的能力,来与神学"上帝创造一切"的观念相抗衡。如今在对"神"的崇拜心理弱化的同时,是对"物"的力量崇拜心理的强化。这就导致了人的自由本质被异化为"物"以及人对这种文化现象的认识和反叛时期的到来。进步的资产阶级知识分子敏锐地感受到人与物的对峙以及物对人的自由本质的异化,开始强调人的自由天性、自由情感,以此来反抗包括封建专制和道德、科学理性、物质文明、资本主义现存制度在内的人类文明。他们向自己创造的物质世界要自由,西方各国浪漫主义文学形象再现了他们的这种精神需求。

在社会和历史发展的角度看,浪漫主义思潮是法国大革命直接催生的产物。法国大革命不仅产生了巨大的政治影响,也给整个欧洲文化带来了新的思潮。新兴的城市工商业资产阶级标榜"自由、平等、博爱"的理念,对旧的封建文化秩序产生了毁灭性的冲击。在法国,执政府时期出现了自由主义思潮,主张保证个人自由和独立性,这成为浪漫主义文学的核心思想。浪漫主义作家往往从个性受到压抑,个人才能得不到发展,个人愿望和抱负得不到实现等角度,表现人物在这种矛盾状态中的感情、行动和悲剧。浪漫主义文学热衷

于描写个人失望与忧郁的"世纪病"，并颂扬以个人与社会的徒劳对立为表现形式的反抗。

此外，大革命摧毁了旧的社会秩序，势必导致不同阶层的人们心态的变化。城市中的资产者追逐自由竞争，幻想在这种"平等"的社会氛围中达到权力和财富的顶峰。另一方面，大革命使贵族阶层逐渐落魄，于是悲观颓唐、人生虚幻的情绪滋生，对神秘彼岸的向往也成为流行的思想。这种社会图景和人生境遇都对浪漫主义文学的盛行提供了土壤。

法国大革命对欧洲其他国家文化的影响是巨大的。在德国的图宾根，为了庆祝攻陷巴士底狱，歌德等作家在城郊种下自由树，德国的文化刊物也纷纷追随法国革命思想，开始对自由、平等、人权等政治理念的讨论。英国v湖畔派诗人无一例外受到大革命的影响，华兹华斯认为法国大革命是"按照自然的一般进行产生的，只不过它的好处推迟到来"，骚塞则公然自称自己是共和派。过去的批评家曾依照作家们对革命的态度而强分"消极浪漫主义"和"积极浪漫主义"两派，这是一种偏颇的做法，现在已经很少提及。

浪漫主义文学的鼎盛时代是法国资产阶级大革命时期，即18世纪90年代到19世纪30年代。浪漫主义所以会在这个时期获得蓬勃发展，是因为资产阶级革命的需要。1798年法国资产阶级推翻了封建专制政权，建立了资产阶级统治。这个伟大的历史事件震撼了整个世界，在欧洲掀起了此起彼伏的资产阶级民主革命运动和民族解放运动。于是，表现理想、推崇英雄、充满激情的浪漫主义文学也就必然地成为这个时代的文学主流。

浪漫主义文学有哪些共同的特征？

浪漫主义文学在政治上反对封建制度，不再刻意突出人的理性，而是深入发掘人类的感情世界，通过瑰丽的想象和夸张的手法塑造特点鲜明的人物形象。在创作风格上，以想象力丰富的构思和跌宕起伏的情节为主要特征。

浪漫主义文学产生在18世纪末19世纪初这个激动人心的特定时期。这个时代是欧洲社会人的精神和个性大释放时期。轰轰烈烈的大革命，自由竞争的新局面，遗迹启蒙理想的破灭，使这一时期的人处于憧憬与失望的波峰浪谷之中，释放并表现自我成为一股潮流，浪漫主义即是这股文学潮流的折射。

18世纪末至19世纪初，浪漫主义文学代替了古典主义，成为遍及欧洲的文学运动和文学思潮。作为一种思潮，浪漫主义远不只限于文学范畴，它是资产阶级反封建的民主运动以及民族自觉、解放运动在文化上的反映；它在对旧传统、旧制度的否定过程中掀起了追求"自由、平等、博爱"，追求个性自由解放的浪潮。同时，它带来了文学形式和表现内容的全面解放。作为一种有着特殊历史背景和特定哲学思想基础的文学思潮，西方浪漫主义文学强调主观精神、个人主义和批判意识。浪漫主义文学家的创作气质主要表现为反对古典主义的因袭陈规、压制个性，要求个性解放和绝对的创作自由，否定艺术家遵循任何规则，他们的文学主张和文学实践都是对人本主义的高扬。在纵向上，浪漫主义文学是对文艺复兴时期人本主义理念的继承和发扬，也是对僵化的法国古典主义的有力反驳；在横向上，浪漫主义文学和随后出现的现实主义文学共同构成西方近代文学的两大体系，造就19世纪西方文学盛极一时的繁荣局面，对后来的现代主义和后现代主义文学产生了深远的影响。

浪漫主义原指用罗曼语书写的故事，进而专指长篇小说或骑士故事，后来也包括传奇小说等。浪漫主义在艺术上的兴起，最早见于18世纪的文学作品中，它源自欧洲中世纪的希伯来文学，这些作品将一切个人的感情、趣味和才能表现得淋漓尽致。浪漫主义作家强烈地表现出自己的癖好，这与受形式支配的古典主义格格不入，它包含了更多主观、空想的因素。

为什么说德国是浪漫主义的诞生地?

德国是浪漫主义思潮的发源地。政治经济的落后，资产阶级的软弱以及唯心主义哲学的盛行，决定了德国早期浪漫主义文学具有浓厚的唯心主义思想和宗教色彩。以施莱格尔兄弟为代表的"耶拿派"在《雅典那神殿》杂志上宣传浪漫主义主张，提倡个性解放、创作自由，鼓吹艺术的无目的论。尽管施莱格尔兄弟、诺瓦利斯、蒂克等人在自己的作品中歌颂了"神秘的夜"和死亡，但是，他们还是表现了自己主观的真情实感和个人的实际经验，同时还在挖掘和发扬着民间文学的优秀传统。1805年以后在布仑塔诺、阿尔尼姆、格林兄弟等人的共同努力下，德国浪漫主义文学呈现出收集民间文学作品和再创造的高潮。他们丰富了德语诗歌宝库，创造了童话的典范作品，具有返回自然、歌颂自然美、远离都市文明的价值趋向。

1809年以后，德国浪漫主义在柏林形成了另一个中心。克莱斯特、霍夫曼、沙米索等作家抨击了普鲁士官场和司法制度的腐败，再现了尔虞我诈、男盗女娼的市侩世界，讽刺和批判了拜金主义。德国浪漫主义作家的创作表现出了与英国浪漫主义文学的一致性：热情的诗的世界与冷酷的市侩社会彼此对立，不能调和。他们在对丑恶现实的批

判讽刺中，表达了自己美好理想以及理想与现实之间矛盾所带来的痛苦。

海涅是19世纪上半叶德国文学从浪漫主义转向现实主义时期的重要诗人，他既是浪漫主义的"幻想之王"，又是结束德国浪漫主义、开创德国新诗派的"第一只夜莺"。他早年的浪漫主义创作体现了德国后期浪漫主义文学的批判倾向。他创作的《歌集》倾诉了个人不幸的遭遇和悲哀无望的爱情，反映了诗人在封建专制制度下个性所受到的压抑以及寻找不到出路的苦闷。其游记作品的共同倾向是抨击德国的专制制度，渴望德国能爆发一场比较彻底的社会革命。在马克思的影响下，海涅写出了不少战斗力很强的政治讽刺诗，创作了有名的长篇讽刺诗《德国——一个冬天的童话》。海涅的创作既有拜伦式的反抗，也有雪莱式的对美好未来的企盼。

浪漫主义发展的三次高潮分别是什么？

浪漫主义的理论源地在德国，但在文学上成就最高的却是英、法两国。欧洲的浪漫主义在发展历程中出现过三次高潮。第一次是在1805年左右，这一时期是英国的湖畔派诗人创作的高峰期，法国的夏多布里昂和史达尔夫人开始引介德国的浪漫主义理论。第二次高潮则从英国诗人拜伦开始，他的作品在1815年至1825年间风靡欧洲，雪莱和济慈紧随其后。这一时期法国文坛相对沉寂，但也有拉马丁和维尼等才华横溢的诗人。浪漫主义文学的第三个高潮发生在法国，约从1827年至1848年，以浪漫主义文学的集大成者维克多·雨果为代表。这一时期，浪漫主义思潮也波及俄国、东欧和美国，在美国产生了梅尔维尔、惠特曼等浪漫主义大师。1848年以后，浪漫主义文学运动基本结束，但是浪漫主义思潮却并没有销声匿迹，一直持续发展到今天。

在视觉艺术和文学上，"浪漫主义"代表的通常是从18世纪晚期至19世纪。浪漫主义文学里经常可以发现的特色在于对于过去历史的批判、强调妇女和儿童对于自然的尊重。除此之外，一些浪漫文学的作家例如纳撒尼尔·霍桑，还将他们的作品根基于超自然、神秘学和人类心理学的基础上，他们都对此深深着迷。苏格兰诗人詹姆斯·麦克佛森在1762年出版的诗集获得了国际性的名声，大为影响了早期浪漫主义文学的发展，同时也影响了后来的歌德和司各特。

最知名的浪漫主义文学早期作家之一是歌德，他在1774年发表的小说《少年维特之烦恼》描述一名带有丰富感性和热烈情感的年轻作家的故事，引发了全欧洲成千上万青年的崇拜和模仿。当时德国仍然是由大量分离的州所组成，歌德的作品对德国民族主义意识的崛起给了极大的助力。德国重要的浪漫主义早期作家还包括了路德维希·提克、诺瓦利斯。海德堡接着成为了德国浪漫主义文学的中心，许多诗人和作家如都在当地的文学圈里进行聚会交流。浪漫主义的文学作品通常注重于情感和想像，其他德国浪漫主义文学经常出现的题材还包括了旅行、自然、以及古代的神话。晚期的德国浪漫主义文学则通常带有较为阴暗的风格、并且还带有一些哥特小说的成分。

浪漫主义在英国文学里则在后来发展出了不同的形式，主要是与诗人华兹华斯和柯勒律治类似，他们两人共同撰写的《抒情歌谣集》一书企图抛弃奥古斯丁风格的诗词风格，改以较为直接的述事方式和来自民间传统的题材取代之。两位诗人的作品也与因为法国大革命而产生的乌托邦社会思想有所关系。威廉·布莱克则成为了在英国最强调浪漫感觉的诗人和画家，他还主张："我必须要另外建构一套风格，否则便会被其他人的思想所奴役。"布莱克的作品也受到许多中世纪书籍的影响。威廉·特纳、约翰·康斯特勃都被视为是浪漫主义的画家，而拜伦、雪莱、玛丽·雪莱、济慈等人也被视为是浪漫主义在英国的代表人物。历史学家汤玛斯·卡莱以及英国的前拉斐尔派则代表了浪漫主义后期转型为维多利亚时代文化的阶段。1865年出生的威廉·巴特勒·叶芝还将他的这个时代称为是"最后的浪漫主义时期"。

而在以天主教为主的国家，浪漫主义的发展则没有像德国和英国那般明显，而且发展的也都较晚，多是在拿破仑之后才出现，夏多布里昂有时还被称为"法国浪漫主义之父"。在法国，浪漫主义主要是出现于19世纪，尤其是体现在热里科和欧仁·德拉克罗瓦的绘画中，以及维克多·雨果所撰写的剧本、诗词、小说中（例如《悲惨世界》），司汤达的小说也包含在内。而作曲家埃克托·白辽士也相当重要。

法国浪漫主义文学是怎样开始的？

由于法国大革命的曲折莫测，决定了法国浪漫主义文学具有更加鲜明的政治色彩。弗朗索瓦—勒内·德·夏多布里昂（1768—1848年）和史达尔夫人（1766—1817年）是法国浪漫主义早期代表。前者带有贵族倾向，《基督教真谛》主张复兴中世纪礼教，但其作品对美洲丛林和大草原奇异风光以及古代废墟富于抒情色彩的描写，成为浪漫主义文学异国情调和描绘"废墟美"的滥觞。他的小说《勒内》和《阿达拉》都描写世俗爱情和宗教信仰的矛盾，悱恻

缠绵。而史达尔夫人则具有民主倾向。她的《论文学》和《论德国》致力于传播浪漫主义理念，不遗余力的抨击法国的古典主义传统。

法国浪漫主义中期的代表包括阿尔封斯·德·拉马丁（1790—1869年）和阿尔弗莱·德·维尼（1797—1863年）。前者擅长写抒情诗，是法国浪漫主义诗歌的先驱，《沉思集》情景交融，善用对照和象征笔法；后者则以哲理诗著称，《古今诗集》和《命运集》宣扬孤傲坚忍精神，表达悲天悯人的思想。

1830年以后，维克多·雨果成为法国浪漫主义文学的领导者，他也是整个西方浪漫主义文学的集大成者。1830年，雨果的剧作《欧那尼》的上演标志着浪漫主义在法国最终战胜了古典主义。雨果是浪漫主义作家中鲜有的全才，在诗歌、小说、戏剧等领域都有重大建树。其小说《巴黎圣母院》、《九三年》、《悲惨世界》等具有史诗般雄壮的风格，是浪漫主义小说的经典之作。雨果一生支持共和，反对帝制，在1851年曾流亡海外，直至1870年才返回法国。在诗歌和戏剧领域，雨果也取得很高的成就。他在最大程度上拓展了法语诗歌的表现形式和创作笔法，极大的丰富了法语诗歌的修辞技巧，对后世产生巨大影响。雨果逝世的时候，全欧洲共有逾200万人来到法国参加他的国葬。

和雨果同时代的法国浪漫主义作家还包括女作家乔治·桑（1802—1876年）。她的创作拓展了浪漫主义文学阴柔的特性，尤其擅写女性问题小说和田园小说。代表作《康素爱萝》和《魔沼》都是典型的浪漫主义小说，充满诗情画意和真挚情感。曾和乔治·桑有过短暂恋情的青年诗人阿尔弗莱·德·缪塞（1810—1857年）是这一时期法国诗坛的一股新生力量，《四夜组诗》具有梦幻般的色彩。小说《一个世纪儿的忏悔》第一次将"世纪病"这一概念引入浪漫主义小说创作中。热拉尔·德·奈瓦尔（1808—1855年）的抒情诗奇诡深邃，形式精美绝伦，对20世纪现代诗歌影响深远。大仲马（1802—1870年）创作了大量历史小说，《三个火枪手》和《基督山伯爵》将通俗小说的发展推向极致。

美国的浪漫主义文学的特征是什么？

浪漫主义时期开始于18世纪末，到内战爆发为止，是美国文学史上最重要的时期。华盛顿·欧文出版的《见闻札记》标志着美国浪漫主义文学的开端，惠特曼的《草叶集》是浪漫主义时期文学的压卷之作。浪漫主义时期的文学是美国文学的繁荣时期，所以也称为"美国的文艺复兴"。

虽然美国文学受到外国文学的影响，但这一时期著名的文学作品表现的却是富有美国色彩的浪漫主义思想。"西部开拓"就是一个说明美国作家表现自己国家的恰好的例子。他们大量描述了美国本土的自然风光：原始的森林、广袤的平原、无际的草原、沧茫的大海、不一而足。这些自然景物成为人们品格的象征，形成了美国文学中离开尘世，心向自然的传统。这些传统在库柏的《皮袜子的故事》、梭罗的《沃尔顿》以及后来马克·吐温的《哈克贝里·芬历险记》中都得到了明显的表现。随着美国民族意识的增长，在小说、诗歌中美国人物都越来越明显地操本地方言，作品多表现农民、穷人、儿童以及没有文化的人，还有那些虽然没文化但心底高尚的红种人和白种人。美国清教作为一种文化遗产，对美国人的道德观念产生了很大影响，在美国文学中也留下了明显的印迹。一个明显的表现就是，比起欧洲文学，美国文学的道德倾向十分浓厚。在霍桑、梅尔维尔以及其他一些小作家的作品中加尔文主义的原罪思想和罪恶的神秘性都得到了充分的表现。

美国浪漫主义文学运动足以标炳的是新英格兰的超验主义运动。该运动开始于19世纪30年代的新英格兰的先验主义俱乐部。本来，这个超验主义只是对新英格兰人提出来的。它是针对波士顿的唯一神教派的冷淡古板的理性主义而提的。而后来逐渐影响到全国，特别是在高级知识分子和文学界人士当中影响颇大。超验主义文学的主要代表是爱默生和梭罗，他们的作品对美国文学产生了很大影响。

这一时期涌现了许多作家，著名的有富雷诺、布雷恩特、郎费罗、娄威尔、惠特、爱伦·坡以及惠特曼。惠特曼的《草叶集》是美国19世纪最有影响的诗歌。美国浪漫主义时期的小说富有独创性、多样性；有华盛顿·欧文的喜剧性寓言体小说；有爱伦·坡的歌德式惊险故事；有库柏的边疆历险故事，有麦尔维尔长篇叙事；有霍桑的心理罗曼史；有戴维斯的社会现实小说。美国浪漫主义作家在人性的理解上也各自不同。爱默生、梭罗等超验主义者认为人类在自然中是神圣的，因此人类是可以完善的；但霍桑和麦尔维尔则认为人们在内心上都是罪人，因此需要道德力量来改善人性。《红字》一书就典型地反映了这个观点。

康德的天才灵感说主要思想是什么？

康德（1724年4月22日—1804年2月12日），德国哲学家、天文学家、星云说的创立者之一、德国古典哲学的创始

人，唯心主义、不可知论者，德国古典美学的奠定者。他被认为是对现代欧洲最具影响力的思想家之一，也是启蒙运动最后一位主要哲学家。

在批判时期，"批判"地研究人的认识能力及其范围与限度，将世界划分为"现象界"与"自在之物"世界；人的认识分为"感性""知性""理性"三个环节，并提出"先天综合判断"概念。认为时间和空间是感性的先天形式；因果性等12个范畴是知性固有的先天形式；理性要求对本体——自在之物有所认识，但这已超出人的认识限度，必然陷入难以自解的矛盾，即二律背反。人的认识只能达到"现象"。在自在之物世界中，上帝、自由、灵魂等为超自然的东西，属信仰范围，它们的存在是为了适应道德的需要。由于两个世界之间存在明显的鸿沟，康德试图通过审美判断与自然界的目的论判断以达到沟通，提出审美的主观性与没有目的的目的性与自然界的内在目的性与外在目的性，最后以有文化有道德的人为其体系的终结。在政治上，同情法国革命，主张自由平等。在教育上，认为应重视儿童天性，养成儿童自觉遵守纪律的习惯。主要著作有：《纯粹理性批判》、《实践理性批判》、《判断力批判》、《未来形而上学导论》、《道德形而上学基础》等。

康德哲学框架分析命题是主语包含谓词的命题；综合命题是主语不包含谓词的命题都是先验命题；综合命题多是后验命题；但存在先验综合命题，这论证了数学的可能康德认为这可以推演到形而上学领域，即在物自体和现象界存在这样的调和性概念：也就是他所谓的纯粹理性将之类推在实践中则是实践理性，将之类推在审美中则为批判力。

康德哲学与阴阳学，康德写了三本重要的书：《纯粹理性批判》讲人如何认识世界——真；《实践理性批判》讲人的伦理规则是如何——善。前者的对象是现象界，后者的对象是本体界。在现象与本体之间，有一道不可超越的鸿沟，在鸿沟上架起一座桥，使现象过渡到本体。这座桥梁，便是自然的目的性。它包括了美感——美。意即自然界藉著人主观的美感，过渡到其目的，即客观的本体。这包括美感的自然目的性，便是第三本书《判断力批判》的主要内容。

"耶拿派"来源于哪里？

18世纪末，德国浪漫主义文学最早的一个流派。这个流派的作家最早提出了浪漫主义的概念，较为详尽地阐述了浪漫主义的文学主张。他们反对古典主义，要求创作的绝对自由，放纵主观幻想，追求神秘和奇异。理论奠基人是施莱格尔兄弟，代表成员还有诺瓦利斯、蒂克等。因为耶拿派创办《雅典女神神殿》杂志而得名。

耶拿派声称只有浪漫主义的诗才是"无限的和自由的"，鼓吹文学与宗教的结合。在政治上打着"复兴德国民族精神"的旗号，力图巩固封建制度，耶拿派理论上的主要代表人物是弗·施莱格尔，他曾经赞扬过法国革命，后来放弃激进主义，形成了消极浪漫主义的理论。他鼓吹人的主观精神支配一切，把诗人的为所欲为、不能忍受任何约束当作首要的创作法则。他的文艺理论在西方产生过比较深远的影响。

这一流派最有代表性的作品是诺瓦利斯的《夜的歌颂》。作者对人生采取否定的态度，歌颂死亡，把梦看成现实，把生活看成梦。他未完成的长篇小说《亨利希·封·奥夫特尔丁根》，是体现消极浪漫主义纲领的作品。描写主人公终生追求一朵神秘的"兰花"，这朵空幻的兰花就是浪漫主义者所渴望和憧憬的真理、爱情和诗的神秘象征。

耶拿派的浪漫主义理论及其创作实践具有浓厚的唯心主义思想和宗教色彩，在一定程度上维护了宗法制度和封建关系，

施莱格尔兄弟的文学研究有哪些联系？

奥古斯特·威廉·施莱格尔（1767—1845年），生于汉诺威的教师家庭，自幼显示出语言和诗律方面的才华。高中的一次校庆中，把德国文学史用六音步的诗歌朗诵出来。入哥廷根大学学习神学和语文学。毕业后，应席勒之邀，担任《季节女神》杂志的编辑，定居于耶拿，"同一屋顶下"，聚集了许多年轻的作家、哲学家，是浪漫派的家。1801年，结识被法国赶出来的斯达尔夫人，陪同游历欧洲，达13年之久。晚年在奥地利。1819年起任波恩大学教授，但最后穷困潦倒而死。

他的贡献在于：教学活动，传播弟弟的思想。柯勒律治、海涅等曾是他的弟子，斯太尔夫人在他的启示下写出名作；文学翻译家。翻译了莎士比亚、但丁、卡尔德隆的作品；批评领域的建树。提出文学史、理论、批评三位一体，有论文《论美的文学和艺术》、《论戏剧艺术和文学》等。语言学家。《对亚洲语言研究的考察》对东方研究起到了推动作用。

弗里德里希·施莱格尔（1772—1828年），性格内向，沉思、忧郁。15岁忽然显露才华，几个月就掌握了希腊语，读了柏拉图，受其"追求无限"的影响，先后在哥廷根大学和莱比锡大学学习法律、艺术史、古典语文和哲学，大学时代是读书狂，与诺瓦利斯交好。24岁就提出一套浪漫主义的理论。26岁

时和哥哥一起创办《雅典娜神殿》，是浪漫主义的发祥地。自海涅的《论浪漫派》发表后，"浪漫派"由此定名。与长他8岁的有夫之妇恋爱，最终结婚，写了小说《路琴德》（1799年）纪念，体现他的浪漫理论，除了两个主人公——尤利乌斯和路琴德，其他人无名无姓，只有第13章中提到一点身世，看不出主人公的年龄、相貌、性格、气质，没有时间、地点，甚至没有情节。"神圣的孤寂"，大量的内心独白、对话、通信、随想、比喻，多一半是互述衷肠，他们反对社会的道德和习俗，但是反抗的方式却是性爱自由和闲散无为。这部小说不注重具体事实，而注意整体意象，既包括各种体裁的特点，又打破各种体裁的界限。造成一种迷茫，即阿拉贝斯克——阿拉伯装饰风格。1801年，嫂嫂爱上年轻的哲学家谢林，他与嫂嫂打架，与哥哥反目。1802年他到巴黎任讲师。1808年皈依天主教，"回到中世纪"，同年进入维也纳政界。1815年被封为贵族。此后担任外交官，并发表大量历史、哲学和文学方面的讲演。1828年死在讲学途中。

他的主要贡献：浪漫主义理论的奠基人。提出个性解放、创作自由，主张"诗人要凭兴之所至，不受任何狭隘规律约束"；把生活变成一首诗，人生与诗的合一，"把哲学诗化——这就是一切浪漫主义思想家的最高目标。真正的诗不是个别艺术家的作品，而是宇宙本身——不断完美自身的艺术作品"。；提出"反讽"，说反话，离间效果；神话与象征理论："我认为，我们的诗缺少一个中心，就像神话之于古代人的诗一样。现代诗艺术落后于古代诗的根源，可以这样说：因为我们没有神话"。"现在已是应严肃地共同努力以创造一个新的神话的时候了。"这里的神话，不是对古代神话的翻版，而是以新兴的哲学为基础，对宇宙和诗所作的全新探索。"最高者"不可言说，仅以"现象"给人以启示，那么只能凭感觉去"观照"。在诗学上的主要意义是强调在表达方式上象征性地表达意蕴。"所有的美都是隐喻的。那最高的，正因为它是不可言传的，因而人们只能把它隐喻地说出来"。

格林兄弟是怎样创作出格林童话的？

格林兄弟俩分别于1785年1月4日和1786年2月24日生于美因河畔哈瑙的一个律师家庭，分别于1863年9月20日和1859年12月16日卒于柏林。两人的经历相近，爱好相似，并先后于1802年和1803年入马尔堡大学学法律。1808年兄雅各布在卡塞尔任拿破仑的弟弟威斯特法伦国王热罗默的私人图书馆管理员。1813年拿破仑兵败之后，威斯特法伦王国被废除，建立了黑森公国，雅各布任公使馆参赞，参加了维也纳会议。弟弟威廉从1814年起任卡塞尔图书馆秘书。1816年雅各布辞去外交职务，担任卡塞尔图书馆第二馆员。1819年格林兄弟获马尔堡大学名誉博士学位。1829年兄弟俩应汉诺威国王的邀请到格廷根，雅科布除任大学教授外，还和弟弟一起任哥廷根大学图书馆馆员，稍后威廉也担任了大学教授。1837年格林兄弟和另外5位教授因写信抗议汉诺威国王破坏宪法而被免去教授职务，这7位教授被称为格廷根七君子。格林兄弟被逐，后回到卡塞尔。1840年底格林兄弟应普鲁士国王威廉四世之邀去柏林，任皇家科学院院士，并在大学执教。1848年雅各布被选为法兰克福国民议会代表。兄弟俩去世后都葬于柏林马太教堂墓地。

从1806年开始，格林兄弟就致力于民间童话和传说的搜集、整理和研究工作，出版了《儿童和家庭童话集》（两卷集）和《德国传说集》（两卷）。雅各布还出版了《德国神话》，威廉出版了《论德国古代民歌》和《德国英雄传说》。1806年—1826年间雅科布同时还研究语言学，编写了4卷巨著《德语语法》，是一部历史语法，后人称为日耳曼格语言的基本教程。在《德语语法》1822年的修订版中，他提出了印欧诸语言语音演变的规则，后人称之为格林定律。他指出，在印欧语系中日耳曼语族历史上，辅音分组演变，在英语和低地德语中变了一次，后来在高地德语中又再变一次。事实上，格林定律只是大体上正确，后来由K.A.维尔纳加以补充。1838年底格林兄弟开始编写《德语词典》，1854年—1862年共出版第一至三卷。这项浩大的工程兄弟俩生前未能完成，后来德国语言学家继续这项工作，至1961年才全部完成。

格林兄弟对民间文学发生兴趣在一定程度上受浪漫派作家布仑坦诺和阿尔尼姆的影响。他们收集民间童话有一套科学的方法，善于鉴别真伪，他们的童话一方面保持了民间文学原有的特色和风格，同时又进行了提炼和润色，赋予它们以简朴、明快、风趣的形式。这些童话表达了德国人民的心愿、幻想和信仰，反映了德国古老的文化传统和审美观念。《格林童话集》于1857年格林兄弟生前出了最后一版，共收童话216篇，为世界文学宝库增添了瑰宝。格林兄弟在语言学研究方面成果丰硕，他们是日耳曼语言学的奠基人。

哪位文学家被雨果作为自己的志向？

青年雨果的志向："成为夏多布里昂，此外别无他志。"夏多布里昂出生于布列塔尼一个没落的贵族家庭。1789

年革命初期，父亲去世，他对时局动荡深感厌倦，于是开始计划中的美洲之行，"何必仅仅流亡出法国呢，我流亡出世界。"1791年4月出发，到费城见过华盛顿，北上尼亚加拉大瀑布，接触印地安人"高贵的野蛮人"思想，并写下了《美国游记》。1791年12月，他从美洲返回，迅速娶了个有钱的贵族女子，迅速把财产挥霍净尽。他声称自己的剑是为路易十六服务的，于是在1792年同哥哥一起参加贵族叛乱的队伍——反革命军事行动，在仅有的一次战斗中负伤，随军退入比利时的布鲁塞尔，又去英国过了7年悲惨的生活，在伦敦他翻译、教授法文，同时开始写作，1797年发表《革命论》。

1798年，他得到母亲和姐姐都已经被革命政权处决的噩耗，于是恢复宗教信仰，成为基督教的宣道者，强调宗教对内心的作用，为浪漫主义提供了理论基础。他改名换姓、于1800年回到法国，认识了拿破仑的兄弟姐妹和一些支持拿破仑恢复基督教的上层人物，作为"试探"，他在次年先发表了《阿达拉》，然后又在1802年发表《基督教真谛》，比拿破仑与教皇签定的《和解协议》早4天。因为迎合了拿破仑复兴天主教的政治意图，所以得到拿破仑的赏识，被任命为驻罗马使馆一等秘书、瓦莱公使。不过1804年拿破仑处决了波

旁王朝的继承人，他愤而辞职，回到巴黎，主持旧文艺的支柱《信使报》，和斯太尔夫人结成反拿破仑的政治集团。1806年他去近东旅行，回来后在巴黎郊区买了幢废弃的别墅，开始埋头写作，思想日渐保守，反启蒙主义。1811年被选为法兰西学士院院士，不过拿破仑不承认，于是他在两年后发表了《论波拿巴和波旁王朝》，鼓吹王朝复辟，成为他日后投靠波旁王朝的敲门砖。

果然，1814年拿破仑下台后，他青云直上，以极右派面目出现，当上贵族院议员，出使瑞典和柏林，甚至当上世人瞩目的驻英国大使；并于1823年出任外交部长。应该指出的是：王室对他并不十分信任，因为他反对专制君主制，拥护英国式的立宪君主制。1830年的七月革命，结束了波旁王朝，他的政治生涯也告结束。晚年深居书斋，著书立说，翻译《失乐园》，研究历史，从1830年—1848年，写作自传性质的《墓外回忆录》，纪念碑式的规模：个人在时间中的航行。文笔上，激情澎湃，天风海雨，惊心动魄。

谁是法国第一个自称为"浪漫的"作家？

在法国，第一个自称为"浪漫的"作家就是司汤达。司汤达（1783—1842年）是19世纪法国杰出的批判现实主义作家。他的一生并不长，不到六十年，

而且他在文学上起步很晚，三十几岁才开始发表作品。然而，他却给人类留下了巨大的精神遗产，包括数部长篇，数十个短篇或故事，数百万字的文论、随笔和散文，游记。他以准确的人物心理分析和凝练的笔法而闻名。他被认为是最重要和最早的现实主义的实践者之一。最有名的作品是《红与黑》（1830年）和《巴马修道院》（1839年）。

司汤达从1817年开始发表作品。处女作是在意大利完成的，名为《意大利绘画史》。不久，他首次用司汤达这个笔名，发表了游记《罗马、那不勒斯和佛罗伦萨》。从1823年到1825年，他陆续发表了后来收在文论集《拉辛和莎士比亚》中的文章。此后，他转入小说创作。1827年发表了《阿尔芒斯》，1828年—1829年写就《罗马漫步》，1829年发表了著名短篇《瓦尼娜·瓦尼尼》。他的代表作《红与黑》于1827年动笔，1829年脱稿（本书即将面世之际，适逢七月事变，国人无暇他顾，形式发展不利于书报之刊行。然本书脱稿于1827年当无疑义—原编者注）。1832年到1842年，是司汤达最困难的时期，经济拮据，疾病缠身，环境恶劣。但也是他最重要的创作时期。他写作了长篇小说《吕西安·娄万》（又名《红与白》），《巴马修道院》，长篇自传《亨利·勃吕拉传》，还写了十数篇短

篇小说。在1842年3月23日司汤达逝世时，他手头还有好几部未完成的手稿。在司汤达的墓志铭上写着一段话：活过、爱过、写过。

他的长篇代表作《红与黑》，传世100多年，魅力分毫未减。然而，他的短篇小说也写得十分精彩。其代表作《瓦尼娜·瓦尼尼》、《艾蕾》（直译为《卡斯特罗修道院长》）等，写得生动传神，脍炙人口，堪称世界短篇小说花园里的奇葩。它们与梅里美的《马特奥·法尔戈纳》、《塔芒戈》、巴尔扎克的《戈布塞克》一起，标志着法国短篇小说创作的成熟。《红与黑》是欧洲批判现实主义文学的奠基作。

《红与黑》是法国现实主义作家司汤达的代表作，自1830年问世以来，赢得了世界各国一代又一代读者的心，特别为年轻人所喜爱。作品所塑造的"少年野心家"于连是一个具有高度典型意义的人物形象，已成为个人奋斗的野心家的代名词。小说发表后，当时的社会流传"不读《红与黑》，就无法在政界混"的谚语，而本书则被许多国家列为禁书。《红与黑》在心理深度的挖掘上远远超出了同时代作家所能及的层次。它开创了后世"意识流小说"、"心理小说"的先河。后来者竞相仿效这种"司汤达文体"，使小说创作"向内转"，发展到重心理刻画、重情绪抒发

的现代形态。人们因此称司汤达为"现代小说之父"。《红与黑》在今天仍被公认为欧洲文学皇冠上一枚最为璀璨的艺术宝石，是文学史上描写政治黑暗最经典的著作之一，100多年来，被译成多种文字广为流传，并被多次改编为戏剧、电影。

哪位文学家被称为"法国浪漫之母"？

斯塔尔夫人（1766—1817年）：被誉为法国浪漫主义的"产婆"，也被称为"法国浪漫之母"，本名热尔梅娜·内克。父亲是银行家，路易十六时代三次担任财政部长，母亲是个守旧的妇女，对她管教极严。她少女时代即熟读百科全书派的作品，以才情著称。母亲葬送了她的纯情初恋，在20岁时，按母亲的安排，她嫁给了40岁出头的瑞典驻巴黎大使斯塔尔，成为斯塔尔夫人，婚后并不幸福。革命爆发时她为之欢呼，她的沙龙成为自由派人士的聚会场所。不久态度转为冷淡，逃到日内瓦。拿破仑当政时，因为她的反对之声，不允许她留在巴黎。她在施莱格尔的陪同下游历欧洲，到过德国、意大利、英国和俄国。复辟王朝时期，她回到巴黎，重建文学沙龙。

斯塔尔夫人首先是理论家和批评家。她的《论文学》和《论德国》对浪漫主义文学发展起了促进作用。《论文学》（1800年）的全名是《论文学与社会结构的关系》，评论了从古希腊直到18世纪的欧洲文学，深入考察了宗教、风俗、法律对文学的影响和文学对以上因素的反作用，有辩证法思想。《论德国》（1810年）实际上是论以歌德、席勒为首的德国浪漫派文学，介绍和评论了德国的文学和民族性格，指出德国人是理想主义者，重感情，富有艺术才能，严肃，不喜欢实验哲学，而喜欢抽象探索，倾向于神秘感。两部论文都论述了南方文学与北方文学，也就是古典主义与浪漫主义，南方文学指以法国为代表的拉丁语区的古典文学，北方文学是指以英国、德国为代表的浪漫主义文学。斯塔尔夫人赞美北方文学，推动了法国浪漫主义文学的兴起。

斯塔尔夫人同时又是小说家，她的两部作品《黛尔芬》和《柯丽娜》写女性的不美满的婚姻和戏剧性经历，有自传成份，也是法国文学史上第一次探讨妇女问题的作品。

《黛尔芬》（1802年），书信体长篇小说，因为反对拿破仑制订的天主教婚姻法，因此被视为伤风败俗。写女主人公20岁成为寡妇后，与贵族青年雷翁斯相爱。一次，女友引发桃色事件，使雷翁斯发生误会，娶了黛尔芬的堂妹为妻。明白真相后，雷翁斯继续与黛尔芬往来，不过保持着纯洁的关系。而社会舆论的压力，迫使黛尔芬进了瑞士的修道院。当雷翁斯的妻子病故，他火速赶到修道院之前，修道院抢先让黛做了修女。法国大革命后，修女们还俗。黛赶回法国，欲和雷结婚，不过仍遭到社会的百般责难。不久，雷卷入内战，被革命法庭判处死刑。黛营救不成，服毒自杀。

《柯丽娜》（1807年），女主人公本是英国贵族的后代，在其意大利生母去世后，与后母不和，只身来到意大利，成为著名诗人、画家和音乐家。来意游历的英国贵族青年奥斯瓦尔德勋爵与她一见钟情，不过勋爵受传统偏见限制，觉得女子不该锋芒毕露。于是在矛盾中回到英国，与柯丽娜的异母妹妹订下婚约。暗中尾随的柯丽娜为成全他们的爱情，托人将戒指退还给奥，返回意大利，哀伤而死。

什么是"世纪病"？

"世纪病"是孕育于18世纪末法国浪漫主义文学中的一种典型形象，风行于19世纪初，蔓延于20世纪世界文坛的一种文学现象。或者在拿破仑时代长大，仰慕父辈的战绩与辉煌，但王权和神权的恢复使他们失去信仰，无所追求，在厌倦和无聊中打发日子；或者生性孤僻，内向，忧郁，与现实环境格格不入，在孤独的漂泊中消磨生命。都是些富有才华的人，但悲观失望，在现实生活中找不到自己的位置，找不到生命的意义，代表了一代青年人的精神状态。

一般认为，英国诗人拜伦的长诗《恰尔德·哈洛尔德游记》、俄国诗人普希金的诗体小说《叶甫盖尼.奥涅金》和法国作家缪塞的长篇小说《一个世纪儿的忏悔》，是19世纪"世纪病"文学最具里程碑意义的名篇，法国作家加缪的中篇小说《局外人》是20世纪"世纪病"文学的上乘佳作，而哈洛尔德、奥涅金、沃达夫和默尔索则是"世纪病"患者的典型代表。

浪漫主义作家往往从个性受到压抑，个人才能得不到发展，个人愿望和抱负得不到实现等角度，表现人物在这种矛盾状态中的感情、行动和悲剧。浪漫主义文学热衷于描写个人失望与忧郁的"世纪病"，并颂扬以个人与社会的徒劳的对立为表现形式的反抗。

欧洲文学著作中的"世纪儿"、"多余人"、"局外人"这些或多或少有些"病态"或"畸形"的人物形象进行分析，对这些"世纪病"患者进行研究探讨。

"世纪病"并没有局限在西欧，它像"瘟疫"一样传到了俄国。这大概也要归因于早在18世纪就开始的对西方文化的学习引进。在19世纪20—50年代的俄国文学中，产生了一大批"多余人"

形象，它是19世纪上半期俄国文学中的伟大成就，"多余人"形象与"世纪儿"形象在性格上如出一辙，而且在创作过程中对西欧的"世纪儿"有着直接的继承性。普希金就是拜伦的崇拜者，《恰尔德·哈洛尔德》也是他非常喜爱的作品。

因此，"多余人"身上所出现的病态症状，也可以以"世纪病"称之。"多余人"由屠格涅夫的日记体中篇小说《多余人日记》得名，以普希金的《叶甫盖尼·奥涅金》、莱蒙托夫的《当代英雄》、屠格涅夫的《罗亭》、冈察洛夫的《奥勃洛摩夫》为代表作。

不论是"世纪儿"还是"多余人"，都存在着对当时社会的抗拒，尽管这种反抗可能只是存在于内心的一种否定性的情绪，他们认为社会是不合理的。这在20世纪的现代主义和后现代主义中上升到人类本身的普遍意义上的怀疑否定。

早在19世纪就孕育于浪漫主义文学和现实主义文学中的非理性主义在20世纪的现代主义和后现代主义中得到了充分发展。20世纪经过两次世界大战后，欧洲普遍对自己曾经信仰的上帝产生了怀疑，上帝并不能使生活在苦难中的人们得到救赎，已完全不相信理性进步，反而对黑格尔"绝对理性"所导致的国家主义浩劫，弥漫着自省与反思。存在

主义文学出现于一二次大战之际，其内容跟两次大战带给人的荒谬绝望有关。而恰如人类在两次大战后抛弃信仰，存在主义文学也将信仰放逐。

为什么说乔治·桑是一个传奇的女子？

乔治·桑，（1804—1876年）法国女小说家。是巴尔扎克时代最具风情、最另类的小说家。她原名露西·奥罗尔·杜邦，1804年7月1日生于巴黎拿破仑时代一个军官家庭。父亲是第一帝国的军官。她从小由祖母抚养，13岁进入巴黎的修道院，18岁时嫁给杜德望男爵，但她对婚姻并不满意，1831年到巴黎，开始独立生活。乔治·桑移居巴黎后开始从事文学创作，从初期的作品中可以看到卢梭、夏多布里昂和拜伦对她的复杂影响。七月革命后不久，她发表了第一部长篇小说《安蒂亚娜》（1832年），一举成名，从此一发而不可收。

乔治·桑移居巴黎后为了生存下去，她开始了勤奋的笔耕，写出了一部部文笔秀美、内容丰富、情节迷人的风情小说，并以此确立了自己在法国文学史上的地位。从初期的作品中可以看到卢梭、夏多布里昂和拜伦对她的复杂影响。七月革命后不久，她发表了第一部长篇小说《安蒂亚娜》（1832年），一举成名，从此一发而不可收。

乔治·桑是一位多产作家，她一生写了244部作品，100卷以上的文艺作品、20卷的回忆录《我的一生》以及大量书简和政论文章。其中包括故事、小说、戏剧、杂文，以及3万多封被称为"文学史上最优美的通信之一"的书信。她的小说创作大致可分四阶段：早期作品称为激情小说，代表作有《安蒂亚娜》、《华伦蒂娜》（1832年）、《莱莉亚》（1833年）等，都描写爱情上不幸的女性，对生活感到失望，不懈地追求独立与自由，充满了青春的热情与反抗的意志。第二阶段作品为空想社会主义小说，代表作有《木工小史》（1840年）、《康素爱萝》（1843年）、《安吉堡的磨工》（1845年）等。在这些作品里，她提出了资本主义社会中妇女的命运问题，尽管没能明确地指出解放的道路，但作品毕竟揭露了当时社会的罪恶，攻击了资本主义的财产制度和婚姻制度，进而提出空想社会主义的理想。第三阶段作品为田园小说，代表作有《魔沼》（1846年）、《弃儿弗朗索瓦》（1848年）和《小法岱特》（1849年）。乔治·桑的田园小说以抒情见长，善于描绘大自然绮丽的风光，渲染农村的静温气氛，具有浓郁的浪漫色彩。第四阶段作品为传奇小说，代表作有《金色树林的美男子》（1858年）。

第二帝国时期，她和王室来往密切，对巴黎公社革命很不理解，但反对残酷镇压公社社员。乔治·桑于1876年6月7日逝世。乔治·桑属于最早反映工人和农民生活的欧洲作家之一，她的作品描绘细腻，文字清丽流畅，风格委婉亲切，具有强烈的感染力。乔治·桑的爱情生活丰富多彩，她的身边总是围绕着一批追求者。她与大文学家缪塞的艳事、与音乐大师肖邦十余年的同居生活，成为法兰西19世纪的美谈之一，并留下了一篇篇揭示她内心深处情感世界奥秘的情书佳作。

1831年初，她带了一儿一女两个孩子定居巴黎，很快就成为巴黎文化界的红人，身边经常围绕着许多追随者。她开始了蔑视传统、崇尚自由的新生活，抽雪茄、饮烈酒、骑骏马、穿长裤，一身男性打扮的她终日周旋于众多的追随者之间。即使乔治·桑这个男性化的笔名，也来源于她的一个年轻情人。当有人批评这个矮小（1.54米高）、放荡的女人不该同时有4个情人时，这个不受世俗成规束缚的女人竟然回答说，一个像她这样感情丰富的女性，同时有4个情人并不算多。她曾借自己的作品公开宣称："婚姻迟早会被废除。一种更人道的关系将代替婚姻关系来繁衍后代。一个男人和一个女人既可生儿育女，又不互相束缚对方的自由。"

乔治·桑，这个生活优越、追求享乐、感情丰富的美丽女人，没能在婚姻中得到爱情、温柔和满足，却用多角的、激情的情爱，张扬了自己的生命，并为后人留下了华美的文字。同时，她也用自己的笔和行动，深深地介入了当时的政治，积极参与社会问题的解决。当然，这更是同时代的许多男性文化名人都没能做到的了。

乔治·桑的创作受到了法国启蒙思想家卢梭的影响，追求返璞归真、回归自然。这一时期她的代表小说诗歌文学作品包括小说《弃儿弗朗索瓦》（1848年）、《小法岱特》（1849年）和《我的生活》（1855年）。两部小说都描写充满浪漫情调的爱情，其间可见卢梭《新爱洛依丝》的影子。

乔治·桑晚期的创作还有一个显著的特点，就是描写农民的生活。这在贵族传统根基深厚的法国文学史上是没有先例的。尽管农民的生活在田园牧歌的乡村背景中被女作家理想化，但仍具有划时代的意义。乔治·桑在一些小说中采用糅合了土语的朴素法语，具有浓郁的乡土气息。

缪塞的作品是否有"世纪病"？

缪塞是一个富于魅力、潇洒自如、才思敏捷的诗人。出生于巴黎拉丁区附近一个和睦的资产阶级知识分子家庭，父母都受到启蒙主义的熏陶，使小缪塞起点颇高，特别喜爱莫里哀、拉封丹等人的作品。缪塞以辉煌的成绩毕业于亨利四世中学，然后学法律、医学，还擅长音乐与绘画。在18岁就被引荐到"浪漫派作坊"——第二文社，以风雅和才智受到瞩目。第一部诗集《西班牙与意大利故事》（1830年）着力描写狂暴的激情、荒唐的故事和奇异的地方色彩，故事纯属虚构，但展现出诗人的奇想。不久，他脱离了浪漫派阵营，剧本《威尼斯之夜》的失败更使他成为一个孤独者，有唐璜倾向，纵情欢乐但是内心抑郁。1832年父亲去世，促成他从事作家的职业。

在1833年发表著名长诗《罗拉》。罗拉19岁时双亲亡故，于是他有了一小笔钱，他决定在三年内花光，然后就自尽，从此成为一个赌徒，最后一夜由一个15岁的妓女相伴，少女想救他，不过罗拉吞下了毒药，给了少女最后一吻："在这圣洁的一吻中，他的灵魂走了，而在这一刻，他们俩相爱了。"——彻底绝望的世纪病。在1833—1835年间，他与女作家乔治·桑相爱，并一同前往意大利。在此期间，又有一位威尼斯医生介入，三角恋爱，以致缪塞与桑感情破裂，最后分手。缪塞感到失望和受伤害，转向寻欢作乐的生活，不断谈情说爱。他写了著名的四首长诗《夜歌》，反映失恋后痛苦的心情和复杂的心理变化过程，对痛苦与创作、生活与艺术、感情与理智、孤独与希望、上帝与死亡等作出了深刻概括，对话显示出他的双重个性，是浪漫派抒情诗歌中最动人的作品——"没有什么比巨痛更使人高尚。最绝望的歌才是最优美的歌，我所知不朽的歌是呜咽痛彻。"

1836年发表的《世纪儿的忏悔录》是一部以他和桑的恋爱故事为中心的自传体小说，主人公患的是整个时代的病：每个人都感到"他生存的空虚和双手的平庸"，精神方面的疾病，没有信仰，也不相信爱情。指出拿破仑帝国的崩溃和拿破仑英雄主义的幻灭，是产生主人公阿克达夫的"世纪病"的社会根源。1847年，巴黎重新发现了缪塞的戏剧天才，1852年入选法兰西学士院，健康每况愈下，声誉与日俱增。47岁去世。

丁尼生的作品有什么特点？

英国19世纪的著名诗人，在世时就获得了极高的声誉。生于英国林肯郡，出身牧师家庭，兄弟均有诗才，肄业于剑桥大学，诗作题材广泛，想象丰富，形式完美，词藻绮丽，音调铿锵。其131首的组诗《悼念》被视为英国文学史上最优秀的哀歌之一，因而获桂冠诗人称号。其他重要诗作有《尤利西斯》、《伊诺克·阿登》和《过沙洲》

诗歌《悼念集》等。他深受维多利亚女王的赏识，于1850年获得了桂冠诗人的称号，后来又在1884年被封为男爵。然而，这样一位大诗人也有对自己丧失信心的时候，竟曾经想删去自己诗作中的精华部分。

年轻的丁尼生曾在父亲的图书馆里阅读大量书籍，并在8岁时开始写诗。1827年，阿尔弗雷德和他的兄弟弗雷德里克及查尔斯出版了《两兄弟诗集》，其实这部著作包括了三兄弟的作品。阿尔弗雷德的诗歌趋于平淡，只是单纯模仿偶像拜伦的作品。

1829年他的诗歌《廷巴克图》赢得了校长金牌。他成为一个学生团体"使徒"中的一员，并在这些同伴的鼓舞下于1830年出版了《抒情诗集》。一些评论家喜爱这本书中的《马里亚纳》和其他几首诗歌，但总的说来是持负面评价。

1831年丁尼生的父亲去世，丁尼生未取得学位就离开剑桥。第二年他出版了一本小册子，名为《诗歌》，但并未被广泛接受。随笔作家阿瑟·亨利·贺莱姆是丁尼生最亲密的朋友，也是他姐姐的未婚，夫于1833年去逝。在痛失密友及作品受到恶评的双重打击之下，丁尼生近10年内未再出版作品。

《诗歌》，赢得了评论家及公众的热烈欢迎。最好的诗歌包括《拍岸曲》（受贺莱姆之死启发而创作）、《亚瑟

王之死》及《洛克斯利大厅》。丁尼生的长诗《公主》（1847年）与妇女权益有关，并试图证明女人最大的成就就是幸福的婚姻。（吉尔伯托和苏利文将诗歌改编为滑稽剧《艾达公主》。）丁尼生一些最好的抒情无韵诗篇就来自于以"泪水，空虚的泪水"开篇的那首诗《公主》。后来的版本又加入《轻轻地，柔和地》以及其他几首歌。

1850年丁尼生的生活发生了三件大事。《悼念》终于付梓，自贺莱姆去世以来，丁尼生一直在创作这部作品。它包括131首短诗，外加一篇序言及后记，是英国文学中最伟大的挽歌之一，也是丁尼生最能经受时间考验的作品。

丁尼生作为桂冠诗人的首部正式作品，是庄严郑重但有点拘谨的《悼惠灵顿公爵之死》。1854年创作了《轻骑兵进击》，以纪念英国骑兵在克里米亚战争巴拉克拉瓦战役中体现出来的英雄气概。《莫德》是1855年出版的一部长篇独白诗剧，评论家对此颇有微辞。

1853年以后，丁尼生多数时间生活在自己位于怀特岛法令福德的庄园中，有时会住在自己1868年建在萨里郡阿尔沃的一所房子里。《莫德》遭到冷遇之后，丁尼生把自己封闭在法令福德，着手创作组诗《国王叙事诗》。1859年这一系列的第一部分出版，讲述亚瑟王和他的骑士的第一部分，立即获得成功。

《伊诺克·阿登及其它诗歌》（1864年）中的《伊诺克·阿登》是丁尼生最著名的诗歌之一。其他几部稍为逊色的历史戏剧作品包括《玛丽女王》（1875年）、《哈罗德》（1877年），以及《贝克特》（1879年）。完整版本的《国王叙事诗》和《得墨忒尔及其它诗歌》于1889年出版，《俄诺涅之死，阿卡巴之梦及其它诗歌》于1892年他去逝后出版。

《民谣及其它诗歌》（1880年）中优美的短篇抒情诗《过沙洲》展示了丁尼生恬静的宗教信仰。他的葬礼上来宾朗诵了该诗篇。他被葬在了威斯敏斯特教堂的诗人角，与乔叟相邻。

仲马父子在文学上谁的造诣更高？

大仲马和小仲马是世界文坛的佼佼者，有很多人却把他们混为一谈，其实他们是一对父子。19世纪上半期法国浪漫主义作家大仲马是法国乃至世界文坛上少有的多产作家。他的作品故事生动、情节曲折、引人入胜。大仲马的主要成就在于小说创作方面，代表作有《三个火枪手》（1844年）、《玛尔戈王后》（1845年）和《基督山伯爵》（1845年，又名《基督山恩仇记》）。

亚历山大·仲马（1802年7月24日—1870年12月5日），大仲马于1802年7月24日生于法国的维勒-科特莱（靠近巴黎）。人称大仲马，法国19世纪浪漫主义作家。大仲马自学成才，一生写的各种著作达300卷之多，主要以小说和剧作著称于世。大仲马信守共和政见，反对君主专政。由于他的黑白混血人身份，其一生都受种族主义的困扰。大仲马一生喜欢吃，所以外表肥胖。

小仲马（1824—1895年）法国小说家、戏剧家。著名作家大仲马的私生子。1848年小说《茶花女》的问世，使小仲马一举成名。根据小说改编的同名话剧于1852年首次演出，获得更大的成功。这部作品兼有浪漫主义和现实主义的特色，是法国戏剧由浪漫主义向现实主义演变时期的优秀作品。小仲马后来写了20余部剧作，现实主义倾向更为鲜明。其中比较成功的有《半上流社会》（1855年）、《金钱问题》（1857年）、《私生子》（1858年）、《放荡的父亲》（1859年）、《欧勃雷夫人的见解》（1867年）、《阿尔丰斯先生》（1873年）、《福朗西雍》（1887年）等。作为法国现实主义戏剧的先驱者之一，其剧作富有现实的生活气息，以真切自然的情理感人，结构比较严谨，语言通俗流畅。

大仲马得知他的儿子小仲马寄出的稿子总是碰壁，便对小仲马说："如果你能在寄稿时，随稿给编辑先生们附上一封短信，或者只写一句话，说'我是大仲马的儿子'，或许情况就好了。"

小仲马固执地说："不，我不想坐在您的肩膀上摘苹果，那样摘来的苹果没味道。"年轻的小仲马不但拒绝以父亲的盛名做自己事业的敲门砖，而且不露声色地给自己取了十几个其他姓氏的笔名，以避免那些编辑先生们把他和大名鼎鼎的父亲联系起来。面对冷酷无情的一张张退稿笺，小仲马没有沮丧，仍在不露声色地坚持创作自己的作品。他的长篇小说《茶花女》寄出后，终于以其绝妙的构思和精彩的文笔震撼了一位资深编辑。这位知名编辑曾和大仲马有着多年的书信来往。他看到寄稿人的地址同大作家大仲马的丝毫不差，怀疑是大仲马另取的笔名。但作品的风格却和大仲马的迥然不同。带着这种兴奋和疑问，他迫不及待地乘车造访大仲马。令他大吃一惊的是，《茶花女》这部作品，作者竟是大仲马名不经传的年轻儿子小仲马。"您为何不在稿子上签您的真实姓名呢？"老编辑疑惑地问小仲马。小仲马说："我只想拥有真实的高度。"

小仲马的《茶花女》是根据自己的爱情经历写出来的，出版后，法国文坛书评家一致认为这部作品的价值大大超越了大仲马的代表作《基督山恩仇记》，小仲马一时声誉鹊起。

大仲马最得意的一句话就是：我最得意的作品就是"小仲马"。

霍夫曼的代表作是什么？

恩·台·阿·霍夫曼（1776—1823年），复杂和有争议的作家。歌德、黑格尔、司各特对他没有好感，而赫尔岑、别林斯基、海涅和巴尔扎克对他推崇备至。墓志铭："作为法律家、诗人、音乐家和画家，他均是卓越的。"他生于一个律师家庭，大学学习法律，毕业后到柏林当法官。1806年因拒绝效忠法国占领军而被革职，此后当过乐队指挥、家庭教师、导演、画师等以谋生。1816年任柏林高等法院顾问。晚年脊椎结核导致全身瘫痪，47岁去世。

他的作品具有奇异和荒诞的色彩。主题上，写人的生活受到一种阴暗的、幽灵般的力量的支配，无法主宰自己的行动，对社会进行批判，别具一格的讽刺。艺术上，幻想和现实相交织的手法，深刻的心理描绘，丰富的想象力。为20世纪现代派开启先河。影响超出德国，如果戈理、陀思妥耶夫斯基、波德莱尔、爱伦.坡等都受到其影响。

《金罐》，艺术家的遭遇，心地善良的大学生，穷大学生安泽穆斯，心地单纯，总受命运的捉弄，新外套上肯定要被弄上油迹、被钉子刮破；每次向女士打招呼，不是把帽子甩得远远的，就是在光滑的地板上失足跌倒，大出洋相；每当他在昏暗的地方唉声叹气，就会被人当成醉汉和疯子；连手里的奶油面包掉在地上时，总是有奶油的那面着地。可是，他没有向作弄他的现实低头，作为浪漫主义梦想者，他徘徊于丑恶的现实和梦境的王国之间。在市侩世界和艺术王国之间，他选择了后者，历经磨难，终于娶了心上人——蛇变成的姑娘，获得了心上人的陪嫁——金罐。

《公猫摩尔》，会写作的猫，是德国市侩的典型，写它对生活的感受。《斯居德丽小姐》，德国第一篇文学性的侦探小说，写巴黎一个首饰名匠杀死顾客、偷回已经出售的首饰，献给歌唱家斯居德丽小姐，悬念与心理。代表作《小查克斯》写一个侏儒靠着仙女的三根火红的头发，获得了神奇的魔力，他使公国变成了一个大疯人院，一切都颠倒了，他成了美男子、哲人圣贤，平步青云，成了国王的宠臣。正在婚礼进行时，一个小文官烧掉了那三根头发，魔力解除，他在众人的追打中跌进粪坑淹死了。对后世影响深远。

"湖畔派三诗人"分别指的是谁？

湖畔派诗人是英国早期浪漫主义的代表。指居住在英国北部昆布兰湖区的三诗人华兹华斯、柯勒律治、骚塞结成的诗歌流派。由于他们三人曾一同隐居于英国西北部的昆布兰湖区，先后在格拉斯米尔和文德美尔两个湖畔居住，以诗赞美湖光山色，所以有"湖畔派诗人"之称。

代表诗人有：华兹华斯（1770—1850年），英国诗人。1770年4月7日生于北部昆布兰郡科克茅斯的一个律师之家，1850年4月23日卒于里多蒙特。1797年同诗人柯尔律治相识，翌年两人共同出版《抒情歌谣集》。1798—1799年间与柯尔律治一同到德国游历，在那里创作了《采干果》、《露斯》和组诗《露西》，并开始创作自传体长诗《序曲》。1802年与玛丽·哈钦森结婚。此时开始关注人类精神在与大自然交流中得到的升华，并且发现这一主题与传统的宗教观实际上并行不悖，因此重新皈依宗教。同时，在政治上日渐保守。华兹华斯诗歌创作的黄金时期在1797—1807年。随着声誉逐渐上升，他的创作逐渐走向衰退。到了1830年，他的成就已得到普遍承认，1843年被封为英国桂冠诗人。由于他与柯尔律治等诗人常居住在英国西北部多山的湖区，1807年10月的《爱丁堡评论》杂志称他们是湖畔派诗人。

罗伯特·骚塞是"湖畔派"三诗人中才气较差的一位。他生于布利斯托一个布商家庭，青年时代思想激进，饱读伏尔泰、卢梭的著作，在威斯敏斯特学校学习时曾因撰文反对校方体罚学生而被开除学籍。进牛津大学后，他更醉心法国大革命，写史诗《圣女贞德》歌颂革命，后来还与柯尔律治计划在美洲的森林里建立乌托邦社会。

"恶魔派"有哪些代表作家？

英国浪漫主义运动的开端，是以华兹华斯和柯勒律治在1798年出版的《抒情歌谣集》为标志的。华兹华斯于1800年在诗集再版时撰写的《序言》，成为英国浪漫主义向古典主义宣战的一篇艺术纲领。由于他们对古典主义传统法则的反抗，宣扬浪漫主义的艺术方法，故又将湖畔派诗人称为"浪漫派的反抗"。

湖畔派诗人起初都同情法国革命，随着革命的深入，由害怕革命而退却，进而逃避现实，迷恋过去，美化中世纪的宗法制，幻想从古老的封建社会中去寻找精神的安慰与寄托。骚塞和华兹华斯曾先后被敕封为桂冠诗人，其中骚塞甚至公开与青年诗人拜伦、雪莱为敌。

当湖畔派诗人的消极倾向日益明显的时候，青年诗人拜伦、雪莱开始登上文坛，向湖畔派诗人展开论争。拜伦在1809年完成的讽刺长诗《英格兰诗人和苏格兰评论家》中，不仅回答了消极浪漫主义者操纵的刊物《爱丁堡评论》对拜伦诗作的攻击，而且还严厉地谴责了湖畔派诗人的消极倾向。由于他们敢于向湖畔派诗人作斗争，因而被英国绅士们斥之为撒旦（恶魔），所以文学史上称拜伦、雪莱和济慈为"恶魔派"。

恶魔派诗人是英国浪漫主义诗人拜

伦和雪莱。由于拜伦对湖畔派诗人的保守立场做过批评，骚塞就称拜伦和雪莱是"恶魔派"。这个称号在英国文学史上被沿用，象征积极反抗现实的斗士。恶魔派和湖畔派不同，他们始终坚持民主自由理想，同情法国大革命，反对专制暴政，支持受压迫民族的解放斗争，他们肯定文学的社会作用和教育意义，写出了充满革命激情的诗篇，丰富了诗歌形式和格律。

一般说，湖畔派诗人代表消极浪漫主义倾向，恶魔派代表积极浪漫主义精神。虽然湖畔派诗人在与古典主义的斗争中有过贡献，在诗歌的艺术上有较深的造诣，但其历史地位远不及恶魔派重要。

谁是欧洲历史小说的创始人？

瓦尔特·司各特（1771—1832年）是一个英国著名的历史小说家和诗人。他生于苏格兰的爱丁堡市，父亲是位律师。司各特毕业于爱丁堡大学，当过律师，担任过副郡长、高等民事法庭书记官等职。

司各特的创作对欧洲历史小说起了开创作用，被尊为历史小说的创始人，被称为"历史小说之父"。英国的狄更斯、斯蒂文森，法国的雨果、巴尔扎克、大仲马，俄国的普希金，意大利的曼佐尼，美国的库柏等著名作家都曾受到司各特的深刻影响。其中美国的库柏有"美国司各特"之称。

司各特的诗充满浪漫的冒险故事，深受读者欢迎。但当时拜伦的诗才遮蔽了司各特的才华，司各特转向小说创作，从而首创英国历史小说，为英国文学提供了三十多部历史小说巨著。最早的一部历史小说《威佛利》1813年出版，其取材于苏格兰。司各特关于英格兰历史小说有脍炙人口的《艾凡赫》（《撒克逊劫后英雄传》）等，关于欧洲史的小说有《昆丁·达威尔特》及《十字军英雄记》等。司各特的小说情节浪漫复杂，语言流畅生动。后世许多优秀作家都曾深受他的影响。

从1814年到1832年司各特去世为止，他一共创作了二十余部历史小说，其中最为脍炙人口的有以苏格兰历史为背景的《中洛辛郡的心脏》、《修墓老人》、《红酋罗伯》，以英格兰历史为背景的《艾凡赫》和以法国历史为背景的《惊婚记》。

《艾凡赫》是司各特历史小说的代表作之一。小说描写"狮心王"理查东征时失踪，其弟约翰趁机夺位摄政。撒克逊贵族塞得利克打算联合本族人恢复王朝。与此同时，理查秘密回国，他得到一些诺曼人和塞得利克之子艾凡赫及绿林好汉罗宾汉等撒克逊人的帮助，终于战胜约翰，重登王位，肃清叛逆。塞得利克等人也认清了形势，决定和诺曼统治者合作。作品反映了12世纪英国"狮心王"理查时代益格鲁·撒克逊人和征服英国的诺曼人之间的民族矛盾，以及统治阶层和劳苦人民的阶级矛盾，刻画出贵族的骄奢和人民的苦难。这部小说浪漫主义气息浓郁，富有时代气息和地方色彩，语言古雅，人物形象丰满。

《惊婚记》也是司各特历史小说的代表作之一。以15世纪法国国王路易十一反对封建割据势力的斗争为历史背景。小说主人公是一个初到法国宫廷充任国王贴身卫士的苏格兰青年昆丁·达威特。喜爱冒险的青年读者一定会被昆丁在法国遇到的种种惊险的遭遇吸引住。故事的主要情节是：昆丁爱上了一位为逃婚到法王宫廷避难的贵族少女，国王和少女的保护人勃艮第公爵为夺取对少女财产的控制权进行了种种明争暗斗；昆丁也卷进了这场斗争，但他终于靠自己的勇气和智慧避开了国王设下的一道道陷阱，救出了少女，并且获得了她的爱情。

英年早逝的伟大的英国诗人是谁？

济慈是英国文学史上的一个遗憾，文学成就卓越，只是不幸的是英年早逝。济慈出生于18世纪末年的伦敦，他是杰出的英诗作家之一，也是浪漫派的主要成员。父亲是马厩的雇工领班。自幼喜爱文学，由于家境窘困，不满16岁就离校学医。其父母在其青少年时期便相继去世，虽然与兄弟和姐姐相互支持，但过早失去父母

的悲伤始终影响着他。在埃菲尔德学校，济慈接受了传统正规的教育，在阅读和写作方面，济慈受到了师长克拉克的鼓励。年轻的济慈非常钟爱维吉尔，14岁时，他将维吉尔的长诗《艾涅阿斯纪》翻译成英语。1810年，济慈被送去当药剂师的学徒。5年后济慈考入伦敦的一所医学院，但没有一年，济慈便放弃了从医的志愿，而专心于写作诗歌。

济慈很早就尝试写作诗歌，他早期的作品多是一些仿作，1817年，济慈的第一本诗集出版。这本诗集受到了一些好的评论，但也有一些极为苛刻的攻击性评论刊登在当时很有影响力的一本杂志上。济慈没有被吓倒，他在来年的春天复印了新诗集《安迪密恩》。

1818年夏天，济慈前往英格兰北部和苏格兰旅行，途中得到消息说他的兄弟汤姆得了严重的肺结核，济慈即刻赶回家照顾汤姆。这一年年底，汤姆死了，济慈搬到一个朋友在汉普斯泰德的房子去住。现在人们已将那所房子认为济慈之家。在那里，济慈遇见并深深的爱上了一位年轻的女邻居——芬妮·布朗。在接下来的几年中，疾病与经济上的问题一直困扰着济慈，但他却令人惊讶地写出了大量的优秀作品，其中包括《圣艾格尼丝之夜》、《秋颂》《夜莺颂》和《致秋天》等名作，表现出诗人对大自然的强烈感受和热爱，赢得巨大声誉。1820年3月，济慈第

一次咳血，之后不久，因为迅速恶化的肺结核，1821年2月23日，济慈于去意大利疗养的途中逝世。去世的时候，只有年轻而忠诚的朋友画家塞文陪伴着他。

济慈创作的第一首诗是《仿斯宾塞》，接着又写了许多优秀的十四行诗，他的这些早期诗作收集在1817年3月出版的第一本《诗歌》中。次年，他根据古希腊一个美丽神话写成的《安狄米恩》问世，全诗想象丰富，色彩绚丽，洋溢着对自由的渴望，表现了反古典主义的进步倾向。

1818年到1820年，是济慈诗歌创作的鼎盛时期，他先后完成了《伊莎贝拉》、《圣亚尼节前夜》、《许佩里恩》等著名长诗，最脍炙人口的《夜莺颂》、《希腊古瓮颂》、《秋颂》等名篇也是在这一时期内写成的。

济慈诗才横溢，与雪莱、拜伦齐名。他年仅25岁，可是他遗下的诗篇一直誉满人间，被认为完美地体现了西方浪漫主义诗歌的特色，并被推崇为欧洲浪漫主义运动的杰出代表。

白朗宁夫妇的主要文学作品有哪些？

罗伯特·白朗宁（1812—1889年）：生活富裕，34岁时娶女诗人伊丽莎白·巴雷特，移居意大利15年。代表作《指环与书》，无韵体叙事诗，两万余行，诗名大振，知识界有"白朗宁学会"，经常聚会听他朗诵。他的诗歌突破传统的题材范围。用形象表现哲理。喜欢用独特的譬喻。继承了17世纪英国玄学派诗人的一些风格，多数诗歌艰涩难懂。对20世纪的庞德等人有很大影响。

伊莉莎白·白朗宁（1806—1861年）：出生于富裕的资产阶级家庭里，8岁开始写诗，13岁就创作了咏叹马拉松战役的史诗，不幸的是15岁时坠马受伤以至瘫痪。她在静养中博览群书，从事诗歌创作。26岁以诗集《天使及其他诗歌》成名。1844年，她的两卷本诗集问世。次年，罗伯特慕名来访，39岁的女诗人经过思想斗争，终于接受了求婚，在爱情的力量下，她居然能下地走动了。因为父亲反对，二人秘密结婚，1846年出走意大利，定居于佛罗伦萨，三年后生下一个儿子。《葡萄牙十四行诗集》（1850年）是她赠给丈夫的爱情诗，她才华横溢。

为什么说雨果是法国最伟大的文学家？

维克多·雨果（1802—1885年）是法国浪漫主义文学运动的领袖，法国文学史上的重要诗人、戏剧家和小说家。他经历了拿破仑时代、波旁王朝复辟时期、第二帝国和第三共和国时代，文学生涯长达60年之久，在各个文学领域都有重大建树。他的创作反映了19世纪法国的重大历史进程和文学进程。

1802年2月26日，雨果生于贝尚松城。12岁开始写诗，15岁受到法兰西学士院的褒奖，被名重一时的夏多布里昂称为"神童"。1818至1825年，他因写歌颂正统王朝和天主教的诗歌多次获得国王的奖励。20年代前期，雨果的诗歌和小说创作表现出了保皇主义倾向，艺术上欠成熟。

1827年，雨果政治上转向自由主义。就在这一年他发表了剧本《克伦威尔》及其序言，剧本因不符合舞台艺术要求而未能演出，但序言却成了文学史上划时代的文献，被认为是浪漫主义文学的宣言，雨果也因此成为法国浪漫主义文学运动的领袖。在序言中，雨果认为，在新的时代，文学必须摆脱古典主义的束缚。他提出了新的美学原则：对照。他认为："丑在美的旁边，畸形靠近着优美，丑怪藏在崇高背后，美与恶并存，光明与黑暗相共。"这个对照原则一直指导着雨果的文学创作。

1830年3月25日，雨果创作的完全打破古典主义戏剧惯例的《欧那尼》正式上演，引发了浪漫派和古典主义派之间的决战。《欧那尼》的上演成功，标志着浪漫主义大获全胜。1831年，雨果发表了浪漫主义文学的典范小说《巴黎圣母院》，奏响了反对封建王朝，歌颂7月革命的凯歌。

三四十年代，雨果主要从事诗歌和戏剧创作。他发表了5部诗集：赞美希腊人民民族解放斗争的《东方集》（1829年）、抒写家庭和个人生活的《秋叶集》（1831年）、抒发忧郁情怀憧憬未来希望的《晨夕集》（1835年）、回忆家庭生活描绘自然美景的《心声集》（1837年）和记录了诗人和朱丽叶爱情的《光与影集》（1840年）。诗集中大多为抒情诗。雨果还创作了6部戏剧：描写法国文艺复兴时期的国王弗朗索瓦一世轶事的《国王取乐》（1832年）、表现一个女下毒犯故事的《吕克莱斯·波基娅》（1833年）、描写16世纪英国女王爱情纠葛的《玛丽·都铎》（1833年）、描绘16世纪意大利贵族复杂情感的《安日落》（1835年）、揭露宫廷罪恶的《吕依·布拉斯》（1838）和《城堡卫戍官》（1843年）。尽管最后一部戏剧是失败的剧作，但是雨果毕竟是法国浪漫主义戏剧的开创者之一，其功不可没。

1841年，雨果被选入法兰西学士院。1845年，他成为贵族院议员。在政治上，他是资产阶级自由派，但不是共和派，一直幻想敌对阶级的和解。1848年的革命对雨果的思想影响甚大，使他成为一个坚定的共和主义者。当路易·波拿巴于1851年12月发动政变时，雨果参加了共和党人组织的反政变起

义。拿破仑三世的无情镇压，迫使雨果流亡国外19年。1859年，雨果轻蔑地拒绝拿破仑三世的大赦，直至1870年，第二帝国覆灭，第三共和国成立后的第2天，他才返回祖国。

流亡期间，雨果创作了批判拿破仑三世的政论小册子《小拿破仑》（1852年）、揭露政变过程的文章《一件罪行的始末》（1877年才发表）、政治讽刺诗集《惩罚集》（1853年）、总结和回顾自己一生的《静观集》（1856年）等优秀诗作。雨果在晚年还发表了表现爱国主义激情和人道主义精神的《凶年集》（1872年）。1883年，雨果的诗集《历代传说》（1859—1883年）问世，这部诗集被认为是法国诗歌和世界文学中最丰富最完美的抒情史诗之一。雨果开拓了法国诗歌的表现领域，丰富了诗歌的表现功能。他的诗歌无论长短都风格豪放，激情洋溢。他丰富的想象力、丰富多彩的语言、独具匠心的修辞手法在对照原则的运用中，显得格外突出，并共同构成了其诗歌无法抗拒的魅力。

流亡时期还是雨果小说创作的丰收期，他写出了浪漫主义的长篇杰作《悲惨世界》（1862年）、《海上劳工》（1866年）、《笑面人》（1869年）和《九三年》（1872年）。《悲惨世界》以社会底层受苦受难的穷人为对象，描绘了一幅悲惨世界的图景。《海上劳工》中的青年渔民吉里亚特为了爱情战胜海上风暴，谱写了一曲人与自然斗争的凯歌。《笑面人》描写了17、18世纪之交英国宫廷内的斗争和尖锐的社会矛盾。小说通过英国国王詹姆士二世将政敌两岁的儿子卖给儿童贩子，孩子被毁容后成了笑脸小丑、流浪民间的故事，揭露了英国统治阶级的残暴和人民群众的苦难。《九三年》是作者的最后一部小说，它反映了法国大革命斗争最激烈的年代风云变幻的风貌，写出了革命与反革命之间斗争的残酷性。

雨果精力旺盛，才思过人，在文学领域成果累累，著作等身。他也是一个享有极高声誉的社会活动家和人道主义者。他一直致力于为受压迫的人民和民族鸣不平，以及反对暴政的活动与斗争。传奇般的经历和深厚的人道主义思想使他的形象更加高大。1881年2月26日，有60万仰慕者走过他的寓所窗前，祝贺他80寿辰。1885年5月22日，雨果病逝。6月1日，法国政府为他举行国葬，200万人参加了葬礼。

《巴黎圣母院》是怎样体现当时的社会弊端的？

《巴黎圣母院》（1831年）以其紧张非凡的故事情节、色彩浓烈的社会背景描写、对照鲜明夸张的人物形象，而成为浪漫主义小说的著名代表作。

小说以15世纪路易十一统治下的

巴黎为背景，在情调奇特、色彩鲜明的中世纪宗教场景中展开情节，演绎了一个悲惨可怕、震撼人心的故事。狂热的人群在巴黎圣母院前欢度愚人节，选出了最丑的愚人王——巴黎圣母院的敲钟人喀西莫多。美丽的吉卜赛少女爱斯美拉达带着一头会耍杂技的小羊在广场上卖艺。圣母院教堂的副主教克罗德·弗洛罗被少女的美丽所吸引，指使喀西莫多夜间在街头劫持姑娘。爱斯美拉达被国王的弓箭队长弗比斯救出，她从此爱上了这个轻薄的军官。克罗德跟踪爱斯美拉达和弗比斯，在他们幽会时刺伤了弗比斯，并嫁祸于姑娘，姑娘因此被判死刑。行刑之日，对爱斯美拉达充满爱慕之情的喀西莫多从教堂前的法场上把姑娘救了出来，将她安置在不受法律管辖的圣母院里。教会掀起了宗教狂热，吉卜赛少女被视为女巫，法院决定不顾圣地避难权要逮捕姑娘。巴黎下层社会乞丐王国的乞丐、流浪人闻讯攻打圣母院，要救出自己的姐妹。混战之际，克罗德把爱斯美拉达劫出圣母院，逼她屈从于自己。他在遭到拒绝后把姑娘交付给追捕的官兵，在圣母院楼上看着姑娘被绞死。绝望的喀西莫多在愤怒中把从小养大他的克罗德推下顶楼活活摔死，他自己也到公墓找到了爱斯美拉达的尸体，自尽在她的身边。

雨果通过小说向读者展现了一个他所理解的世界。这个世界分为世俗的和圣灵的两个层面。世俗的层面由两个对立的群体构成：教会及神职人员、王室、司法界、总督组成的权力集团和流浪诗人、乞丐、市民等组成的新生市民集团。权力集团虽然居统治地位，但已经腐朽，是衰亡的群体，其精英人物是克罗德。克罗德出身贵族，从小接受神学教育，是居于神学、经学和教育学知识顶峰的学者。他身为圣母院教堂副主教，居高临下，自觉是掌握人们灵魂的人。当他在科学领域挖掘探索中，发现已经走到最顶端，却依然无法认识和解释世界。

小说的两个主要人物：极美的爱斯美拉达和极丑的喀西莫多。两人都是弃婴，一个被吉普赛人收养，在大自然中长大；一个被克罗德收养，在圣母院长大。他们身上都有一种奇异的力量，喀西莫多的丑震惊了愚人节，使狂欢的人群瞬间鸦雀无声；爱斯美拉达的美颠覆了克罗德的所有神学理念，唤醒了没有人间情感的副主教的人性欲望。他们都是低贱者，深受重重压迫。喀西莫多爱恋着爱斯美拉达，冒着生命危险抢救姑娘，在圣母院里精心呵护她，并且为了她把自己的养父扔下门楼摔死。因爱斯美拉达恐惧喀西莫多的丑，使喀西莫多生前得不到姑娘的爱，他自杀在姑娘的尸体旁。多年以后，人们发现了他们相

偎在一起的尸骨，被风吹化成了灰烬。他们死后在圣灵界终成眷属。作者通过这两个形象，表达了对下层人民悲惨遭遇的同情，歌颂了劳苦大众善良的美德。雨果把权力世界描绘为恶的根源，在市民世界里展现了善恶并存的现实生活局面，将圣灵层面刻画成至善至美的世界。喀西莫多外表极丑，心灵却极善，是雨果创造的特有的丑美典型，爱斯美拉达则内外都美，是至美至善集中的化身。作者通过他们形象地展现了自己的善恶对立、善最终战胜恶的理想。

他在小说里以浓烈的浪漫主义笔调，出色地描绘了巴黎的图景和中世纪阴暗生活的风貌：高大的哥特式的建筑、喧嚣的海洋、纵横交错的街道、街头广场上的刑场绞架、阴森的巴士底狱、流浪人居住的神秘场所等等，把读者带进了一个充满绚丽色彩和奇特声响的世界。作者对圣母院的建筑进行了细致入微的描绘，将它塑造成一个肃穆庄严、壮丽而又神秘的存在物，俯视和见证了历代的生活和眼前的悲剧。

小说的情节也具有典型的浪漫主义特征，处处表现出了巧合、夸张和怪诞。例如喀西莫多一人可以抵抗众人对圣母院的进攻，爱斯美拉达母女在绞刑架下重逢，喀西莫多和爱斯美拉达的尸骨见风就化为灰烬，这些全是作家奇特想象的产物。

雨果在小说中通过对王室及司法界与乞丐王国、圣母院与世俗社会、克罗德迷人的外表与丑恶的内心、爱斯美拉达的善良美丽与克罗德的阴险丑陋等一组组鲜明的场景、意象、人物的对比描绘，集中体现了自己的对照艺术原则。特别是喀西莫多这个丑美形象的塑造，给文学人物画廊增添了一个崭新的典型。

"美国文学之父"的毕生贡献是什么？

华盛顿·欧文是美国著名作家，被称为"美国文学之父"。他于1783年4月3日出生在纽约一个富商家庭。欧文从少年时代起就喜爱阅读英国作家司各特、拜伦和彭斯等人的作品。中学毕业后，他遵从父命在律师事务所学习法律，但他的志趣却在文学方面。

1802年，19岁的欧文在《早晨纪事报》上发表了几篇书信体散文，崭露头角。后来他因病赴欧洲休养，游历了法国、英国和意大利，写了大量旅途笔记，为以后的创作积累了丰富的素材。1809年，他的第一部作品《纽约外史》以"迪德里希·尼克博克"的笔名出版。这是一部具有独特风格的诙谐之作，充分显露出欧文的幽默才能。《纽约外史》出版后，欧文便成为纽约文坛风靡一时的人物。在这之前，美国虽然获得独立已有三十余年，但在文学方面却始终未能摆脱英国的束缚，创作出足以代表这个新兴资产阶级共和国的作品来。欧文运用本国题材写出的《纽约外史》这部具有民族特色的作品，对于促进美国民族文学的发展有着重要的意义。

1815年，欧文再度赴英。他游遍英国的名胜古迹，怀着对英国古老文明的仰慕和对从前资本主义社会的向往，写出了著名的《见闻札记》和风格类似的《布雷斯勃列奇田庄》。《见闻札记》是欧文的代表作，包括小说、散文、杂感等32篇，以幽默风趣的笔调和富于幻想的浪漫色彩，描写了英国和美国古老的风俗习惯以及善良淳朴的旧式人物。这部作品在英国出版后，受到欧美文学界的高度重视，奠定了欧文在美国文学史上的地位。

1826年，欧文到西班牙搜集了许多有关哥伦布的珍贵资料，游历了格拉纳达的名胜，并在阿尔罕伯拉宫逗留了将近三个月。这一切激起了他对研究西班牙历史的兴趣。1929年前后，他写了三部有关西班牙的著作：《哥伦市传》、《攻克格拉纳达》和《阿尔罕伯拉》。在这些作品中，欧文以讲故事的形式，揭露了统治阶级的骄奢淫逸，歌颂了摩尔人为追求自由幸福而进行的斗争。

写了《阿尔罕伯拉》之后，欧文的创作热情便衰退了。1832年，他回到了阔别17年的祖国。他的晚年，除了当过几年美国驻西班牙公使外，绝大部分是在家乡度过的。1859年11月28日，欧文与世长辞。美国人民为了怀念这位在文学方面做出突出贡献的作家，在纽约下半旗致哀，而欧文的许多优秀作品则被人们传诵至今，成为珍贵的文学遗产。他本人更被尊为"美国文学之父"。

谁称得上是美国19世纪影响最大的浪漫主义小说家？

纳撒尼尔·霍桑是19世纪美国小说家，对美国浪漫主义有着很大的影响。其代表作品《红字》（1850年）已成为世界文学的经典之一。

霍桑出生于美国马萨诸塞州塞勒姆镇。他的祖辈为著名的1692年塞勒姆驱巫案的三名法官之一。父亲是个船长，在霍桑4岁的时候死于海上，霍桑在母亲抚养下长大。1821年霍桑在亲戚资助下进入缅因州的博多因学院，在学校中他与朗费罗与富兰克林·皮尔斯成为好友。1824年大学毕业，霍桑回到故乡，开始写作。完成一些短篇故事之后，他开始尝试把自己在博多因学院的经验写成小说，这就是长篇小说《范肖》，于1828年不署名发表，但是没有引起注意。霍桑将没有卖出去的小说全部付之一炬。

1836年霍桑在海关任职。1837年他出版了两卷本短篇小说集《重讲一遍的

故事》，开始正式署上自己的名字。其中《教长的黑纱》（1836年）一篇最为人称道。1841年霍桑曾参加超验主义者创办的布鲁克农场。1842年7月9日他结婚，婚姻非常美满。两人到马萨诸塞州的康科德村老牧师住宅居住三年，期间霍桑完成短篇小说集《古宅青苔》。其中的短篇小说《小伙子布朗》、《拉伯西尼医生的女儿》很受欢迎。

1846年霍桑又到海关任职。他从奥尔科特那里买下了康科德的一座叫做路侧居的古老住宅，并住在那里。他的邻居是作家爱默生、梭罗等人。1848年由于政见与当局不同，失去海关的职务，便致力于创作活动，写出了他最重要的长篇小说《红字》（1850年）。当年霍桑在野餐中偶然遇到了居住在附近的麦尔维尔并成为好友。麦尔维尔对霍桑的《古宅青苔》很是赞扬，并且在给霍桑的信里提到了自己的小说《白鲸》的写作。爱伦坡也对《重讲一遍的故事》和《古宅青苔》非常感兴趣，写了很多评论。

霍桑对美国文学的发展做出了很大的贡献。他对亨利·詹姆斯、福克纳及马拉默德等后代作家的影响是显而易见的。霍桑的作品想象丰富、结构严谨。他除了进行心理分析与描写外，还运用了象征主义手法。他的构思精巧的意象，增添了作品的浪漫色彩，加深了寓意。但他的作品中也不乏神秘晦涩之处。

哪一位是西方侦探小说的鼻祖？

19世纪初期，资本主义制度已经确立，资产阶级民主日益发展，政教分离，警察体制逐步建立，这是侦探小说产生的社会基础。

侦探小说从19世纪中期开始发展。美国作家埃德加·爱伦·坡被认为是西方侦探小说的鼻祖。他在《莫格街谋杀案》（1841年）、《马里·罗盖特的秘密》（1842年）、《金甲虫》和《被窃的信件》（1844年）这4篇著名的侦探小说里，塑造了第一个业余侦探杜宾的形象。杜宾通过观察和推理破案，成了后来侦探小说中侦探形象的模型。爱伦·坡共写了7篇侦探小说，虽然只是他的著作的一小部分，但却首创了侦探小说的模式，对侦探小说的发展产生了重大影响。

虽然爱伦·坡奠定了很好的基础，但在美国，直到几十年后安娜·凯瑟琳·格林（1846—1935年）发表《利文沃兹案》（1878）出后，侦探小说才开始流行。《利文沃兹案》被认为是第一部由妇女写的侦探小说。

欧洲的情况大不相同。法国人很快意识到侦探小说有可能广泛流行。1863年，埃米尔·加博里奥（1835—1873年）发表了他的第一篇侦探小说《血案》，塑造了警察侦探勒考克先生的形象。勒考克是一个小人物，一个改邪归正的罪犯。故事虽然耸人听闻，但对警察和法国法律制度的描写却颇为真实。加博里奥的作品在法国国内外都非常流行，他对侦探小说在法国的发展和流行起了很大的促进作用。在他之后，相继出现了不少侦探小说作家。

在英国，侦探小说赢得了广泛的读者。威尔基·科林斯（1824—1889年）继《白衣女人》（1859—1860年）成功之后，1868年发表了《月亮宝石》，以其曲折动人的情节和深刻的人物描写，被认为是第一部真正的长篇侦探小说。科林斯的朋友查尔斯·狄更斯也涉足这一领域，他未完成的《艾德温·德鲁德之谜》就是一部侦探小说。广泛流行历久不衰。具有世界影响的侦探小说当属英国柯南·道尔的《福尔摩斯探案》。柯南·道尔在《血字的研究》（1887年）里，第一次塑造了福尔摩斯这个颖悟无比的业余侦探形象。此后，他在《四签名》（1889年）、《巴斯克维尔的猎犬》（1902年）、《恐怖谷》（1915年）和许多短篇小说里，全部以福尔摩斯为主角，以华生作陪衬，解决了各种疑难的罪案。福尔摩斯成了一个比他的作者更著名的世界性文学人物。

斯托夫人是怎样成名的？

哈丽叶特·比切·斯托夫人（1811年6月14日—1896年7月1日），著名小说《汤姆叔叔的小屋》的作者，1811年6月14日出生于北美一个著名的牧师家庭，

1896年去世。

南北战争，即黑奴解放战争，是在19世纪60年代进行的。但从19世纪20年代起，废奴制问题就成为美国进步舆论的中心议题。当时许多著名的美国作家都站在废奴的一边，为解放黑奴而呼吁。斯托夫人便是这批废奴作家中最杰出的一位。

1850年，她随丈夫迁至缅因州，那里关于反奴隶制的讨论使她无比激动，于是利用空闲时间写出了《汤姆叔叔的小屋》（1852年）。小说引起强烈反响，使她一举成名。为了反驳保守势力的攻击，1853年她发表了《〈汤姆叔叔的小屋〉题解》，引用法律、法院档案、报纸和私人信件等大量材料证明她的小说所揭露的事实。她的其他主要著作有：《德雷德，阴暗的大沼地的故事》（1856年），《奥尔岛上的明珠》（1862年），《老镇上的人们》（1869年），《粉色和白色的暴政》（1871年），以及一些宗教诗，收入1867年出版的《宗教诗选》。她还写过一篇虚构的维护女权的论文《我妻子和我》（1871年），今天常常被女权主义者引用。斯托夫人晚年主要住在佛罗里达，在《棕榈叶》（1873年）一书中描写了她在那里的宁静生活。

《汤姆叔叔的小屋》既描写了不同表现和性格的黑奴，也描写了不同类型的奴隶主嘴脸。它着力刻画了接受奴隶主灌输的基督教精神、逆来顺受型的黑奴汤姆；

也塑造了不甘心让奴隶主决定自己生死的具有反抗精神的黑奴，如伊丽莎和她的丈夫乔治·哈里斯。同时，也揭示了各种类型的奴隶主的内心世界和奴隶主不完全相同的表现。这本书通过对汤姆和乔治·哈里斯夫妇这两种不同性格黑奴的描述，告诉读者：逆来顺受、听从奴隶主摆布的汤姆难逃死亡的命运，而敢于反抗敢于斗争的乔治夫妇得到了新生。因此，《汤姆叔叔的小屋》对社会发展起到了积极作用，特别是对美国废奴运动和美国内战中以林肯为代表的正义一方获得胜利，产生了巨大的作用。林肯总统在接见斯托夫人时，曾称她为"写了一部书，酿成一场大战的小妇人"。

哪位文学家把英国浪漫主义文学推向了高峰？

乔治·戈登·拜伦（1788—1824年）是英国伟大的浪漫主义诗人。1807年，拜伦出版处女诗集《散懒的时刻》，遭到《爱丁堡评论》杂志匿名书评的粗暴攻击和挖苦。拜伦随后发表长篇讽刺诗《英国诗人和苏格兰评论家》进行回击。这是英国文学思想史上的一件大事。诗人以评论家的身份对自己所遭恶评给予反击，并对英国文学界各派力量作了评论。

忧郁、悲观和绝望的情绪笼罩了诗人这一时期的创作。自传体的长诗《梦》和描写太阳熄灭人类逐渐死亡景象的《黑暗》，是诗人最阴郁的作品。这种"世界悲哀"的主题既是诗人自身不公正遭遇的反映，也是法国波旁王朝复辟后欧洲革命处于低潮的时代氛围在诗人心灵上的折光。然而拜伦并未由此减弱讴歌自由的斗志。他在《普罗米修斯》（1816年）中赞美了普罗米修斯敢于抗拒一切邪恶势力不屈不挠的伟大精神；在《勒德派之歌》（1816年）里号召工人们拿起利剑反抗暴君。他的叙事长诗《锡隆的囚徒》（1816年）讴歌为自由而献身的历史英雄，在被诗人称为哲理剧的《曼弗雷德》（1816—1817年）中，悲观与反叛意识都达到了顶峰。孤独的英雄曼弗雷德只寻求"忘却"和死亡，轻视人民而不与人来往，最终走向毁灭的下场。拜伦对现实的不满发展成为彻底的否定和怀疑。

1816年10月到1823年夏，拜伦旅居意大利，积极参与意大利人民反抗奥地利统治的革命运动。他参加了有名的烧炭党秘密组织，投身于火热的斗争，其创作也进入了最灿烂的时期。他完成了《恰尔德·哈罗尔德游记》的后两章，写出了激励意大利人民斗争的长诗《塔索的悲哀》（1817年）、《威尼斯颂》（1819年）、《但丁的预言》（1821）年。在被他称为神秘剧的《该隐》（1821年）里，他把本是人神共诛的谋杀者该隐塑造成反抗上帝权威的顶天立地的好汉，一个叱咤风云的拜伦式英雄。讽刺诗《审判的幻景》

（1822年）、《爱尔兰的化身》（1822年）和《青铜时代》（1822—1823年）对英国的君主、君主制及其御用文人、神圣同盟的各国统治者进行了尖刻辛辣的嘲讽。未完成的长篇叙事诗《唐璜》是拜伦最后也是最优秀的一部诗作。

《唐璜》具有哪些艺术成就？

《唐璜》（1818—1823年）是一部未完成的长篇叙事诗，共16000余行，分为16歌，是拜伦最后也是最优秀的诗作。它以唐璜的游踪及其数次爱情历险为主要线索，展现了欧洲社会的广阔图景，涉及人类生活中的许多现象，是一部思想容量丰厚、艺术风格独特的大型讽刺性巨著。

唐璜本是14世纪西班牙民间传说中的色鬼、恶棍，常常再现于西方作家的作品之中，如莫里哀的散文剧《唐璜》和普希金的悲剧《石客》。拜伦在18世纪末19世纪初的欧洲历史背景上重新塑造唐璜。长诗的同名主人公是一个天真、热情、善良的贵族青年，很少哈罗尔德的忧郁孤独，亦无曼弗雷德的愤世嫉俗，更见不到该隐那种叱咤风云的叛逆反抗，他的性格特征随着种种历险经历而深化复杂。

首先，通过主人公的冒险足迹，描写了海盗称霸的希腊岛屿、奴隶市场、土耳其苏丹后宫、俄罗斯宫廷和英国上流社会，刻画了威严的女皇、淫威的皇后、谄媚的朝臣、骄奢专横的将军、腐化堕落的王公贵族……他们一半是权威，一半是淫荡，制造了无数人间惨状：民族被奴役被侵略，战场上血腥的屠杀，奴隶市场上人像牲畜一样被买卖。诗人揭示出封建专制的暴虐和社会道德的虚伪，谴责了"神圣同盟"的侵略暴行，表达了自己对专制制度的憎恶。

其次，揭露和讽刺了诗人最为熟悉的英国社会的各个方面。大英帝国凭借雄厚的资本屠杀恫吓世界，充当镇压革命扼杀自由的国际宪兵。政府压迫盘剥国民，政治家撒谎，无形文人变节。贵族男女心灵空虚，沉溺声色犬马。男人喝酒、赌钱、嫖妓，女人花枝招展，打情骂俏。夫妇同床异梦，23岁的贵族少妇竟然背着50岁的荒唐丈夫勾引16岁的男孩。

再次，长诗充满着对正义事物的爱，对失去自由的人的同情和对被压迫者的战斗号召。拜伦十分同情被压迫被奴役的民族和人民，他热情地激励希腊人民起来斗争，甚至号召顽石也起来反抗世上的暴君。他确信未来世界是自由的世界：人民将是自由的，一切王座与君主，必将成为使未来子孙们感到可怕的、不可理解的陈迹。

长诗借外国民间传说中的人物，评议英国乃至欧洲的现实，批判压抑人身自由的暴政，抒发对正义自由的渴望，不愧为时代精神的精品，其作者无愧于时代歌者的称号。《唐璜》是一部浪漫主义的佳

作，强烈的主观抒情和浓郁的浪漫色彩构成了作品的最突出的艺术特征。拜伦鲜明的爱憎激情显现在长诗优美而略带忧伤的字里行间，无处不在，统贯全篇。

夹叙夹议是《唐璜》的另一重要特征。拜伦似乎常常按捺不住自己，在叙述中随时向他的主人公和读者大发议论，或评点国事和人物，或追思遐忆，或赞叹大自然的神奇。诗人的议论讽刺了现实时事，具有浓烈的现实主义成分；抒情性的议论则多是浪漫主义的感慨，直抒胸臆，美妙而感人。

诗作的语言风格多样，极富变化，把愤怒的揭露、辛辣的揶揄、尖刻的辩论、俏皮的嘲笑、热烈的抒情和哲学的沉思表现的恰到好处。拜伦的语言畅晓明白，具体简约。他大量采用口语词汇，但白而不俗，谑而不陋。整部长诗犹如一曲扣人心弦荡人魂魄的交响乐章。

谁是"俄国文学之父"？

亚历山大·谢尔盖耶维奇·普希金（1799—1837年）是俄罗斯文学史上第一位民族诗人、伟大作家。被誉为"俄罗斯文学之父"、"俄罗斯诗坛的太阳"。

普希金从学生时代就开始写诗，一生共写了800余首抒情诗，内容丰富，形式多样。青年时代，他为反拿破仑战争的爱国激情所鼓舞，并受到十二月党人的思想影响，写了不少反对暴政、呼唤自由、

向往革命的诗歌，如《自由颂》（1817年）、《致恰达耶夫》（1818年）、《童话》（1818年）、《乡村》（1819年）等。普希金的政治抒情诗在当时进步的贵族青年中广泛流传，对解放运动起了促进作用。1820年，普希金的第一部长诗《鲁斯兰与柳德米拉》出版，使他的声望与日俱增。由于普希金在公开场合指责统治当局的暴行，在诗歌中歌颂自由，宣扬反对暴政的思想，沙皇下令流放他。多亏朋友们的帮助，普希金没有被流放到西伯利亚，只是在南俄、敖德萨和他父母在北方的领地遭受软禁。在流放时期，普希金创作了著名的长诗《高加索的俘虏》（1821年）、《巴赫奇萨拉的喷泉》（1823年）、《强盗兄弟》（1823年）、《茨冈》（1824年）、《努林伯爵》（1825年），历史悲剧《鲍里斯·戈都诺夫》（1825年），以及《叶甫盖尼·奥涅金》的大部分篇章和大量的抒情诗、童话诗、评论、随笔等。历史悲剧《鲍里斯·戈都诺夫》通过描写16世纪末17世纪初俄国的历史事件，揭示了沙皇专制制度的反人民本质，指出"人民的公意"才是改朝换代的决定性因素，肯定了人民大众是决定历史命运的力量。

1830年秋天，普希金在自己的领地鲍罗金诺写完了《叶甫盖尼·奥涅金》、《别尔金小说集》、《吝啬骑士》等4个小悲剧、长诗《科隆那的小屋》、童话

诗《牧师和他的工人巴格达的故事》、30首抒情诗和一些评论文章。在文学史上被称为"鲍罗金诺之秋"的这3个月里，普希金的创作硕果累累。30年代，普希金的创作由诗歌转向散文。除了长诗《青铜骑士》（1833年）、抒情诗《秋》（1833年）、《我又造访了》（1835年）等优秀诗歌外，他主要创作了《杜布罗夫斯基》（1833年）、《黑桃皇后》（1834年）、《上尉的女儿》（1836年）等著名的小说。《别尔金小说集》中影响最大的是短篇小说《驿站长》，它讲述一个小驿站长辛酸悲惨的一生，鲜明地表现出了作者对小人物的同情，开创了俄国文学描写"小人物"的先河。长篇小说《上尉的女儿》取材于18世纪普加乔夫起义。小说不像以往的文学作品那样，把农民起义领袖描绘成为杀人放火的强盗，而是把他塑造成热爱自由、宁死不屈的英雄。普希金笔下的普加乔夫英勇机智，坚定乐观，到处受到人民的拥戴。

普希金是俄罗斯近代文学的开山祖师。在开拓文学主题、塑造人物形象、运用各种文学体裁方面，都做出了伟大的创造，给后来的文学家开辟了道路。

《叶甫盖尼·奥涅金》取得的最高文学成就是什么？

《叶甫盖尼·奥涅金》是俄国长篇诗体小说，普希金于1823年—1831年完成，是普希金最重要的作品，也是俄国现实主义文学的基石。作品的中心主人公是贵族青年奥涅金。奥涅金有过和一般的贵族青年相似的奢靡的生活道路，但是当时的时代气氛和进步的启蒙思想、亚当·斯密的《国富论》和卢梭的《社会契约论》、拜伦颂扬自由和个性解放的诗歌，都对他产生了影响，使他对现实的态度发生了变化。他开始厌倦上流社会空虚无聊的生活，抱着对新的生活的渴望来到乡村，并试图从事农事改革。

从1823年5月到1831年秋，伟大的俄国民族诗人普希金用了八年多的时间，写成了他的代表作——诗体小说《叶甫盖尼·奥涅金》。杰出的文学批评家别林斯基对这部作品给予了高度评价，他说："首先我们在《叶甫盖尼·奥涅金》种看到一幅描绘俄罗斯社会的诗的图画，并且选取了这社会发展种最有意义的一段时期。"他称这部诗作是"俄罗斯生活的百科全书和最富有人民性的作品"。诗人以精湛的现实主义艺术手法塑造了典型环境中的典型人物，表达了那个时代俄罗斯青年的思想和苦闷，探求和觉醒，不幸和悲剧，并且通过人物的生活和遭遇，展现了俄国社会生活的广阔画面，揭示了沙皇主义专制制度下俄国社会生活的种种矛盾和丑恶，使《叶甫盖尼·奥涅金》成为俄国批判现实主义文学的奠基作，对当时和以

后的俄罗斯文学产生了巨大的影响,《俄国批评界中的普希金》中曾评价此书"几乎是俄国社会觉醒的第一个行动,然而对这个社会来说,是向前跨越的多么巨大的一步啊"!

说是俄罗斯第一部现实主义作品,塑造了奥涅金这个"多余人"的形象。作品用奥涅金的冷漠、怀疑,连斯基的理想主义热情,达吉雅娜的纯洁、孤寂,突出反映19世纪20年代俄国黑暗的社会现实和知识分子追求光明、自由时的困惑、迷惘的心理。这部诗体小说广阔地反映了19世纪20年代俄国的社会生活,真实地表现了那一时代俄国青年的苦闷、探求和觉醒,提出了许多重要的社会问题,因此别林斯基把它称为"俄罗斯生活的百科全书和最富人民性的作品。"它展现了广阔的社会生活,和《上尉的女儿》一起被誉为"俄罗斯生活的百科全书"。1878年,俄国作曲家柴科夫斯基将其改编成同名歌剧。

为什么说海涅是新浪漫派的代表?

亨利希·海涅(1797—1856年)是19世纪德国著名的革命民主主义诗人、政论家。

海涅于1797年12月13日出生在一个破落的犹太商人家庭,在他出生前两年(1795年)拿破仑军队占领其故乡杜塞尔多夫,实行了一些民主改革,把犹太人从奴役中解放出来,改善了犹太人受歧视的地位。因此,海涅从童年起就接受了法国资产阶级大革命中自由、平等的思想影响,终身对法国抱有好感。在其代表作长诗《德国——一个冬天的童话》中,海涅描绘了拿破仑的葬礼、法国人民对拿破仑的崇敬以及诗人的感动。

1830年法国七月革命的消息传来,正在北海小岛黑尔戈兰疗养的海涅大受鼓舞,写下《我是剑,我是火焰》的著名诗篇。1831年5月海涅便到了巴黎,此后海涅长期侨居法国,在此期间除了1843年和1844年两次短暂回汉堡外,海涅再也没有回到祖国。在巴黎期间,海涅结识了巴尔扎克、雨果、大仲马、乔治·桑、肖邦等作家和艺术家,与圣西门信徒的交往使他接受了空想社会主义思想的影响。

海涅的晚年是在病痛中度过的。1845年开始,海涅中年时代已患的瘫痪症逐渐恶化,并患目疾,导致左眼失明。1848—1856年间因中风瘫痪长期卧床,备受折磨。在长达八年的"褥垫墓穴"生涯里,海涅在病魔的折磨下仍然坚持创作,以口授方式完成的诗集《罗曼采罗》于1851年出版,肉体上与精神上的打击与折磨使诗集中的一些诗歌流露出悲观消沉、苦闷彷徨的情绪。1856年2月17日,海涅病逝于巴黎。

海涅是从诗歌创作开始步入文坛的,被认为是歌德后德国最重要的诗人。海涅的诗歌创作开始于1817年,1827年出版的《诗歌集》是其早期抒情诗的代表作，由《青春的苦恼》、《抒情插曲》、《还乡集》、《北海集》等组诗构成，具有浓厚的浪漫主义色彩，大多以个人的经历、感受为内容，抒写个人的遭遇、爱情的苦恼。《诗歌集》的出版为海涅赢得了声誉，奠定了海涅作为诗人的地位。

除诗歌外，海涅还创作了一些散文和小说。散文作品主要是四部旅行札记，它们是1824—1828年海涅游历祖国各地和英国、意大利的艺术成果，表明海涅的创作已由浪漫主义转向现实主义。《哈尔茨山游记》（1826年）是海涅的第一部散文作品，以诙谐活泼的笔调描绘了20年代德国的社会现实。在游记里浪漫主义与现实主义水乳交融。第二部《观念——勒·格朗特文集》（1826年）集中体现了海涅对拿破仑的歌颂。出版后被查禁，海涅本人也受到普鲁士的迫害。第三部包括《从慕尼黑到热那亚的旅行》（1828年）和《卢卡浴场》（1829年）等篇，第四部《英国断片》（1827—1831年）表现了海涅对当时最发达的工业资本主义国家——英国的深刻认识：大资产阶级的自私、贪婪、冷酷和劳动者生活的悲惨。四部旅行札记牵涉到海涅关于社会政治、哲学、文艺等方面的许多观点，已成为研究海涅思想与创作发展史的重要资料。

《论浪漫派》对德国文学的发展作了简要的分析，实事求是地评价了德国古典文学的代表如莱辛、歌德、席勒等；对德国浪漫派进行一分为二的分析，政治上是反动的，艺术上有可取之处，认为德国浪漫派这部著作的出版，结束了德国浪漫主义在德国文坛的统治地位。

浪漫主义的总体文学特点是什么？

浪漫主义文学的鼎盛时代是法国资产阶级大革命时期，即18世纪90年代到19世纪30年代。浪漫主义所以会在这个时期获得蓬勃发展，是因为资产阶级革命的需要。

第一个特点是：塑造艺术形象不同。浪漫主义文学以一种超越现实的文学精神，执著于对人生理想甚至幻想的表现，力图用文学给人类展现出一幅理想的生活景象。用德国作家席勒的话说，浪漫主义"试图用美丽的理想去代替那不足的真实"。所以，浪漫主义并不像现实主义文学那样注重对生活对象的如实摹写，强调文学的真实性和客观性，而是竭力表现理想，表现主观愿望，表现向往理想的激情。

第二个特点是：远离现实。在理想主义精神的支配下，浪漫主义文学更多地采用了远离现实生活的神话传说、奇异故事等作为自己的表现对象，以富于幻想的方式创造出想象的和虚构的艺术世界。浪漫主义文学具有崇尚自然的特点，强调以自然为对象和表现人性的自然本质。浪漫主义文学尤为重视自然。因此，对大自然的

向往，对自然人性的歌颂，也就成了浪漫主义文学的主题和表现对象，从而为欧洲文学开拓了一个新的领域。

第三个特点是：大胆幻想、构思奇特、手法夸张。浪漫主义文学在表现方式上具有大胆幻想、构思奇特、手法夸张的特点。浪漫主义在艺术表现上不求"形似"，不像现实主义那样追求细节的真实，而是依据主观感情的逻辑和表现理想的需要，充分发挥想象、夸张、虚构、变形、比喻、象征等非再现性的艺术手段，致力于理想的艺术世界的创造，从而体现了浪漫主义文学在艺术形式和表现手法上的特色。

第四个特点是：注重主观感情和理想。注重主观感情和理想的表现是浪漫主义的根本特点，因此由于理想的性质与取向不同，浪漫主义也就有了所谓的"积极"和"消极"之分。所谓的积极浪漫主义，是指那种表现了与社会历史发展趋势一致的理想和感情的文学；这种浪漫主义因为有积极进取的特点，它表现的理想充满了对未来的憧憬，并以这种理想来批判一切丑恶的现实。

第七章　西方文学的另一座文学之巅——19世纪中期文学

批判现实主义文学为什么会形成？

批判现实主义，即指19世纪30年代在欧洲兴起的按事实描写生活，并对现存秩序进行强烈批判的文学。

从19世纪30年代起，现实主义渐渐成为文学的主要潮流。那时，古典主义几乎绝迹，浪漫主义退居次要地位。现实主义文学按事实描写生活，它因对现存秩序的强烈批判，又被称为批判现实主义文学。它详尽分析人类行为互相冲突的趋势，描绘个人在克服周围环境带来的挫折中所进行的斗争。现实主义者爱用长篇小说这种形式，因此长篇小说的创作出现了空前繁荣的局面。

批判现实主义文学潮流盛行的历史原因：19世纪30年代，欧洲的资本主义势力得到了迅猛的发展。资产阶级在各个方面，都取得了支配性地位。封建主义势力与宗教统治，已退出了历史舞台。1830年，法国的七月革命赶走了波旁复辟王朝；1832年，英国国会通过了改革法案，使政权机构发生重大变化，资产阶级在英国政权机构中获得自己的权力。在工业文明基础上产生的新统治阶级，终于改写了英、法两国的历史。

资产阶级是一个曾经拥有创造性、热情和勇气的阶层。它的出现，使人类摆脱了刀耕火种的时代，摆脱了蒙昧、封闭的禁锢。它缩小了民族、国家的距离，开拓了人类生存的新的空间。如果没有工业资本主义的出现，人类将无法脱离中世纪式的苦难。这一新兴的阶级，在短短的几十年间，就创造了人类上百年也无法达到的奇迹。

1831年到1834年，法国里昂工人举行了两次起义。与此同时，英国的工人阶级发动了著名的宪章运动。欧洲底层社会与上流社会，发生了尖锐的冲突。

急剧变化的社会生活与矛盾，在精神领域也有了强烈的反映。德国的古典哲学，与法国的空想社会主义思潮，以及马克思主义的学说，其影响力极为深广。对现实的批判，成为这些学说，特别是空想社会主义学说与马克思主义学说最主要的内容。人们开始从经院哲学，走向了生活，由对形而上学的批判，转向对现存社会的批判。这对批判现实主义文学的产生与发展，做了理论

上的准备。

批判现实主义文学，是欧洲文人对自我、对人生、对社会的失望，它深切的同情心、博大的人道感、积极的参与精神，构成了欧洲人文主义思想的辉煌的乐章。

批判现实主义文学的特征有哪些？

批判现实主义文学客观、真实地描绘现实生活。注重反映现实生活的整体、本质、真实、更注重细节描写的真实性。

批判现实主义文学，既忠实地摹写现实，又以创造精神表现自己的倾向性。不过，这种倾向性并不像浪漫主义那么直接了当，而是无声地潜移在作品的深层结构中。他们在人民的苦难中，认识到资产阶级创造力的衰弱，他们对生活的描绘是十分广阔的，上至贵族，下至贫民，都得到了有力表现。

批判现实主义文学，是真实的人的文学，它是人的健全理性的反映，也是资产阶级知识分子思想成熟的标志。在认识论的角度上，它是19世纪社会风俗的摄像机，在它那里，社会的所有丑陋，都被形象地曝了光。

批判现实主义文学具有批判性、暴露性、改良性。特别注重社会底层社会及"小人物"的悲剧命运。对社会现实的强烈批判在客观上表达了广大人民群众对资本主义制度的不满和抗议，是从改良资本主义制度出发的，他们的思想武器是人道主义，政治主张是改良主义。

巴尔扎克把这个社会看成人类的热情、兽性、思想之间的冲突场所。陀思妥耶夫斯基则形容它是一个罪恶的世界。在陀思妥耶夫斯基那里，到处是昏暗的镜头，人已失去了正常的心理，一直被异己的力量左右着。

陀思妥耶夫斯基在《死屋手记》、《白痴》、《罪与罚》、《少年》、《卡拉马佐夫兄弟》等作品中，看到了资本主义世界的虚伪性。在他的心灵絮语里，流露出他痛楚的人道激情。陀思妥耶夫斯基是对西方上流社会的失望者，资产阶级曾经描绘过的理性蓝图，在他那里彻底瓦解了。

在众多的人道主义作家中，托尔斯泰或许是最有代表性的一位。他的人道精神不像陀思妥耶夫斯基那么惨烈，在这位大师的世界里，人道与宗教式的内省深深联在一起。俄国的苦难，使他流下了无数的泪水；俄国的历史，促使他从理性高度上来审视世界。他痛心于俄国人的灾难生活，但他还是相信，人终究会改变这一切的，而改变这一切的武器是他心目中的博爱精神。

批判现实主义文学塑造典型环境中的典型性格。批判现实主义作家为我们提供了无数动人的人物典型。高老头、欧也妮·葛朗台、于连、罗亭、聂赫留朵夫、玛斯洛娃等这些人物的命运的思想，记载了西方社会的道德情感、价值信念、人生困境等。

斯丹达尔的《红与黑》的主人公于连，就是当时资产阶级知识分子的缩影，他的个人主义、自私自利的野心，是对法国社会的真实写照。巴尔扎克《欧也妮·葛朗台》的主人公，那种贪婪吝啬，是千千万万个守财奴的共性。果戈理《钦差大臣》中的市长，那种卑鄙无耻的心理，是俄国农奴制下贪官污吏的代表。这种通过一个人物折身全体阶级特点的手法，就是文学的典型性。

在创作中遵循典型化的原则，是人们对确切性追求的需要。19世纪的科学已经较为发达了。对事物的认识越来越精确，模棱两可、随意性都受到了反对。文学家也力求像科学家那样，把写作当成认识世界的过程。

批判现实主义为何在欧洲各国发展不平衡？

从整体上看，欧洲批判现实主义的发展不平衡的根源在于各国政治、经济发展的不平衡。

法国是批判现实主义的发源地。法国批判现实主义的诞生，是对浪漫主义的反拨，却并非对积极浪漫主义的彻底否定，从某种意义上讲是它的继承和发展。许多批判现实主义作家，都曾经历过浪漫主义创作时期，一些浪漫主义作家，后期也都写出了具有明显现实主义倾向的作品。

法国批判现实主义是在复辟王朝时期酝酿、在七月王朝时期产生的。因此，早期批判现实主义作家，如斯丹达尔、巴尔扎克、梅里美等，几乎都把批判的锋芒同时指向封建贵族和大资产阶级。封建统治必将让位于资本主义的历史规律，在他们的笔下得到形象的表现；资本主义社会的丑恶现实，也在他们的作品中得到有力的揭露，广阔的社会画面，丰满的艺术典型，深刻的批判力量，构成30年代至40年代法国批判现实主义文学的基本特色。以福楼拜为代表的50年代至60年代的创作，虽然继续了这个传统，但其反映社会的广度和批判社会的犀利程度，与前者相比已略显逊色。

英国资本主义经济形态发展比较成熟，贫富极端悬殊已成为众人瞩目的社会问题，加之宪章运动的规模宏大，影响广泛，这样，英国的小说家们就最先接触到劳资矛盾，并把它反映在自己的创作中。尽管这种反映还有着许多局限和不足，但英国批判现实主义开拓了这样重要的题材领域，提出了这样重大的现实问题，是具有重要意义的。

俄国批判现实主义文学，是在反

对农奴制的斗争中，在西欧资产阶级革命思想的影响下产生的。19世纪上半叶的俄国，仍是一个封建专制统治下的农奴制国家。反动、落后的农奴制制度，对资本主义的发展是极大的束缚。废除农奴制，进而推翻封建的专制统治，成为当时社会的主要矛盾。因此，无论是二三十年代的自由化的贵族知识分子，或是四五十年代的资产阶级革命民主主义者，都把批判的矛头指向农奴制社会，这就构成了俄国批判现实主义文学的独特主题。

别林斯基、车尔尼雪夫斯基、杜勃罗留波夫等文艺批评家的理论，对俄国批判现实主义的发展产生了重大的影响。30至40年代，果戈理的创作犀利、泼辣，揭露性很强。50至60年代，俄国批判现实主义文学有了进一步的发展，出现了以屠格涅夫、涅克拉索夫等为代表的一批优秀作家。这时期的俄罗斯文学，平民和农民的形象更得到了重视；同时，还开始从塑造"多余人"的形象，转而努力寻找和表现"新人"的形象，这在批判现实主义文学的人物画廊中是独树一帜的。

英国现实主义文学特点是什么？

19世纪30至40年代的英国，人称为"饥饿的时代"。资本主义的高速发展给工人、农民和小资产阶级带来的不是生活条件和劳动条件的改善，而是极度的贫困和破产，劳资矛盾日益加剧，终于爆发了一场工人阶级为争取政治权力，以"人民宪章"的形式向英国议会提出有关普选要求的宪章运动。这场为期10年的宪章运动诞生了宪章派文学。宪章派文学的主要成就是诗歌，作品具有鲜明的政治倾向性和斗争性，其内容反映了工人阶级的苦难生活，揭露了资本家从工人血汗中榨取高额利润的罪行，主要诗人有厄内斯特·琼斯、威廉·林顿和基洛德·马西。

由于英国资产阶级亲眼目睹了法国大革命摧枯拉朽的革命气势，他们害怕英国人民也会采取同样的革命措施，于是资产阶级实行自由主义的政策以缓和国内矛盾，同时在理论上也极力为资本主义剥削辩护。各种各样的改良主义和反动学说相继出现，如马尔萨斯的人口论，把社会的贫困原因归之于人口的增长；在政治经济学上，出现了曼彻斯特派的自由竞争学说，为工业资本家追求无限制的利润辩护；在哲学上则出现了功利主义，肯定资产阶级的利己主义是道德的。这一切都对英国这一时期的文学，尤其是批判现实主义文学产生了影响。

与同时期的法国批判现实主义文学相比较，英国批判现实主义文学呈现了新的特点。首先，英国批判现实主义作家在他们的作品中最先描写了劳资矛盾。由于英国资本主义出现得早，英国早期的批判现实主义作家又大多经历过宪章运动或者受到这一运动的影响，因此作家们在作品中直接描写了工人的苦难生活和他们的斗争。

如狄更斯的《艰难时世》，夏洛蒂·勃朗特的《简爱》，盖斯凯尔夫人的《玛丽·巴顿》，都不约而同地描写了工人阶级与资本家之间的矛盾。作品的主要题材是写小资产阶级个人奋斗的历程，作品中的正面人物几乎都是"小人物"。这是因为英国作家们大多出身于小资产阶级，他们社会地位低，对下层人们的生活比较熟悉，加之差不多每个作家都有一番个人奋斗的经历，因此，当他们提起笔时，这些素材很容易就进入了他们的创作视野。

人道主义和改良主义的色彩比较浓厚。英国批判现实主义文学这一特点的形成，是与统治阶级的理论宣传和作家本身的局限分不开的。由于英国国力强盛，人们普遍相信通过合法手段可以缓和、解决矛盾，加之英国民族长期尊崇"绅士"风度，因而在作家的作品中较少表现暴力题材，而提倡宽容、圆通和中庸的人道主义和改良主义则成为这一时期作品的主调。

经典作家简·奥斯丁取得了哪些文学成就？

简·奥斯汀（1775年12月16日—1817年7月18日）是英国著名女性小说家，她的作品主要关注乡绅家庭女性的婚姻和生活，以女性特有的细致入微的观察力和活泼风趣的文字真实地描绘了她周围世界的小天地。

奥斯汀终身未婚，家道小康。由于居住在乡村小镇，接触到的是中小地主、牧师等人物以及他们恬静、舒适的生活环境，因此她的作品里没有重大的社会矛盾。她以女性特有的细致入微的观察力，真实地描绘了她周围世界的小天地，尤其是绅士淑女间的婚姻和爱情风波。她的作品格调轻松诙谐，富有喜剧性冲突，深受读者欢迎。从18世纪末到19世纪初，庸俗无聊的"感伤小说"和"哥特小说"充斥英国文坛，而奥斯汀的小说破旧立新，一反常规地展现了当时尚未受到资本主义工业革命冲击的英国乡村中产阶级的日常生活和田园风光。她的作品往往通过喜剧性的场面嘲讽人们的愚蠢、自私、势利和盲目自信等可鄙可笑的弱点。奥斯汀的小说出现在19世纪初叶，一扫风行一时的假浪漫主义潮流，继承和发展了英国18世纪优秀的现实主义传统，为19世纪现实主义小说的高潮做了准备。虽然其作品反映的广度和深度有限，但她的作品如"两寸牙雕"，从一个小窗口中窥视到整个社会形态和人情世故，对改变当时小说创作中的庸俗风气起了好的作用，在英

国小说的发展史上有承上启下的意义，被誉为地位"可与莎士比亚平起平坐"的作家。

奥斯丁创作的小说，几乎都经过长时间的反复修订改写。她出版的第一部小说是《理智与情感（1811年）。《傲慢与偏见》（1813年）是她的第二部作品。这两部作品，加上她去世后出版的《诺桑觉寺》（1818年），都写于18世纪的90年代，通常算是她的早期作品。而《曼斯菲尔德庄园》（1814年）、《爱玛》（1816年）与《劝导》（1818年）则写于19世纪，算是后期作品。这6部作品，总共不过150万字（中文），数量不算多。作品初出版时，销量也不算很大。

萨克雷的文学成就是什么？

威廉·梅克皮斯·萨克雷（1811-1863年）作品繁多，有二十多卷。长于现实主义小说和历史小说。特点是偏重描写英国资产阶级的风俗人情，尤其擅长揭开所谓上流社会的阴暗面。

他本人出生于资产阶级家庭，1811年出生于印度的加尔各达，父亲在东印度公司任职，母亲是"加尔各达最漂亮的皇后"。1815年父亲去世，给他留下大笔遗产。1817年他回英国接受贵族化的教育，先后就读于伊顿公学和剑桥大学，在学校期间编《势利者》小报，但未获学位。成年后，依靠父亲的遗产，过了一段非常阔绰的资产阶级公子哥的生活，他去德国拜访过歌德，去巴黎学过画，熟悉上流社会的排场和后面复杂的人与人的关系。可惜1830年东印度公司破产，使他的财产损失严重，加上他以很快的速度挥霍，不久失去财产，不得不开始独立谋生，他想以卖画为生，后来又去搞证券交易，还曾协助诉讼代理人经办民事案件，但都难以维生。从30年代起，他开始了"以行数计价"的卖文生活，也当过编辑和记者。

1835年他结婚，但妻子不久精神发作病，于是他埋头写作，大量投稿，在十几年间用笔名发表了大量讽刺资产阶级世态习俗的中、短篇小说和散文、札记、游记、书评等。第一部代表作品是《势利者集》（1848年），短篇集，刻画了形形色色的势利者，成为小有名气的讽刺作家。1848年出版的《名利场》（1847—1848）是他的代表作，副标题是"没有主人公的小说"，真正的主人公是金钱。原名"浮华市集"，是班扬"天路历程"中的一个市集，是工作、名誉、国家、色情、丈夫、妻子、生命、灵魂都可以交换的、终年不衰的市场，讽刺暗示了上流社会是个勾心斗角、金钱交易的浮华市场，一幅英国上流社会生活的讽刺画卷。这个作品使他名利双收。后来，写了大量的作品，洋洋洒洒三十多卷，如《潘登尼斯》、《钮可漠一家》等，感伤色彩越来越浓，后来成为文坛领袖。

勃朗特三姐妹的文学有哪些文学成就？

在英国文学史上，勃朗特三姐妹是一个奇特的现象。她们既作为璀璨的星座而闪耀，又作为单独的巨星而发光，至少就夏洛蒂和艾米莉来说是如此。经过100多年时间的考验，《简·爱》和《呼啸山庄》已经在世界文学宝库中占据了不可动摇的地位，而安妮作为三星有机体的一员，也被带进了不朽者的行列。

1847年，《简·爱》、《呼啸山庄》和《艾格尼斯·格雷》在英国先后出版。《简爱》和《呼啸山庄》这两部作品的出现，引起了文学界强烈的轰动；而这两部不朽的名著竟出于名不见经传的两姐妹之手，更成了英国文学史上的佳话。这两姐妹就是夏洛蒂·勃朗特。夏洛蒂的《简·爱》因题材的新颖和感情的真挚立即引起当时评论界的重视，而艾米莉则凭着《呼啸山庄》这部有着奇想象力的小说在英国文学史上占有突出地位。然而人们没有想到，这两姐妹的成功却源自她们那孤独、苦闷和不幸的生活。

勃朗特姐妹生长在一个穷牧师家庭，她们的母亲在孩子们还很年幼时患肺癌去世，这使全家陷入了不幸。失去了母亲，孩子们的童年就像没有阳光的深冬，凄凉而没有欢乐。

她们常在旷野里散步，感受着旷野的气氛，特别是艾米莉，她表面沉默寡言，内心却热情奔放，她将旷野的感受全写进了《呼啸山庄》，构成了《呼啸山庄》的独特氛围。为了打发寂寞的时光，她们便常常读书、写作诗歌以及杜撰传奇故事，她们自办了一个手抄的刊物：《年轻人的杂志》，自编自写自读，这给她们带来了莫大乐趣，对她们以后成为著名的作家是一个初步锻炼。

虽然如此，这本诗集的出版仍鼓舞了她们的创作情绪，于是勃朗特姐妹埋头写起小说来。这一年，小妹妹安妮·勃朗特写成了《艾格妮斯·格雷》，艾米莉写成了《呼啸山庄》，夏洛蒂写成了《教师》。前两部都被出版商接受了，只有《教师》被退回。但夏洛蒂没有灰心，她开始写《简·爱》，小说中的人物和情节很多都是她从生活中经历过的或是熟悉的。她用了一年时间以相当快的速度写好了《简·爱》，两个月以后，书出版了，而《艾格妮斯·格雷》和《呼啸山庄》直到《简·爱》出版后方才出版。然而是只有《简·爱》获得了成功，受到重视，《呼啸山庄》却不为当时的读者所理解。

但是随着时间的推移，《呼啸山庄》以作者"心灵中非凡的热情"和她

139

继拜伦之后无人可比的"强烈的情感、忧伤、大胆"震撼了越来越多的人们的心灵，于是，《呼啸山庄》被誉为"最奇特的小说"，艾米莉·勃朗特也以她唯一的一部小说奠定了她在英国文学史以及世界文学史上的地位。

哪部作品在欧洲文学史上最早接触到了劳资矛盾？

《玛丽·巴顿》盖斯凯尔夫人的长篇小说，也是她的代表作。小说描写了英国19世纪40年代大萧条时期工人阶级困苦的生活和劳资关系日趋紧张的状况，在欧洲文学史上最早接触到了劳资矛盾。

小说所描写的故事发生在19世纪英国棉纺中心曼彻斯特。那时正值英国经济萧条时期，棉布滞销，工厂停产，大批工人失业。棉纺厂老工人约翰·巴顿为工厂老板辛勤劳动了一生，仍在贫困线上挣扎。儿子因生活条件恶劣，被猩红热夺去了生命；妻子因其妹妹被有钱人诱拐沦为妓女而深受刺激，精神失常，在一次临产时痛苦地离开了人世；唯一的女儿玛丽·巴顿被迫进时装店铺当学徒。约翰·巴顿在生活的打击下，逐步认清了资本家的剥削本质，他积极参加工人的请愿和罢工斗争，成为宪章派工人运动的积极分子，被工人们推选为代表，到伦敦向国会请愿，结果遭到英国议会的否决，请愿失败，约翰落得被解雇的厄运。这时，工人们在工会的领导下举行大罢工。以卡森父子为首的厂主们拒不接受工人的起码要求，最后，约翰满怀仇恨杀死了厂主的儿子哈利·卡森。

约翰的女儿玛丽·巴顿美丽聪颖，但幼稚天真，爱慕虚荣。她认为自己长得美丽，幻想着日后做大户人家的阔太太。面对技术熟练的机工杰姆·威尔逊的求婚，她无情地拒绝了，却爱上了资本家的儿子哈利·卡森。当她知道小卡森并不想和她结婚、只图占有她的美色时，她如梦初醒，悔恨不已，最后她真正爱上了爱怜着她的杰姆。因小卡森突然死亡，杰姆被当作情杀的凶手遭到逮捕。玛丽在亲友们的帮助下，历尽艰辛，终于在审判席上，以有力的反证洗刷了杰姆的嫌疑。最后，约翰主动自首，向老板悔罪，老卡森宽恕了约翰。待到夜尽天明，约翰闭目去世。杰姆与玛丽结婚，一起出国到加拿大。

小说以约翰·巴顿承担起刺杀资本家儿子的任务、并最终完成了任务为高潮，既表现出工人对资产者的仇恨，亦表现出工人阶级对于和平请愿活动的结果的失望。除去约翰·巴顿，小说还塑造了玛丽·巴顿、约伯·李，杰姆·威尔逊等不同类型的工人，多层面地反映出劳资关系空前紧张的局面。以现实主义的手法反映40年代劳资关系的紧张，是小说最大的特色，以基督教博爱、宽恕、反对暴力来为改善劳资关系开"药方"，则是盖斯凯尔夫人作为基督徒思想局限的表现。

《简·爱》具有哪些文学意义？

《简·爱》是一部具有浓厚浪漫主义色彩的现实主义小说，小说主要描写了简·爱与罗切斯特的爱情。主人公简·爱是一个心地纯洁、善于思考的女性，她生活在社会底层，受尽磨难，但她有倔强的性格和勇于追求平等幸福的精神。小说以浓郁抒情的笔法和深刻细腻的心理描写，引人入胜地展示了男女主人公曲折起伏的爱情经历，歌颂了摆脱一切旧习俗和偏见。扎根于相互理解、相互尊重的基础之上的深挚爱情，具有强烈的震撼心灵的艺术力量。其最为成功之处在于塑造了一个敢于反抗、敢于争取自由和平等地位的妇女形象。

《简·爱》成功地塑造了英国文学史中第一个对爱情、生活、社会以及宗教都采取了独立自主的积极进取态度和敢于斗争、敢于争取自由平等地位的女性形象。《简·爱》的问世曾经轰动了19世纪的文坛，在英国文学史上，被称为一部经典传世之作，它以一种不可抗拒的美感吸引了成千上万的读者，有一种抑制不住的冲动，驱使人拿起这本书，随之深深感动，心灵也为之震颤。

宪章派诗歌是如何出现的？

19世纪40至50年代，在英国产生了宪章运动。宪章运动者为了进行鼓动宣传，经常在群众集会上发表演说，创办报刊，撰写诗歌、小说、杂文和文艺评论文章。这些构成了丰富的宪章派文学。宪章派文学的形式虽然多种多样，但以诗歌为其最主要的组成部分。宪章派诗歌是欧洲早期的无产阶级文学，也是一种新型的现实主义文学。

宪章派诗歌的内容丰富，题材广泛，它的特点首先在于鲜明的政治倾向性。它密切配合着宪章运动而为它服务。它的很多作者是产业工人或手工业工人，同时也是宪章运动的积极参加者。他们以自己亲身的遭遇揭露资本主义剥削的罪恶，反映劳动人民的疾苦、无产阶级的斗争以及时代的社会道德观念。其次，它具有强烈的战斗性。宪章派诗歌是政治斗争的产物，它取材于现实的革命斗争，迅速反映当时斗争中的迫切问题和重要事件，诗歌中充满着乐观主义的精神和激励战斗的号召。第三，它具有广泛的群众性。它的内容大多是群众所熟悉和关心的问题，在形式上则广泛采用为广大群众所喜闻乐见的歌谣体和圣诗体，语言通俗易懂。第四，它贯穿着国际主义的精神。不少作

品号召欧洲各国人民团结起来，共同奋斗，争取胜利，对外国受压迫的人民表示深切的同情。

宪章派诗歌在艺术成就方面也达到了相当高的水平，有不少诗歌抒情性很强，富有深厚的情感，词汇比较丰富，诗律也比较简洁生动。虽然有些是仿效彭斯、拜伦和雪莱的作品，但其中不少还是具有自己独特的风格和新颖的意境。在为数众多的宪章派诗人之中，比较突出和著名的有厄内斯特·琼斯、威廉·詹姆斯·林顿和杰拉尔德·梅西。

"文学中的林肯"指的是哪位文学家？

马克·吐温是美国的幽默大师、小说家、作家，也是著名演说家，19世纪后期美国现实主义文学的杰出代表。他从开始发表作品到1910年病逝，从事创作长达五十多年，写了大量的小说、游记和政论。他的作品暴露了美国社会阶级对立、种族歧视等真实情况，帮助人们更完整地了解美国现实，因而他被称为美国"文学中的林肯"。

虽然马克·吐温的财富不多，却无损他高超的幽默、机智与名气，被称为美国最知名人士之一，曾被推崇为"美国文坛巨子"，擅长写讽刺小说。其交友甚是广泛，迪士尼、魏伟德、尼古拉·特斯拉、海伦·凯勒、亨利·罗杰诸君，皆为其友。他曾被誉为文学史上的林肯。海伦·凯勒曾言："我喜欢马克·吐温——谁会不喜欢他呢？即使是上帝，亦会钟爱他，赋予其智慧，并于其心灵里绘画出一道爱与信仰的彩虹。"威廉·福克纳称他为"第一位真正的美国作家，我们都是继承他而来"。他于1910年4月21日去世，享年75岁，安葬于纽约州艾玛拉。

马克·吐温是19世纪美国批判现实主义文学的优秀代表，他站在人道主义立场上，尖锐地揭露了美国民主与自由掩盖下的虚伪，批判了美国作为发达资本主义国家固有的社会弊端，诸如种族歧视、拜金主义、封建专制制度、教会的伪善、扩张侵略等，表现了对真正意义上的民主、自由生活的向往。

马克·吐温又是著名的幽默讽刺作家，他的幽默讽刺风格别具特色。鲁迅评价马克·吐温"成了幽默家，是为了生活，而在幽默中又含着哀怨，含着讽刺，则是不甘于这样的缘故了"。马克·吐温自己则说："不能一味逗乐，要有更高的理想。"马克·吐温的幽默讽刺不仅仅是嘲笑人类的弱点，而且是以夸张手法，将它放大了给人看，希望人类变得更完美、更理想。

代表作有：《汤姆·索亚历险记》、《哈克贝利·费恩历险记》、《百万英镑》、《败坏了哈德莱堡的人》、《苦行记》、《竞选州长》、《案中案》、《卡县名蛙》、《三万元遗产》、《坏孩子的故事》、《火车上的嗜人事件》、《我最近辞职的事实经过》、《田纳西的新闻界》、《好孩子的故事》、《我怎样编辑农业报》、《大宗牛肉合同的事件始末》、《我给参议员当秘书的经历》、《哥尔斯密的朋友再度出洋》、《神秘的访问》、《一个真实的故事》、《法国人大决斗》、《稀奇的经验》、《加利福尼亚人的故事》、《他是否还在人间？》、《和移风易俗者一起上路》、《狗的自述》、《公主与强奸》、《马克吐温色狼》、《乞丐公主》等等。

美国"现代诗歌之父"指的是谁？

沃尔特·惠特曼（1819—1892年），生于纽约州长岛，他是美国著名诗人、人文主义者，他创造了诗歌的自由体，其代表作品是诗集《草叶集》。被称为"现代诗歌之父"。

从1839年起，惠特曼开始发表诗歌和杂文，并独自出版了一份小报《长岛人》。惠特曼一人兼任撰稿、编辑、排字、印刷乃至发行工作。同时积极参与当地的政治活动，成了一个激进的民主主义者。1842年3月，他在曼哈顿首次聆听了爱默生关于诗歌的演讲，大受启发，接受了超验主义理论，并立志成为爱默生理想中的诗人。同年，他担任

纽约《曙光报》编辑，外表上是一个不修边幅的老粗，不时发出"粗野的呼喊"，他公开谴责"大群大群的阿谀奉承者、笨蛋、不反对南方黑奴制的北方佬、政治寄生虫、企图在市政府或州立法机关或法院或国会或总统府捞肥缺的诡计策划者"；他公开呼吁"给予亲戚、陌生人、穷人、老人、不幸者、儿童、寡妇和病人、以及所有被遗弃者、所有逃亡者和在逃奴隶……以帮助"。

因为过于激进、与当地民主党领导人意见不合，惠特曼丢掉了工作。1846年，他当上了布鲁克林民主党机关报《布鲁克林每日鹰报》的编辑，又因为发表文章反对奴隶制、"懒惰"，而被解除工作。1848年，他去新奥尔良呆了几个月，担任《新月》的编辑。不久之后，代表农民和城市劳动者的自由土壤派成立，惠特曼加入该党，并到党报《布鲁克林自由人报》担任编辑，次年，因为该党领导人妥协变节，与民主党联合选举，惠特曼愤而离职。从此结束新闻生涯。

1855年7月4美国国庆日，在纽约百老汇108号的的福勒–韦尔斯颅相馆《草叶集》面世了。1867年，惠特曼出版了《草叶集》的第四版。从这版开始，终于获得了进一步的肯定。英国诗人、批评家威廉·罗塞蒂（1829-1919年）在1868年发表文章《惠特曼的诗》，并且

在伦敦编选出版了《惠特曼诗选》，这意味着惠特曼有了国际声誉。在1871年，他出版了《草叶集》的第五版。同年发表长篇论文《民主的远景》。

欧·亨利的小说有哪些特征？

欧·亨利出身于美国北卡罗来纳州格林斯波罗镇一个医师家庭，是美国最著名的短篇小说家之一，曾被评论界誉为曼哈顿桂冠散文作家和美国现代短篇小说之父。

欧·亨利善于描写美国社会，尤其是纽约百姓的生活。他的作品构思新颖，语言诙谐，结局常常出人意外；又因描写了众多的人物，富于生活情趣，被誉为"美国生活的幽默百科全书"。代表作有小说集《白菜与国王》、《四百万》、《命运之路》等。其中一些名篇如《爱的牺牲》、《警察与赞美诗》、《带家具出租的房间》、《麦琪的礼物》、《最后一片藤叶》等使他获得了世界声誉。

欧·亨利的小说通俗易懂，其中无论发生了什么，发生在何处，也无论主人公是何等人物，他的故事写的都是世态人情，并且易有浓郁的美国风味。一般说来，驱使人们行动的欲望和动机是相当复杂的，但是欧·亨利人物的思想相对来说却都比较简单，动机也比较单一，矛盾冲突的中心似乎都是贫与富。

这一方面大概因为美国是个平民社会，不存在天生高人一等的贵族阶级，既然金钱面前人人平等，贫富就成了社会的主要矛盾。另一方面，此时正值美国内战后的"镀金时代"，拜金主义盛行，坑蒙拐骗样样齐全，贪污舞弊泛滥成灾，似乎只要人能赚到钱便是成功，并不问钱的来历是否清白合法，难怪金钱的占有程度便成了人们关注的中心。

欧·亨利小说中感人至深的落魄的小人物在艰苦的求生环境中，仍能对他人表现出真诚的爱与关怀，做出难能可贵的牺牲。为了给丈夫购买一条白金表链作为圣诞礼物，妻子卖掉了一头秀发。而丈夫出于同样的目的，卖掉金表给妻子买了一套发梳。尽管彼此的礼物都失去了使用价值，但他们从中获得的情感是无价的。为了鼓励贫病交加的年轻画家顽强地活下去，老画家于风雨之夜挣扎着往墙上画了一片永不凋落的常青藤叶。他为自己的杰作付出生命的代价，但青年画家却因此获得勇气而活了下来。一个富人已经沦落到挨饿的地步，但他坚持履行自己的一年一度在感恩节请穷朋友吃饭的职责。而刚吃饱饭的穷朋友为了使对方满意，也忠实地扮演了自己的角色。他们各自作出牺牲，为的是给他人一点安慰。所有这些都未必称得上轰轰烈烈的大事，而是小人物们日常完成的小事，但正在这些小事上，他们达到了善，达到了自己精神境界的至高点。

爱默生对美国文学产生了哪些影响？

拉尔夫·瓦尔多·爱默生是美国散文作家、思想家、文学家、诗人。他的生命几乎横贯19世纪的美国，他出生时候的美国热闹却混沌，一些人意识到它代表着某种新力量的崛起，却无人能够清晰的表达出来。它此时缺乏统一的政体，更没有相对一致的意识形态。

1832年，他与梭罗、霍桑、麦尔维尔、惠特曼等人开始建立一种稳固的美国传统，以摆脱美国文学所具有的殖民地烙印。隐含在他纲领中的，是对宗教权威和理性主义的挑战，是对人类个性学说的维护。根据这个纲领，美国文学将雄心勃勃，探索"宇宙的本质与罪恶的本源"。这个纲领实际上是想把美国文学扶植起来，跻身于世界文学之林，与其他因家的文学并驾齐驱。

爱默生经常和他的朋友梭罗、霍桑、阿尔柯、玛格利特等人举行小型聚会，探讨神学、哲学和社会学问题。这种聚会当时被称为"超验主义俱乐部"，爱默生也自然而然地成为超验主义的领袖。

1840年爱默生任超验主义刊物《日晷》的主编，进一步宣扬超验主义思想。后来他把自己的演讲汇编成书，这就是著名的《论文集》。《论文集》第一集于1841年发表，包括《论自助》、《论超灵》、《论补偿》、《论爱》、《论友谊》等12篇论文。三年后，《论文集》第二集也出版了。这部著作作为爱默赢得了巨大的声誉，他的思想被称为超验主义的核心，他本人则被冠以"美国的文艺复兴领袖"之美誉。

爱默生的《论文集》赞美了人要信赖自我的主张，这样的人相信自己是所有人的代表，因为他感知到了普遍的真理。爱默生以一个超验主义者的口吻，平静地叙说着他对世界的看法。超验主义结合并渗透了新柏拉图主义和类似加尔文教派的一种严肃道德观和那种能在一切自然中发现上帝之爱的浪漫派乐观主义。

爱默生集散文作家、思想家、诗人于一身，他的诗歌、散文独具特色，注重思想内容而没有分份注重词藻的华丽，行文犹如格言，哲理深入浅出，说服力强，且有典型的"爱默生风格"。有人这样评价他的文字"爱默生似乎只写警句"，他的文字所透出的气质难以形容：既充满专制式的不容置疑，又具有开放式的民主精神；既有贵族式的傲慢，更具有平民式的直接；既清晰易懂，又常常夹杂着某种神秘主义……一个人能在一篇文章中塞入那么多的警句实在是了不起的，那些值得在

清晨诵读的句子为什么总能够振奋人心，岁月不是为他蒙上灰尘，而是映衬得他熠熠闪光。

为什么说法国是欧洲现实主义文学的发源地？

法国是欧洲现实主义文学的发源地，是浪漫主义的继承和发展。许多批判现实主义作家，都曾经经历过浪漫主义创作时期。《欧那尼》和《红与黑》都在1830年出版。40年代达到高潮。50—60年代以福楼拜为主的创作已经略逊一筹。艺术上比较成熟，尤其是结构方面堪称典范，长于探索，较少因袭传统。

19世纪中期，特别是30和40年代，法国文学出现了空前繁荣的局面。这种繁荣至少体现在两个方面：第一，浪漫主义文学和批判现实主义文学相互都取得了重大的成果。1830年雨果所写的戏剧《欧那尼》演出成功，盘踞在法国舞台上达200多年之久的古典主义戏剧从此一蹶不振，取而代之的是表现人的正常激情和对生活真实渴望的浪漫主义戏剧，受到了极大的欢迎。同年，司汤达的《红与黑》正式出版，标志着一种完全不同于先前的、批判和揭露现实丑恶的创作方法诞生了。第二，这一时期批判现实主义作家大多都经历过浪漫主义的创作阶段，在他们的作品中都或多或少地透露出浪漫主义文学所特有的激情；而浪漫主义作家因受到批判现实主义日益彰显的影响，在他们的作品中也加入了对现实黑暗不满的批判意味。两者的交相呼应，使法国这一时期文学成为了世界文学园地的一朵奇葩。不过，就时代的先锋意识而言，批判现实主义文学则无疑是这一时期的主流文学。

福楼拜一生的文学成就都有哪些？

19世纪中叶法国重要的批判现实主义作家居斯达夫·福楼拜，1821年12月17日出生在卢昂一个著名的外科医生家庭。其作品反映了1848—1871年间法国的时代风貌，揭露了丑恶鄙俗的资产阶级社会。

居斯塔夫·福楼拜（1821—1880年），19世纪中叶法国伟大的批判现实主义作家，莫泊桑就曾拜他为师。从小生活在医院环境培养了福楼拜实验主义倾向，使他注意对事物的缜密观察，而与宗教格格不入。他与青年哲学家普瓦特万很早就结成了亲密的友谊，普瓦特万的悲观主义思想和唯美主义观点对福楼拜有相当影响。福楼拜思想上还有着斯宾诺莎无神论思想的明显影响。他在上中学时就热心阅读浪漫主义作品，并从事文学习作。这些作品表现了"恶魔式的利己主义"和无政府主义式的狂热，带有浓厚的浪漫主义色彩。短篇小说《狂人回忆》（1838年）写他对一位音乐出版商妻子的炽热感情。这位出版商的妻子就是《情感教育》中阿尔努夫人的原型。福楼拜同时也是杰出的文体家，他的"客观而无动于衷"的创作理论和精雕细刻的艺术风格，在法国文学史上独树一帜。其主要作品有长篇小说《包法利夫人》（1857年）、《萨朗波》（1862年）、《情感教育》（1869年）、《圣安东尼的诱惑》（1874年）、《布瓦尔和佩库歇》（1779年）和短篇小说集《三故事》（1877年）等，对19世纪末及至20世纪文学，尤其是现代主义文学的发展有着极其深远的影响，被誉为"自然主义文学的鼻祖"、"西方现代小说的奠基者"。

司汤达对欧洲批判现实主义的发展做出了哪些贡献？

司汤达（1783年—1842年）是19世纪法国杰出的批判现实主义作家。他的一生并不长，不到六十年，而且他在文学上起步很晚，三十几岁才开始发表作品。然而，他却给人类留下了巨大的精神遗产，包括数部长篇，数十个短篇或故事，数百万字的文论、随笔和散文，游记。他以准确的人物心理分析和凝练的笔法而闻名。他被认为是最重要和最早的现实主义的实践者之一。最有名的作品是《红与黑》（1830年）和《巴马修道院》（1839年）。

司汤达从1817年开始发表作品。处女作是在意大利完成的，名为《意大利绘画史》。不久，他首次用司汤达这个笔名，发表了游记《罗马、那不勒斯和佛罗伦萨》。从1823年到1825年，他陆续发表了后来收在文论集《拉辛和莎士比亚》中的文章。此后，他转入小说创作。1827年发表了《阿尔芒斯》，1828—1829年写就《罗马漫步》，1829年发表了著名短篇《瓦尼娜·瓦尼尼》。他的代表作《红与黑》于1827年动笔，1829年脱稿（本书即将面世之际，适逢七月事变，国人无暇他顾，形式发展不利于书报之刊行。然本书脱稿于1827年当无疑义——原编者注）。1832年到1842年，是司汤达最困难的时期，经济拮据，疾病缠身，环境恶劣。但也是他最重要的创作时期。他写作了长篇小说《吕西安·娄万》（又名《红与白》），《巴马修道院》，长篇自传《亨利·勃吕拉传》，还写了十数篇短篇小说。在1842年3月23日司汤达逝世时，他手头还有好几部未完成的手稿。在司汤达的墓志铭上写着一段话：活过、爱过、写过。

《红与黑》是法国现实主义作家司汤达的代表作，自1830年问世以来，赢得了世界各国一代又一代读者的心，特别为年轻人所喜爱。作品在对法国社会黑暗大张鞭挞的同时，对反动的宗教也

充满了强烈的憎恶。小说详尽地描写了贝尚松神学院是一座"人间地狱",这里到处充满了阴谋与恐怖,人与人之间尔虞我诈,互相倾轧;个个勾心斗角,企图置人于死地。此外这些手辣心狠的学生同时又深受宗教的毒害,于连经常看到墙上用黑炭写着:"把60年的苦修苦炼,和天堂的永恒欢乐或地狱的沸腾油锅的永恒痛苦,放在天平上称一称,算得什么。"看着这些个个面黄肌瘦、气息奄奄的同学,于连也不免由厌恶转为同情。

文学家巴尔扎克有哪些独特的创作方式?

奥诺雷·德·巴尔扎克(1799—1850年)是法国19世纪伟大的批判现实主义作家,他的《人间喜剧》是人类文学宝库的擎天大柱,他是继莎士比亚之后,西欧最重要的文学艺术大师。他所创作的九十余部小说几乎囊括了法国社会的各个层面,这之中最令人惊叹不已的是他对金钱的描写。"金钱问题是他最得意的题目",可以说他的《人间喜剧》"创造了金钱和买卖的史诗"。他对金钱的绝妙描写,既来自当时法国社会对经济利益的高度关注,也来自他一生追逐金钱和备受金钱煎熬的切身感受。他用他的笔忠实地记录了法国这一历史时期的社会变迁和人情世态,极大地拓展了小说艺术的描写空间,他的更大贡献还在于把小说创作提高到社会研究的高度,为此他把作家、社会学家、经济学家、历史学家、科学家和哲学家的职能融为一体,从而使小说成为一种表现力极强的艺术形式。巴尔扎克的这种现实主义创作方法,在文学史上可以说是史无前例的。

从1819年到1828年是巴尔扎克历经磨难和创作探索的10年。初次创作的失利,首先使他意识到生活来源的丧失对一个人是多么痛苦。对金钱的需求,使他将作家的声誉暂时放在一边。他不得不迎合当时的社会风气,写了十多部不署他真名的应景小说,这些作品使他日后羞愧不已,以至于在1842年发表的《人间喜剧·前言》中,他竟郑重声明:"用我的名字发表的作品我才承认是我的。"

1829年3月巴尔扎克第一次用真名发表了长篇小说《舒昂党人》。小说是以现实主义方法写成的,它标志着巴尔扎克的创作从此走向了现实主义的道路,从这部作品始,巴尔扎克开始了他一生为之奋斗的《人间喜剧》的建构工程。研究者一般都将巴尔扎克的创作生涯分为三个阶段,从1829年到1834年是巴尔扎克创作的第一个阶段,这个阶段共发表了42篇小说,他的中短篇小说精品大都创作于这一阶段。在第一阶段中,

《驴皮记》和《欧也妮·葛朗台》是最重要的作品，这两部作品一发表即在法国社会引起极大的反响，这更加激发了巴尔扎克的创作欲望，从此他笔耕不辍，奋笔疾书。

这一阶段，巴尔扎克产生了把自己的作品连为一体的想法。1830年他把已经发表的部分小说结集出版，取名为《私人生活场景》；1833年，他用《19世纪风俗研究》为名概括他的全部创作，并与出版商签订了出版合同；1834年，他授意朋友达文在《哲理研究》上刊载了一篇序言，首次透露出他写作《人间喜剧》的总体构思。同年，他在给韩斯卡夫人的信中，又谈及将整个作品分成风俗研究、哲理研究和分析研究三大部分。

巴尔扎克创作的第三阶段是从1842到1848年，这一阶段是他系统写作与出版《人间喜剧》的重要时期。1841年巴尔扎克与出版商签订了出版16卷本《人间喜剧》的合同，于是他加紧了对旧作的修订和新作的写作，这一时期他发表的重要作品主要有《搅水女人》、《交际花盛衰记》、《农民》、《贝姨》和《邦斯舅舅》等。1845年，巴尔扎克曾在《人间喜剧总目》中计划写140多部小说，可是长时期的紧张生活和为刺激疲惫不堪的身体而大量饮用咖啡，终于击倒了这位曾经身壮如牛的文坛巨子。巴尔扎克在他刚刚度过51岁生日不久，就离开了人世。

梅里美有哪些文学成就？

梅里美在19世纪法国文学史上占有一个特殊的地位。他最初是一个深受浪漫主义影响的作家，自1822年结识比他大20岁的司汤达后，受其影响转向现实主义，但在他的作品中仍然留有对强有力个性的浪漫主义式人物的描写，他是一个很好地把现实主义和浪漫主义融为一体的作家。在他的中短篇小说创作中有一个突出的倾向，这就是作家喜好从道德角度去描写社会，同时又在描写过程中采取一种超脱、冷酷的态度。

梅里美出身于一个资产阶级知识分子家庭，父母都擅长于绘画，在这种家庭氛围中，梅里美从小培养出对艺术精微的鉴赏能力；另一方面，父母不关心政治，以冷眼旁观的态度对待19世纪最初几十年复杂多变的法国政治风云，这对作家日后形成若即若离的处世态度也产生了影响。以上两方面在梅里美的创作中明显地流露出来了。梅里美的创作开始于法国复辟时期，他写过抨击教会和封建贵族的戏剧、历史长篇小说和诗歌，但主要是以中短篇小说奠定了他在法国文学史上的地位。他在这方面的作品还不到20篇，但却取得了很高的成就，被认为是莫泊桑之前西欧最主要的

中短篇小说家。

英国批判现实主义文学有哪些新的特点？

19世纪30至70年代，是英国资本主义迅速发展的时期，也是文学（尤其是写实小说）创作取得巨大成就的丰收期，史称"维多利亚文学时期"。维多利亚女王在1837年继位后，经过早期的社会问题丛生，各种政治力量交锋、摩擦，到40年代末期社会逐渐平稳，步入号称"日不落"国的鼎盛时期，文学也经历了从揭露资本主义社会的无情、冷漠，到作家表现出特有的道德意识和忧患意识的文学转型期。

19世纪30至40年代的英国，人称为"饥饿的时代"。资本主义的高速发展给工人、农民和小资产阶级带来的不是生活条件和劳动条件的改善，而是极度的贫困和破产，劳资矛盾日益加剧，终于爆发了一场工人阶级为争取政治权力，以"人民宪章"的形式向英国议会提出有关普选要求的宪章运动。这场为期10年的宪章运动诞生了宪章派文学。宪章派文学的主要成就是诗歌，作品具有鲜明的政治倾向性和斗争性，其内容反映了工人阶级的苦难生活，揭露了资本家从工人血汗中榨取高额利润的罪行，主要诗人有厄内斯特·琼斯、威廉·林顿和基洛德·马西。由于英国资产阶级亲眼目睹了法国大革命摧枯拉朽

的革命气势，他们害怕英国人民也会采取同样的革命措施，于是资产阶级实行自由主义的政策以缓和国内矛盾，同时在理论上也极力为资本主义剥削辩护。各种各样的改良主义和反动学说相继出现，如马尔萨斯的人口论，把社会的贫困原因归之于人口的增长；在政治经济学上，出现了曼彻斯特派的自由竞争学说，为工业资本家追求无限制的利润辩护；在哲学上则出现了功利主义，肯定资产阶级的利己主义是道德的。这一切都对英国这一时期的文学，尤其是批判现实主义文学产生了影响。

与同时期的法国批判现实主义文学相比较，英国批判现实主义文学呈现了新的特点。首先，英国批判现实主义作家在他们的作品中最先描写了劳资矛盾。由于英国资本主义出现得早，英国早期的批判现实主义作家又大多经历过宪章运动或者受到这一运动的影响，因此作家们在作品中直接描写了工人的苦难生活和他们的斗争。如狄更斯的《艰难时世》，夏洛蒂·勃朗特的《简爱》，盖斯凯尔夫人的《玛丽·巴顿》都不约而同地描写了工人阶级与资本家之间的矛盾。第二，作品的主要题材是写小资产阶级个人奋斗的历程，作品中的正面人物几乎都是"小人物"。这是因为英国作家们大多出身于小资产阶级，他们社会地位低，对下层人们的生

活比较熟悉，加之差不多每个作家都有一番个人奋斗的经历，因此，当他们提起笔时，这些素材很容易就进入了他们的创作视野。第三，人道主义和改良主义的色彩比较浓厚。英国批判现实主义文学这一特点的形成，是与统治阶级的理论宣传和作家本身的局限分不开的。由于英国国力强盛，人们普遍相信通过合法手段可以缓和、解决矛盾，加之英国民族长期尊崇"绅士"风度，因而在作家的作品中较少表现暴力题材，而提倡宽容、圆通和中庸的人道主义和改良主义则成为这一时期作品的主调。

狄更斯具有什么样的创作风格?

狄更斯是一位具有高度艺术才能的小说家，他继承和发展了18世纪以来英国现实主义小说的优良传统，创造了独特的艺术手法，形成了自己的艺术风格。其小说艺术特征有以下三点。

首先，狄更斯在人物塑造上主要不是从人物的内心世界来刻画人物性格，而是从人物的外部描写入手，善于抓住人物的某些特征，采用夸张的手法加以强调，使人物形象鲜明、性格突出。例如一提到那个和蔼可亲、天真可爱的胖绅士，他的圆眼镜、白背心和紧身裤子、他的圆圆的肚子和翘起在背后的上衣尾巴，人们就会异口同声地说：这是匹克威克先生。

其次，狄更斯善于运用诙谐、幽默的艺术手法。他的幽默既不同于果戈理措词尖刻的讽刺挖苦，也不同于马克·吐温的犀利而又轻松的冷嘲，而是哀而不伤，戏而不谑。他通过幽默、诙谐的手法，使处于深重苦难的人们冲淡对生活的怀疑与绝望，抚慰心灵上的哀伤与创痛，从笑声中得到宽慰。但更重要的是，使人们在笑声中发现愚蠢和荒唐，激发对虚伪、邪恶事物的憎恶，以达到教育人民、抨击社会弊端的目的。这一点尤为突出地表现在《荒凉山庄》里对英国法律制度的描写之中。

第三是创作风格多样性与统一性的结合。狄更斯全部作品的风格是清新而真切的，这源自于他的创作手法是现实主义的，他善于将常见的社会问题加以提炼，使之成为针砭时弊的题材。为达到这一创作目的，狄更斯甚至不拒绝浪漫主义和象征主义的手法，而使风格趋于怪诞，以求讽刺的效果。

狄更斯作品中的浪漫主义成分突出地表现在小说往往围绕主人公的出身秘密，展开一系列扣人心弦的斗争，如奥列佛·退斯特的出身秘密一直是解读本书的关键情节。到后期，狄更斯不惜运用象征主义的手法，如以大雾、浓烟象征资本主义制度的腐朽、没落，用堆积如山的垃圾象征资本主义社会的肮脏与罪孽，以绰号为"大法官"的克洛克老板的废品收集店

自动燃烧来象征英国腐朽的法律制度必然崩溃。但无论狄更斯作品中的浪漫主义成分，还是象征主义手法，究其实都是为了增强作品对社会的批判效果，都是统一为现实主义服务的。

在狄更斯的全部小说中，有两部历史小说，这就是《双城记》和《巴纳贝·日阿吉》。《巴纳贝·日阿吉》是狄更斯创作第一时期的作品，小说以1779年英国的高登暴动为背景，由于作者当时对社会认识不够，将这次暴动写成了暴民的狂暴盲动，把暴动的决策人物写成天性邪恶的歹徒。可是时过18年后，随着对社会认识的加深和对革命的思考，他决心写出一部反映法国革命的历史小说，这就是1859年发表的《双城记》。他在一封信中曾谈到了写作这部小说的目的："我认为国内没有爆发火焰而暗中燃起的不满情绪，越发觉得可怕。我们所发生的情况使我记起法国第一次革命前夜的那种情绪，并可能从最不关重要的事故中引起突然的爆发。"狄更斯已经意识到英国社会现实的严重性，这是狄更斯思想中民主主义思想的可贵性。但是由于作者坚持人道主义立场，反对暴力革命，因此作品也在一定程度上带有天真的说教和错误的认识。然而这部作品无论是在反映狄更斯的思想发展、概括社会生活的深度和广度上，还是从表现技巧上，都代表了作者创作艺术的最高峰。

狄更斯还运用了服务主题的对比手法，悬念与象征的艺术手法等，这一切都保证了《双城记》成为一部欧洲批判现实主义文学的伟大作品。

俄国批判现实主义文学有哪些成就？

俄国批判现实主义文学形成于19世纪30年代，在五六十年代走向繁荣，到70至90年代达到高峰，并转向衰落。将近100年的俄国文坛，描写人民苦难的作家人才辈出，反映现实黑暗的作品不断涌现。他们的批判锋芒主要针对封建农奴制，后来也触及资本主义制度。他们在思想和艺术方面都达到了相当高度。高尔基曾拿西方文学作对比，说："没有一个国家像俄国那样在不到百年的时间出现过灿若星群的伟大名字。"

19世纪初，俄国资本主义因素有显著的增长，封建农奴制面临危机。先进人士对农奴制的批判以及围绕废除农奴制问题的斗争，促进了一部分作家转向现实主义。反对农奴制的斗争要求文学揭露社会的黑暗，这是批判现实主义产生的社会基础，而文学本身的发展，也为它提供了条件。

普希金的后期创作由浪漫主义转向现实主义，为俄国批判现实主义文学奠定了基础。莱蒙托夫、果戈理等早期创作以浪漫主义见称的作家，也在30年代转向现实主义。诗人莱蒙托夫（1814—1841年）在1840年发表小说《当代英雄》，继承普希金开始的"多余人"形象传统，塑造了又一个"多余人"形象毕乔林。毕乔林是对上流社会强烈不满的贵族青年，但他摆脱不了贵族生活，没有理想，玩世不恭，感到苦闷绝望；他时时进行自我心理分析，既否定一切，也蔑视自己，只能成为社会的"多余人"。作者用讽刺的笔调讥讽他，并谴责其所由来的贵族社会。

果戈理加强了俄国文学的批判倾向。别林斯基则反驳对立派攻击果戈理的言论，认为到40年代后期已形成了以果戈理为代表的"自然派"，其特点是真实描写并批判社会的黑暗，以下层人民为作品的主人公，反映人民的疾苦。这恰好是俄国社会迫切需要的文学。别林斯基的理论有力地推动了俄国批判现实主义的发展。

赫尔岑（1812—1870年）的小说《谁之罪？》（1847年）创造了另一个"多余人"别里托夫。这样一来，经过普希金、果戈理的创作实践和别林斯基在理论上的阐释，俄国批判现实主义到40年代已经完全获胜，并于50、60年代进入繁荣时期。

俄国文学繁荣的表现是作家众多，名著如林，而且种类齐备。小说如冈察罗夫的《奥勃洛摩夫》（1859年）、屠格涅夫的《前夜》（1860年）和《父与子》（1862年）、车尔尼雪夫斯基的《怎么办？》（1860年），陀思妥耶夫斯基的《罪与罚》（1864年），托尔斯泰的《战争与和平》（1869年）。短篇、散文、随笔如屠格涅夫的《猎人笔记》（1852年），谢德林的《外省散记》（1856年），剧作如奥斯特洛夫斯基的《大雷雨》（1860年），诗歌如涅克拉索夫的长诗《在俄罗斯谁能快乐而自由？》（1863—1877年）等。在理论方面，车尔尼雪夫斯基提出了"美是生活"的著名论点，其论文《艺术对现实的审美关系》（1855年）对唯物主义美学作了重大贡献。

尔尼雪夫斯基的《怎么办？》接着提供了一批"新人"的形象。此时，奥斯特洛夫斯基（1823—1886年）的《大雷雨》等剧作和涅克拉索夫（1821—1898年）的《在俄罗斯谁能快乐而自由？》分别在戏剧和诗歌方面拓宽了文艺表现生活的范围。前者将商人、演员、教师、店员、侍役等中下层人物搬上了舞台，后者则把农民、小知识分子引进了文学。

为什么说果戈理是文学自然派的创始人？

尼古拉·瓦西里耶维奇·果戈理（1809—1852年）是俄国批判现实主义

文学的奠基人。他生于乌克兰的一个地主家庭，从小喜爱民间文学。中学时受到法国启蒙思想的影响，1828年毕业后赴彼得堡，在政府机关里供职。1831年结识了普希金，在创作思想上受到后者很大的影响。1831年—1832年发表具有浪漫主义色彩的作品《狄康卡近乡夜话》，一举成名。

1835年—1842年发表的5篇短篇小说组成《彼得堡故事集》。有暴露贵族社会和官僚阶层生活庸俗和丑恶的《涅瓦大街》，有描写上流社会的生活和金钱势力毁灭画家才能的《肖像》，有讽刺官吏好虚荣、想发财而又奴气十足的《鼻子》。其以描写"小人物"命运的《狂人日记》和《外套》为最著名。前者写一个小官吏被官僚等级制度残酷迫害，直至发狂的故事；后者描写一个小官吏毕生抄写文书，过着贫困屈辱的生活，好不容易才攒够钱买了一件外套，但后来外套保不住，他也悲惨地死去。这些"小人物"题材的作品，不但表现了他们生活的贫困凄凉、孤苦无助，而且反映了他们对社会的不满和抗议，也表达了作者对他们的深切同情。"小人物"形象是19世纪俄国文学的传统形象之一，从普希金的《驿站长》、果戈理的《外套》到陀思妥耶夫斯基的《穷人》，不断发展，是俄国文学具有强烈的人道主义精神的标志。

1836年创作的讽刺喜剧《钦差大臣》，讽刺对象是俄国专制制度，《作者自白》中说："我决定在《钦差大臣》中将我当时所知道的俄罗斯的全部丑恶集成一堆……痛快地一并加以嘲笑。"

《钦差大臣》遭到俄国官僚阶层和贵族社会的攻击。果戈理深感痛心，遂于1836年6月侨居国外，在国外写作了《死魂灵》第一部，于1842年5月出版。但就在此时，果戈理的思想出现了危机。果戈里在1847年发表《与友人书简选》，否定自己的创作。对此，反动文人兴高采烈，进步人士非常痛心。别林斯基当即写了《给果戈理的一封信》（1847年），严肃地批评了果戈理的错误。他开导果戈理说："今天俄国最重要最迫切的民族问题是：废除农奴制度，取消体刑，"而不是别的《别林斯基选集》第2卷，时代出版社，第329页。后来，果戈理部分地接受了别林斯基的批评。1848年，果戈理回国定居莫斯科，1852年因病去世。

《死魂灵》是批判现实主义文学的典范作品。它的艺术特点是刻画人物形象注重典型化，注意细节的描写和运用讽刺手段。作品的语言生动、幽默、富有鲜明的比喻，出版后引起了比《钦差大臣》更为激烈的斗争。在反对派的压力下果戈理开始动摇，思想上的危机日益加剧。他构思和创作了《死魂灵》第二部，企图写出改恶从善的乞乞科夫和道德高尚的地主官僚形象，但这些违背生活真实的形象连作家自己都感到很不成功，他一再修改、重写，直至临终前把全部手稿付之一炬。

"俄国诗歌的太阳"指的是哪位作家？

亚历山大·谢尔盖耶维奇·普希金出生于沙俄莫斯科，1837年1月29日逝世于圣彼得堡，是俄国著名的文学家、伟大的诗人、小说家，及现代俄国文学的创始人。19世纪俄国浪漫主义文学主要代表，同时也是现实主义文学的奠基人，现代标准俄语的创始人，被誉为"俄国文学之父"、"俄国诗歌的太阳"。

普希金毕业后到彼得堡外交部供职，在此期间，他深深地被以后的十二月党人及其民主自由思想所感染，参与了与十二月党人秘密组织有联系的文学团体"绿灯社"，创作了许多反对农奴制、讴歌自由的诗歌，如《自由颂》（1817年）、《致恰达耶夫》（1818年）年《乡村》。（1819年）。1820年，普希金创作童话叙事长诗《鲁斯兰与柳德米拉》。故事取材于俄罗斯民间传说，描写骑士鲁斯兰克服艰难险阻战胜敌人，终于找回了新娘柳德米拉。普希金在诗中运用了生动的民间语言，从内容到形式都不同于古典主义诗歌，向贵族传统文学提出挑战。

普希金的这些作品引起了沙皇政府的不安，1820年他被外派到俄国南部任职，这其实是一次变相的流放。在此期间，他与十二月党人的交往更加频繁，参加了一些十二月党的秘密会议，他追求自由的思想更明确，更强烈了。普希金写下《短剑》（1821年）、《囚徒》（1822年）、《致大海》（1824年）等名篇，还写了一组"南方诗篇"，包括《高加索的俘虏》（1822年）、《强盗兄弟》（1822年）、《巴赫切萨拉依的泪泉》（1824年）、《茨冈》（1824年）4篇浪漫主义叙事长诗。还写下了许多优美的抒情诗：《太阳沉没了》（1820年）、《囚徒》和《短剑》（1821年）等，这些表达了诗人对自由的强烈憧憬。从这一时期起，普希金完全展示了自己独特的风格。

1824年—1825年，普希金又被沙皇当局送回了普斯科夫省的他父母的领地米哈伊洛夫斯克村，在这里他度过了两年。幽禁期间，他创作了近百首诗歌，他搜集民歌、故事，钻研俄罗斯历史，思想更加成熟，创作上的现实主义倾向也愈发明显。1825年他完成了俄罗斯文学史上第一部现实主义悲剧《鲍里斯·戈都诺夫》的创作。

普希金作品崇高的思想性和完美的艺术性使他具有世界性的重大影响。

他的作品被译成全世界所有的主要文字。普希金在他的作品中所表现了对自由、对生活的热爱，对光明必能战胜黑暗、理智必能战胜偏见的坚定信仰，他的"用语言把人们的心灵燃亮"的崇高使命感和伟大抱负深深感动着一代又一代的人。天才的杰作，激发了多少俄罗斯音乐家的创作激情和灵感。以普希金诗篇作脚本的歌剧《叶甫根尼·奥涅金》、《鲍里斯·戈都诺夫》、《黑桃皇后》、《鲁斯兰与柳德米拉》、《茨冈》等等，无一不是伟大的音乐作品；普希金的抒情诗被谱上曲，成了脍炙人口的艺术歌曲；还有的作品还被改编成芭蕾舞，成为舞台上不朽的经典。

屠格涅夫的主要文学作品是什么？

伊凡·谢尔盖耶维奇·屠格涅夫（1818—1883年）是具有敏锐观察力的俄国优秀现实主义作家。出生在一个贵族家庭。父亲早逝；母亲性格乖戾。

屠格涅夫的第一部现实主义作品《猎人笔记》包括25篇特写，作于1847至1852年。《猎人笔记》着力写出农民聪明能干、感情真挚、心地善良和内心丰富，却受到农奴制度的摧残，不能享受人的生活权利。这是作品深刻的人道主义和民主思想的表现。作品揭露了旧式地主的野蛮粗暴和新式地主的"文明"和伪善。《猎人笔记》显示了屠格

涅夫独特的艺术风格：朴实鲜明的现实主义手法和浓郁的抒情情调相结合，曾被赫尔岑称为"用诗写成的对农奴制的控诉书"。屠格涅夫的主要成就在于长篇小说。他从50至70年代先后写成六部长篇：《罗亭》（1856年）、《贵族之家》（1859年）、《前夜》（1860年）、《父与子》（1862年）、《烟》（1867年）和《处女地》（1877年）。

在创作《贵族之家》前后，屠格涅夫还写过一组以爱情为主题的中篇小说，如《浮士德》（1856年）、《阿霞》（1858年）、《初恋》（1860年）等，这些作品都在一定程度上反映了他的人生虚幻、个人幸福渺茫的宿命论思想。车尔尼雪夫斯基在《幽会中的俄罗斯人》一文中指出《阿霞》中男主人公的精神危机是当时社会环境造成的，是俄国贵族社会破产的征兆。

50年代末60年代初，俄国社会发生了急剧的变化，解放运动进入平民知识分子革命阶段，贵族革命家的领导地位已被革命民主主义者所取代。屠格涅夫敏感到时代的要求，立即从写"多余人"转向反映"新人"。小说《前夜》和《父与子》的相继问世标志着他创作的新阶段的开始。长篇小说《处女地》，反映70年代民粹派"到民间去"的活动。

屠格涅夫的最后一部作品是《散

文诗》（1882年）。由于作者思想上苦闷，又远离祖国，身患重病，对民主主义失去信心，也不敢指望自由主义有光明的前景，于是情绪悲观。《散文诗》既是他的感怀之作，多数篇章就流露出前途渺茫、浮生若梦的消极情调，但也有一些诗格调高昂，怀有爱国主义激情，或者歌颂革命理想的。描写一个女革命者形象的《门槛》就是其中优秀的一篇，其他还有《麻雀》、《我们还要继续战斗!》等。

1883年9月3日，屠格涅夫在巴黎病逝。遗体运回俄国彼得堡安葬。

列夫托尔斯泰创作的各个时期的特征是什么？

托尔斯泰的创作，大致可以分为三个时期。

早期（1851-1862年）：这是他探索、实验和成长的时期，思想和艺术风格都在发生变化，后来作品中的一些特色和基调也已经初具雏形。托尔斯泰的早期作品均以亲身经历为基础写成。为贵族青年寻找出路，试图解决社会矛盾。显示了作者所进行的艰苦的思想探索。

《童年》、《少年》、《青年》三部曲，牧歌情调与民主倾向，道德完善主题。

《塞瓦斯托波尔故事集》（1855-1856年）开始了托尔斯泰和统治阶级之间第一次公开的冲突。他克服了俄国文学中战争描写的虚假的浪漫主义倾向，表现流血和死亡的真实场面。歌颂了普通士兵的纯朴、勇敢和爱国精神，鞭挞了贵族军官虚假浮荡、追名逐利的本质，揭露了沙皇军队的腐败，同时也暴露出作者把一切战争都看作是血腥的相互屠杀的观点。《卢塞恩》（《琉森》）（1857年），日记体，是托尔斯泰最早批判资本主义的作品，写作者在瑞士卢塞恩目睹流浪歌手横遭资产阶级绅士欺凌的情景。《哥萨克》（1863年），1863年，他发表了近十年写作的中篇小说《哥萨克》，首次提出贵族阶级"平民化"问题。描写贵族青年奥列宁离开上流社会，到高加索去寻找自由和幸福。在这里，他否定自己的过去，爱上了山村中的美人玛莉安娜，但是城市生活在他身上的烙印终于使他暴露出自私的本性，他最终失去希望，痛苦地离开哥萨克村。——贵族出路的问题，返回大自然之路也是行不通的。

中期（1863-1880）：这是托尔斯泰才华得到充分发挥，艺术达到炉火纯青的时期，也是思想上发生激烈矛盾，紧张探索、酝酿转变的时期。

《战争与和平》（1863-1869年）：以1812年卫国战争为中心，通过对包尔康斯基、罗斯托夫、别丝豪夫和库拉金4个贵族家庭的描写，反映了从1805年奥斯特

里齐战役到1825年贵族十二月党人起义前夕和俄国生活，描绘了俄国各阶级的生活状态及心理状态，提出了许多重大的社会问题，表达了作者对政治、历史、哲学、宗教、道德等问题的观点。同时还有着对俄罗斯大自然及民族风情习俗的动人描写。因此它是一部兼有史诗、历史小说、编年史及风俗描写的巨著。小说歌颂了人民群众的爱国热情及英雄主义，提出人民群众是历史发展的动力，战争是人生价值的试金石。安德烈与彼尔的思想探索。娜塔莎形象与宫廷贵妇相对照，是托尔斯泰的理想。

艺术特色：1.结构宏伟、布局严整。千头万绪，559个人物，150多个正面人物，重大的题材，复杂的事件，广阔的背景，大时间跨度，被结构得天衣无缝。2.把强烈的历史意识同粗细有致的情节描写有机地融为一体，随着情节的延沓，俄罗斯民族的历史、文化、社会精神一步步展现在眼前。3.抒情与叙事的结合。缓缓地、浓墨重彩地、沉郁地、深沉地抒情。4.形象塑造鲜明、生动。

《安娜．卡列尼娜》（1877年）：小说有安娜追求爱情自由和列文从事农事改革、探索社会出路两条平等发展的情节线索。通过这两条情节线索，小说深刻反映了19世纪下半期农奴制崩溃，资本主义确立所引起的俄国社会的巨大变动。安娜是具有资产阶级个性解放思想的贵族妇女，不满封建婚姻，追求真挚爱情。安娜以自杀表示对社会的抗议，上流社会的侮辱与迫害，安娜性格的内存矛盾，酿成了她的悲剧。托尔斯泰对安娜主要是同情，但又从宗教观念出发对她进行了谴责。

艺术特色：1.卓越的心理描写，具有细腻真实的素质，天才地触摸到了意识流。安娜临死之前的意识流动。2.从多个视角表现人物，如圆型剧院，可以从每个人的视角去看人物。3.较少打断故事情节，把抒情和思辩性完美结合。4.采用拱形结构，如《双城记》。

晚期（1881-1910年）：这一时期，一方面揭露当代社会的各种罪恶现象，另一方面表达自己的新认识，宣传自己的宗教思想。创作是多方面的，有戏剧、中短篇和长篇小说、民间故事，而占重要位置的是政论和论文。

《复活》（1889-1899年）是托尔斯泰由贵族立场转向宗法制农民立场之后的作品，在《复活》中托尔斯泰对地主资产阶级社会进行了最彻底的批判。他以极大的愤怒揭露了法律、法庭的不公正，法官的昏庸；官方教会的伪善；暴露了上流社会的腐朽与寄生，资本主义的祸害；否定了地主私有制；描绘了底层人民的苦难。

《复活》的艺术特色：广阔的生活画面，高度的艺术概括；心灵描写：

描写内心的矛盾斗争，怀疑、探索的痛苦。丰富多样的对比手法，揭示心灵世界的肖像描写，辛辣的讽刺。

1.结构，流浪汉小说结构，聂赫留朵夫的奔走，情节随聂赫留朵夫的所见所闻展开，不同于《战》、《安》。2.非小说因素占了很大比重，经常中断情节，进行长篇大论的议论，类似《悲》的手法。3.大量精巧的细节描写，如对监狱的描写。4.三种形式的批评方式，非小说因素正面批评，通过聂赫留朵夫的心灵感受，通过人物的命运批判，大大加强了小说的批判性。

为什么说陀思妥耶夫斯基是在矛盾中创作的？

费奥多尔·米哈伊洛维奇·陀思妥耶夫斯基，文学家，19世纪群星灿烂的俄国文坛上一颗耀眼的明星，与列夫·托尔斯泰、屠格涅夫等人齐名，是俄国文学的卓越代表。他所走过的是一条极为艰辛、复杂的生活与创作道路，是俄国文学史上最复杂、最矛盾的作家之一。即如有人所说"托尔斯泰代表了俄罗斯文学的广度，陀思妥耶夫斯基则代表了俄罗斯文学的深度"。代表性作品有《罪与罚》、《白痴》、《群魔》、《卡拉马佐夫兄弟》等。

1842年，陀思妥耶夫斯基受命成为中尉，并在一年后从军事工程学校毕业。1843年，他将巴尔扎克的小说《欧也妮·葛朗台》译成俄文，可惜并没有人因此而关注他。于是在1844年他退伍后，陀思妥耶夫斯基开始了自己的写作生涯。

陀思妥耶夫斯基于1840年代结识了涅克拉索夫，在涅克拉索夫的鼓励下，1845年陀思妥耶夫斯基写出他的处女作——书信体短篇小说《穷人》。1846年1月《穷人》刊载于《彼得堡文集》上，广获好评。据说任杂志社主编的涅克拉索夫在读完小说后兴奋地冲进俄罗斯文学评论家别林斯基的办公室，大叫："又一个果戈里出现了！"别林斯基和他的追随者看后都有一样的感觉，别林斯基更称陀思妥耶夫斯基为"俄罗斯文学的天才"。《穷人》的单行本在一年后正式出版，陀思妥耶夫斯基也在24岁时成为了文学界的名人。但是不久之后由于文学上的分歧，陀思妥耶夫斯基与涅克拉索夫、别林斯基决裂。

1847年陀思妥耶夫斯基对空想社会主义感兴趣，参加了彼得拉舍夫斯基小组的革命活动。同年果戈理发表《与友人书信选》，别林斯基撰写《给果戈理的一封信》对其观点给予驳斥。

1866年发表的《罪与罚》，为作者赢得了世界性的声誉。可视作近代世界推理小说鼻祖。而1880年发表的《卡拉马佐夫兄弟》，更是作者哲学思考的总

结，被称为人类有文明历史以来最为伟大的小说。

　　陀思妥耶夫斯基的创作影响，远远走出俄国以外。现实主义派的作家从他的创作中可以吸收到有益的营养，现代派作家则把他的作品奉为经典，而称他本人为他们的先驱和导师。

第八章　文学多元化格局的形成——19世纪后期文学

后期文学流行哪些文学宗派？

19世纪70年代到20世纪的30年中，垄断资本主义发展，阶级矛盾激化，工人阶级出现，自然科学发展，世纪末情绪，各种资产阶级社会哲学思潮十分活跃。实证主义、唯意志论、直觉主义等流派盛行。

1.实证主义：在自然科学影响下产生，主张以"实证精神"改造一切科学，以自然科学的方法去分析社会，强调"一切从属观察"，通过观察和论证去认识实际的法则，从而建立起一个所谓的"观察科学体系"。代表人物：法国的哲学家、文艺学家泰纳（1828—1893年），他将实证哲学和达尔文的学说运用于文艺理论的研究，提出"种族、环境、时代"是文化发展的三个决定性因素，这一著名论断，为自然主义文学奠定了基础。

2.唯意志论：宣扬意志是世界万物的本源，是现代人本主义和非理性主义最早的、也是影响最大的代表性流派。前期叔本华的悲观主义。后期代表人物：德国哲学家尼采（1844—1900年），他一反叔本华的悲观主义，对基督教文化采取了进攻性批判的态度。他认为生命的本质不仅在于"生存意志"，而更在于"权力意志"，即"征服"、"占有"的欲望。他以权力意志的强弱作为人的质量和道德善恶的标准，进而鼓吹"超人"哲学，旨在摆脱基督教传统和现代工业文明对人自身发展的有形无形的束缚。

3.生命哲学：法国哲学家柏格森（1859—1941年）创立，继承了叔本华、尼采的体系，认为世界的本源在于生命的流动，是"生命的冲动"驱使生命不断发展变化，超时空的无限绵延就是生命的基本特征。而对这一神秘的"生命之流"的把握，只能依靠本能的直觉，理性是无济于事的。理性所能认识的只是物质，物质却正是绵延中的中断和停滞。柏格森的直觉主义把非理性主义又推进了一步，成为象征主义等文学流派的哲学基础，并对20世纪的哲学思想、美学理论和文学思潮产生了广泛影响。

自然主义文学发展的历程是什么？

19世纪中叶的法国开始萌动。福楼

拜主张"客观""冷漠"的创作，可谓自然主义文学创作的先声。60年代，龚古尔兄弟相继发表的理论和作品，标志着自然主义文学的诞生。60年代后期，特别是80年代，左拉撰写了一系列重要的论文，对自然主义文学理论作了全面的总结和深入的阐述，并创作了《卢贡—马卡尔家族》，成为自然主义文学最杰出的代表。70年代末，左拉周围聚集了一群年轻作家，莫泊桑、于斯曼等，他们深受左拉的文学观点的影响，组成"梅塘集团"，发表《梅塘夜话》，被视为自然主义的盛举。80年代中，"梅塘集团"解体，法国自然主义开始衰落，而影响却逐渐蔓延至全欧洲，尤其在德国声势浩大。

自然主义与现实主义有哪些区别？

首先，自然主义向社会底层开掘创作题材，从而进一步拓展了文学表现的领域，丰富了人物形象的画廊。其次，自然文学强调文学家的责任是"记录"，而不是作政治的、历史的、道德的结论。文学家在创作时，应该持客观、公允、冷漠的态度，才能使作品达到绝对的真实。为此，他们普遍重视观察、调查，重视精确细致的描绘，使作品大大增强了真实感和揭露性。但对作家倾向性的彻底否定，对现实表象的过分痴迷，常常阻碍作家去深入探讨事物

内在的本质联系，致使作品缺乏深厚的艺术概括力。

自然文学的风格是什么？代表作家有哪些？

自然文学的风格是：平和、冷静、无动于衷的叙述文体。作家在作品中竭力隐去，少有议论。为20世纪许多流派所吸取。

代表作家有：法国龚古尔兄弟、左拉。埃德蒙龚古尔（1822—1896年）、茹尔龚古尔（1830—1870年），从50年代开始共同从事文学创作和历史研究，60年代在文坛崭露头角。代表作《日尔米尼拉赛尔特》（1865年）对下层生活的展示、对小人物命运的关注、文献式的忠实风格，对人物行为所作的病理的和生理的解释，都体现了自然主义的特色。

唯美主义文学是"纯艺术"流派吗？

唯美主义运动是于19世纪后期出现在英国艺术和文学领域中的一场组织松散的运动。通常，人们认为唯美主义和彼时发生在法国的象征主义或颓废主义运动同属一脉，是这场国际性文艺运动在英国的分支。这场运动是反维多利亚风格风潮的一部分，具有后浪漫主义的特征。它发生于维多利亚时代晚期，大致从1868年延续至1901年，通常学术界

认为唯美主义运动的结束以奥斯卡·王尔德被捕为标志。英国的颓废派作家们受瓦尔特·佩特的影响非常大。佩特在1867年至1868年之间发表了一系列文章，主张人们应该热情的拥抱生活，追求生活的艺术化。颓废主义者们接受了这一观点。法国哲学家维克多·库辛和奥菲尔·戈蒂埃在法国推广了这一观念，提出"为艺术而艺术"的口号，并声称艺术与道德之间没有关联。

唯美主义运动中的作家和艺术家认为：艺术的使命在于为人类提供感观上的愉悦，而非传递某种道德或情感上的信息。因此，唯美主义者们拒绝接受约翰·罗斯金和马修·阿诺德提出的"艺术是承载道德的实用之物"的功利主义观点。相反，唯美主义者认为艺术不应具有任何说教的因素，而是追求单纯的美感。他们如痴如醉的追求艺术的"美"，认为"美"才是艺术的本质，并且主张生活应该模仿艺术。

唯美主义思潮的形成有一个漫长的过程。19世纪30年代英国的浪漫主义诗人济慈是唯美主义运动的先驱。他说："美的东西就是永久的欢乐。"法国作家戈蒂埃是由浪漫主义向唯美主义过渡的作家。他反对艺术的功利主义，主张纯艺术，追求形式美，提出"为艺术而艺术"的主张，戈蒂埃成了唯美主义运动的倡导者。

为什么说哈代是晚期文学最重要的批判现实主义作家？

哈代（1840—1928年）是英国杰出的现实主义作家，开启了许多20世纪小说主题的先河。伍尔芙称他是"英国小说中的最伟大的悲剧大师"。韦伯称他是"英国小说中的莎士比亚"。

哈代一生创作了14部长篇小说、4部短篇小说集（44部）、8部诗集和史诗剧《列王》3部，还有20多篇论文。他主要是一位小说家。哈代将自己的小说分为三类。最重要的小说都归在"性格和环境的小说"中。

在现代英美文学史上，有两个虚构的地方特别有名，一是福克纳的约克帕塔法，一是哈代的威克塞斯。威克塞斯是哈代的家乡、英国西南部多塞特郡附近地区的古称，作家以它为背景，写出一系列小说，反映19世纪70年代至90年代，英国的资本主义侵入农村后，小农经济破产的悲惨状况，这一系列小说就叫做"威克塞斯小说"。有《远》、《还》、《卡》、《德》、《无》等。哈代是公认的现实主义小说家，而小说中表现的现代意识又要求小说在形式上革新。于是哈代在现实主义的大框架下融入了各种现代主义的表现手法。

哈代注意到了现代人的精神困境，使小说具有心理学意义上的深度。塑造了亨察尔等反英雄形象，把哲学带进小

说，提供了新的人生透视小说，把诗歌带进小说，成为"诗化小说"，构成了小说的新意境。

易卜生对北欧文学的影响有哪些？

亨利克·易卜生（1828—1906年）是欧洲近代现实主义戏剧的杰出的代表。被人们誉为"现代戏剧之父"和"伟大的问号"。

1851年，卑尔根第一个挪威民族剧院聘请他当编剧。次年，他受卑尔根剧院的派遣，到丹麦的哥本哈根、德国的柏林和意大利的罗马考察和学习。根据编剧合同，易卜生每年应向剧院交出一个剧本。在6年中，易卜生编写了5个剧本。易卜生的早期创作属于浪漫主义思潮，《苏尔豪格的宴会》（1855年）、《厄斯特罗的英格夫人》（1857年）、《赫尔格兰德的勇士》（1858年）等，基本取材于古挪威的民间传说和历史，作家描写历史或传说中的英雄人物，把他们的故事和当前争取挪威独立、民族解放的斗争结合起来，激发爱国热情。

在国外时期，易卜生的创作从浪漫主义转向批判现实主义，他憎恶当时资产阶级政客所鼓吹的虚伪的"自由、平等、博爱"口号，他认为真正的自由在于个性解放，于是提出"精神反叛"的口号。易卜生主义的精华是揭露虚伪的理想与道德，提出问题并进行讨论，他

的社会问题剧由此诞生。总之，对资产阶级的虚伪、利己主义等败行劣迹的深刻批判，是易卜生在国外期间创作的贯穿主题。但在早期的浪漫主义英雄史剧和后期的批判现实主义的社会问题剧之间，存有一个转折点：浪漫主义诗剧《布兰德》（1866年）写个人主义理想家同社会的冲突，个人反叛社会。哲理剧《彼尔·金特》（1867年）叙述一个市侩冒险的故事。易卜生通过对主人公五光十色生活的描写，无情揭露了资产阶级毫无原则、见风使舵、唯利是图的本质。但他主要的不是"哲理诗"而是"幻想曲"。这两部作品一发表，立刻轰动欧洲。

1869年—1883年是易卜生创作的鼎盛时期，最杰出的成就是一系列"社会问题剧"。《社会支柱》（1877年）的主角博尼克，名为"社会栋梁"，实际上是个骗子、恶棍和巧取豪夺者。《人民公敌》（1882年）中的医生斯克多芒为真理为社会福利而斗争，但由于触犯了资本家利益，被宣布为"人民公敌"。易卜生使戏剧与议论结合，观众与剧中人结合，"回溯"与抒情结合，达到思想内容与戏剧情节的一机统一，这正是现代戏剧不可缺少的要素。易卜生不愧是现代戏剧的开拓者。

易卜生对西方戏剧有哪些贡献？

易卜生在西方戏剧史上的贡献是：

首先，易卜生创作的最大特点是使戏剧摆脱了长期的具有浪漫因素的倾向，真正开始面向现实的人生和社会。然后易卜生以提出问题为主要特色，每部作品都被认为是个巨大的问号。包含：1.提出问题、讨论、没有结果，因为提出的都是重大的社会矛盾，当时无法解决。2.社会问题通过人物的内心矛盾冲突表现出来，故又可称为"人物心理剧"。同时易卜生设计的布景和角色都相当简练，剧情常局限在一个家庭或一个特定的公共场所，人物三五个，布景简单，意在冲淡对背景的重视，使观众更关注人物命运。

可以说易卜生是20世纪现代派的开山鼻祖。前期戏剧的神秘色彩、象征意味，中期社会问题剧的心理因素，晚期的进一步探索。在戏剧结构上，沟通了古代戏剧和近代戏剧的联系，最好的作品都采用"闭锁式结构"，撕掉一半，戏剧冲突异常激烈，很少有独白、旁白，而是靠戏剧动作来体现人物心理，扭转了莎剧大量使用独白、旁白的传统。

为什么说左拉是法国自然主义文学理论的倡导者？

左拉是法国作家，自然主义创始人，1872年成为职业作家，左拉是自然主义文学流派的领袖。19世纪后半期法国重要的批判现实主义作家，自然主义

文学理论的主要倡导者，被视为19世纪批判现实主义文学遗产的组成部分。

左拉于1840年4月12日生于巴黎，1902年9月28日卒于同地。左拉中等身材，微微发胖，有一副朴实但很固执的面庞。他的头像古代意大利版画中人物的头颅一样，虽然不漂亮，却表现出他聪慧和坚强的性格。

1864年他的第一部短篇小说集《给妮侬的故事》出版，次年写了一部自传体小说《克洛德的忏悔》，因内容淫秽，引起警方注意，翌年被迫辞职。随着工业革命出现的19世纪社会变革，促使现实主义作家描写社会生活的各个方面。左拉把这种现实主义手法提高到更新的阶段。他强调资料考证和客观描写，从科学的哲学观点去全面解释人生，从纯物质的角度去看待人的行为与表现。1867年，左拉首次把他这种科学理论付诸实践，发表了令人毛骨悚然的小说《黛莱丝–拉甘》，翌年又写了另一部科学实证小说《玛德莱纳–菲拉》。

1871年开始发表长篇连续性小说《卢贡—马卡尔家族——第二帝国时代一个家族的自然史和社会史》的第一部《卢贡—马卡尔家族的命运》。随后，每年出版一部。1877年，第7部研究酗酒后果的《小酒店》问世，左拉一举成名，从此踏上成功之路。接着，他又用16年时间写完余下的13部，其中重要

的有《娜娜》、《萌芽》、《金钱》、《崩溃》、《巴斯卡医师》等。从某种意义上看,《卢贡—马卡尔家族》是拿破仑三世上台到1870年普法战争法国在色当失败这段时期法国生活各个方面的写照。继《鲁贡玛卡家族》之后,左拉又写了两部短篇系列小说《三城市》和《四福音书》。

左拉笃信科学,是科学决定论者,认为自然主义是法国生活中固有的因素。他自称他的方法来源于19世纪生理学家贝尔纳的论著《实验医学研究导言》,左拉在他的论文《实验小说论》中说,作家可以在虚构的人物身上证明在实验室新获得的结论。他相信,人性完全决定于遗传,缺点和恶癖是家族中某一成员在官能上患有疾病的结果,这种疾病代代相传。一旦弄清楚了原因,便可以用医疗与教育相结合的办法予以克服,从而使人性臻于完善。所以说左拉是法国自然主义文学理论的倡导者。

"世界短篇小说之王"指的是哪位作家?

莫泊桑是19世纪后半期法国优秀的批判现实主义作家。在世界文坛上,莫泊桑创作的卓越超群的短篇小说,具有某种典范的意义。俄国文学巨匠屠格涅夫认为他是19世纪末法国文坛上"最卓越的天才",左拉曾预言他的作品将被"未来世纪的小学生们当作无懈可击的完美的典范口口相传"。

莫泊桑一生创作了6部长篇小说和356部中短篇小说。他的文学成就以短篇小说最为突出,被誉为"短篇小说之王",对后世产生了极大影响。他以《羊脂球》(1880年)入选《梅塘晚会》短篇小说集,一跃登上法国文坛,其创作盛期是80年代。10年间,他创作了6部长篇小说:《一生》(1883年)、《俊友》(1885年)、《温泉》(1886年)、《皮埃尔和若望》(1887年)、《像死一般坚强》(1889年)、《我们的心》(1890年)。这些作品揭露了第三共和国的黑暗内幕:内阁要员从金融巨头的利益出发,欺骗议会和民众,发动掠夺非洲殖民地摩洛哥的帝国主义战争;抨击了统治集团的腐朽、贪婪、尔虞我诈的荒淫无耻。莫泊桑还创作了350多部中短篇小说,在揭露上层统治者及其毒化下的社会风气的同时,对被侮辱被损害的小人物寄予深切的同情。

莫泊桑短篇小说布局结构的精巧,典型细节的选用、叙事抒情的手法以及行云流水般的自然文笔,都给后世作家提供了楷模。另外,他敏锐的观察也是令人称道的,自从他拜师福楼拜之后,每逢星期日就带着新习作,从巴黎长途奔波到鲁昂近郊的福楼拜的住处去,聆听福楼拜对他前一周交上的习作的点评。福楼拜对他的要求非常严格，首先要求他敏锐透彻的观察事物。

在福楼拜的指导和帮助下，莫泊桑形成了逼真、自然的写作风格。他不追求离奇的效果，只描写那些司空见惯的平凡小事，叙述的笔调几乎到了白描的程度。不过他的叙述看似自然流畅、不着痕迹，其实都是经过了巧妙的构思，处处为情节发展所需要的伏笔。莫泊桑的天才在于他既叙述生动又惜墨如金，寥寥数笔就使环境的气氛跃然纸上，几句对话就使人物的形象活灵活现。他的描写用词准确、言简意赅，称之为字字珠玑并非过誉。他具有独特的视角，能见他人之所不见，以平淡的情节塑造人物，以真实的细节凸现性格，从而使小说既有反映现实的思想内容，又是引人入胜的艺术精品，因而具有极强的感染力。他虽然是自然主义文学流派的重要成员，但是从来没有露骨庸俗的细节描绘，因此也可以说莫泊桑是一位杰出的现实主义作家。

法国作家莫泊桑一生短暂，在近10年的创作生涯事，共出版27部中短篇小说集和6部长篇小说。法国传记文学家特洛亚在《风流作家莫泊桑》里，披露了莫泊桑一些鲜为人知的秘闻，重现了他嬉戏荒唐的一生。1893年7月，左拉在莫泊桑葬礼的悼词中说："他文思敏捷，

成就卓著，不满足于单一的写作，充分享受人生的欢乐。"这人生的欢乐，指的是莫泊桑喜欢划船、游泳和追逐女人。对于这个终身未娶的作家来说，女性在他生活中占有重要的地位，无论是日常生活还是他笔下的人物，都是如此。

法国现代诗歌的创建者波德莱尔的文学成就

夏尔·皮埃尔·波德莱尔，法国19世纪最著名的现代派诗人，象征派诗歌先驱，代表作有《恶之花》。

奠定波德莱尔在法国文学史上的重要地位的作品，是诗集《恶之花》。这部诗集1857年初版问世时，只收100首诗。1861年再版时，增为129首。以后多次重版，陆续有所增益。其中诗集一度被认为是淫秽的读物，被当时政府禁了其中的6首诗，并进行罚款。此事对波德莱尔冲击颇大。

波德莱尔不但是法国象征派诗歌的先驱，而且是现代主义的创始人之一。现代主义认为，美学上的善恶美丑，与一般世俗的美丑善恶概念不同。现代主义所谓美与善，是指诗人用最适合于表现他内心隐秘和真实的感情的艺术手法，独特地完美地显示自己的精神境界。《恶之花》出色地完成了这样的美学使命。

波德莱尔除诗集《恶之花》以外，还发表了独具一格的散文诗集《巴黎的

忧郁》（1869年）和《人为的天堂》（1860年）。他的文学和美术评论集《美学管窥》（1868年）和《浪漫主义艺术》在法国的文艺评论史上也有一定的地位。波德莱尔还翻译美国诗人、小说家、文学评论家爱伦·坡的《怪异故事集》和《怪异故事续集》。

第九章　与战争相应发展的文学——20世纪上半期的文学

战争中英国文学的发展状况是怎么样的?

1901年维多利亚女王逝世,爱德华七世当年即位,标志着一个朝代的结束,一个时代的开始。1902年英国结束了在南非进行的不光彩的布尔战争。爱德华七世在位期间,社会分化更趋严重:王室、贵族和资产阶级一反维多利亚时代的道德说教和清规戒律,恣意享乐;下层阶级则日益贫困化,工人运动蓬勃开展。1914年至1918年的世界大战,更是在物质和精神上给人们带来了前所未有的冲击和创伤,造成了空前的幻灭感和绝望感。作家们对这一时代持有不同的看法和态度,譬如吉卜林(1865—1936年)便在诗歌中歌颂"白种人的责任",歌颂英帝国往昔的繁荣;另一批作家,如哈代、肖伯纳、高尔斯华绥、威尔斯、康拉德等人则在诗歌和小说中对社会的种种弊端和腐化进行揭露和批判,对宗教权威、传统道德及行为准则、传统艺术观念进行挑战和质疑。

在第一次世界大战期间英国诗坛出现了颇有影响的乔治派诗人和战壕派诗人。所谓乔治派诗人是因为这些诗人的诗在结集出版时适逢乔治五世(1910—1936年)即位而得名。而战壕派诗人则是因为这些诗人大多参加了世界大战,其诗风也发生了引人注目的变化。这些诗人的成就在总体上不如哈代及其前辈。

第一次世界大战是世界历史上规模空前的战争。战争中人们经历了前所未有的残酷和血腥,亲眼目睹了用理性无法解释的人类相互残杀的场面。战后大多数欧洲国家和人民陷入了一种难以摆脱的悲观颓废的精神状态,战前欧洲的"富足、宁静"已经灰飞湮灭,一去不复返了。在战争的尾声阶段,十月社会主义革命的胜利极大地震撼了整个欧洲,使得欧洲的阶级斗争更加激烈,社会矛盾日益深刻,诗人、作家们在这种背景下一时迷失了方面,感到无所适从。所谓现代主义文学就是在这种背景下产生并发展起来的。英国的现代主义文学成就主要体现在象征主义诗歌、意象派诗歌和意识流小说创作上。

康拉德具有什么文学之风?

约瑟夫·康拉德(1857—1924

年），出生于一个乡绅家庭。原籍波兰，父亲是贵族，后被沙俄政府流放。父母去世后由舅舅抚养成人。童年生活艰辛，17岁开始当船员，有十多年的航海经历，到过南美、非洲、东南亚等地。20岁时开始学习英语，1884年加入英国籍。1895年出版了第一部长篇小说《阿尔迈耶的愚蠢》。1913年《机遇》出版，康拉德开始成名。在其一生中，他创作的大量作品，可分为航海小说、丛林小说和政治小说三类。代表作品有《白水仙号上的黑家伙》（1897年）、《吉姆爷》（1900年）、《黑暗的心》（1902年）、《诺斯特罗摩》（1904年）、《特务》（1907年）、《在西方的眼睛下》（1911年）等。1824年康拉德因心脏病发作去世。

康拉德的这些小说在展示航海经历和异域风光的同时，更侧重表现现代文明给人类及其心灵世界带来的灾难与痛苦。他的创作批判了帝国主义的殖民政策和资产阶级的利己原则，赞扬了善良、忠贞、团结的高尚品格，塑造了一系列为自己的心灵罪恶赎罪的人物形象，所以，他笔下的航海远行都具有一种精神上的象征意义，即象征着精神与心灵的探寻历程。

康拉德认为文学的语言应有造型、色彩和节奏的美，要有激发联想的魅力。正如他在《白水仙号上的黑家伙》的序言中所指出的那样，他所有竭力完成的，是那些通过文字的力量使读者听到、感觉到、看到的东西。他致力于运用象征手法以获得文学作品的丰富含义、感染力和美感。康拉德的作品被认为是"为最杰出的维多利亚小说家与最出色的现代派作家提供了一个过渡"。

福斯特是怎样继承奥斯丁文学风格的?

作为传统与革新两种因素兼而有之的小说家，爱·摩·福斯特（1879--1970年）既继承了以简·奥斯丁为代表的英国风俗小说的社会、道德主题和喜剧讽刺手法，又师承法国现代主义小说家普鲁斯特的心理描写手法，为现实主义与现代主义的更替架设了桥梁。福斯特出生于中产阶级家庭，曾在剑桥大学学习。福斯特与一些精英知识分子来往密切、互相影响，如哲学家摩尔、罗素、文学家伍尔夫夫妇等。他后来成了"布卢姆斯伯里文学团体"的主要成员。福斯特自幼受到资产阶级自由主义思想的熏陶，民主思想浓厚。其创作着重反映了英国中产阶级的生活和思想状况，揭示其道德的虚假自私，寄情于希腊与意大利及其热情奔放、善良真诚的人民，具有浓厚的象征主义色彩。他的代表作品有《霍华兹别墅》（1910年）和《通往印度之路》（1924年）。文学演讲集《小说面面观》（1927年）是福斯特重要的文学理论著作。在这部著作中，他就故事、人物、视角和情节等提出了许多独特的见解，对现代小说艺术和文学批评产生了较大的影响

毛姆对英国文学具有怎样的重要性？

威廉·萨默塞特·毛姆（1874—1965年），第一次世界大战前后继承现实主义传统的重要作家，也是在英国拥有读者最多的作家之一。他的创作跨越了半个多世纪，其中以长篇小说的成就最为卓著。成名作《人性的枷锁》（1915年）是毛姆最重要，也是影响最大的一部作品。小说通过具有自传色彩的主人公菲力普·卡莱的成长过程与爱情生活，表明了这一主题，即虚伪的宗教教义、世俗观念都是人生枷锁。《月亮和六便士》（1919年）以法国后印象派画家高更为原型，描写画家佛朗克·斯特里克兰德离家出走，到遥远的太平洋的一个小岛去寻求艺术灵感的故事。作者进一步揭示了西方文明与人性、天才的冲突，并把希望寄托于异域自然、纯朴的原始生活和文明。《刀锋》（1944年）是集中体现毛姆的创作特色的长篇小说。作品通过主人公探索、追求人生意义的经历，反映了第一次世界大战后西方青年对资本主义文明的厌恶、对人生意义的迷惘

和对生活的失望。

毛姆的小说创作还表现出明显的自然主义倾向。自然主义作为一种创作方法，既反对浪漫主义的抒情和夸张，也不像现实主义那样强调塑造典型环境中的典型人物，它提倡所谓绝对的客观和真实。毛姆在某些方面继承了19世纪英国文学的批判现实主义传统，但他却更多地接受了法国自然主义小说的影响。他在客观上批判社会的同时，又流露出浓厚的悲观情绪。他的作品情节生动曲折，结构紧凑，语言精确通畅，浅显易懂，深受不同国家、不同层次读者的喜爱。

诗人叶芝对文学发展有哪些贡献？

威廉·巴特勒·叶芝（1865—1939年），出生于都柏林一个画师家庭。他是信奉新教的英国移民的后裔，他接受的也基本上是正规的英国教育，但他自小就有自发的民族意识。1884年高中毕业后，进入艺术学校学绘画，后来转向文学创作，开始写诗。1889年他出版了第一部诗集《乌辛漫游记及其他》。随后出版的诗集有《女伯爵凯瑟琳及各种传说和抒情诗》（1892年）、《苇丛中的风》（1899年）、《在那七片树林里》（1904年）、《绿盔及其他》（1910年）、《责任》（1914年）、《库勒的野天鹅》（1919年）、《麦克尔·罗巴蒂斯与舞蹈者》（1921年）、

《塔堡》（1928年）、《旋梯及其他诗作》（1933年）。叶芝曾参加爱尔兰新芬党领导的民族自治运动，并同友人一起创办了"阿贝戏院"，创作了诗剧《胡里痕的凯瑟琳》（1902年）、《1916年的复活节》（1921年）等。1923年叶芝获诺贝尔文学奖。

叶芝的创作始终坚持了捍卫爱尔兰民族文化和文学的立场，他认为，爱尔兰有悠久的文化传统、伟大的民族文化，一方面要争取政治上的独立和自由，但另一方面，弘扬民族文化，坚持民族精神也具有同样重要的意义。他在自己的诗歌和戏剧创作中，努力挖掘民族文化的宝藏，采用民族的民间的文学素材，阐发民族文化的底蕴。从艺术的角度看，叶芝的创作把爱尔兰民族文学的精华和现代主义的观念通过高超的艺术技巧表现了出来，他坚持运用丰富凝练的民间语言和象征主义的手法，把口语的生动鲜活与种种象征的复杂意蕴结合起来，使抽象隐秘的哲理深藏在鲜明的意象中，从而显示出独特的象征主义风格。叶芝的创作使爱尔兰文学在世界文学史上获得了很高的声誉。正是在这个意义上，艾略特称他是当代英语文学乃至任何语言文学中最伟大的诗人。

现代主义文学大师艾略特的文学影响体现在哪些方面？

托马斯·斯特恩斯·艾略特，生于美国密苏里州圣路易斯一个清教徒的家庭，艾略特的童年是在浓郁的宗教和文化气氛中度过的。早在中学时代他就开始写富有浪漫气息的抒情诗歌，这些早期诗作直到60年代才得以发表。1914年到1915年再赴德国和英国学习，在牛津大学完成了关于英国新黑格尔派哲学家布拉德雷的博士论文。由于第一次世界大战烽烟骤起，未能返回哈佛进行论文答辩，从此即定居伦敦。他先在伦敦海格特学校教法文和拉丁文，后在劳埃德银行当职员。曾任先锋派杂志《自我主义者》助理编辑，1922年转任文学评论季刊《标准》主编，直到1939年。从20年代到去世，他一直是著名的费伯出版公司董事。1927年，艾略特加入英国国籍，宣称自己在政治上是保皇党，在宗教上是英国天主教教徒，在文学上是古典主义者，从而引起了了西方世界的轰动。

艾略特是西方现代派文学大师，20世纪著名诗人、戏剧家、批评家。他的诗作、剧作和文学批评都对20世纪文学产生了重大影响。他的诗歌融种种现代观念和技法于一炉，深刻地改变了英美诗歌的传统，成为西方现代派诗歌最精粹的部分；他的戏剧在继承古希腊戏剧传统的基础上，同样注重观念和形式的创新，对西方诗剧的发展做出了新的贡献；他的批评和理论是新批评文论重要的组成部分，对现代文论的产生和发展具有深远意义。

为什么说《荒原》是西方现代诗歌中一部里程碑式的作品？

《荒原》是西方现代诗歌中一部里程碑式的作品，是诗人创作生涯中登峰造极的成果。它从17世纪英国玄学派诗歌和法国象征主义诗作中吸取营养，采用神话、传说、人类学和其他文学著作中的众多典故，构成一部小型史诗。它在一个复杂的象征框架中，通过极其强烈的暗示和多层次、多侧面的意象，展示战后西方文明的危机和传统价值观念的崩溃，反映了整整一代人理想的幻灭和精神的失落。

《荒原》从上述神话和传说借取的正是那种荒原何以荒芜，又如何才能复苏的象征意味。通过诗中处处潜藏着的相关暗示和意象，诗人意在说明，战后西方失去了信仰，犹如先民失去了他们的繁殖神，因而变成了一片精神荒原，只有回归宗教，重新获得信仰，现代西方人才能像先民们找回他们的繁殖神那样，使倾颓的西方文明获得新生。

《荒原》是一首典型的现代派诗作，换言之，它完全不同于传统的诗作，它既不是叙事诗，也不是浪漫主义诗人笔下那种抒情诗。它把看来互不关联的戏剧性场景拼接起来，把表面上风马牛不相及的意象并置在一起，纳入一个"荒原"的象征框架中，使这些看似无关的场面和意象获得了内在的联系，从而揭示了西方文明衰退的历史必然性。为了表现现实的病态和邪恶，诗人必然选用病态、丑恶、卑微的意象，而浪漫主义诗歌却往往采用健康、美好、高雅的意象，正是在这里，以法国象征主义诗歌为发端的现代派诗歌和浪漫主义诗歌分道扬镳。《荒原》继承了《恶之华》的传统，全诗充满了枯槁、干涸、破碎、散乱、空虚、孤独、丑陋、衰朽、荒蛮、死亡等意象。

乔伊斯的小说为何被尊称为现代主义文学的经典？

詹姆斯·乔伊斯（1882—1941年），爱尔兰著名小说家，意识流小说的杰出大师，现代主义文学的开拓者和代表作家。1882年生于都柏林一个贫穷的公务员家庭。从小在耶稣会学校受天主教教育，准备当神父。中学毕业前决心献身文学。1898年进入都柏林大学专攻现代语言。1902年毕业后赴巴黎学医。1903年因为母亲病危暂时回乡，开始写短篇小说。以后在欧洲以教授英语为生，同时从事文学创作。1907年自费出版诗集《室内乐》。1914年出版短篇小说集《都柏林人》。1916年出版长篇自传体小说《青年艺术家的肖像》。1918年剧本《流亡》出版。1920年定居巴黎。1922年2月2日，在他40岁生日

那天出版代表作《尤利西斯》。1939年完成了最后一部长篇小说《为芬尼根守灵》。1941年在苏黎士病逝。

《都柏林人》基本上是现实主义的；《艺术家青年时期的画像》是现实主义和现代主义的混合；《尤利西斯》是现代主义的；而《芬尼根守灵夜》则是后现代主义的。

乔伊斯的第一部作品是短篇小说集《都柏林人》，小说通过描写形形色色的都柏林中下层市民日常生活中平凡琐屑的事物，揭示了社会环境给人们的理想、希望和追求所带来的幻灭与悲哀，对爱尔兰的社会风尚表现了轻蔑和反感。《青年艺术家的肖像》是一部自传体小说。

《为芬尼根守灵》的创作构思于20年代，历时十余载而成书。这部作品在晦涩和神秘方面大大超过了已经相当难读的《尤利西斯》。乔伊斯把意识流技巧和操纵语言的实验推到了极端，使这部作品至今仍是研究家们众说纷纭，难于索解的"天书"。全书写一家人一夜之间的梦呓。如果说，《尤利西斯》是一部写白天的书，那么，《守灵夜》就是一本写黑暗的书。这本书宣扬历史不断循环重复，文明按轮回方式发展和衰落等观念。

法国文学在这个时期的三个发展阶段分别是什么?

20世纪上半期的法国可以分为三个阶段：美好的年代、狂热的年代和困惑的年代。"美好的年代"是指19世纪末至第一次世界大战前这20年；"狂热的年代"指的是自第一次世界大战结束到第二次世界大战开始的20年；"困惑的年代"乃是指第二次世界大战及战后50年代处这一历史时期。

在"美好的年代"，法国经济繁荣，工业、特别是能源、交通等新兴部门增长速度很快。资本和生产迅速集中，形成各种垄断组织。经济的快速发展带动了社会消费，上层贵族和大资产阶级恣意享乐，中产阶级也过着安闲舒适的生活。另一方面，政治领域里左翼与右翼的斗争，以及左、右翼内部的斗争也日益激烈，法德两国争夺市场和海外殖民地的矛盾也日益尖锐。1914年第一次世界大战爆发，德国入侵法国，所谓"美好的年代"也就在炮火声中终结。

第二次世界大战给法国也给世界各国人民酿成了空前的浩劫，几乎把人类文明推向了毁灭的边缘。然而，战争的结束并没有给人类带来梦寐以求的持久和平和幸福，反倒是形成了长久的"冷战"状态。正是在这种背景下形成了法国"困惑的年代"。

19世纪末20世纪初的法国文学是现实主义平稳缓慢发展、现代主义崛起的时代。现实主义作为一种文学运动和文学流派，在19世纪中期达到高峰，涌现出像司汤达、巴尔扎克这样的大师，1850年随着巴尔扎克等一批著名现实主义大师的逝世，现实主义也开始盛极而衰，进入一种相对缓慢和沉寂的发展阶段。

20世纪的法国涌现出不少重要现实主义作家，如罗曼·罗兰、纪德、马丁·杜·伽尔、莫里亚克等，成为法国文学界的一支重要力量。这一时期的现实主义作家一方面继承了19世纪现实主义文学的人道主义传统，一如既往地表现了法国作家对历史、社会、人生、道德等广阔领域的热情关注，并在某种程度上继续运用着现实主义的一些创作方法；另一方面，他们在把握世界人生的态度、方式上，在具体的写作方法又走出传统现实主义的窠臼，大胆创新。譬如，他们开创了长篇小说的新体裁，即"长河小说"。罗曼·罗兰的《约翰·克里斯朵夫》、马丁·杜·伽尔的《蒂博一家》就是其代表。这类作品往往以百万字以上的鸿篇巨制，描写整整一代人或几代人的生命历程和精神风貌，具有史诗般的宏伟壮阔性。另外，这时期的现实主义文学也出现"向内转"的倾向。

20世纪欧美批判现实主义文学产生的背景是什么？

20世纪是个波澜起伏、动荡不安的世纪，对历史进程具有决定性影响的是两组重要事件：第一次世界大战—第二次世界大战，1917年俄国十月革命—东欧剧变、苏联解体。

人类历史上空前的两次浩劫，两种意识形态的对峙以及第三世界的崛起，使20世纪的现实主义文学打上了时代的烙印。

20世纪批判现实主义文学作家既继承了前辈们广泛、深入地批判资本主义社会，着力塑造典型环境中的典型人物等传统，同时又吸收现代主义的营养以丰富传统的现实主义。由于20世纪现实主义作家所接受的哲学思想较为复杂，所以他们的创作在思想面貌上呈现出更为复杂的特点。这一时期批判现实主义文学具有如下特色：除了继续揭露批判垄断资本主义的种种罪恶之外，战争文学或反法西斯文学成为20世纪现实主义文学的一个重要题材。在表现人与社会的关系的同时，越来越重视对人的主观精神世界的探索和开掘。由于受到现代主义思潮的影响，20世纪现实主义文学呈现出一些现代主义意识。在技巧上力图创新，传统的批判现实主义创作模式在新的历史时期得到了更新，呈现出多元化的特点。

劳伦斯的文学具有什么特色？

戴维·赫伯特·劳伦斯（1885—1930年）出生在诺丁汉郡一个矿工家庭。父母由于出身、文化教养不同而关系紧张，母亲便将全部的爱都投射到儿

子身上，儿子也与母亲异常亲密。这种隐秘的"俄狄浦斯情结"在劳伦斯的自传体小说《儿子与情人》中得到集中的体现。小说展示了造成保罗病态人格的社会背景和心理氛围。当工业文明侵入矿区小镇时，莫瑞尔一天到晚辛勤地劳作，勉强地维持妻儿的生活。非人的劳动条件同时摧残了人们的精神，使得他烦躁、冷漠，无法给妻子更多的关爱，致使妻子只能与儿子相互抚慰，相互关怀。从中人们不难看到，造成人物畸形性格的根源是资本主义工业化制度。这种社会批判主题展示了劳伦斯对批判现实主义传统的继承。

《虹》与《恋爱中的女人》是姊妹篇。《虹》描绘了布兰文一家三代人的婚姻与爱情，《恋爱中的女人》展示了人类"新生"的思想，强调理想的两性关系是保持自我的"双星平衡"式。《查特莱夫人的情人》揭露了英国有产阶级的伪善，强调"生殖器意识是所有真正温柔、真正美的源泉"。作者企图将人类从机器文明的异化中解脱出来，达到"人的自然本性的复归"。其中毫不掩饰的性描写使该作品引起莫大争议。总起来看，劳伦斯在继承现实主义传统的同时又有所创新，他从两性关系的视角、以独特的艺术构思再现了人物的命运，从而展示了20和30年代英国的社会风貌。其作品既有现实主义特色，又有现代主义特色。

德国为什么在20世纪文学发展到了高峰期？

19世纪末至20世纪上半叶德国、奥地利和瑞士的现实主义文学达到了前所未有的高度。

这时期德国历史包括三个阶段：后期威廉帝国、魏玛共和国和希特勒纳粹党执政的第三帝国。当时德国各种政治力量进行紧张激烈的较量，斗争尖锐而又复杂，而这种斗争又必然反映在这个时期的德国文学中。这一时期德国文学现象特别复杂，各种文学流派纷纷出现，此起彼伏，相互交融，有自然主义、印象主义、象征主义、表现主义，还有无产阶级文学、法西斯文学和反法西斯文学，但是，这其中最重要、最持久、影响最大的还是现实主义。这时期德语的现实主义文学继承了19世纪现实主义的传统，但又有了新的发展和特色。一般说来，19世纪德语现实主义文学比同时期的英、法、俄等国的现实主义远为逊色。当英、法的现实主义已经进入高潮时，德语现实主义才刚刚开始发展和成形。但是，进入20世纪以后，德语现实主义文学人才济济，大师辈出，他们创作了一大批优秀成果，取得了前所未有的累累硕果，引起了世界的瞩目。

表现主义文学是德国土生土长的吗？

表现主义是德国土生土长的文学流派。它是一个首先发生在视觉艺术中的现代主义运动，然后才发展到音乐、诗歌、戏剧、小说等领域中。根据大多数学者的意见，"表现主义"一词最早出现在法文中。1901年，法国画家于连·奥古斯特·埃尔维在巴黎"独立沙龙"展出了他的8幅作品，评论家沃克塞尔采用"表现主义"来说明他的这些作品。这一术语最早出现在德文中，大约是在1911年，这年4月柏林举行第22届画展，主要展出包括毕加索、布拉克、杜飞等在内的一批年轻的"分离主义"艺术家的作品。在画展目录的前言中首次使用了这一术语。于是，"表现主义"开始流传，后来，艺术史家韦尔海姆·沃林格正式使用这一名称，把包括塞尚和梵高在内的一批巴黎画家称作"年轻的综合主义者和表现主义者"，这样，就使它合法化了。许多人跟着沃林格使用这一术语，到1911年底，凡是与印象主义意见相左的画家都被戴上了"表现主义"的帽子。1911年7月，库特·希勒尔在《海德堡人报》增刊上发文，抨击那些恪守现实主义和自然主义原则的批评家，明确提出"我们是表现主义者"的口号。然而，应者寥寥，批评界对这一新的提法持冷漠态度，那些功成名就的作家似乎没有一人愿意标榜自己是"表现主义者"。直到1915年之后，这一提法才逐渐在文学界流行起来。

1915年之后，不少人使用这一术语，但却鲜有令人信服的论证，他们的说法不是汗漫无际，就是夸张偏激。但库特·品图斯的《论最新的诗歌》（1915年）、奥托·弗拉克的《论最新的文学》（1915年）两文在使用这一术语时却表现出某种冷静和审慎。

布莱希特是如何对现代戏剧进行他的"探险之路"的？

布莱希特是20世纪德国文坛上独树一帜的戏剧理论家、剧作家和诗人。他的戏剧理论通常都被认为是表现主义的，但其实也是现实主义的。像现实主义作家一样，布莱希特十分强调文学作品的政治倾向性和教育性，他认为，戏剧必须起教育作用，戏剧不应该只是解释世界，表现世界的面目，更应该实现改造世界的目的。所谓改造世界，就是不迁就读者或观众的任何偏见和低级趣味，走在读者的前面，引导他们前进，进而改变读者和现实世界。布莱希特说："社会主义现实主义艺术家，不仅用现实主义的态度对待自己的创作题材，而且用现实主义的态度对待自己的观众。"

布莱希特最初创作的两部戏《巴

尔》和《夜半鼓声》（1922年）其实是反表现主义的。这主要因为表现主义喜欢塑造所谓理想的"新人"，相信"人之初，性本善"，而布莱希特的这两个剧本指出，在这样一个恶的社会里，善人是无法诞生的，也没有什么"人之初，性本善"，因为善恶都是后天的，是社会和环境决定的。20年代中期，布莱希特开始接触马克思主义，同时，他的"叙述体戏剧"理论也基本成形。《兵就是兵》（1926年）就是第一部这样的"叙述剧"。

总之，布莱希特的现实主义与传统的现实主义有所不同。布莱希特曾经说过："一般的观点认为，艺术作品越是易于被人从中认出现实，就越具有现实主义的精神。我的观点与此不同。我认为，艺术作品越是便于人们从中认识把握了现实，就越具有现实主义的精神。""现实主义是广阔的，而不是狭窄的。生活本身是广阔的、多样的、矛盾的……真理可以采用许多方式加以隐匿，也可以采用许多方式加以表达。我们根据斗争的需要引伸我们的美学，就像引伸出我们的道德观念一样。"的确，布莱希特继承了现实主义的传统精神，但是，他又根据时代和现实的需要，大胆创新，大胆实验，博采众长，从而极大地拓展了现实主义的表现领域，丰富了现实主义的艺术手法。

托马斯·曼具有哪些文学贡献？

托马斯·曼（1875—1955年）是德国著名小说家、批评家。19岁时创作了第一部小说《堕落》（1894年），引起人们的注意。

第一次世界大战爆发后，享利希·曼发表了批评德国战争政策的论文《论左拉》，攻击弟弟卫护"德意志精神文化"的民族主义立场，指责他为德国帝国主义参战进行辩护。托马斯·曼立即发表了《一个政治圈外人的深思》进行了回击。1933年，他流亡到瑞士苏黎世。1938年，托马斯·曼迁居美国，被聘为普林斯顿大学教授。这期间，他一方面直接参加反法西斯宣传，发表题为《德国听众们！》的广播演讲55篇；另一方面又经历着民族意识的危机。1949年为纪念歌德诞生200周年，他在法兰克福和魏玛发表演说，两地都给他颁发了歌德奖。1952年他离开美国，移居苏黎世湖畔，三年后去世，留下一部未完成的长篇幽默小说《骗子菲利克斯·克鲁尔的自白》。

《布登勃洛克一家》是托马斯·曼的代表作，荣获1929年度的诺贝尔文学奖。这部小说被认为是典型的现实主义小说。中篇小说《特里斯坦》和《托里奥·克勒格尔》发表于1903年，它们被称作"艺术家小说"，反映出年轻作家对文明和艺术的命运、人类文化的未来进行的思索。作者笔下的艺术家大都自命清高，与庸俗的社会格格不入。1909年他发表了讽刺小说《王爷殿下》，描写贵族克劳斯·享利希想与一个美国百万富翁的女儿结婚，可是又嫌对方不是贵族，最后的成婚完全是出于经济上的考虑。这是德国资产阶级的胜利。作者称这部小说为"史诗喜剧"。

《威尼斯之死》（1912年）是托马斯·曼中篇小说的力作。小说展现出一幅五光十色的图案，其中有歌德和瓦格纳的生平片断，有诗人普拉滕和纪德的侧影，有荷马、哈菲兹、尼采和叔本华的哲学。《魔山》（1924年）是托马斯·曼的又一部重要的中篇小说，作者自称这是一部"具有教育和政治意图的故事"。《马里奥和魔术师》（1930年）是一部反法西斯的中篇小说，该书问世不久就被墨索里尼政府列为禁书。

总之，托马斯·曼是跨越19世纪与20世纪的作家，他的创作生涯达60年之久。他一生致力于维护和宣扬人道主义与德国民族精神，他是歌德之后德国优秀文化的代表。在创作方法上，他继承了古典作家的优秀传统，广泛地向法、俄现实主义大师学习，同时又善于接纳新的现代主义手法，敢于创新，勇于实践，从而将德国的现实主义文学发展到了一个新的高度。

为什么说斯特林堡是表现主义的先驱？

奥古斯特·斯特林堡（1849—1912年）是瑞典著名剧作家、小说家、表现主义的先驱。斯特林堡出生于斯德哥尔摩一个中下层家庭。父亲是船运代理人，母亲做过佣人，后来父亲破产，家庭陷于困顿。母亲逝世后，父亲续娶，使少年斯特林堡心灵受到伤害，父子关系恶化。斯特林堡曾入乌普萨拉大学就读，中途辍学，当过小学教师、家庭教师、剧院学徒、电报局接线员、编辑、皇家图书馆助理馆员等。他以戏剧创作为主，但也写小说、散文、评论等。长篇小说《红房子》（1879年）和自传体长篇小说《女仆的儿子》（1886—1909年）是他小说中的代表作。他的《到大马士革去》（1898—1904年）、《一出梦的戏剧》（1902年）、《鬼魂奏鸣曲》（1907年）、《大道》（1909年）等都是典型的表现主义早期之作。他还创作了大量的历史剧和自然主义剧作，如《奥洛夫大师》（1872年）、《父亲》（1887年）、《朱丽小姐》（1888年）、《罪恶种种》（1899年）、《基督降临》（1899年）、《古斯塔夫·瓦萨》（1899年）、《古斯塔夫·阿道尔夫》（1900年）、《复活节》（1901年）、《死魂舞》（1901年）等。

斯特林堡的这些剧作为表现主义和超现实主义在创作思想和手法上提供的新经验可以概括为以下几点：首先，艺术家的主要任务是表现人的内心世界，表现人内心深处的焦虑、痛苦、孤独、矛盾和恐惧。而梦幻是表现人内心世界的最佳方式。其次，人的内在世界与外在世界的内在逻辑恰恰表现为一种非逻辑形态，就是说，分离、断裂、混乱、荒诞正是主观与客观现象世界的本质特征，而表现这些本质特征的艺术形式也就必然是随意的、偶然的、支离破碎的、非理性的、非逻辑的。最后对于人来说，生活和世界充满了奥秘和不可控制的力量，理性是无能为力的，而要表现这些力量的艺术就不能不充满象征和神秘色彩。

凯泽对德国表现主义戏剧产生了哪些影响？

格奥尔格·凯泽（1875—1945年）是德国表现主义戏剧的代表性作家。他出生于德国马格德堡的一个商人家庭，初中毕业后就开始学习经商，先后在意大利、西班牙和南美等地经商三年，因病于1901年回国，从此开始文学创作。他早期受格奥尔格、霍夫曼斯塔尔、霍普特曼和尼采的影响，作品带有明显的自然主义和印象主义色彩。后来又受斯特林堡、魏德金德和施特恩海姆的影响，创作表现主义的戏剧。凯泽

是一个多产的剧作家。他一生共创作戏剧大约70种左右。其中著名的有：《加莱市民》（1914年）、《从清晨到午夜》、《珊瑚》（1917年）、《煤气》（两部，1918年，1920年）、《并存》（1923年）、《士兵田中》（1940年）、《八音盒》（1943年）和《希腊戏剧三种》（1948年）等。从1917年到1933年，他的剧作在德国舞台上上演得最多，影响最大。1933年，他的戏剧创作被法西斯政权扼杀，剧作被禁演。1938年流亡瑞士，1945年逝世于瑞士的阿斯科纳。

凯泽是那种典型的"思想型"的剧作家，他试图通过新的戏剧形式和语言的实验表达他对社会、人生的哲学思考。他对社会的黑暗和罪恶深感不满，对人在物质和金钱控制下迷失本性的事实极为震惊，因此积极探索恢复人性，创造"新人"的道路。创造"新人"成了他和后来不少表现主义剧作家一个共同的主题。《加莱市民》从罗丹的同名雕塑获得灵感，从法国中世纪编年史家让·弗瓦萨尔的记载中借取题材，写英法百年战争中加莱被围困期间，七名义士为解救加莱全城市民而甘愿牺牲的故事。在被称为"煤气"三部曲的《珊瑚》、《煤气》一和二中，亿万富翁的重孙也是凯泽心目中的"新人"。可以说，他的"新人"意识贯穿在他的整个

创作之中。

凯泽善于使用带有象征意味的电报式简短用语，同时在戏剧形式方面做了多种实验，例如把电影中的一些手段和现代化的声色光电等效果用在舞台上，或者安排一些怪诞的细节（如树变成骷髅、灯泡爆炸、突然断电等），以此来演绎他要表现的思想观念。

世界上最孤独的作家指的是谁？

弗朗茨·卡夫卡（1883—1924年），生于当时属奥匈帝国的布拉格一个犹太家庭。卡夫卡的早期写作（1902—1912年）只有一部散文小说集《观察》，共收18篇作品，此外还有一部未完成的长篇小说《乡村婚事》。1912年是卡夫卡创作的爆发期，《变形记》和《判决》就是这一年问世的。1912年至逝世前，他创作了许多短篇小说，如《司炉》（1913年）、《在流刑营》（1914年）、《为某科学院写的一份报告》（1917年）、《乡村医生》（1919年）、《饥饿艺术家》（1922年）等，还有三部未完成的长篇小说：《美国》（又译作《失踪者》）、《审判》（又译作《诉讼》）和《城堡》。此外卡夫卡还写有大量的书信、日记和随笔。

卡夫卡恐怕是现代世界最孤独的作家了，他害怕孤独，但更害怕失去孤独。他为了描写孤独，宁可自己忍受孤独，因此他同时失却了爱情、友谊和家庭。总之，卡夫卡的一生，单纯而又复杂，平常而又极易引起争论。作为犹太人，他在基督徒中不是自己人；作为不入帮会的犹太人，他在犹太人当中不是自己人；作为说德语的人，他在捷克人当中不是自己人；作为波希米亚人，他也不完全属于奥地利人；作为劳工工伤保险公司的职员，他不完全属于资产阶级；作为资产者的儿子，他又不完全属于劳动者；但他也不是公务员，因为他觉得自己是个作家；而就作家来说，他也不是，因为他把精力常常花在家庭方面；但是在自己家里，他比陌生人还要陌生。卡夫卡什么都不是，但他又什么都是；他无所归属，但这反倒使他容易成为世界性作家。

《美国的悲剧》人物的特征是什么？

《美国的悲剧》是德莱塞的代表作，标志着作者创作成就的顶峰。小说主人公克莱德·格里菲斯是堪萨斯市一个穷牧师的儿子，从小跟父母流落街头布道卖唱。他对那种穷小子也能发财的"美国梦"入了迷，一心追求奢侈的生活。后来在伯父开的衬衣领子厂当工头。他软硬兼施，占有了青年女工洛倍德，使之怀孕。不久，他又向大厂主的女儿桑特拉大献殷勤。为了达到与桑特拉结婚，借此飞黄腾达的目的，他设下圈套，使得已有身孕的

洛培特坠入湖中淹死。事发后，美国共和党和民主党的政客们为了捞取政治资本，借机大做文章。经过一番表面公正却暗藏阴谋的审讯之后，克莱德被送上了电椅，时年22岁。

克莱德的悲剧命运非常具有典型性。小说通过克莱德的悲剧表明：资本主义社会制度和生活方式是造成克莱德悲剧的根源，正是美国社会中贫富悬殊的现实和唯利是图的风尚引诱他一步步堕落犯罪，又是美国社会维护现存社会制度的法律堂而皇之地将他判以死刑。他是这个社会制度的产物，又是它的牺牲品。女主人公洛培搭的悲剧也是如此，不过在她身上更多地体现了小人物的软弱和不幸。小说将主人公的悲剧放在广阔的社会背景下，借此抨击了美国政府机关的腐败、司法制度的黑暗、两党政治以及资产阶级民主制度的虚伪。

《美国的悲剧》是一部揭示"美国梦"幻灭的力作。"美国梦"由来已久，在美国建国初期，许多人都相信在这个没有传统等级制度的新兴国家里，人人都有发财并获得幸福的机会。到19世纪末，经过许多作家的宣传，这种穷小子通过个人奋斗也能成为百万富翁的神话已经遍布美国的各个角落。但德莱塞却以血淋淋的事实宣告了这种"美国梦"的虚妄，黄金帝国的幸福不过是人们一相情愿的幻想。在这个现实的世界里，资本主义已经发展到垄断阶段，贫富不均日益恶化，阶级界限日益明显。

当然，德莱塞毕竟是20世纪的作家，他是美国作家中较早运用弗洛伊德学说来塑造人物的作家之一。他在艺术上适当地运用了潜意识、幻觉、梦境、性的压抑和升华的学说，以说明造成克莱德悲剧的复杂根源。这种将社会主义、民主主义、人道主义思想与弗洛伊德思想结合起来的做法，使他与19世纪经典的现实主义作家又有了某些明显的区别，但由于他对弗洛伊德的学说又持有保留态度，因此他又不同于真正的现代主义作家。

南方文学大师福克纳的文学成就有哪些？

威廉·福克纳（1897—1962年），出生于密西西比州一个庄园主家庭。1924年他出版了诗集《大理石牧神》。1926年出版了第一部小说《士兵的报酬》，1927年出版了第二部小说《蚊蝇》，但这两部小说并没有引起人们的注意。1929年出版的《沙多里斯》是他的"约克纳帕塔法体系"的开端。同年出版的《喧嚣与骚动》是他最重要的小说之一。从1929年到1942年是福克纳创作的高峰期，这期间创作的主要作品有：《我弥留之际》（1929年）、《圣殿》（1931年）、《八月之光》（1932

年）、《标塔》（1935年）、《押沙龙，押沙龙！》（1936年）、《野棕榈》（1939年）、《村子》（1940年）、《去吧，摩西》（1942年）。1949年他荣获诺贝尔文学奖。1962年因心脏病发作逝世。

福克纳与19世纪批判现实主义、自然主义作家如巴尔扎克、左拉等的最大不同，就在于他的作品是第一次世界大战后西方社会精神危机的产品。他笔下屡屡出现南方种植园主家中飘零子弟的形象，而他们的苦闷、他们的种种没落感和负罪感，与作者以及作者笔下的人物所处的历史环境中一般敏感的知识分子的苦闷是息息相通的。

福克纳是意识流文学在美国的代表作家。他的代表作《喧嚣与骚动》被称为"意识流"的三大杰作之一（另两部是普鲁斯特的《追忆似水年华》和乔伊斯的《尤利西斯》）。

福克纳一生写了19部长篇小说和近百篇短篇小说，这其中大部分小说都是描写美国南方生活的，被称为"约克纳帕塔法体系"。但是，在福克纳的体系中，作者不像巴尔扎克那样采用编年史的方式来描写历史，而是将美国南方从19世纪初（1800年）到20世纪中期150多年的历史变迁的时间顺序打乱，搅在一起，以表现人物"心灵深处的那种亘古至今的真情实感"，因此，他的小说成了意识流小说的杰作。

约克纳帕塔法县是福克纳虚构的一个县。他在《押沙龙，押沙龙！》中为这个县绘制了一幅地图：它的面积为2400平方英里，人口中白人为6298，黑人为9313。这个县唯一的业主与所有者是威廉·福克纳。

《喧嚣与骚动》有什么样的文学价值？

《喧嚣与骚动》是福克纳最有代表性的作品。小说的故事似乎并没有太多的新意：小说主要由人物的内心独白构成。小说由此分为四章：第一章又由一位33岁的中年白痴的意识构成；第二章通过在哈佛读书的濒于自杀绝境的长子的意识流构成；第三章通过人面兽心的次子的意识流构成，他以金钱来衡量一切；第四章由完全正常的、充满同情心的老黑奴迪尔西的意识流构成。小说采用了一种奇特的音乐对位法：第一章是暗示和综合所有主题的瓦格纳式的序曲；第二章为徐缓的行板；第三章急转直下，转入轻松活泼；第四章是明快的收尾。这颇有些像《圣经》中四福音书的叙述方式。小说的第一章是中心，班吉的独白不受理性的控制，他所用的句法简化到最低限度，其词义在使用中也改变了，并且常常是被歪曲的。譬如小说开篇，班吉顺着栅栏走过高尔夫球

场，每当有人呼唤球童捡球时，班吉就总以为是在呼唤凯蒂，因为他总把球童误听为凯蒂，凯蒂是班吉日夜思念的心爱的姐姐。

小说一开始，回忆还是整段的，随后班吉的回忆就越来越破碎了，以至回想往事只剩片断，并以不合逻辑的方式连接在一起。三四个阶段发生的事情用一句话同时讲出来，包括在同一非现实的框架内。

第二章在清醒的秩序前进了一大步。然而，因为昆丁已陷入梦境与幻觉，又延缓了意识向自觉方向发展的进度。

第三章是一个仇恨者的沉吟自白，叙述进一步清晰；

第四章是完全清醒的境界。总之，小说以近乎无意识状态的混乱意识开始，以完全清醒的意识而告终，完成了意识的多层次、多样化的复杂流程。这部小说对以后的意识流小说，尤其是东方意识流小说具有十分深远的影响。

"迷惘的一代"是指哪些作家？

"迷惘的一代"作家大多参加过第一次世界大战，他们当时大多二十岁左右，在美国政府"拯救世界民主"的口号蛊惑下满怀理想奔赴欧洲战场。但他们在战场上所看到的却是空前的大屠杀，所谓"民主"、"光荣"、"牺牲"统统不过是骗人的谎话。他们在战

场上经历了种种苦难，了解到普通士兵的反战情绪。于是他们厌恶帝国主义战争，但又找不到出路，于是他们苦闷、彷徨，思想萎靡不振。他们的作品就是这种思想情绪的反映。"迷惘的一代"的代表作家有约翰·多斯·帕索斯、爱·肯明斯、早期的福克纳、菲茨杰拉德和海明威等。

多斯·帕索斯（1896—1970年）的《一个人的开始——1917年》和《三个士兵》是美国这一时期最早表现出迷惘和悲观情绪的作品。爱·肯明斯的《巨大的房间》表现了战争的残酷和荒谬。海明威和福克纳也先后写过反映这种思想情绪的作品。托马斯·沃尔夫创作的显著特点是以"百科全书式"的方式进行人生探索，在迷惘中追求，在痛苦中沉思。他将现实主义创作手法和浪漫主义情趣结合在一起，真实细致、准确自然地再现现实，因而有人称他为惠特曼式的小说家。司各特·菲茨杰拉尔德（1896—1940年）则从另一个角度反映了这个时代。他的作品中的主人公体现了美国文学中源远流长的物质世界和精神世界的矛盾，他们在"爵士时代"取得事业上的成功，尽情享受着金钱所能换来的一切，然而在内心深处却感到精神匮乏。在这方面最有典型意义的作品是《了不起的盖茨比》（1925年）。

"迷惘的一代"作家大都在艺术上追求

形式的完美，敢于探索、敢于创造，使这一文学流派对以后的文学产生了深远的影响。

海明威对美国文学做出了哪些贡献？

欧内斯特·米勒尔·海明威，美国小说家。海明威出生于美国伊利诺伊州芝加哥市郊区的奥克帕克，晚年在爱达荷州凯彻姆的家中自杀身亡。海明威代表作有《老人与海》、《太阳照样升起》、《永别了，武器》、《丧钟为谁而鸣》等，凭借《老人与海》获得1953年普利策奖及1954年诺贝尔文学奖。海明威被誉为美利坚民族的精神丰碑，并且是"新闻体"小说的创始人，他的笔锋一向以"文坛硬汉"著称。海明威的写作风格以简洁著称，对美国文学及20世纪文学的发展有极深远的影响。

海明威一生勤奋创作。早上起身的第一件事，就是进行写作。他写作时，还有一个常人没有的习惯，就是站着写。他说："我站着写，而且是一只脚站着。我采取这种姿势，使我处于一种紧张状态，迫使我尽可能简短地表达我的思想。"

海明威于1954年获得诺贝尔文学奖。获奖原因是："因为他精通于叙事艺术，突出地表现在他的近著《老人与海》中，同时也由于他在当代风格中所发挥的影响。"对于这一赞誉，海明威是当之无愧的。

获奖后的海明威患有多种疾病，给他身心造成极大的痛苦，没能再创作出很有影响的作品，这使他精神抑郁，形成了消极悲观的情绪，终于像他的祖父和父亲一样以自杀这种方式解脱了自己。这也是海明威"硬汉子精神"的一种追求吧。1961年7月2日，蜚声世界文坛的海明威用自己的猎枪结束了自己的生命。整个世界都为此震惊，人们纷纷叹息这位巨人的悲剧，美国人民更是悲悼这位美国伟大作家的陨落。

为什么说尤金·奥尼尔是美国戏剧史上的丰碑？

尤金·奥尼尔（1888—1953年），出生于纽约一个演员家庭。剧工作室学习。1916年，加入普罗文斯顿剧团，担任编剧。这时创作的较重要的作品有《东航卡迪夫》（1914年）、《加勒比斯之夜》（1917年）、《归途迢迢》（1917年）等。1920年写的两部多幕剧《天边外》和《琼斯皇帝》确立了他在戏剧界的重要地位。1922年他改写完成了《安娜·可里斯蒂》，并完成了他的代表作《毛猿》。随后他完成了《上帝的女儿都有翅膀》（1923年）、《榆树下的欲望》（1924年）、《大神布郎》（1925年）和《悲悼》（1931年）等。

1935年，奥尼尔进入他创作的成熟期。1936年他获得诺贝尔文学奖。这期间他的主要作品有《送冰人来了》（1939年）、《进入黑夜的漫长旅程》（1941年）和《月照不幸人》（1943年）。1953年在波士顿病逝。

奥尼尔是美国戏剧史上的一座丰碑，也是20世纪世界文学史上的悲剧大师。他曾经说过，他对于写人与人之间关系的戏剧不感兴趣，"感兴趣的只是人与上帝的关系"，人与灵魂、人与他的自觉不自觉的要求、愿望的关系。他认为现代社会"旧的上帝已经死去，科学和物质主义在提供新的信仰方面也已失败"，戏剧应该挖掘时代的病根，"以便找到生活的意义，安抚对死亡的恐惧"。因此，他的作品不注重再现社会生活，不像近代戏剧那样在剧中探讨具体的社会问题，而是带有浓厚的主观色彩，表现现代人的困惑和心理世界，是"灵魂的戏剧"。他在作品中展示了诸如人生的悲剧性、美和精神价值遭到的破坏、人性完美发展的不可能、人与自己的生存条件的疏离、人类内心世界的本能冲突等等现代人类所面临的困境，蕴含着深邃的哲理。

奥尼尔运用许多现代手法成功地挖掘了他所认识、体验、理解的人类精神世界。奥尼尔深受古希腊悲剧命运观念的影响，他剧作中的人物总是被一种不可把握的力量所驾驭，使其最终走进失败、幻灭和死亡。但与古希腊悲剧不同的是，奥尼尔悲剧中那种命运不是来自冥冥之中，而经常是来自人类自己。奥尼尔塑造的这些形象表明，人的内心世界充满了可怕的冲动和不可知的力量，人不是自己理性的主人，同时也不是外在世界的主人。因此，要探讨生活的悲剧性，必须认识自己，正视自己，而且，"必须惩罚自己以便原谅自己"。在他的剧作中，许多人物都自愿接受惩罚，接受死亡和比死亡更可怕的命运，从中找到心理上的满足，人性的尊严也因此得到了某种恢复。因此，从某种意义上说，奥尼尔的悲剧与古典悲剧具有某种相通之处。

女性主义小说家伍尔夫的思想有什么独特之处？

维吉尼亚·伍尔夫（1882—1941年）是英国著名的现代小说家、批评家，意识流小说的代表作家。她1882年生于伦敦一个文学世家。父亲是批评家和传记学家。母亲与萨克雷有亲戚关系。她从小受父母的影响，喜爱文学，善讲故事。1891年她9岁时出版了家庭周报《海德公园大门新闻》。由于健康的关系，她从未上过正规的学校，但她所受的教育是多方面的，而且相当高深。她阅读了父亲的极为丰富的藏书。1912

年，她与伦纳德·伍尔夫结婚。1917年夫妻成立了著名的"霍加斯出版社"。1941年，第二次世界大战爆发不久她在离家不远的乌斯河投水自尽。

伍尔夫在20世纪现代主义文学中成就卓著。作为意识流小说家，她与同时代的乔伊斯、法国的普鲁斯特等作家一样，发掘意识领域，运用内心独白、视角转换等手法，用有限的时间展示无限的空间，或在有限的空间内无限地扩展心理时间，揭示了人物内在精神世界的微妙和阔大，表现了现代人的思想情绪。他们的成就使小说从传统的对客观世界的描写中脱出，走进意识和潜意识深处，开拓了小说创作的新领域。但伍尔夫又有她独特的地方。

一方面，作为富有才华的女作家，她感受世界的种种心理触角极为细腻敏锐。从她的作品中，不但可以感受到她所说的这些瞬间的密度，而且还可以感觉到她心灵世界的玲珑剔透、五彩缤纷、深邃迷乱，面对一个场景、一种情境、一件日常琐事，都能流淌出丁咚作响、色彩纷异的冥想、想象、幻景、意义，似乎大千世界与她的思考在一刹那融会而来，顷刻形成一个新的宇宙。达罗卫夫人、塞普蒂默斯、拉姆齐夫人、莉丽，这些人物的感觉、想象、思考、幻象，都表达了作家心灵的丰富与深邃，使得任何概括和分析都会挂一漏

万。这是属于伍尔夫独有的精神能量和才能。

另一方面，伍尔夫还显示了她对和谐、完美境界的努力追寻。她的人物，无论深浅，都在有意无意地探求着生活真谛，尽管世界充满不幸，尽管人生荆棘丛生，尽管人与人之间隔膜、误会、敌意、不和，但他们总在以自己的方式寻求意义与理想。在这一点上，作家常常站在宇宙、人类的高度，以具体的经历、感受，诗意、抽象的思考和冥想，在一个纷乱、不安的世界中，表达她对和谐、秩序、爱的深刻向往。她的所有作品，都蕴涵了这种内在的理想精神。

"20世纪俄罗斯文学"是指什么文学？

"20世纪俄罗斯文学"，指从19世纪末、20世纪初一直到20世纪90年代的俄罗斯民族文学。

19世纪90年代。俄罗斯民族现代意识觉醒，一批具有现代特色的作品开始出现。俄国象征主义、"阿克梅派"、未来主义及具有自然主义倾向的作家先后出现，同变化发展了的现实主义一起，构成一个多种思潮和流派并存发展的文坛新格局。有的文学史研究者把1890至1917年这个文学时代称为"白银时代"。

象征主义者把哲学家弗·索洛维约

夫（1853—1900年）尊为精神导师，强调艺术的宗教底蕴，坚信艺术具有改造尘世生活的伟大作用，赋予艺术以"创造生命"、"建设生活"的重要意义，认为"象征"是带有寓意性的形象，并有其无限宽泛的多义性。象征主义文学的主要成就是诗歌。象征派诗人的作品往往以幻想的彼岸世界反衬现实的黑暗，着重表现孤独、悲愁、厌世的情绪。诗人有德·梅列日科夫斯基（1865—1941年）、康·巴尔蒙特（1867—1942年）、勃留索夫（1873—1924年）、费·索洛古勃（1863—1927年）、亚·勃洛克（1880—1921年）等。安·别雷（1880—1934年）的长篇小说《彼得堡》（1913—1914年）是俄国象征派的代表性成果。

俄国未来主义诗人高举"未来"的旗帜，声称与"过去"和"现在"决裂，抛弃一切文化传统，反对社会对个性的束缚。在诗歌创作上，他们主张语言革新，不受传统审美习惯和诗歌形式的束缚，大胆表现现代生活的高速度、强节奏以及人对外界迅速变换的事物的瞬间感受。其中一部分诗人走向极端，任意破坏语言规则，追求诗歌形式的奇、险、怪，有的诗作甚至成为无意义的文字游戏，维·赫列勃尼科夫（1885—1922年）、弗·马雅可夫斯基（1893—1930年）是俄国未来主义诗人的代表。

现实主义文学在19世纪末、20世纪初仍获得重大进展。以列夫·托尔斯泰、契诃夫和柯罗连科为代表的老一代现实主义作家在这一时期的创作，既丰富了现实主义库藏，为其注入了新的活力，又直接影响了新一代现实主义作家。新一代作家的杰出代表有高尔基以及布宁、库普林、安德列耶夫、魏列萨耶夫、绥拉菲莫维奇等，列·安德列耶夫（1871—1919年）是最富有个性特色的作家之一。他的短篇小说《红笑》（1905年）有富于刺激性的色调，怪诞的形象，大反差的对比，现实主义与表现主义结合等特点。

"苏联文学"有哪些成就？

"苏联文学"，包括1917—1991年间属于苏维埃社会主义共和国联盟的15个加盟共和国的文学，从十月革命时期到20年代，国内文学团体林立，各种新口号层出不穷。如"无产阶级文化协会"（1917—1932年）、"意象派"（1919—1927年）、"谢拉皮翁兄弟"（1921—1926年）、"左翼艺术阵线"、"山隘派"（1923—1932年）、"俄罗斯无产阶级作家联合会"等，都是较有影响的文学团体。其中，"无产阶级文化协会"和"拉普"规模最大，其理论主张显示出极左文学思潮的逐渐抬头。在理论批评方面，20年代曾同时活跃着多种派别。如以卢那察尔斯基（1875—1933年）为代表的马克思主义文学批评，以亚·康·沃隆斯基（1884—1943年）为代表的现实主义批评，以弗里契（1870—1929年）为代表的庸俗社会学批评，以什克洛夫斯基（1893—1984年）为代表的形式主义理论与批评等。

在创作领域，思想倾向与艺术风格各异的作品同时存在。勃洛克的长诗《十二个》（1918年）在黑与白、新与旧、光明与阴暗的强烈反差中，显示出十月革命胜利初期彼得格勒的独特生活氛围。"田野诗人"谢·叶赛宁的《四十日祭》（1920年）一诗，提供了"逝去的俄罗斯"的鲜明形象。曼德尔什塔姆的《世纪》（1922年）一诗，思考着历史变革的实现与流血牺牲的关系，渗透着一种无法抹去的对历史过程的悲剧感受。

20年代的小说创作也有成就。绥拉菲莫维奇（1863—1949年）的《铁流》（1924年）和法捷耶夫的《毁灭》（1927年）是较早描写国内战争、正面歌颂革命英雄人物的两部代表作品，后者显示出作者杰出的心理分析才能。叶·扎米亚京（1884—1937年）的日记体幻想小说《我们》（1924年），运用象征、荒诞、幻觉、梦境、意识流等艺术手段，表达了反对过于强调集中统一、维护个性自由独立的意向。安·普拉东诺夫（1899—1951年）的长篇小说《切文古尔》（1927—1929年）描写20年代中期俄罗斯中部某草原小城切文古尔"自发地"提前实现共产主义的故事，是"反乌托邦文学"的一部力作。在一大批肯定现实的小说中，革拉特科夫（1883—1958年）的《水泥》（1925年）和潘菲罗夫（1896—1960年）的《磨刀石农庄》（第1部，1928年）是较有代表性的两部。其中，《水泥》以国民经济恢复、工业生产建设为题材，《磨刀石农庄》则是第一部反映农业集体化运动的长篇小说。

"解冻文学"的高峰是在什么时期？

"解冻文学"发展到帕斯捷尔纳克的《日瓦戈医生》（1957年）达至高峰。20世纪后半期俄罗斯现实主义文学的主要成就，除"解冻文学"外，还体现在"战壕真实派"文学、"集中营文学"、道德题材作品和反思历史的作品等几个方面。其中，"战壕真实派"是指从50年代中期起在文坛崭露头角的、一批亲历卫国战争的青年作家。他们的作品多以个人经历或所见所闻为素材，用逼真的细节描写再现战场上的实景，写出了普通士兵和下级军官在前沿战壕中的真实感受，从而突破了以往的战争题材作品偏重描写"司令部真实"的旧

有模式。邦达列夫的《两个营请求火力支援》（1957年）和《最后的炮轰》（1959年）、巴克兰诺夫的《一寸土》（1959）、贝科夫的《第三颗信号弹》（1962年）等中篇小说，是"战壕真实派"的代表作品。

"集中营文学"的主要作品有哪些？

"集中营文学"的主要作品有索尔仁尼琴的中篇小说《伊凡·杰尼索维奇的一天》（1962年）、长篇小说《第一圈》（1968年）以及所谓"文艺性调查初探"《古拉格群岛》（1973年），瓦·沙拉莫夫（1907—1982年）的短篇小说集《科雷马故事》（1966—1978年），尤·多姆勃罗夫斯基（1909—1978年）的长篇小说《无用之物系》（1978年）等。这类作品大都根据作者的个人经历写成，往往融自传、纪实和政论于一体，描写集中营生活的黑暗恐怖以及集中营中的反抗、暴动和逃亡事件，把劳改犯个人遭遇的展示和对他们心理状态的揭示结合起来，并进行历史和哲学的思考。其中，《古拉格群岛》曾产生过广泛的影响，虽然它算不上一部文学作品。

俄罗斯伟大的文学代表高尔基在文学上做出了哪些贡献？

马克西姆·高尔基（1868—1936年）是20世纪俄罗斯文学的伟大代表，20世纪世界文学最杰出的现实主义作家之一。

高尔基的创作道路，大致可分为三个阶段。早期创作（1892—1907年）包括浪漫主义和现实主义两类作品。浪漫主义的处女作《马卡尔·楚德拉》（1892年），通过一对热烈相爱的青年男女为了自由和独立不惜舍弃爱情乃至生命的故事，表现了"不自由毋宁死"、自由高于一切的主题。《鹰之歌》（1894年）和《伊则吉尔老婆子》（1895年）也是作家的浪漫主义代表作。

高尔基凭借着对这个社会阶层的生活与心理的熟知，喊出了流浪汉们的屈辱与挣扎，苦闷与希求，既未隐瞒他们的弱点和旧习，又显示出他们那掩藏在生活实践的粗糙外壳下的珍珠般的品格，如短篇小说《切尔卡什》（1892年）、《玛莉娃》（1897年）和《沦落的人们》（1897年）等。有一些小说还反映了下层民众的反抗意识和抗争行动，如短篇《好闹事的人》（1897年）、《基里卡尔》（1899年）等。在第一部长篇《福马·高尔杰耶夫》（1899年）中，作家通过主人公福马的悲剧性命运，揭示了旧俄社会的统治者们对本营垒内部的一颗正直灵魂的扼杀。

20世纪初，高尔基成为俄国现实主义文学的核心人物。长篇小说《三人》（1900年）以三个年轻人的不同生活道路为线索，在更为复杂的矛盾中表现"人与社会的冲突"，集中反映了作家对于世纪之交一代青年的生活与命运的思考，对影响颇广的"忍耐哲学"作了有力的抨击。散文诗《海燕之歌》（1901年）以象征和寓意的手法，传达出"山雨欲来风满楼"的时代气氛，表现了人民群众变革社会的强烈愿望。剧本《底层》（1902年）则是高尔基对流浪汉世界"将近20年的观察的总结"。在国外，他完成了长篇小说《母亲》（1906—1907年）。作家试图以这部作品从艺术上揭示人改变自身命运、改造社会环境的现实可能性和历史前景。

高尔基的早期创作，风格多样，色彩绚丽，激情充溢，现实主义与浪漫主义交融，呈现出以力度与气势取胜的基本格调和刚健明快、激越高亢的总体美感特征，而其基本思想倾向则是社会批判，并以唤起人们对于生活的积极态度为目的。

第一次革命失败之初，高尔基仍然通过自己的作品鞭挞专制黑暗势力（《没用人的一生》1907—1908年），讴歌民众意识的觉醒（《夏天》，1909年），并企图经由高扬人民群众的巨大创造性，将他们的意志和情绪保持在进行一场新的革命所需要的高度上（《忏悔》，1908年）。在这一主导意向的统辖下，高尔基在这一时期共完成了六大系列作品，即"奥库罗夫三部曲"、自传体三部曲、《罗斯记游》、《俄罗斯童话》、《日记片断》和《1922至1924年短篇小说集》。

"奥库罗夫三部曲"包括中篇小说《奥库罗夫镇》（1909—1910年）、长篇小说《马特维·科热米亚金的一生》（1910—1911）和《崇高的爱》（1912年）。

《罗斯记游》（1912—1917年）包含29个短篇。作品的主人公有小市民、手工业者、小铺老板、教堂执事、退役军官、破产商人、外省知识分子、破落贵族、菜园主各色人等，涉及社会各阶层。《俄罗斯童话》（1911—1917年），则为国民劣根性在斯托雷平反动年代的显现，提供了一组绝妙的讽刺性写照。创作于十月革命后的《日记片断》（1924年）和《1922至1924年短篇小说集》（1925年），或取材于革命年代的现实生活，或向记忆、向不堪回首的往事汲取诗情，均成为对民族生活和文化心态的"直接的研究"和"如实的写生"。

高尔基中期作品记录了作家在民族文化心态研究这一总体方向上艰难跋涉的足印，是高尔基一生创作中最辉煌的时期。清醒的现实主义笔法，作品故事性的弱化，情节结构上的开放性、剪辑性特点，洗练、平易、恬淡、冷峻的语言风格，显示着作家新的美学追求与杰出的艺术才华。

高尔基的晚期创作（1925—1936年）主要是两部长篇小说：《阿尔塔莫诺夫家的事业》（1925年）和《克里姆·萨姆金的一生》（1925—1936年）。两部作品生动地记录了十月革命前40年间俄罗斯生活中的一系列重大事件，表现了各种思潮、学说、流派之间的纠葛与冲突，塑造了几乎无所不包的社会各阶层人物众生相，描绘了从城市到乡村、从首都到外省、从国内到国外的五光十色的生活图画，多方位、多层次地表征出俄罗斯人的人生态度、思维模式、情感方式和价值观念。

高尔基晚期的两部长篇小说的基本特色，是开阔的艺术视野结合着深邃的哲理思考，强烈的历史感伴随着缜密的心理分析，叙述风格上则显示出一种史诗般的宏阔与稳健。在人物形象刻画上，作家还借鉴了西方现代主义文学在心理描写方面的某些新鲜经验，如通过人物的梦境、幻觉、联想、潜意识，或以象征、隐喻、荒诞的手法来描写人物的内心分裂、精神危机和意识流程。这既表明高尔基在创作方法的运用上是不拘一格的，又显示出20世纪俄罗斯现实主义文学的新特色。

高尔基"自传体三部曲"分别是什么?

《童年》（1913年）、《在人间》（1916年）和《我的大学》（1923年）三部中篇小说，是高尔基根据自己的亲身经历写成的自传体三部曲。自它们陆续问世以来，岁月悠悠，风云变幻，沧海桑田，而这三部曲却始终保持着艺术魅力，吸引着一代又一代的读者，成为高尔基创作中最受欢迎的作品。

贯穿于三部曲始终的是自传主人公阿辽沙。其中，《童年》描述阿辽沙从1871年父亲去世到1879年母亲去世8年间在下诺夫戈罗德市外祖父家的生活，包括他短暂的学校生活和1878年秋辍学后"到街头去找生活"的情景，刻画了外祖父一家人、这个家庭染坊的工人、房客、邻居等众多的人物形象，显露出童年生活给阿辽沙留下的鲜明印象。《在人间》以阿辽沙1879年秋至1884年夏在社会上独自谋生的坎坷经历为线索，记述他先后在下诺夫戈罗德鞋店、绘图师家和圣像作坊当学徒、在伏尔加河上的"善良号"、"彼尔姆号"轮船上当洗碗工的所见所闻，提供了俄罗斯外省市民生活的生动画幅。《我的大学》则是主人公1884年秋至1888年在喀山时期的生活印象与感受的艺术记录，其中展示了伏尔加河的码头、"马鲁索夫卡"大杂院、捷林科夫面包店、谢苗诺夫面包作坊、民粹派革命家罗马斯在附近村庄上开的小杂货铺及村民的生活图景，最后以主人公漂泊到里海岸边卡尔梅克人一个肮脏的渔场作结，描写了各阶层人物的众生相。三部曲所描述的内容在时间上彼此衔接，不仅是作家本人早年生活的形象化录影，更是俄罗斯民族风情的艺术长卷，具有不可替代的文化史价值和美学价值。

三部曲在读者面前展开了一幅幅彼此连缀的动态风俗画。作品凸现了充斥着愚陋、污秽和无耻的旧时代俄罗斯生活的特点。消极的人生态度与愚昧的生活内容往往是形影相随、互为因果的。高尔基在三部曲中以饱含忧虑的笔触，描写了"铅样沉重的生活"怎样在俄罗斯民族中造就了无数听天由命的人，浑浑噩噩、无所事事的人，不幸沦落的人，以及一些曾经有过些许热情，不久即心灰意懒的颓废的人们。

为什么说肖洛霍夫在文学界具有独特的地位？

米哈伊尔·亚历山大罗维奇·肖洛霍夫（1905—1984年）是20世纪俄罗斯文学中一位具有独特地位的作家，这不仅是因为他的创作具有独特的风格，取得了杰出的成就，而且还因为他的创作像俄罗斯古代的编年史似的反映了十月革命前后俄罗斯苏联几十年来的发展历程，更因为他的承前启后的艺术成就把苏联文学推向了世界。1965年由于"他在描写俄国人民生活各个历史阶段的顿

河史诗中所表现的艺术力量和正直的品格"而获得诺贝尔文学奖。

1922年苏联国内战争结束后，肖洛霍夫来到莫斯科，开始了他的文学创作生涯。他以自己在国内战争时期的亲身经历和见闻为素材，描写顿河流域尖锐复杂的阶级斗争。从1924年到1926年，相继发表了《胎记》，《死敌》，《看瓜田的人》，《人家的骨肉》和《浅蓝色的原野》等二十多部中短篇小说。这些作品后来汇成一集，即《顿河故事》。

1925年肖洛霍夫又回到故乡维约申斯克镇，开始创作他一生的力作《静静的顿河》，历时15年，直到1940年才最后完成。从1929年至1930年，全部身心地投身于这场巨大的社会变革之中，根据亲身参加这场运动的体验和感受，创作了长篇小说《被开垦的处女地》（1932年）。肖洛霍夫以真实生动的艺术形象所展现的这段苏联社会的历史不仅具有认识价值，也具有艺术价值。

1941年6月法西斯德国入侵苏联，肖洛霍夫同许多苏联作家一样，投笔从戎，上了前线。战争期间，他写了大量通讯报道，发表了短篇小说《学会仇恨》（1942年），并着手创作长篇小说《他们为祖国而战》（1943年）。战后年代，肖洛霍夫的创作开始了一个新的阶段。在"解冻"思潮中，他的短篇小说《一个人的遭遇》（1956—1957年）

开创了苏联文学，特别是苏联军事题材作品创作的新局面。

《静静的顿河》的文学价值体现在哪里？

《静静的顿河》是肖洛霍夫一生最主要的作品，小说写的是俄国历史上至关重要的10年（1912—1922年）的历史发展情况。

《静静的顿河》共四部八卷，以顿河岸边鞑靼村几家哥萨克的经历为经线，表现了20世纪初俄国社会动荡变革的历程。这里主要写了葛利高里·麦列霍夫一家和他的邻居司捷潘·阿斯塔霍夫等几个哥萨克家庭。这几个保持着宗法社会家长制传统的哥萨克家庭，在20世纪初俄国社会的大动荡、大变革中，都遭到了毁灭性的打击，家破人亡。葛利高里的妻子娜塔莉亚在战乱年代死于流产，兄嫂及父亲都在哥萨克暴动的混乱中相继死去。司捷潘在暴乱失败后随白军逃亡国外，他的妻子阿克西尼亚同葛利高里相爱，在葛利高里经过种种遭遇后两人决定逃离鞑靼村时，阿克西尼亚被巡逻的红军士兵打死。当葛利高里离开暴乱的匪帮，把枪支弹药扔进刚刚解冻的顿河，返回家园时，他那个曾经充满欢乐和幸福的大家庭只剩下了他已出嫁的妹妹和已失去母亲的儿子。

肖洛霍夫用经纬交织的笔法通过几个哥萨克家庭的悲欢离合，展示出俄国社会的这段历史进程，描绘了人们的思想、意识、感情、风习、性格等等在这场社会大变革中的震荡和冲突。尽管肖洛霍夫始终保持着冷静、客观的笔调，但作品总的思想倾向是十分明显的。一方面他为小说中哥萨克男女在历史动荡中的悲剧命运感到惋惜，深表同情；同时又认为十月革命是历史的潮流，是不可阻挡的社会进步。小说描写了旧政权的垂死挣扎和白军的彻底失败，写出了历史发展的这个趋势。然而作家着力表现的是在历史巨变、社会动荡、新思想同旧观念、新世界同旧世界激烈搏斗的过程中，以葛利高里·麦列霍夫为代表的哥萨克劳动者走向新生活的艰难曲折的历史道路和他们中许多人充满迷误和痛苦的悲剧命运。

肖洛霍夫的《静静的顿河》在小说创作上取得了很高的艺术成就。他在继承俄国文学史诗传统的基础上，对史诗小说这一体裁有所开拓和创新。《静静的顿河》的另一艺术特点是它浓郁的地方色彩。在肖洛霍夫笔下，顿河流域的自然景色，顿河两岸的哥萨克的风俗习惯，世故人情，都写得栩栩如生，多姿多彩。特别是肖洛霍夫大量运用了哥萨克生动的，富有表现力的口语，虽有方言过多之嫌，但的确让人感到顿河流域的生活气息。

艾特玛托夫有哪些文学成就？

钦吉斯·托列库洛维奇·艾特玛托夫（1928—）生于吉尔吉斯南部的农牧民家庭。1952年发表第一部作品短篇小说《报童玖伊达》。艾特玛托夫最初的创作是《阿什姆》（1953年）等近10部短篇小说。这些作品散发着浓郁的吉尔吉斯乡土气息，富有生活情趣。1957年发表第一部中篇小说《面对面》，这也是他第一部由吉尔吉斯文译成俄语的作品，一般认为是他的处女作。

1958年问世的中篇小说《查密莉雅》真切、细腻地展示了一个年轻女性爱情的苏醒过程。此外艾特玛托夫还创作了一组优美的抒情作品，被称为"人的赞歌"。其中《我的包着红头巾的小白杨》（1961年）、《骆驼眼》（1962年）、《我的第一位老师》（1962年）同《查密莉雅》结集成《群山和草原的故事》出版后，获1962年度苏联最高文学奖——列宁文学艺术奖金。

1982年艾特玛托夫曾谈到，如果他的作品要选编成集，他将"收入近几年的《永别了，古利萨雷！》、《白轮船》、《花狗崖》、《一日长于百年》"。1966年发表、1968年获苏联国家文学奖金的中篇小说《永别了，古利萨雷！》，标志着作家的创作进入了新的发展时期。

70年代起，艾特玛托夫将假定性和写实手法融为一体，探求人生的目的和永恒，大大加重了作品的哲理性内涵，同时作品的悲剧色彩亦愈发浓重。《白轮船》（1970年）、《早来的仙鹤》（1975年）和《花狗崖》（1977年）都突出表现了作家这一新的创作倾向。

1985年苏共中央4月全会确定的社会改革方针，1986年苏共27大提出的"民主化"和"公开性"原则，对当时及后来苏联文学的发展都产生了重要而深远的影响。此时艾特玛托夫的又一重要长篇《断头台》应运而出。

继《断头台》之后，艾特玛托夫发表了长篇小说《雪地圣母》片断（1988年），中篇《成吉思汗的白云》（作家自称是为《一日长于百年》增写的一章，1990）等作品。1991年苏联解体，艾特玛托夫这位吉尔吉斯族作家仍然继续用俄语写作并称俄罗斯是他的"共同的祖国"，并于1994年先译成德语，然后又以俄语发表了一部涉及到宗教题材的哲理小说《卡桑德拉的印记》，这部小说引起了不同的反响。1997年与人合著《悬崖上猎人的哭泣》。

在当代苏联文学的发展历程中，艾特玛托夫的文学生涯占有重要而独特的地位。艾特玛托夫又是公认的描写动物、刻画心理的文学能手。生动的动物形象与理想色彩浓郁的人物形象相互辉映，进一步强化了作品的题旨和哲理因

素。他非常注重从吉尔吉斯民族文学、俄罗斯文学，以及整个世界文学的殿堂汲取大量丰富的营养。凭借神话传说等假定性形式来隐喻、象征和折射现实，集历史、现实、未来于一体，创造出作品构思的立体性框架，形成自己鲜明、独特的艺术风格。

什么是社会批判文学？

社会批判文学继承了俄国批判现实主义文学传统，大声疾呼捍卫人的价值、人的个性尊严，对社会的阴暗面发出无情的揭露和批判。其中大部分作品在当时受到批判，有些则在当时难以问世，属于回归文学、侨民文学。

其一、暴露现实生活中社会政治矛盾的政治性作品。如：爱伦堡的中篇小说《解冻》，法·伊斯坎德尔的讽刺作品《羊牛星座》（1966年）等。其中《解冻》从人道主义思想出发，抨击当时社会生产方式和经济模式的弊端及其产生的社会官僚，重在展示个人情感世界和个人生活，提出了社会关心人的问题。作者的笔端还批判地指向30年代的肃反扩大化等历史事件，因此尽管《解冻》本身在艺术上不足称道，却是社会批判文学的鼎力之作，并形成了"解冻文学"浪潮。

其二、对日常生活丑恶行径的道德心理批判，似乎要在人性匮乏的社会中找寻某种精神道德支柱。如：亚·雅申的短篇小说《杠杆》，特里丰诺夫以中篇小说《滨河街公寓》（1976）等为代表的一系列城市文学作品中对"现代世俗"的重笔浓描。

其三、披露劳改营和劳改犯生活的集中营文学。如：沙拉莫夫的《科雷马的故事》（1966—1978年），亚·索尔仁尼琴的《伊凡·杰尼索维奇的一天》（1962年）、《古拉格群岛》（1973年，巴黎）等。

其四、在对历史的反思中重新书写历史。如：鲍·帕斯捷尔纳克的长篇小说《日瓦戈医生》以永恒的道德标准、至善至美、个性价值、人道主义的价值尺度来审视十月革命这一重大历史变革，是通过一位俄国知识分子的个人命运书写出暴力革命与"人性冲突"的社会史。这一类作品还有别洛夫的长篇小说《前夜》（1972—1987年）、谢尔盖·安东诺夫的中篇小说《瓦西卡》（1987年）伊万·特瓦尔多夫斯基的纪实中篇《辛酸往事》（1988年）等等。

斯捷尔纳克的文学成就是什么？

帕斯捷尔纳克（1890—1960年），全名鲍利斯·列奥尼多维奇·帕斯捷尔纳克，苏联作家、诗人。主要作品有诗集《云雾中的双子座星》、《生活是我的姐妹》、《在街垒之上》、《主题与变调》等。他因发表长篇小说《日瓦戈医生》于1958年获诺贝尔文学奖。1958年，他因小说《日瓦戈医生》受到严厉谴责，过着离群索居的生活。1960年5月30日，他在莫斯科郊外彼列杰尔金诺寓所中逝世。到他死后27年，苏联才为他恢复名誉

童年时代他受到邻居、俄国著名作曲家斯克里亚宾的影响，立志当音乐家，在音乐学院教授指导下学习音乐理论和作曲。1909年，他入莫斯科大学法律系，后转入历史哲学系；1912年夏赴德国马尔堡大学，在科恩教授指导下攻读德国哲学，研究新康德主义学说。第一次世界大战期间回国，因健康原因未服兵役，在乌拉尔一家工厂当办事员。十月革命后他从乌拉尔返回莫斯科，任教育人民部图书馆职员。1913年，他开始同未来派诗人交往，在他们发行的杂志《抒情诗刊》上发表诗作，并结识了勒布洛夫和马雅可夫斯基。他以后的创作受到未来派的影响。1914年，第一部诗集《云雾中的双子星座》问世，1916年，他出版第二部诗集《在街垒之上》，步入诗坛。

《日瓦戈医生》有什么文学价值？

《日瓦戈医生》是帕斯捷尔纳克一生诗歌与散文创作的总结。小说上下部共17章。"尾声"之后的第17章是主人公日瓦戈的二十多首诗作。对这部作品的艺术特色，长期以来分歧颇多。不赞同者认为，读这部小说给人的感觉是，除了日瓦戈和拉拉的曲折爱情故事外并没有什么令人震撼的东西。从主题上看，小说通过日瓦戈医生一生的命运，尤其是十月革命前后的种种遭遇，反映了一个特殊的历史时代；从叙事上看，事件叙述结构陈旧，头绪繁多，几乎完全采用了传统手法；从情节上看，牵强而拖沓：主人公的相遇，都巧合似的赶在了作者需要的时候，事态的发展也完全按照作者个人的意愿；就主人公形象而言，如果习惯了传统的英雄主义作品，那么日瓦戈无疑是一个渺小、软弱、遇事无能为力的知识分子，他不是革命的斗士，从未与邪恶势力展开正面交锋，既不能保护家人，也不能救助心爱的人。但这只是一种声音。

《日瓦戈医生》是一部独特的"心灵自传"。自传性作品不等于严格意义上的传记，后者必须尊重人物在现实生活中的经历与事实，其价值一般首先体现在伦理方面，而自传性作品则首先在审美方面。从作者真实的人生经历看，他与主人公没有相同之处，但作者却把70年的人生感受浓缩在了日瓦戈不到40年的短暂人生中，通过这个形象抒发出自己的生命感悟。这个生命感悟其实也是小说关于个人与历史关系的主题所

在。对个人来说，发生了什么样的历史事件并不重要，重要的是自己在事件中选择了怎样的立场。作者看待历史事件的视角是以永恒为出发点的：如何在事件中保持自己的独立个性和精神面貌，不人云亦云、随波逐流。日瓦戈为保持这种本色，极力退出战争游戏，不想加入红白两个阵营的任何一方。

第十章　走向多元化的西方文学——20世纪下半期文学

战后什么影响了西方文学思潮？

第二次世界大战前后在西方影响最大的哲学思潮是存在主义。随着西方社会由垄断资本主义时期进入后工业化时期，后现代主义思潮又成为西方最有影响力的哲学思潮，并且它像一股狂风很快就波及到西方意识形态的各个领域。后现代主义同结构主义，尤其是后结构主义有着非常密切的关系。后结构主义揭露西方传统的形而上学的偏见和自相矛盾，打破既定的文学标准，将意义和价值归之于语言、系统和关系等更大的问题。后结构主义认为，文本不是作者和读者相遇的固定地点，而是一个表意关系所在。意义是不确定的，一切意义都在"延异"中发生变化。受后结构主义影响的女权主义、新历史主义、西方马克思主义等文化思潮进一步将这种解构中心、消解权威的精神扩展在文学创作和文学研究的方方面面。

"三分天下"的文学格局是指什么格局？

如果说，20世纪上半期的西方文学形成了现代主义、现实主义和社会主义左翼文学"三足鼎立"的局面的话，那么，20世纪下半期的西方文学则发展成了后现代主义、现实主义和社会主义左翼文学"三分天下"的格局。

社会主义左翼文学以战后的苏联为主，也包括一些东欧国家的文学。但是，60年代后，随着中苏关系的破裂，西方社会主义阵营开始出现裂隙。80年代中期，国际风云突变，东欧社会主义各国和苏联加速了面向西方的改革，最后导致了东欧社会主义各国的倾覆和苏联的解体，从此东欧社会主义文学及苏联文学便不复存在了，这标志着以社会主义文学为主导的左翼文学完全落入了低谷。

20世纪下半期西方的现实主义文学仍有长足的发展和进步，并出现了多种变形。如法国、英国等国的抵抗运动文学，以及德国的流亡文学基本上属于传统现实主义的范畴；意大利的新现实主义则具有更多的自然主义的色彩；而西班牙的结构现实主义和拉丁美洲的魔幻现实主义便与传统现实主义相去甚远，

与现代主义或后现代主义十分相近了。

后现代主义拥有哪些流派？

大多数学者仍然倾向于这样一种观点，即现代主义一般是指产生于19世纪末20世纪初至20世纪中叶的一种文学思潮或流派，它还包括诸如后期象征主义、表现主义、未来主义、超现实主义、意识流小说等具体的文学现象和流派。现代主义文学是西方社会进入垄断资本主义和现代工业社会时期的产物，是动荡不安的20世纪欧美社会的时代精神的反映和表现。而后现代主义文学通常则是指二次世界大战后出现在西方的一种主要的文学流派、文艺思潮和文学现象。它是西方社会进入后工业化时代的产物。它的正式出现是在本世纪50年代末至60年代初期，其鼎盛时期是70年代和80年代，到了90年代其声势大减，并渐渐分化、沉寂。后现代主义至今仍然是一个开放的、未完成的文学流派和思潮，仍有不少后现代主义作家在继续进行创作。

后现代主义的基本特征是什么？

后现代主义文学无疑是20世纪后半期最有特色、也最重要的文学思潮和文学现象了。其特征是：

第一个特征是：不确定性的创作原则。后现代主义文学的不确定性又体现在以下四个方面：主题的不确定，形象的不确定，情节的不确定和语言的不确定。主题的不确定性：后现代主义作家便强调创作的随意性、即兴性和拼凑性，并重视读者对文学作品的参与和创造。形象的不确定：人物即影像使得后现代主义文学形象的确定性完全被解构了。情节的不确定：后现代主义作家反对故事情节的逻辑性、连贯性和封闭性。语言的不确定：语言是后现代主义的最重用的因素，它甚至都上升到了主体的位置。从某种意义上说，后现代主义的不确定性就是语言的不确定性。

第二个特征是：创作方法的多元性。后现代主义文学的不确定性创作原则必然导致其创作方法的多元性。多元性也是后现代主义文学的又一基本特征。在失去中心与绝对之后，全球人类共同处在同一水平线上，世界文化呈现出一派多元发展态势，人们所重视的，是真正意义上的文化交流和文化对话。后现代主义文学创作的多元性无疑同这种文化的多元性倾向不无关系。后现代主义文学的这种多元性特征主要体现在后现代主义与现代主义、现实主义、浪漫主义的融合贯通之中。

第三个特征是：语言实验和话语游戏。后现代主义则倡导以语言为中心的创作方法，高度关注语言的游戏和实验。前者通常将人的意识、潜意识作为文学作品的重要题材加以描绘，刻意揭示人物的内在真实和心灵的真实，进而反映出社会的"真貌"。而后者则热衷于开发语言的符号和代码功能，醉心于探索新的语言艺术，并试图通过语言自治的方式使作品成为一个独立的"自身指涉"和完全自足的语言体系。

现代主义具有什么基本特征？

现代主义一般是指产生于19世纪末20世纪初至20世纪中叶的一种文学思潮或流派，它还包括诸如后期象征主义、表现主义、未来主义、超现实主义、意识流小说等具体的文学现象和流派。现代主义文学是西方社会进入垄断资本主义和现代工业社会时期的产物，是动荡不安的20世纪欧美社会的时代精神的反映和表现。而后现代主义文学通常则是指二次世界大战后出现在西方的一种主要的文学流派、文艺思潮和文学现象。它是西方社会进入后工业化时代的产物。它的正式出现是在本世纪50年代末至60年代初期，其鼎盛时期是70年代和80年代，到了90年代其声势大减，并渐渐分化、沉寂。后现代主义至今仍然是一个开放的、未完成的文学流派和思潮，仍有不少后现代主义作家在继续进行创作。

什么是具体诗？

具体诗指的20世纪中叶一度出现在德语国家和拉丁美洲的一种先锋派诗歌，因为它具有鲜明的语言实验特征，因此，也叫"语言实验诗"。具体派诗人抛弃了诗歌的传统表现形式和创作规范，打破了体裁和内容、创作主体和描写对象、作者和读者的界限，并将诗歌与音乐、诗歌与绘画、诗歌与景物结合起来，从而使他们的诗歌成为"听得见、看得清、摸得着"的"音乐诗"、"绘画诗"和"实体诗"。这派诗人也因为他们主张诗歌在空间上和音响上实现具体化而被称为"具体诗派"。

到了70年代，这种新型诗歌在美国也流行起来了。80年代之后，"具体诗派"中一批更具前卫意识的诗人进行了新的探索，创造出一种集空间、时间、色彩和音响于一体的所谓"思维空间诗"。因此，这些诗人又被叫做"新具体诗派"。具体诗的先驱是H·阿尔姆和K·施维特尔斯，他们二位本来是画家，施维特尔斯还从事拼贴艺术，因此他们的作品多接近视觉诗。具体主义的真正代表人物是F·阿赫莱特纳、E·戈姆格林、H·海森特毕尔、E·扬格尔、F·蒙、G·吕姆等。

法国文学发展的三个阶段特征是什么？

第一阶段从1945年到50年代中期；第二阶段从50年代后期到70年代；第三

阶段从70年代末至今。

第一阶段的文学主要以第二次世界大战和抵抗运动为题材，存在主义文学成就和影响最大。抵抗运动文学是在反法西斯斗争中发展起来的，它具有高昂的战斗精神，揭露了法西斯的罪行，激励了抵抗战士的斗志，具有强烈的现实意义。战前已经蜚声文坛的诗人如阿拉贡、艾吕雅、戴斯诺斯、絮佩维耶尔等都是著名的抵抗运动诗人，他们的有些作品在当时曾产生过极大的影响。埃马努埃尔（1916—1984年）和夏尔（1907—1988年）是年轻的抵抗运动诗人。

第二阶段的文学重在进行创新实验，其引人注目的成果是新小说和新戏剧。新小说之外在文学形式上进行大胆革新和实验的作家还有雷蒙·科诺（1903—1976年）和米歇尔·莱里斯（1901—1990年）。科诺的小说《圣格兰格兰》是他最有影响的一部作品；莱里斯的小说已经不再注重人物、故事和情节，而试图通过语言实验赋予小说意义。

在实验小说和先锋小说之外，传统小说或以传统形式为主的小说并没有死亡，其创作势头反倒十分强劲有力。这方面的重要作家有亨利·特洛亚（1911—）、玛格丽特·杜拉斯（1914—）、玛格丽特·尤瑟纳尔（1903—1987年）、埃尔维·巴赞（1911—）、皮埃尔·布隆丹（1909

年）、米歇尔·图尼埃（1924年）、弗朗索瓦兹·萨冈（1935年）等。

第三阶段的文学在经过了对传统文学观念和文学方法进行猛烈抨击和挑战后，有向传统、向现实主义回归的趋势。年轻的一代开始崭露头角，勒克雷齐奥（1940—）和莫迪亚诺（1945—）等人的作品预示着他们将成为这一时期法国文坛的主要作家。1963年勒克雷齐奥发表处女作《笔录》，一举成名。近期发表的重要作品有《沙漠》（1980年）。

什么是存在主义文学？

存在主义文学是20世纪流行于欧美的一种文艺思潮流派，它是存在主义哲学在文学上的反映。存在主义作为一个文学流派，是在第二次世界大战后出现的，主要表现在战后的法国文学中，从40年代后期到50年代，达到了高潮。存在主义文学是现代派文学中声势最大、风靡全球的一种文学潮流。

存在主义哲学的先驱者是丹麦人克尔凯戈尔。第一次世界大战后，存在主义在德国开始流行，它的主要代表是海德格尔阳雅斯贝尔斯。第二次世界大战后，存在主义在法国思想界占居重要地位，一些作家通过文艺作品进行宣传，扩大了存在主义的影响。60年代后，存在主义思潮被其他新的流派所代替，荒诞派戏剧、"黑色幽默"就是存在主义文学的变种。

存在主义思想家的观点并不完全相同，法国的存在主义基本上分成两大派别：一是以西蒙娜·魏尔和加布里埃尔·马赛尔为代表的基督教存在主义；二是以让·保罗·萨特、阿尔培·加缪、德·博瓦尔为代表的无神论的存在主义。从文学的社会影响上说，萨特（1905—1980年）和加缪（1913—1960年）最为重要，他们都是法国的文学家。尤其是萨特，他是存在主义理论的集大成者。他的哲学著作《存在与虚无》、《存在主义是一种人道主义》、《人的前景》、《辩证理性批判》等，奠定了这种文学的理论基础。

存在主义者否定客观事物的独立存在，认为只有自我感觉到的存在才是真正的存在，而且这种真正的存在和客观现实永远是对立的，不可能统一的。萨特宣称："存在"即"自我"，"存在先于本质，换言之，必须以主观性为出发点。"这就是说，客观事物的本质是由主观意识决定的。

新小说为什么叫"反传统"小说？

新小说也被称之为"反传统小说"，是20世纪50至60年代盛行于法国文学界的一种小说创作思潮，在哲学上则深受弗洛伊德心理分析、柏格森生命力学说和直觉主义以及胡塞尔的现象学的影响。虽然严格说来"新小说派"的作家们并不承认自己是一个创作团体而只是有一种创作倾向，但评论界还是根据其间存在着一些共同的理念和特征，将某些作家归为"新小说派"。

公认的"新小说派"的主要代表是法国作家阿兰·罗布-格里耶、娜塔丽·萨洛特、米歇尔·布托尔和玛格丽特·杜拉斯等。"新小说派"的基本观点认为，20世纪以来小说艺术已处于严重的停滞状态，其根源在于传统小说观念的束缚，墨守过时的创作方法。因此，他们主张摒弃以巴尔扎克为代表的现实主义小说的写作方法，从情节、人物、主题、时间顺序等方面进行改革。新小说派同时认为传统现实小说中惯用的语言也必须彻底改革，因为这些语言由于长期重复使用已变为"陈套"或"僵化"，失去了表达现代人复杂多变的生活的能力。

新小说派的作家，虽然创作方式各有特点，但具有共同的根本观点。首先，他们认为小说艺术从19世纪中叶以来，一直在现实主义的统治下，由于墨守成规，从表现方式到语言都已呈"僵化"现象。新小说派反对以巴尔扎克为代表的现实主义小说的写作方法，认为它不能反映事物的"真实"面貌。

新小说派的文学观念是什么？

新小说派反对传统小说以人物为

核心,以写"人物在其间活动并生存的故事"为主要的任务;把人作为世界的中心,一切从人物出发,使事物从属于人,由人赋予事物意义,从而使客观世界的一切都带上了人的主观感情的色彩,结果混淆了物与人的界限,抹煞了物的地位,忽视了物的作用和影响。但是新小说具有独特的文学观念。

1.注重对事物的客观描绘,不注重塑造人物和构思情节,制造出一个更实体、更直观的世界,代替既有的心理的、社会的、意义的世界,所以要用一种充满惊喜的物质描绘的"表面小说"去消解人为赋予世界的意义。

2.打破了时空观念的界限,打断了叙事的连续性,大量运用场景、细节、断片,难以再找到完整的、有连贯线索的故事,作品往往采用多边的叙述形式和混合的手段,把过去、现在、未来、回忆、幻想、梦境和现实交织参杂,任意跳跃。 3.探索新的语言方式,常使用语言的重复、不连贯的句子、跳跃的叙述和文字游戏,把语言试验推向了极端。

荒诞派戏剧是如何发展起来的?

荒诞喜剧是二战以后西方戏剧界最有影响的流派之一。它兴起于法国,50年代在巴黎戏剧舞台上上演了尤内斯库、贝克特、阿达莫夫、热内等剧作家的剧作。这些剧作家在20世纪20年代流行的超现实主义文学影响下,特别是在阿尔托戏剧理论的影响下,打破了传统戏剧的写作手法,创作了一批从内容到形式别开生面的剧作。贝克特的《等待戈多》就是典型的荒诞派戏剧的代表作

荒诞派戏剧是对西方现代派文学中的"荒诞文学"的发展。荒诞最有概括性的含义是:人与世界处于一种敌对状态,人的存在方式是荒诞的,人被一种无可名状的异己力量所左右,他无力改变自己的处境,人与人、人与世界无法沟通,人在一个毫无意义的世界上存在着。这种"荒诞"观集中体现了西方世界带普遍性的精神危机和悲观情绪。这种普遍存在的危机和悲观情绪是西方荒诞文学产生的土壤。

在20世纪20年代,西方现代派文学中就出现了超现实主义的文学。卡夫卡是这种荒诞文学的代表。他的《审判》、《城堡》、《变形记》、《地洞》等可以说是荒诞小说的代表。三四十年代,存在主义哲学的兴起,萨特、加缪等存在主义哲学家以文学来宣传"世界是荒诞的"、"人的存在是荒诞的"这些存在主义哲学的基本主张,创作出了《恶心》、《局外人》等一批著名荒诞作品。

荒诞派戏剧接受了存在主义哲学的基本主张和超现实主义等流派文学观念及表现手法,并加以融会,从而形成自

己的独特风格，把荒诞文学推向高峰。

荒诞派戏剧具有哪些代表性作家？

荒诞派戏剧最主要的代表作家是尤金·尤奈斯库（1912—）和贝克特（1906—1989年）。尤金·尤奈斯库是荒诞派戏剧的创始人。他的《秃头歌女》（1949年）是最早的荒诞派戏剧之一，从1956年起，《秃》剧引起注意，后连演七十多场，成为法国历史上连续演出时间最长的戏剧之一。尤奈斯库在《秃头歌女》之后，先后写了《椅子》（1952年）、《未来在鸡蛋中》（1953年）、《阿麦迪或脱身术》（1957年）、《犀牛》（1959年）等四十多个剧本。

塞缪尔·贝克特是长期居住在法国的爱尔兰犹太小说家、戏剧家，继尤奈斯库之后，他的荒诞戏剧《等待戈多》1953年在巴黎上演成功，使荒诞派戏剧被观众，确立了它在法国剧坛上的地位。荒诞派戏在50年代后期越过法国国境，在欧美各国产生了广泛的影响。贝克特则在《等待戈多》之后，写出了《最后一局》（又译《剧终》）（1957年）、《哑剧》（1957年）、《尸骸》（1959年）、《美好的日子》（1961年）等10多个剧本。贝克特获得1969年度的诺贝尔文学奖金，获奖的原因是"他那具新奇形式的小说和戏剧作品使现代人从精神贫困中

得到振奋"。瑞典皇家学院的代表在授奖仪式上称赞贝克特的戏剧"具有古希腊戏剧的进化作用"。

除尤奈斯库和贝克特外，重要的荒诞派戏剧作家和作品还有：在俄国出生的法国剧作家阿尔图尔·阿达莫夫（1908—1970年）的《侵犯》（1950年）、《弹子球机器》（1955年），让·日奈的《女仆》（1951年）、《阳台》（1956年）、《黑人》（1958年）、《屏风》（1948年）等。在50年代后期，形成了一个国际性的荒诞戏剧流派。英国有荒诞戏剧家哈罗德·品特（1930—2008年），著有《一间屋》（1957年）、《生日晚会》（1958年）、《侏儒》（1960年）等二十多部荒诞派戏剧。美国的阿尔比（1928—）是美国战后最重要的戏剧家之一，著有《动物园故事》（1958年）、《美国之梦》（1960年）、《谁害怕维吉尼亚·伍尔芙》（1962年）等。

萨特的文学成就有哪些？

萨特出生于巴黎一个海军军官家庭，幼年丧父，从小寄居外祖父家。他很小就开始读大量的文学作品。中学时代接触柏格森、叔本华、尼采等人的著作。1924年考入巴黎高等师范学校攻读哲学。1929年，获大中学校哲学教师资格，随后在中学任教。1933年，赴德国柏林法兰西

学院进修哲学，接受胡塞尔现象学和海德格尔存在主义。回国后继续在中学任教，陆续发表他的第一批哲学著作：《论想象》、《自我的超越性》、《情绪理论初探》、《胡塞尔现象学的一个基本概念：意向性》等。1943年秋，其哲学巨著《存在与虚无》出版，奠定了萨特无神论存在主义哲学体系。二战期间应征入伍，1940年被德军俘虏，第二年获释。

萨特认为"哲学家应该是一个战斗的人"，他在战后的历次斗争中都站在正义的一边，对各种被剥夺权利者表示同情，他反对冷战，1954年曾经怀有很大希望访问苏联，但看到实际情况后又觉得很失望。他先后访问过北欧、美国、中国和古巴，在苏联入侵捷克后，他断绝了和苏联的关系，他的原本暗示反对德国法西斯占领的剧本《苍蝇》在捷克上演，成了反对苏联占领的代言，受到捷克人热烈的欢呼。1971年以后，他走上街头，亲自兜售左翼书刊，参加革命活动，提出"用行动来承担义务而不是言词"。1980年萨特去世时，巴黎有5万多人自发参加了他的葬礼。

加缪的代表作品有哪些？

阿尔贝·加缪，法国作家，1913年11月7日生于第一次世界大战前夕的阿尔及利亚的蒙多维——法属阿尔及利亚，父亲是欧洲人，母亲是西班牙血统，自己却在北非的贫民窟长大。

1942年，加缪离开阿尔及利亚前往巴黎，他开始秘密地活跃于抵抗运动中，主编地下刊物《战斗报》。在这个时期，加缪不躲避任何战斗，他反对歧视北非穆斯林，也援助西班牙流放者，又同情斯大林的受害者……他的许多重要作品如小说《局外人》、《鼠疫》，哲学随笔《西西弗神话》和长篇论著《反抗者》都在这个时期出世。1957年，他因为"作为一个艺术家和道德家，通过一个存在主义者对世界荒诞性的透视，形象地体现了现代人的道德良知，戏剧性地表现了自由、正义和死亡等有关人类存在的最基本的问题"，被授予诺贝尔文学奖。

加缪1935年开始从事戏剧活动，曾创办过剧团，写过剧本，当过演员。戏剧在他一生的创作中占有重要地位。主要剧本有《误会》（1944年）、《卡利古拉》（1945年）、《戒严》（1948年）和《正义》（1949年）等。除了剧本，加缪还写了许多著名的小说。中篇小说《局外人》不仅是他的成名作，也是荒诞小说的代表作。该作与同年发表的哲学论文集《西西弗的神话》，在欧美产生巨大影响。1960年，在一次车祸中不幸身亡。

戈尔丁通过什么来表现人性险恶的？

威廉·戈尔丁（1911年9月19日—

1993年6月19日）英国小说家。生于英格兰康沃尔郡一个知识分子家庭，自小爱好文学。1954年发表了长篇小说《蝇王》，获得巨大的声誉。1955年成为皇家文学会成员。戈尔丁是个多产作家，继《蝇王》之后，他发表的长篇小说有《继承者》（1955年）、《品契·马丁》（1956年）、《自由堕落》（1959年）、《塔尖》（1964年）、《金字塔》（1967年）、《看得见的黑暗》（1979年）、《航程祭典》（1980年）、《纸人》（1984年）、《近方位》（1987年）、《巧语》（1995年）等。其中《航行祭典》获布克·麦克内尔图书奖。此外，他还写过剧本、散文和短篇小说，并于1982年出版了文学评论集《活动的靶子》。

戈尔丁在西方被称为"寓言编撰家"，他运用现实主义的叙述方法编写寓言神话，承袭西方伦理学的传统，着力表现"人心的黑暗"这一主题，表现出作家对人类未来的关切。由于他的小说"具有清晰的现实主义叙述技巧以及虚构故事的多样性与普遍性，阐述了今日世界人类的状况"，1983年获诺贝尔文学奖。

"蝇王"即苍蝇之王，在《圣经》中被当作"万恶之首"，在英语中，"蝇王"是污秽物之王，也是丑恶灵魂的同义词。

在这部作品中，戈尔丁用他特有的沉思与冷静挖掘着人类千百年来从未停止过的互相残杀的根源，是一部揭示人性恶的现代版寓言。故事设置了人的原善与原恶、人性与兽性、理性与非理性、文明与野蛮等一系列矛盾冲突，冲突的结果令人信服地展现出文明、理性的脆弱性和追求民主法治秩序的难度，说明了人类走向专制易、奔向民主社会难的道理。在欲望和野蛮面前，人类文明为何显得如此草包如此不堪一击？这正是《蝇王》的思考之所在。

实验小说家福尔斯有哪些文学成就?

约翰·福尔斯，在世界文坛上享有盛名的英国作家。于1926年生于离伦敦不远的埃塞克斯郡小城昂西。

他的第一部小说《收藏家》发表于1963年，一出版即大获成功，成为当年畅销书。小说以第一人称讲一位专门收藏蝴蝶标本、患抑郁症的男子绑架一位搞艺术的女大学生米兰达的故事。小说以米兰达的死和收藏家又多了一个蝴蝶标本结束。该书取得成功后，福尔斯专门从事写作，1965年便有了《贵族们》问世。这是一部癖性大成，旨在阐述个人哲学思想。《大法师》发表于1966年，以希腊的一个小岛为场景，写一位叫尼古拉·德夫的英国教师一系

列鬼怪的经历，小说充满神秘气氛，颇具超现实主义色彩。《埃伯尼塔楼》（1974年）是一部中短篇小说集。《丹尼尔·马丁》（1977年）写电影剧作家丹尼尔在与好莱坞、资本主义、艺术、以及妹夫的关系中，寻找自我的漫长经历。小说的场景变化多端，叙事手法多样，是一部实验小说。《曼蒂莎》（1982年）是一部写性幻觉的小说，带有浓厚的神话色彩。

福尔斯是当代英国文坛的一个勇于创新的作家，二战后，欧美文坛新潮迭起，而英国文坛则反其道而行之。一股复古的、崇尚18、19世纪英国作家的作品潮流在四五十年代涌起。这是在批判后现代主义之后，向另外一个极端的倾斜。多数评论家对此颇多非议，认为这种风气保守、狭隘，缺乏新意。

品特的代表作是什么？

品特1930年生于伦敦，曾短期就读于皇家戏剧艺术学院，因感到这里与自己的艺术理念不符而最终辍学。他年轻时代就出版过诗歌，最初还在剧院中当过演员。他最早的剧作《房间》发表于1957年，同年完成了自己上演最多的剧作《生日聚会》。加上1960年的《看管人》以及1964年的《归乡》，这几部剧作被人称为"威胁喜剧"。因为其情节常发生在一个完全无辜的境遇下，最后

发展成一个具有威胁性的荒诞状况，而剧中角色的表现有时在观众或其他角色看来是无法解释的。这一时期，品特深受贝克特与尤奈斯库等荒诞派戏剧大师理念的影响，投身于这一影响深远的运动中。

70年代，品特的剧作篇幅逐渐变得短小，更为政治化，看起来像某种寓言。同时，品特的剧作在那个时代也开始具有明显的左派倾向，对充斥世界的不公正境况进行了严厉抨击，他的激进言行也常见于英国媒体。可以说，品特这时的风格已从荒诞派逐渐向政治戏剧过渡。

品特一生获奖无数，其中包括莎士比亚奖、欧洲文学大奖、皮兰德娄奖、大卫·科恩大不列颠文学奖、劳伦斯·奥利佛奖以及莫里哀终身成就奖。此外，他还有14个大学的荣誉学位。而对于电影，品特也做出了杰出贡献。

这个时期西方文学都出现了哪些流派？

文学在战后出现了多个文学思潮和流派，分别是战争文学、"怯懦的十年"、"垮掉的一代"、"黑色幽默"、"南方作家"等等。

战争文学：战后出现的第一股文学浪潮是战争小说。其中较好的是梅勒的《裸者和死者》（1948年）和詹姆

斯·琼斯的《从这里到永恒》（1951年）。两部书的共同点是通过战争，写小兵、下级军官与军事机构的矛盾，即人的个性与扼杀个性的权力机构之间的冲突。这些小说已经触及战后整个一代文学最突出的一个主题。

"怯懦的十年"：50年代，右翼保守势力向30年代激进主义传统进攻，许多人由关心社会进步转而关心个人的私利。这10年被称为"怯懦的十年"或"沉寂的十年"。这期间，出现了一些作品，将资产阶级描绘成正面人物，鼓吹服从权威，如《穿灰法兰绒衣服的人》（1955年）。这类作品企图维护既定价值标准和现存社会秩序，很快就失去了影响。

"垮掉的一代"：50年代沉闷的政治空气使许多青年感到窒息，他们吸毒、群居，以颓唐、放纵的生活方式来表示自己的抗议。其中有些人把这种生活与情绪写入文学作品，这便是"垮掉的一代"文学。这种文学发展到60年代后，在国内民主运动高涨的背景下，增加了一些政治色彩。但是对他们中许多人来说，东方宗教与东方哲学更具有吸引力。"垮掉的一代"在诗歌创作方面较有生气，并恢复了美国诗歌朗诵的传统。

"黑色幽默"：进入60年代之后，人们对生活中的"非理性"和"异化"现象，有了更深切的体会。有些作家在作品中，用夸张、超现实的手法，将欢乐与痛苦、可笑与可怖、柔情与残酷、荒唐古怪与一本正经揉和在一起，使读者哭笑不得,感到不安，从而对生活能有更深一层的认识。

"非虚构小说"：60年代、70年代，出现了"新新闻报道"或"非虚构小说"这一种新的文学样式。有些作家认为现实生活的离奇已经超过了作家的想象力，与其虚构小说，不如用写小说的手法来描绘引起社会轰动的事件。这样的体裁允许报道者描写事件时掺杂自己的观察和想象，也可以采用各种象征手法。

犹太人文学：美国当代作家中，犹太裔作家占相当大的比重，犹太人文学几乎可以视为一种"次文化"或"文化支流"。犹太人文学作品一般都具有古老的欧洲文化与现代的美国文化的双重色彩，两种文化的冲突与归并使犹太人文学增加了复杂性。因此，寻找"自我本质"便成为他们的作品中一个突出的主题。有代表性的作品是贝洛的《奥吉·玛琪历险记》。实际上，这是犹太民族确立自己的民族地位与民族尊严的一种表现。

黑人文学：战后黑人文学更趋成熟。拉尔夫·埃利逊的小说《看不见的人》和鲍德温的散文，均已达到第一流文学的水平。他们对种族不平等的抗议

采取了更细腻、更深刻的表达方式，他们希望人们认识到黑人是具有全部人性的人。这个时期里，女诗人关德琳·布鲁克斯的诗得到普遍好评

黑人文学的发展历程是什么？

黑人文学始于1964年的黑人文艺运动，是美国黑人历史上一次新的文艺复兴，是美国黑色权利运动的具体体现，其规模和影响超过了20年代的"哈莱姆文艺复兴"。这一运动旨在改变黑人在美国的处境和地位，黑人文学艺术家旨在改变黑人在文学艺术中的形象，反映60年代黑人的新精神。由于黑人作家心目中的读者主要是黑人，因此他们更加刻意开拓种族的文化、历史和群体传统。

黑人美学提供了建立一个自主和连贯的黑人文学批评话语的可能性，黑人文学批评话语力图探询的是美国黑人文化的根源、主题、结构、术语和象征符号。阿米里·巴拉卡认为，民族主义理想是恢复在欧洲殖民时期一度失落的非洲文化的关键，提出了"黑色是美的"口号，并号召黑人作家以文学艺术为中介来表现这一美学原则，从社会和政治价值上来重估黑人文学的意义。他们通过《解放者》、《黑人诗歌月刊》、《黑人文摘》（1970年更名为《黑人世界》）等杂志从精神文化上来引导黑人大众，让他们认识到欧洲美学价值观在文化知识领域所表现出的霸权主义倾向及其对美国黑人文化的负面影响。

这一时期黑人文学批评的一个显著特点在于批评理论和方法的多样化：从早期琼斯的现象学理论到尼尔的神话批评，从富勒的社会批判到亨德森的历史美学实践，从盖尔的道德批评到晚期琼斯的文化批评等等。1967年，克伦斯·梅杰发表《黑人标准》，此后黑人美学经过霍伊特·富勒、拉里·尼尔、斯蒂芬·亨德森、艾迪生·盖尔等众多黑人批评家的努力，成为一种令人瞩目的理论景观。1968年，富勒发表了《走向黑人美学》一文，把黑人美学明确地同黑人权利运动联系起来。为了取得黑人社会内部的团结和力量，黑人民族必须找回并尊崇自己独特的文化之根，需要一种摆脱白人种族主义文化价值观念影响的"神秘的黑人性"。

黑色幽默大师海勒有什么文学成就？

约瑟夫·海勒（1923—1999年）美国小说家。1923年5月1日生于纽约市布鲁克林。1942年在美国空军服役，曾任空军中尉。第二次世界大战结束后，先后在美国纽约大学、哥伦比亚大学和英国牛津大学学习。1950年后任杂志编辑、大学教师。1961年发表成名作《第二十二条军规》，1974年出版第二部长篇小说《出了毛病》后，收入丰厚，辞去工作，成为专业作家。长篇小说《第二十二条军规》描写第二次世界大战时美国一支空军中队的内幕。作品通过超现实的描写，以存在主义的观点，写出了一幅喻指人类世界疯狂、混乱的图画，并对这个世界的荒谬报以嘲笑和无可奈何的态度。海勒开辟了欧美讽刺小说的新写法，他的创作采用超现实的角度，用夸张的手法将现实漫画化，并把幽默、荒诞、无可奈何的讽刺综合在一起，影响了一批作家，成为20世纪60年代黑色幽默文学流派的代表人物（见黑色幽默）。而"第二十二条军规"这个语汇，作为"无法摆脱的困境"的代名词，已为美国人在日常口语中广泛运用。

《出了毛病》写美国一家大公司的经理表面上生活得很优裕，工作中一帆风顺，实际上为了应付现实中的风风雨雨，内心里早就充满了空虚、软弱和丑恶，在现实与内心的平衡上，也使自己处于进退两难的境地。海勒曾评论作品主人公说："他是20年以后的尤索林。"作品通过夸张描写人物的恐惧感，表现中产阶级的思想危机和沮丧心境。其他作品还有政治讽刺小说《像高尔德这么好》和根据《圣经》中故事虚构的小说《上帝知道》。

海勒是犹太后裔，具有犹太人随机敏捷的幽默感，但他并不信奉那个民族的宗教。他自称是美国犹太人，而从未写过真正的犹太民族的经历。他的唯一一部涉及犹太人的作品《像戈尔德一样好》描写的是住在科尼岛的东欧犹太人，而与德国犹太人丝毫无关。海勒描写死亡，但他不惧怕死亡。

"黑色幽默"与"传统幽默"有什么联系？

与传统的幽默不同，"黑色幽默"是一种特殊的幽默，它是绝望的、疯狂的、深沉的、玩世不恭的幽默，这是"黑色幽默"的一个重要的特征。

美国的幽默有着悠久的传统。传统的幽默以马克·吐温为代表，其创作具有幽默的特色，美国西部幽默反映一些滑稽可笑的东西，荒诞不经的故事，在殖民地时期即已风行美国，几乎达到虚伪的极致，美国的诙谐作家满嘴双关语、逗乐话，以不敬的态度把他们的作品填满报章和杂志。但他的那种幽默给人以轻松愉快的感觉，不像"黑色幽默"那样使人感到痛苦和绝望。

马克·吐温的幽默是明朗的、针对别人的，幽默的对象也是生活中的人和事。不像"黑色幽默"作家具有那种痛苦和绝望的情绪。马克·吐温对所有滑稽和骂人的技巧无不精通，他以远非圣洁的快乐心情描写流血，对于尸体的气味都要加以戏谑，令人毛骨悚然。有时他的作品会有对故事情节完全没有必要的夸大，他的最后

结论是世人非但没有美德，而且一切都是虚幻的，荒诞不经的故事发展到这一步，已经达到了极致。

同传统的幽默相反，"黑色幽默"是忧郁的，是对自己的嘲讽。"黑色幽默"派作家注重反映客观的现实，他们对信仰丧失、价值观念颠倒、人性的异变等进行严肃深沉的反思。他们通过荒诞不经的情节，利用绝望的幽默笔调，描绘在残酷命运摆布下的痛苦生活，同时又自我解嘲地来表达无可奈何的绝望情绪。最后揭示了在荒谬的生存环境中，人能够进行选择的余地很小，除了愤世嫉俗，在绝望中嘲笑自己，还能做些什么呢？

"黑色幽默"属于喜剧的范畴，同时又含有悲剧的意义。它把悲剧的内容用喜剧的形式加以处理，打破了悲剧和喜剧之间的界限，把痛苦和不幸当成了玩笑的对象，嘲笑丑恶、疯狂、变态、不幸和荒谬。所以说"黑色幽默"是阴沉而痛苦的幽默，是在绝望中发出的笑声，是一种特殊的幽默。"黑色幽默"派作家正是运用这种特殊的幽默开创了一个新的文学流派。

"黑色幽默"是如何产生的？

黑色幽默，是一种哭笑不得的幽默，20世纪60年代美国重要的文学流派。

"黑色幽默"文学具有深远的文学渊源。早在公元前5世纪的古希腊，喜剧作家阿里斯托芬就采用夸张的手法和荒诞的情节，写了许多政治讽刺喜剧，这大约是最早具有黑色幽默色彩的作品。受阿里斯托芬的影响，拉伯雷的《巨人传》、塞万提斯的《堂吉诃德》、伏尔泰的《老实人》等等都带有"黑色幽默"的痕迹。20世纪，随着文学的发展，卡夫卡的《审判》、《变形记》等，美国作家韦斯特的《整整一百万》更多地体现了"黑色幽默"的精神。这些作品为美国"黑色幽默"文学的发展打下深厚的基础。然而，同一般人们的印象并不一致的是："黑色幽默"文学最早产生于法国。法国作家塞利纳和鲍里斯·维昂是"黑色幽默"文学的先驱。1932年，塞利纳出版了轰动法国文坛的小说《长夜漫漫的旅程》，是最早的一部"黑色幽默"小说，对后来美国"黑色幽默"派作家影响很大。维昂的长篇小说《生命浪花》则直接影响了美国"黑色幽默"文学的发展。50年代法国兴起了荒诞派戏剧，在美国引起很大反响，而法国的存在主义哲学也被美国作家们所接受。这样，"黑色幽默"文学的产生以及在美国的兴盛便是必然的了。

"黑色幽默"虽然已经成为流行的概念，然而其具体的含义却仍然很模糊，真所谓仁者见仁智者见智。被誉为黑色幽默"司令官"的弗里德曼认为"黑色幽默"是一种在思想情绪上的黑色东西与幽默东西的结合：它既是幽默的，又是绝望的，在幽默中含有阴沉的情绪，在绝望中又能发出大笑。被誉为"黑色幽默"派理论家的尼克伯克则认为"黑色幽默"具有辛辣、病态的特征。美国学者奥尔德曼认为："黑色幽默"是一种"把痛苦与欢乐、异想天开的事实与平静得不相称的反应、残忍与柔情并列在一起的喜剧"。它要求同它认识到的绝望保持一定的距离；它似乎能以丑角的冷漠对待意外、倒退和暴行。

什么是元小说？

"元小说"是有关小说的小说，是关注小说的虚构身份及其创作过程的小说。传统小说往往关心的是人物、事件，是作品所叙述的内容；而元小说则更关心作者本人是怎样写这部小说的，小说中往往喜欢声明作者是在虚构作品，喜欢告诉读者作者是在用什么手法虚构作品，更喜欢交代作者创作小说的一切相关过程。小说的叙述往往在谈论正在进行的叙述本身，并使这种对叙述的叙述成为小说整体的一部分。当一部小说中充斥着大量这样的关于小说本身的叙述的时候，这种叙述就是"元叙述"，而具有元叙述因素的小说则被称为元小说。

传统小说有意隐瞒叙述者和叙述行为的存在，造成"故事自己在进行"的幻觉。元小说则有意暴露叙述者的身份，公然导入叙述者声音，揭示叙述行为及其过程，展现叙述内容的"故事性"、"文本性"。这种自我拆台的目的在于揭开小说"虚构"的本质，即话语的本质。元小说在文学形式上的这种革命性行为，无疑和后结构主义、后现代主义思潮，尤其是语言学符号学的发展有密切关系。

作为一种新兴形式，元小说家引起好奇和关注是正常的，但批评家和学者们真正感兴趣的，是元小说所具有的巨大能量：它破除了对"真实"的迷信，拆解了现实主义观念的权威地位，并无情地揭示了现实主义成规的虚假性和欺骗性。用戴维·洛奇的话说，元小说关注的就是小说的虚构身份。元小说以暴露自身生产过程的形式，表明小说就是小说，现实就是现实，二者之间存在不可逾越的差距。揭示艺术和生活的差距是元小说的一种功能。而叙事与现实的分离，使文本不再成为现实的附属品，文本阐释依据的框架不再来自于现实，文本的意义不再是对现实的"反映"，而来自于纯粹的叙事行为，文本因此拥有了前所未有的自治权利，从现实和"真实"的桎梏之下获得彻底解放。

"垮掉的一代"指的是哪种文学流派？

"垮掉的一代"或称"疲惫的一

代"是第二次世界大战之后出现于美国的一群松散结合在一起的年轻诗人和作家的集合体。这一名称最早是由作家杰克·克鲁亚克于1948年前后提出的。在英语中，形容词"beat"一词有"疲惫"或"潦倒"之意，而克鲁亚克赋予其新的含义"欢腾"或"幸福"，和音乐中"节拍"的概念联结在一起。

之所以将这样一小群潦倒的作家、学生、骗徒以及吸毒者当作"一代"，是因为这个人群对二战之后美国后现代主义文化的形成具有举足轻重的作用。在西方文学领域，"垮掉的一代"被视为后现代主义文学的一个重要分支，也是美国文学历史上的重要流派之一。

"垮掉的一代"的成员们大多是玩世不恭的浪荡公子，他们笃信自由主义理念。他们的文学创作理念往往是自发的，有时甚至非常混乱。

"垮掉的一代"的代表作家分别是谁？

"垮掉的一代"的重要文学作品包括杰克·克鲁亚克（1922—1969年）的《在路上》、艾伦·金斯堡（1926—1997年）的《嚎叫》和威廉·博罗斯（1914—1997年）的《裸体午餐》等。后两部作品由于内容"猥亵"而引起法庭的注意，但也为此类文学作品在美国出版的合法化进程做出了贡献。

威廉·博罗斯于1914年出生于密苏里州的圣路易斯，是"垮掉的一代"中最为年长的作家。在圣路易斯时，博罗斯与大卫·卡默尔相遇，由于两人都具有同性恋倾向，因此关系十分密切。

汉克在"垮掉派"作家眼中是一个非常有魅力的人物。金斯堡曾说过，"垮掉派"作家追求所谓的"最高真实"。而在他们眼中，来自社会底层的汉克的生活中包孕着他们这些来自社会中上阶层的人们所无法体会到的真实。

尼尔·卡萨蒂于1947年加入也给这个集体带来了不少麻烦。很多"垮掉派"成员都对他十分迷恋。金斯堡曾经和他有过恋情，克鲁亚克曾在40年代末期和他一起进行公路旅行，这些都成为他的名作《在路上》的重要素材。卡萨蒂本人并不是作家，然而很多"垮掉派"作家却在和他通信的过程中吸取了他的自由散漫的语言风格，克鲁亚克曾声称这对他创作《在路上》所采用的"无意识写作"的技巧起到了关键作用。

联邦德国文学的特征是什么？

二次大战后的联邦德国文学反映了战后西德历史发展的概貌。西德作家的作品，从各个不同方面描绘了西德战后四十多年的社会生活，如战争结束后头几年的萧条岁月，50年代的所谓"经济奇迹"，军国主义的复活和对战争的谴责，法西斯分子的蠢动，资本主义社会中人与人、人与社会、人与自然、人与自我的关系，等等。在有些作品中，把对现实社会的描绘同德国的历史联系起来，把德意志民族的历次灾难同个人悲剧结合在一起，以加深对德国社会的认识。在题材选择和艺术手法上，西德作家颇受美国和法国现代文学的影响。

战后文学中首先出现的是废墟文学。这是指1945年的"零点"至50年代初期的德国文学。一些青年作家面对满目疮痍的现状，主张对过去的文学传统"砍光伐尽"，从思想上、语言上进行冷静、谨慎的清理与探索。当时人们生活在废墟之中，他们都蒙受了战争创伤。战后的西德作家"写战争，写回乡，写自己在战争中的见闻，写回乡时的发现：废墟；于是出现了与这种年轻文学如影随形的三个口号：战争文学、回乡文学、废墟文学"。其中以废墟文学最能正确地反映当时人们的心理状态和国家的现实情况。提出废墟文学不致"把同时代人诱骗到田园诗中去"，而是提醒人们：战争已经结束，世界遭到破坏，家园成了废墟，人们应该思索。废墟文学的题材大多是描写希特勒法西斯专政和第二次世界大战带来的深重灾难以及在人们心灵上留下的巨大创伤。废墟文学都写得很实际，对事物抱怀疑态度，没有什么英雄行为或浪漫主义的情感；社会批评、嘲讽和怪诞是它的艺术风格。

"四七社团"是如何产生的？

1947年，作家和评论家里希特（1908—　）、安德施等在慕尼黑建立文学团体"四七社"，以后参加者愈来愈多，有作家、评论家、出版商、新闻记者、大学文学教授，这个团体包括了战后西德文学的主要力量。这是一个没有严密组织、没有坚定的政治或美学纲领的松散的集体，以建立新的、民主的、自由的德国，促进战后德国新文学的繁荣和扶助青年作家为宗旨。从1947—1955年每半年集会一次，主要是朗读和讨论文学作品，对成员（有时也邀请客人）中的未公开发表的作品相互提出批评意见；从1956—1967年改为每年集会一次。1950年起颁发"四七社文学奖"。"四七社"对战后德语文学的繁荣和发展起了重大的促进作用，并一度成为左右联邦德国文坛的力量。但由于其成员包括了各种倾向的作家，政治和艺术观点都不尽相同，因此矛盾较多，存在了20年，于1967年举行最后一次会员大会后停止活动。1972年7月和1990年5月（在布拉格）"四七社"在长期沉默后又有过两次活动，但不再经常化。因为它已完成使命，于1977年正式宣告解散。

拉丁美洲为什么会出现"文学爆炸"？

在1960及1970年，整个拉丁美洲都处于动荡不安之中，冷战强烈影响了拉

美的政治和外交环境。这种政治气候成为了拉丁美洲文学爆炸的背景，这使得激进思潮有时难免产生。

在1950到1975年间拉美发生了剧变，文学创作日益贴近社会历史现实。美洲的西班牙语小说家自我定位亦随之变化。城市的发展、中产阶级之崛起、古巴革命、进步联盟、拉美国家间交流的增加、大众传媒日益强大的影响、欧洲及美国的越来越重视，所有这些促成了这场剧变。这一时期最重要的政治事件是1959年的古巴革命和1973年的智利政变。阿根廷庇隆将军的倒台、城市游击队持续不断的暴力斗争、发生在阿根廷和乌拉圭的残暴镇压、哥伦比亚无休止的暴力冲突也影响了作家们，所以他们的作品里充满了对浑浊世道的猛烈抨击和控诉。

这些西班牙语系美洲作家60年代国际性的成功成为了一个现在被称为文学爆炸的现象，影响了那个时代所有的作家与读者。这些作家同时获得国际瞩目主要归功于1959年古巴革命的成功，它预示了一个新的纪元。这个兴奋时期被认为随着古巴政府更加强硬的执行党的路线以及诗人赫伯托·帕迪拉在一份公开文件中因其所谓的颓废变态的观点受到批判而结束。帕迪拉案件引发的愤怒最终终结了拉美知识分子与鼓舞他们的古巴神话间的亲密关系。一些人认为帕

迪拉事件宣告了文学爆炸的终结。

"文学爆炸"时期的文学具有哪些特征？

"文学爆炸"只是一个即兴而起的名称。一开头是拉美新小说的反对派提出来的，是为了贬低这些新小说而把它们称之为"Boom"。这是借用一个英语单词，意味着一个短暂的、空泛的过程。由于"没有什么玩意儿"，只好借助欺骗的手段。总之，急于推广这个名号的人并不想给它什么美好的含义。上百名教授走遍了世界各国大学的讲台，评论家在报刊上撰文，拼命反对这个"文学爆炸"。正是他们的这种宣传，使"文学爆炸"成为了一个事实，被人们接受。另一方面，与别的文学运动相比，"文学爆炸"并没有固定的组织和纲领，并没有核心人物和固定的活动舞台和学术刊物，它只是表明了拉美小说展现出空前繁荣的这一现象。

拉丁美洲文学的兴起最早是由一批脱离欧洲文学标准的现代主义者，何塞·马蒂、鲁文·达里奥和何塞·亚松森·席尔瓦促成的。欧洲现代主义小说家像詹姆斯·乔伊斯等人和拉美早期《先锋》作家同样也影响了文学爆炸中的作家。伊丽莎白·孔罗德·马提涅兹认为《先锋》作家才是文学爆炸"真正的先驱"，他们比博尔赫斯和其他通常被认为启发了这场20

世纪中期文学运动的拉美作家更早的写作了创新和具有挑战性的小说。1950年，西班牙语系美洲作家虽然被承认但却不被重视，巴黎和纽约才是当时文学世界的中心；但到1975年他们远近皆知，成为了文坛中举足轻重的人物。文学爆炸除了称为一种出版现象，还为世界文学引入了一系列新的小说美学和文体特征。大体上说——考虑到要涉及许多国家的上百重要作家——一开始现实主义占上风，小说被染上存在主义的悲观色彩，性格刻画丰满的人物悲叹他们的命运，叙事简单明了。

"文学爆炸"时期有哪些优秀的作家？

拉丁美洲文学爆炸是一场发生在1960年代至1970年代之间的文学运动，在那期间一大批相关拉丁美洲作家的作品流行于欧洲并最终流行于全世界。

这场文学爆炸人们会很自然地联想到四位主将：阿根廷的胡利奥·科塔萨尔、墨西哥的卡洛斯·富恩特斯、秘鲁的马里奥·巴尔加斯·略萨以及哥伦比亚的加西亚·马尔克斯。这些作家受到欧洲和北美现代主义的影响，同时也秉承了拉美先锋运动的衣钵，向拉美文学的传统套路发起挑战。他们的作品带有实验性质，并且十分政治化（这归因于拉美当时的政治气候）。"毫不夸张的说"，评论家杰拉尔德·马丁写道：

"在60年代南方大陆上有两件事比其他所有事情都更有影响，首先是古巴革命对拉丁美洲和第三世界的广泛冲击，第二件便是拉丁美洲文学爆炸，它的起伏与1959年至1971年古巴自由观念的兴衰息息相关。"

这些新晋作家的迅速成名很大程度上归功于他们的作品是最早一批在欧洲出版的拉美小说中的一部分这个事实。当然，弗雷德里克·M·纳恩也写道："拉美小说家变得闻名世界是通过他们作品中对政治和社会行为的鼓吹，同时也因为他们中的很多人很幸运的在拉丁美洲之外获得受众——通过翻译和传播，有时也由于作家们流亡他乡。"

"先锋派文学"是什么样形态的文学？

先锋派文学是指反对传统文化，刻意违反约定俗成的创作原则及欣赏习惯的文学。先锋文学的本质特征就在于它的独创性、反叛性与不可重复性。可以分为先锋派诗歌、先锋派散文、先锋派戏剧、先锋派小说等体裁。

"先锋"这个术语的历史，始于法国大革命，再转向文化和文学艺术术语（始于19世纪初）；无论是军事先锋还是政治先锋，抑或是文化先锋，都有一个共同的特点："起源于浪漫主义乌托邦及其救世主式的狂热，它所遵循的发

展路线本质上类似比它更早也更广泛的现代性概念。"说白了现代主义也就是"先锋派"。

先锋派包括了象征主义，未来主义，达达主义，意象主义，超现实主义，抽象派，意识流派，荒诞派等等，其倾向就是反映现代西方社会中个人与社会、人与人、人与自然、个人与自我间的畸形的异化关系，及由此产生的精神创伤、变态心理、悲观情绪和虚无意识。

文学则是指以语言文字为工具形象化地反映客观现实的艺术，包括戏剧、诗歌、小说、散文等，是文化的重要表现形式，以不同的形式（称作体裁）表现内心情感和再现一定时期和一定地域的社会生活。

综上，先锋派文学是指反对传统文化，刻意违反约定俗成的创作原则，及欣赏习惯的文学。特点为片面追求艺术形式和风格上的新奇；坚持艺术超乎一切之上，不承担任何义务；注重发掘内心世界，细腻描绘梦境和神秘抽象的瞬间世界，其技巧上广泛采用暗示、隐喻、象征、联想、意象、通感和知觉化，以挖掘人物内心奥秘，意识的流动，让不相干的事件组成齐头并进的多层次结构的分类。

"魔幻现实主义"为什么会产生于拉丁美洲？

魔幻现实主义是本世纪50年代前后在拉丁美洲兴盛起来的一种文学流派。它不是文学集团的产物，而是文学创作中的一种共同倾向，主要表现在小说领域，限于拉美地区。作为一种文学现象，魔幻现实主义产生于拉丁美洲，是有其深刻的社会、历史和时代原因的。

首先，拉丁美洲曾长期处于西班牙、葡萄牙殖民统治之下，饱受殖民主义者的疯狂掠夺和残酷剥削。但是，历史进步的潮流是任何力量也阻挡不了的。随着20世纪全世界民族独立运动高潮的到来，促使着拉丁美洲人民的觉醒，他们对外反对帝国主义的侵略掠夺，对内反对专制独裁统治肆虐，民主革命的浪潮一浪高过一浪。许多流亡在欧美各自的拉丁美洲作家也都纷纷行动起来，奋笔写作，反映拉丁美洲当代现实生活，创作了一大批优秀的小说作品。

其次，魔幻现实主义之所以在拉丁美洲形成，还和其深厚而复杂的民族文化传统有着密切联系。拉丁美洲人民曾以他们的勤劳勇敢和聪明智慧创造过辉煌灿烂的古代印第安文化。公元15世纪时，在这块幅员辽阔的大陆上，就已经形成了玛雅、阿兹台克和印加三大文化中心，有着源远流长的文化传统，拉丁美洲杂居着土著印第安人、欧洲移民、印欧混血人以及被贩运来的非洲黑人，他们的生活形态十分复杂。一方面，这儿有着殖民者带来的西方科学文明的现代化生活，而同时也还存在着大量宗教迷信的封建式的、甚至是原始部落图腾崇拜式的生活模式。这些跨度极大、差异迥然的生活形态又非常和谐地混合成一体，构成了拉丁美洲的"神奇"现实。

最后，魔幻现实主义又是在欧洲文学，尤其是在西方现代主义文学众多流派的共同影响下产生的。

魔幻现实主义文学具有哪些特征？

魔幻现实主义作为拉丁美洲所特有的文学样式，他是具有着与众不同的鲜明而独特的基本特征。

第一个特征是：用魔幻的手法反映拉丁美洲的社会现实生活。在魔幻现实主义作家的笔下，拉丁美洲的社会现实与传统现实主义定义中的"现实"，有着根本的区别。在所有魔幻现实主义作品中，这种令人不可思议的"神奇现实"比比皆是，这一点，正是魔幻现实主义的重要标志。

第二个特征是：魔幻现实主义创作原则是"变现实为幻想而不失其真实"。这里，最根本的核心是"真实"二字，所有魔幻现实主义作家的创作都以此作为基本立足点。不管作品采用什么样的"魔幻"、"神奇"手段，它的最终目的还是为了反映和揭露拉丁美洲黑暗如磐的现实。比如《佩德罗·帕拉莫》反映的就是封建大庄园主对人民的残酷剥削和欺压。佩德罗在小说中是一个鬼魂，但在拉丁美洲现实生活中却是实实在在的真人。

第三个特征是："魔幻"表现手法的成功运用。魔幻现实主义和传统现实主义小说最根本的区别，就在于表现手法的"魔幻"性，这是魔幻现实主义的又一显著特征。

魔幻大师马尔克斯的文学成就有哪些？

加夫列尔·马尔克斯1927年3月6日生于哥伦比亚阿拉卡塔卡。1940年迁居首都波哥大。1947年入波哥大大学攻读法律，并开始文学创作。1948年因哥伦比亚内战中途辍学。不久他进入报界，任《观察家报》记者。1955年，他因连载文章揭露被政府美化了的海难而被迫离开哥伦比亚，任《观察家报》驻欧洲记者。1960年，任古巴拉丁通讯社记者。1961年至1967年，他移居墨西哥，从事文学、新闻和电影工作。之后他主要居住在墨西哥和欧洲，继续其文学创作。1975年，他为抗议智利政变举行文学罢工，搁笔5年。1982年，他获诺贝尔文学奖，并任法国西班牙语文化交流委员会主席。1982年，哥伦比亚地震，他回到祖国。1999年得淋巴癌，此后文学产量遽减，2006年1月宣布封笔。

作品列表如下：1947年—《第三次辞世》、1955年—《枯枝败叶》、1958年—《没有人给他写信的上校》、1962年—《格兰德大娘的葬礼》、1962年—《蓝宝石般的眼睛》、1962年—《恶时辰》、1966年—《百年孤独》、1975年—《家长的没落》、1970年—《落难海员的故事》、1972—《难以置信的悲惨故事——纯真的埃伦蒂拉和残忍的祖母》1981年—《一桩事先张扬的谋杀案》、1982年—《番石榴飘香》、1985年—《霍乱时期的爱情》、1989年—《迷宫中的将军》、1992年—《奇怪的朝圣者》、1994年—《关于爱和其它恶魔》、1996年—《绑架》、2004年—《苦妓追忆录》、2010年—《我不是来演讲的》.

《百年孤独》的文学价值是什么？

《百年孤独》，是哥伦比亚作家加西亚·马尔克斯的代表作，也是拉丁美洲魔幻现实主义文学的代表作。被誉为"再现拉丁美洲历史社会图景的鸿篇巨著"。

全书近30万字，内容庞杂，人物众多，情节曲折离奇，再加上神话故事、宗教典故、民间传说以及作家独创的从未来的角度来回忆过去的新颖倒叙手法等等，令人眼花缭乱。但阅毕全书，读者可以领悟，作家是要通过布恩迪亚家族7代人充满神秘色彩的坎坷经历

来反映哥伦比亚乃至拉丁美洲的历史演变和社会现实，要求读者思考造成马孔多百年孤独的原因，从而去寻找摆脱命运捉弄的正确途径。他把读者引入到这个不可思议的奇迹和最纯粹的现实交错的生活之中，不仅让你感受许多血淋淋的现实和荒诞不经的传说，也让你体会到最深刻的人性和最令人震惊的情感。书中的每一个人物都是深刻得让你觉得害怕。

拉丁美洲作家马尔克斯的名字是与魔幻现实主义联系在一起的。而《百年孤独》就是展现其魔幻现实主义手法的代表之作。因此，以此书为标志，魔幻现实主义流派达到了十分完美的程度。读过他这部作品的人都忘不了他极善用绚丽而无羁的想象构造出一仿佛神话的世界。《百年孤独》因为他独到的艺术成就而让马尔克斯走向1982年诺贝尔文学奖的领奖台，马尔克斯也因此而成为拉美小说界的"掌门人"，评论界称赞他的《百年孤独》为"20世纪用西班牙文写作最杰出的长篇小说之一"。而这部小说所采用的创作手法"魔幻现实主义"至此才广为世人接受，人们也因此开始阅读这一文学流派的其他作品。

《百年孤独》一面世即震惊拉丁美洲文坛及整个西班牙语世界，并很快被翻译为多种语言。《百年孤独》的故事发生在虚构的马孔多镇（马尔克斯称

威廉·福克纳为导师，显然深受其影响），描述了布恩蒂亚家族百年七代的兴衰、荣辱、爱恨、福祸，和文化与人性中根深蒂固的孤独。其内容涉及社会和家庭生活的方方面面，可以说是拉丁美洲历史文化的浓缩投影。《百年孤独》风格独特，既气势恢宏又奇幻诡丽。粗犷处寥寥数笔勾勒出数十年内战的血腥冷酷；细腻处描写热恋中情欲煎熬如慕如诉；奇诡处人间鬼界过去未来变幻莫测。轻灵厚重，兼而有之，被公认为魔幻现实主义最具代表性的作品。